J O Y

享受讀一本好小說的樂趣

# 傑佛瑞迪佛的

# 黑色禮物

# Twisted

傑佛瑞・迪佛
JEFFERY DEAVER◎著
宋瑛堂◎譯

# contents

# 序言

我跟短篇小說的關係得要回溯到很久以前。

小時候的我長得胖嘟嘟的，舉止笨拙，不太懂得如何和人相處，也絲毫沒有體育細胞，因此受到閱讀和寫作的吸引，而我特別喜歡的短篇作家有愛倫坡、歐亨利、柯南・道爾及雷・布萊伯利，當然也少不了五十年來介紹有驚奇結局的短劇舞台之一：《陰陽魔界》影集。（以著名的《造福人類》〔To Serve Man〕這一集而言，觀眾發現外星人想造福的是它們自己的口腹之慾時，有哪一個觀眾敢說看了不膽寒？）

上中學之後，每次回家功課是作文的時候，我一定寫短篇小說。不過，我寫的不是偵探或科幻小說，而是仗著年幼狂妄心態自創的文體，主角通常是笨拙又不太會跟人相處的小胖子，在啦啦隊美眉落難時英勇地搶救，每一場災難雖然壯觀，發生的機率卻近乎零。例如我筆下的主角去登山救美，場景設在我住的芝加哥近郊，丟臉的是，芝加哥那一帶根本連一座山也沒有。

各位讀者可想而知，老師讀了我的作文會有多麼生氣。虧老師在課堂上提供了多少文學巨星讓我揣摩。老師會勸勉我說：「力爭上游啊！傑佛瑞。」那時是一九六〇年代。如果換成現代，老師的口頭禪會是：「要跳脫框架去思考啊！」幸好我很快就對這種抒發怨氣的文體死了心，老師沒被我氣到抓狂，我也沒自鑽文學的死胡同。我的筆桿搖得越來越勤快，引領我爬過詩詞、詞曲創作、記者之路，最後才駐足長篇小說。

我持續從短篇作品中得到樂趣，拜讀的雜誌包括《艾勒里・昆恩推理雜誌》、《希區考克》、《花花公子》（聽說這雜誌裡也穿插了攝影作品）、《紐約客》以及短篇小說合集，可惜我找不出時間寫。後來我辭去正職，專心撰寫長篇，寫了幾年，有位作家朋友正在編纂一本原創的短篇小說集，問我願不願意惠賜一篇。

何樂不為呢？我這樣問自己，然後埋首爬格子。

讓我訝異的是，創作短篇小說的經驗太美妙了，而且美妙的原因出乎我的意料。在我的長篇裡，我遵循嚴格的寫作慣例，喜歡把壞人寫得像好人（反之亦然），讓讀者誤以為災難即將發生，最後卻是善惡分明，好人大致上戰勝了壞人。我很看重作者和讀者之間訂的不成文契約，不願讓讀者在長篇小說上花了時間、金錢、感情，最後因讀到陰冷刻薄的結局而氣結。

然而，短篇只有三十頁，契約也截然不同。

讀者不需對短篇小說投注大量的感情。閱讀長篇小說的時候，讀者花時間去喜歡或討厭書中的角色，領會作者精心描寫的情境，享受如雲霄飛車般起伏的情節轉折。短篇小說就像狙擊手的子彈，來得快速又驚人。我可以把好人寫成壞人，把壞人寫得更壞。最好玩的是，我也可以把超好人寫成超壞人。

另外我也發現，身為文字工作者，我喜歡創作短篇小說所需的紀律。我常對創作課的學生說：「寫長，遠比寫短來得容易。」然而話說回來，寫作這一行講究的不是怎麼寫最容易，而是怎麼寫最能造福讀者，因為短篇小說不是讓作者偷懶的一種文體。

最後，我想感謝鼓勵我創作這些短篇小說的人，尤其要謝謝Janet Hutchings和無限寶貴的《艾勒里・昆恩推理雜誌》、姐妹誌《希區考克》，也要感激Marty Greenberg和Teknobooks的工作人員Otto Penzler和Evan Hunter。

本書收錄的故事五花八門，角色包括了莎士比亞本人、聰明絕頂的律師、奸巧下流的百姓、面目可憎的殺手，也包含了一些家庭。如果從最厚道的角度去看，這些家庭都只能說是脫序的。此書也收錄一篇從未發表過的林肯・萊姆和艾米莉亞・莎克斯的故事〈耶誕禮物〉。另外，其中有一篇屬於「書呆子復仇記」，多少映照出我青少年時期的筆觸，眼尖的讀者應該不難看出。可惜的是，我在此不宜多寫，以免露了情節轉折的餡。或許這樣講最合適吧：去閱讀，去享受……而且要記得，表象和真相未必一致。

——J. W. D.

# 沒有強納森的日子

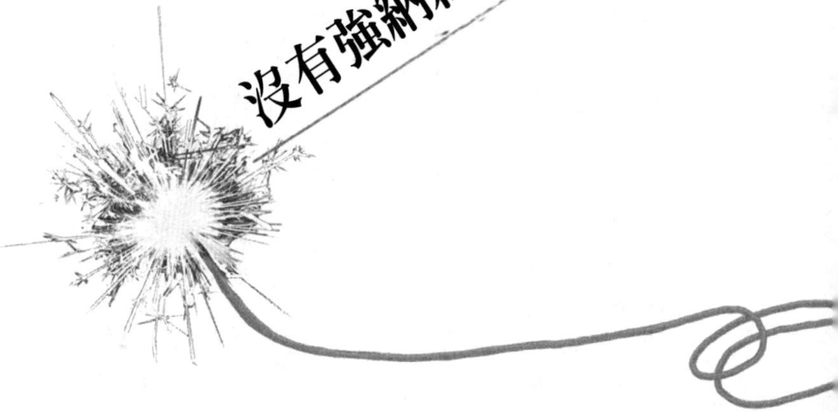

瑪麗莎・庫博驅車上了二三二號公路，從樸茨茅斯前往二十英里外的綠港。

她心裡想著：這條路她和強納森去購物中心時走過不下一千遍，載回家的是日常用品、無意義的奢侈品，以及偶爾挖到的寶貝。

七年前小兩口搬來緬因州，找到符合夢想的房子，二三二號公路也在新房附近。今年五月，他們也走這條路去慶祝結婚紀念日。然而，今晚的這些回憶只帶她通往一個地方：沒有強納森的日子。背後是夕陽，她繞過一個個閒散的彎道，希望擺脫這些痛苦卻又揮之不去的念頭。

別想那麼多了！

她命令自己四下看一看，欣賞粗獷的風景，看看高掛楓樹與橡樹上空的紫色雲朵。有些樹葉變成金色，有些紅得像心臟。看看日光形成了閃亮的緞帶，垂掛在深色的鐵杉和松林區。看看牛群莫名其妙排成一列，同步通勤回穀倉過夜。看看堂皇的白色尖塔，位於公路五英里以外的小村落裡。看看妳自己：三十四歲的熟女，駕駛著色調活潑的銀色豐田車，飆向新生活。

沒有強納森的生活。

二十分鐘之後，她來到全村僅有兩個號誌燈的丹納村，在第一個號誌燈前停了下來。在她踩離合器等綠燈之際，她瞥向右邊，看見令她微微心悸的景象。

眼前是一間商店，賣的是船舶用品與釣具。她注意到窗戶貼了一張海船引擎清潔劑的廣告。緬因州沿海這區到處看得到船——在觀光客收集的繪畫和照片中，印在馬克杯、T恤、鑰匙圈上。真船在這裡當然也是隨處可見：浮在海面、放在拖車上、停在乾船塢裡、擱置在前院。美國南方的鄉下常見小卡車，在東北方的這裡最常見的則是遊艇。然而，這張廣告最令她心驚的是上面印的船，廠牌是克理斯，大約三十六到三十八英尺長，算是大船。

就像強納森的那一艘，幾乎一模一樣，連顏色和規格也雷同。

強納森五年前買了遊艇，瑪麗莎以為他是三分鐘熱度（像有了新玩具的小男孩），不料他卻幾乎每個週末開船出海，沿著海岸釣鱈魚，技巧熟練得像老水手，然後帶最棒的幾條回家給老婆清理烹調。

啊，強納森……她猛嚥一口氣，慢慢呼吸以緩和蹦跳的心臟。她——

背後有人按喇叭，原來綠燈已經亮了。她繼續開車，儘可能不去臆測強納森的死因：船在波濤洶湧的灰色大西洋上搖搖晃晃，強納森落海了，雙手可能死命狂揮，恐慌的聲音可能叫著救命。

哎，強納森……

瑪麗莎駛過丹納村的第二個號誌燈，直接通過往海邊前進。藉著夕陽的餘暉，她看見前方就是大西洋的海岸，看見能致人於死的冷水。

能奪走強納森生命的海水。這時她告訴自己：別再想他了，要想就想戴爾吧。

戴爾・歐班尼恩是她即將前往綠港共進晚餐的男人。這是她多年來首次和男人約會。

她透過雜誌認識戴爾，兩人通過幾次電話。起先雙方的態度有所保留，幾度旁敲側擊，她才好意思提議見面。他們決定在碼頭的熱門餐館「漁業餐廳」碰頭。

戴爾原本提議「海濱餐飲店」。那裡的餐點比較可口沒錯，卻也是強納森最喜歡的餐廳，她實在無法跟戴爾約在那裡見面。所以最後決定去「漁業餐廳」。

她回想昨晚的通話內容。戴爾對她說：「我個子算高，身材健壯，頭頂有點禿。」

「喔，嗯，」她緊張地回應：「我身高一六五，金髮，明天會穿紫色洋裝。」

她回味著兩人的對話，心想這種簡單的交談象徵了單身生活，心想自己居然約了只在電話上認識的人。和別人約會，她的內心絲毫沒有疙瘩。她其實有點期待這一刻。認識丈夫強納森的時候，他即將從醫學院畢業，當時她二十一歲，兩人交往沒多久就閃電訂婚，終結了她單身女子的社交生活。現在她可要盡興玩樂一陣子了。她想認識有意思的男人，重新開始享受性愛。

一開始要多用點心，沒錯，但她會盡量拋開煩惱，專心放輕鬆。她會盡量別含恨，盡量別太沉溺於寡婦的苦日子。

想著想著，她的心思又飄向另一個問題：她真的能再談戀愛嗎？

她曾經死心塌地愛著強納森，那份真情還能再來一遍嗎？

而且，會有人死心塌地愛上她嗎？

又碰上了一個紅燈，瑪麗莎伸手將後照鏡轉過來照自己。太陽已經下山了，光線昏暗，但她相信鏡子反射出的這張臉能拿到將近滿分的成績：芳唇飽滿、沒有皺紋的臉蛋令人聯想到蜜雪兒・菲佛（至少在光線欠佳的豐田車上而言）、嬌小的鼻子。

另外，她的胴體纖細而富有彈性。雖然她自知胸部不夠雄偉，無法讓她登上「維多利亞的秘密」的型錄封面，但她有自信穿上好看的緊身牛仔褲時，臀部一定能吸引眾人目光。

至少在緬因州的樸茨茅斯沒問題。

管他的，她告訴自己，她肯定能找到喜歡的男人。

她心目中的對象必須懂得欣賞她這種女牛仔的個性。小時候，住在德州的祖父教她騎馬、開槍。也許她能找到欣賞她學識的男人。她擅長寫作和吟詩，喜愛教書。大學畢業後，她當過一段時間的老師。或許能找到和她一同歡笑的男人——去看電影的時候、坐在人行道邊看人的時候、講熱笑話和冷笑話的時候。她多麼喜歡哈哈大笑（可惜最近笑的機會太少了）。

接著，瑪麗莎心想：不對，不對……她的理想對象必須愛上百分之百的她。

想到這裡，她的淚水湧上來，她趕緊靠邊停車，向啜泣投降。

「不行，不行，不行……」

她努力逼走浮現腦海的丈夫影像。

冷冷的海水、灰色的海水……

過了五分鐘，她的心情平靜下來了。她擦乾眼睛，補妝並塗上口紅。

她開進綠港的鬧區，把車停進靠近商店和餐廳的停車場，步行半個街區就可以到碼頭。

她瞄了一下時鐘。才六點三十分。戴爾・歐班尼恩說他七點左右下班，七點半才能見面。

她提早來綠港是想逛逛街——以購物來治療心傷，逛夠了再去餐廳等戴爾。不過，想到這裡她又擔心起來，自己一人坐在吧台邊喝酒，該不會敗壞形象吧？

接著她兇巴巴地罵自己，想到哪裡去了？當然沒關係。她想做什麼事都無所謂，今天是讓她隨心所欲的晚上。

去吧，瑪麗莎，上陣吧，開始過妳的新生活。

緬因州的亞茅斯鎮位於綠港以南十五英里處，物質條件比不上綠港，主要收入來自捕魚和包裝，因此民宅多半是寒酸的小房子和獨立木屋，鎮民喜歡開福特F——一五〇小卡車和日製半噸級小卡車，當然也少不了休旅車。然而在亞茅斯鎮的外圍有一群高級住宅區，坐落於林木蓊鬱的山坡地上，俯瞰海灣美景。停在這些民房車道的多半是凌志車和Acura，這裡的休旅車內部以真皮裝潢，配備GPS導航系統，擋泥板不見粗俗的貼紙或象徵耶穌的魚，和鬧區的鎮民有所區別。這一帶甚至取了個貴氣十足的名稱：雪松莊園。

約瑟夫・賓罕穿著淡褐色的連身工作服，走上其中一間民宅的車道，並看看手錶。他對照地址以免找錯門，然後才按電鈴。出來應門的是年近四十的美女，身材苗條，頭髮有點毛燥。約瑟夫隔著紗門就能嗅到酒味。她穿著緊得不能再緊的牛仔褲，上身是件白色毛衣。

「什麼事？」

「我是有線電視公司的人。」他出示識別證。「我來重新設定府上的轉換盒。」

她愣了一下。「電視？」

「是的。」

「昨天不是才修過？」她轉身，兩眼朦朧地看著客廳裡的灰色大電視，電視外殼閃閃發亮。「不對吧，我剛才看了CNN，沒什麼問題啊。」

「府上只看得到一半的頻道，這區的用戶都出了同樣問題，所以本公司才派人來親手設定。不方便的話，我們可以再約個時間——」

「別約時間了，我可不想錯過《警匪實境秀》（COPS），進來吧。」

約瑟夫進了門，感覺女主人的視線在他身上遊走。他常碰到這種情況。這一行的待遇並不算最優渥的，他也稱不上是型男，不過天天運動的他身材不輸人。有人稱讚過他，說他「散發」一股男性的能量。他自己倒沒有這種感覺，頂多自信比較充足罷了。

「要不要來一杯？」她問。

「上班期間不能喝酒。」

「確定嗎？」

「確定。」

約瑟夫其實想喝，可惜場合不對。何況，他希望事成之後能在這裡享用一杯辛辣的黑皮諾美酒。從事這一行的人卻懂得品酒，常讓別人大吃一驚。

「我叫芭芭拉。」

「嗨，芭芭拉。」

她帶約瑟夫走遍全屋，一一調整轉換盒，她邊走邊喝酒。她喝的好像是沒有稀釋過的波本酒。

「妳有小孩？」約瑟夫朝書房桌上有兩個幼童的相片示意。「有小孩真好，對不對？」

「假如你喜歡害蟲的話。」她喃喃地說。

他在盒子上按了幾個按鈕，然後站起來。「還有其他盒子嗎？」

「最後一個在臥房，在樓上，我帶你上去。等我一下……」她再倒一杯，走回約瑟夫身邊。她帶著約瑟夫上樓，來到樓梯最上一層的時候停下來，再度上下打量著他。

「小孩今天晚上去哪裡了？」他問。

「害蟲在混帳他家。」她被自己的笑話逗笑了，口氣尖酸。「前夫跟我搞的是共同監護。」

「所以說，這麼大的房子只住妳一個人？」

「對呀，很可憐，對不對？」

約瑟夫不知道答案，只覺得她一點也不可憐。

「怎樣？」他說：「盒子擺在哪個房間？」兩人還杵在走廊上。

「喔，對，好，跟我來。」她的嗓音低沉而誘人。

進了臥房，她坐在凌亂的床鋪上啜飲著酒。約瑟夫找到盒子，按下「啟動」鍵。電視沙沙地亮起來，頻道是CNN。

「麻煩妳試一下遙控器。」他說著環視臥房。

「好。」芭芭拉醉醺醺地說。等她一轉身，約瑟夫走向她背後，從口袋掏出麻繩繞向她的脖子，纏緊之後還插了一枝鉛筆增加扭力。她的喉嚨被勒緊時發出短暫的慘叫聲，她死命想轉身掙脫，卻只用指甲刮了他幾下。酒灑在床單上，酒杯掉到地毯上，滾向牆腳。

短短幾分鐘，她已經氣絕身亡了。

約瑟夫坐在屍體旁邊，盡量地緩和呼吸，因為芭芭拉的抵抗出奇地激烈，他費盡力氣才制住她，任由繩索去執行奪魂任務。他戴上乳膠手套，擦掉自己在屋內留下的指紋，把芭芭拉的屍體從床上拖進臥房的正中央。他把芭芭拉的毛衣脫掉，解開牛仔褲的鈕釦。

這時他停下來。等一下。他應該叫什麼名字？

他皺起眉頭，回想昨晚的對話。當時他自稱什麼名字？

他點點頭，有了。他對瑪麗莎・庫博報上的姓名是戴爾・歐班尼恩。他看了一下時鐘，還沒到晚上七點。他時間充裕，可以慢慢解決這邊的事情，然後再去綠港赴約。瑪麗莎會在那邊等他，而且那間餐廳的吧台按杯計價的黑皮諾還不錯。

他拉下芭芭拉牛仔褲的拉鍊，把褲子拉到她的腳踝。

在荒涼的小公園裡，瑪麗莎坐在長椅上，瑟縮在吹過綠港碼頭的冷風中。風搖著常綠灌木叢，她透過枝葉看著一對男女閒坐在密閉式的船尾。這艘休閒船很大，船繩綁在附近的船塢。和很多船名一樣，這艘船的名字也一語雙關：「Maine Street」❶。她已經逛完了街，買了一些情趣內衣（她不禁想到，該不會永遠沒人看見她穿上這幾件吧？她有點氣餒），原本正想去餐廳，這時注意到了碼頭的燈光，看見這艘精緻的船輕輕晃動。

她看見那對男女坐在「緬因街」船尾的塑膠窗戶裡，兩人貼得很緊，啜飲著香檳。這一對可說是金童玉女——男的身材高壯，頭髮有不少銀絲；女的是金髮美女。兩人有說有笑，拚命挑逗對方。喝完了香檳，兩人走進艙房關上柚木門。

瑪麗莎想著她提的這袋性感內衣，想著恢復約會的生活，再度想起戴爾。她納悶的是今晚的約會將如何進行。一陣寒意襲上心頭，她站起來走向餐廳。

瑪麗莎小口飲用一杯上等的夏敦埃（自己放膽坐在吧台邊——太強了！），讓心思移向找工作一事。她不太急，反正保險金多得是，而且還有存款，房貸也快付清了。她其實不需要找工作，只是她想教書或者寫點文章，也許能在地方報社找到差事。

她甚至能去唸醫學院。她記得強納森常跟她提到醫院的事，她完全聽得懂。瑪麗莎極具邏輯思考的能力，以前的學業成績也很出色。如果當年她繼續進研究所深造，攻讀碩士學位還可以拿到全額的獎學金。

再來一杯酒。感覺悲哀，然後欣喜。灰色的海面漂浮著橙色的浮標，標示出海床上的捕龍蝦籠，浮標載浮載沉，象徵了她的心情。

能致人於死的海洋。她再次想到即將來浪漫燭光餐廳和她見面的男人。

一陣恐慌。她應不應該打電話給戴爾，跟他說自己還沒有心理準備做這件事？

回家吧，再喝一點葡萄酒，聽莫札特，在壁爐生火，自得其樂。

她舉起手向酒保做出買單的手勢。

這時，過去的一幕突然重回腦海，是認識強納森之前的往事。她記得當時年紀還小，騎著雪特蘭迷你馬，祖父騎在她身旁，胯下是長腿的阿帕盧薩馬。她記得精瘦的爺爺從容舉起左輪手槍，瞄準一條準備撲咬迷你馬的響尾蛇。突如其來的一槍把蛇打成沙地上血肉模糊的一坨肉醬。

爺爺擔心她難過。繼續騎了一段路之後，祖孫下了馬，爺爺彎腰叫她別傷心，因為開槍射殺那條蛇是不得已的。「沒關係，乖孫女，牠的靈魂正要飄向天堂。」

❶字面上的意思是緬因街。小鎮的最大一條街通常取名為Main街，而這裡是緬因州，兩字只有一個字母之差，發音相同。

她皺起眉頭。

「怎麼了？」爺爺問。

「太可惜了，我希望牠下地獄。」

瑪麗莎懷念當年那個鐵石心腸的小女孩。她知道，如果她打電話和戴爾取消約會，等於坐失了做大事的機會。無異於坐視響尾蛇咬她的迷你馬。不行，戴爾是第一步，是絕對有必要的第一步。唯有跨出這一步，她才能開始過沒有強納森的生活。

結果他出現了——英挺、微禿的戴爾。她看出深色西裝下的身材不錯，西裝裡面套的是黑色T恤。如果是本地人，八成穿人造纖維的白襯衫，繫著古板的領帶。

她揮揮手，戴爾以迷人的微笑回應。

他走過來。「瑪麗莎嗎？我是戴爾。」

握手的力道強勁，她也以同樣的手勁回握。

他走向吧台，在瑪麗莎身邊坐下，點了一杯黑皮諾葡萄酒，先高興地嗅一下，再舉起來碰她的杯子。兩人喝了一口。

「我還在想你會不會遲到。」她說：「有時候下班時間到了，卻很難脫身。」

再嗅一下。「我大致能控制自己的上下班時間。」他說。

兩人閒聊了幾分鐘，走向總管的櫃台。女服務生帶他們到戴爾預約的桌子，請他們坐在靠窗的地方。餐廳外的探照燈打在灰色的海面上，她看了一驚，因為她想到強納森泡在無情的海洋裡，但她趕走這些念頭，專心和戴爾聊天。兩人繼續閒聊，戴爾說他離過婚，沒有小孩，不過他一直想生幾個。她說她和強納森也沒生小孩。兩人聊到緬因州的天氣，談談政治。

「剛剛去逛街嗎？」他微笑著問，面對的是她放在椅子邊的購物袋，袋子上有白色和粉紅色相間的條紋。

「衛生衣褲。」她開玩笑說：「聽說今年冬天會很冷。」

兩人繼續聊天，喝完了整瓶葡萄酒，又各點一杯，不過瑪麗莎覺得她喝得比戴爾多。她有點醉意了。最好當心一點，要集中精神。這時卻又想起強納森，只好喝完整杯。

將近晚上十點，戴爾四下看著餐廳裡面，客人已經走得差不多了。他以視線扣住她，問說：「要不要出去走一走？」

瑪麗莎遲疑著。她心想，好了，心一橫的時候到了，現在可以一走了之，也可以陪他走出去。她想起了先前下定的決心，想起了強納森。

她說：「好，我們走吧。」

出了餐廳，兩人並肩走回她傍晚坐過的無人公園。

兩人走到她坐過的長椅，她對長椅點點頭，兩人一起坐下，戴爾緊靠著她。她感覺到他的存在。好久沒有壯碩的男人緊挨身邊的感覺了。她覺得既刺激、寬慰，卻又忐忑不安。

兩人看著名為「緬因街」的遊艇在樹葉的另一邊忽隱忽現。

他們默默坐了幾分鐘，在冷風中瑟縮。戴爾伸個懶腰，一手搭在長椅背上，沒有摟住她的肩膀，不過她能感覺到他的肌肉。她暗想，真結實。她向下瞄一眼，發現一條扭曲的白繩從他的口袋露出一段，隨時有滑落的可能。

她看著繩子說：「你的東西快掉出來了。」

他低頭看，把繩子拖出來拉直。「這一行的工具。」他注視著瑪麗莎。她皺眉表示不解。

他把繩子塞回口袋。戴爾繼續望向幾乎看不見的「緬因街」，艙房裡的那對男女已經出來後甲板上，又在喝香檳。

「就是他嗎？那個帥哥？」他問。

「對，」瑪麗莎說：「我的老公就是他，他就是強納森。」她被冷風吹得再打了一陣哆嗦。發抖的另一個原因是她看見強納森親吻嬌小的金髮美女，滿心嫌惡。

她正要問戴爾今晚要不要動手——謀殺她的丈夫——卻及時打住，顧及到戴爾可能和多數職業殺手一樣，比較喜歡使用委婉說法，於是簡單問了一句：「什麼時候？」

他們慢慢離開碼頭，因為戴爾已經看夠了。

「什麼時候？」戴爾問。「看情況而定。跟他在一起的那個女人是誰？」

「他的騷護士之一，我不曉得名字，大概叫凱倫吧。」

「她會不會在船上過夜？」

「不會。我已經監視強納森一個月，他會在差不多半夜的時候趕她下船。他受不了太黏人的情婦。明天還有一個會上船，不過中午之前不會出現。」

戴爾點點頭。「那我今晚動手，在她下船之後。」他看了瑪麗莎一眼。「我會照我講過的方式去做——趁他熟睡的時候上船，把他綁起來，把遊艇開離岸邊幾英里，然後把現場布置成他被錨繩絆倒，跌下海去了。他最近常喝酒嗎？」

「和海裡的水一樣多。」她挖苦。

「那就好，對我有幫助。我會把船開到杭廷頓附近，自己划救生艇回來，讓遊艇隨波逐流。」他朝「緬因街」點頭說。

「你每次都布置成像意外嗎？」瑪麗莎問。她懷疑這樣問是否違反了殺手的規則。

「盡量。我不是提到今天傍晚先去辦一件事嗎？我去亞茅斯村收拾一個女人。她喜歡虐待自己的小孩，打他們出氣，還罵他們是『害蟲』。太噁心了。她打小孩打成習慣，爸爸要小孩向警察舉發，孩子不肯，因為擔心害媽媽坐牢。」

「天啊，太可怕了。」

戴爾點頭。「就是，所以她老公找我幫忙。高瀑不是出了一個強姦魔嗎？我把現場布置成強姦魔入侵，先殺後姦。」

瑪麗莎思考箇中含義，然後問：「你有沒有……我是說，你假裝自己是強姦魔……」

「喔，天啊，我沒有。」戴爾蹙眉說：「我從來不幹那種事，只是布置成強姦魔作案的樣子。我去騎士橋街那間馬殺雞店後面撿來一個用過的保險套，噁心到不行。」

原來殺手也有道德標準，她心想。至少有些殺手還有格調。

她上下打量他。「你不擔心我是女警之類的人，設下圈套來抓你？再怎麼說，我是從那本《全球軍人》雜誌裡翻到你的小廣告。」

「這一行幹得夠久，通常能摸清客戶的虛實。而且我上個禮拜調查過妳了，妳沒問題。」

拿兩萬五美元找人謀殺親夫，這樣的人還算沒問題？

想到這裡……她從口袋取出一只厚信封遞給戴爾，信封進了放白繩的口袋。

「戴爾……對了，戴爾應該不是你的真名吧？」

「不是，不過我做這份差事用的名字就是戴爾。」

「喔，好，戴爾。他不會有什麼感覺吧？」她問。「會不會很痛？」

「一點也不痛。就算落海的時候他清醒了，海水那麼冷，他溺水之前八成會失去意識，隨即休克死掉。」

他們走到公園盡頭，戴爾問：「妳確定要動手嗎？」

瑪麗莎捫心自問，我確定要強納森死嗎？

強納森這個男人，每個週末騙我說要跟男同事去釣魚，其實是開遊艇載護士去幽會。強納森把我們家的存款花在她們身上。結婚幾年後，原本答應要生小孩的強納森宣佈他動完結紮手術，不想生小孩。每次聊到他的工作或時事，總是把我當成十歲的黃毛丫頭，完全不聽我說：「我聽得懂，老公，我是個有頭腦的女人。」強納森叫我辭掉我心愛的工作，囉唆到我辭職才罷休。每次我一提到重回職場的事，強納森就大發雷霆。每次我穿性感一點的衣服出門，他就有意見，而他早在幾年前就不肯跟我上床。每次我一提議離婚，強納森就動粗，因為教學醫院的醫生要有老婆才有前途……也因為他有變態的控制慾。

瑪麗莎的腦海突然湧現多年前德州黃沙上的情景，看見響尾蛇殘破的血屍。

**太可惜了，我希望他下地獄……**

「我確定。」她說。

戴爾跟她握手說：「接下來的事全交給我，妳放心回家。妳應該演練一下悲情寡婦的戲碼。」

「我應付得來。」瑪麗莎說：「悲情的角色我已經扮了好幾年。」

她把衣領拉高，走回停車場，不再回頭看船上的丈夫，也不看即將奪走他生命的男人。她坐上豐田車，啟動引擎，轉到搖滾樂電台，加大音量，離開綠港。

瑪麗莎搖下車窗，讓冷冽的秋風灌進來，車上瀰漫了濃濃的柴煙和落葉的氣息。她飆車掠過夜色，心裡思考的是她的未來，思考著沒有強納森的日子。

# 週休族

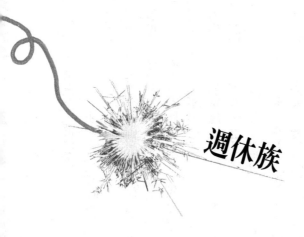

今天晚上的情況惡化得很快。

我看著後照鏡，沒有看見警車的燈光，不過我知道警察一定在追我們。用不著多久，一定能看見警車閃著燈追來。

陶斯想講話，我叫他別囉唆，把別克車的時速催油催到八十英里。這條路上沒有車，開了好久只看得見松樹。

「唉，慘了。」陶斯喃喃說。我覺得他在看我，不過我懶得正眼看他，因為我一肚子火。藥房啊，從來都不好得手。

看看警察巡邏的路線就曉得了。警車最常去巡邏的就是藥房，因為裡面賣的是Percocet止痛藥、煩寧跟別的鎮定劑，廢話。

大家以為警察會重點巡邏便利超商，其實去搶超商會笑掉別人大牙，因為裡面裝了攝影機，一進門就上了鏡頭，準死。所以，懂這一行的人，我指的是真正懂的人，不會傻到去搶便利超商。那就去搶銀行吧。算了吧，連提款機都別搶了。不然你去搶搶看，看能搶多少錢？頂多三、四百。而且在這附近，按「快速提款」鍵只能領二十。別傻了，幹嘛找提款機下手？

我們要的是現金，所以挑藥房作案，即使有點麻煩也照搶不誤。那間叫亞德摩的藥局，在麗格特瀑布這種小鎮算大間，離奧爾巴尼有六十英里，離我和陶斯住的西部山區大概一百英里。麗格特瀑布是個窮鎮，大家會以為在這裡的商店搶不到什麼錢。其實道理就在這裡，因為這裡的人跟其他地方的人一樣，需要買藥、買髮膠、買化妝品，而這些人沒有信用卡，頂多辦了西爾斯或潘尼百貨公司的簽帳卡。所以，這裡的人都用現金。

「唉，慘了，」陶斯又低聲說：「你看。」

聽他這麼說，我的火氣更大了。我想罵他，看個屁啦，畜生。我知道他要我看什麼，只是不想講。前面的地平線出現了一點光線，彷彿就快天亮，不同之處在於這個光是紅色的，而且好像在脈動似的閃來閃去。我知道警察已經在前面設了路障。從麗格特瀑布通往州際公路只有這條路，我早該料到有警方攔檢。

「我想到辦法了。」陶斯說。我才不想聽，不過我更不想再打一場槍戰。當然不想去路障硬幹，因為警察已經在那裡準備開槍了。

「什麼辦法？」我的口氣很衝。

「那邊有個小鎮，看見那邊的燈光沒？我知道有路可以到。」

陶斯是個大塊頭，外表鎮定，其實他很容易被嚇到。現在他一直轉頭向後座，一副膽小鬼的樣子。我好想甩他一巴掌，叫他別窮緊張。

「你說的小鎮在哪裡？」我問。

「再開個四、五英里就到。要轉彎的地方沒有路標，不過我知道怎麼走。」

紐約州北部的這一區很爛，到處是綠色，而且是髒兮兮的那種綠色。每棟房子都是灰色。低級的小屋，院子停了小卡車。很多小鎮連7—11都沒有，到處是叫作「山」的丘陵，根本不夠格稱作山。

陶斯搖下車窗，讓冷空氣吹進來，抬頭看著天空。「你知道嗎？他們可以用衛星來找我們。」

「你說什麼東西？」

「就是說，警察從高空就能看見人了。我在電影上看過。」

「你以為州警會用衛星來抓人？你白癡啊？」

這個傢伙，我不知道為什麼要跟他合作。在藥房發生了那種事之後，他休想再找我合夥了。

我照他指的地方轉彎，他說那個小鎮在瞭望岩下面。我記得了，今天下午去麗格特瀑布的路上有看到那塊大石頭，有兩、三百英尺高，如果看對了角度，看起來很像人頭，像是一個人眯著眼的側面。古代這裡的印地安人好像很崇拜瞭望岩，他對我介紹，我不太想聽，那張怪臉讓人看了心裡發毛，所以只看一眼就專心開車。我不喜歡，我這人不太迷信，不過有時候還是難免。

「溫徹斯特。」他說出小鎮的名字，人口有五、六千人。我們可以找間空房子，把車藏進車庫，避一避追兵的風頭。等到明天下午，也就是禮拜天，等週休族開車回波士頓和紐約，我們就可以混進車陣裡逃亡。

我看得到瞭望岩出現在前面，看不太清楚形狀，只看到星星被遮住的地方。這個時候，被綁在後座地板的男人突然呻吟一聲，差點害我心臟病發作。

「你，給我閉嘴！」我拍拍座椅，後面的男人不敢再出聲。

今晚太累人了……

我和陶斯在藥局關門前的十五分鐘進去。非這麼做不可，因為客人差不多走光，店員也大多下班了，大家都很累，你只要拿著一把葛拉克或史密斯威森槍指向他們的臉，他們就會乖乖聽話。

可惜今天晚上例外。

我們戴上頭套，慢慢走進去，陶斯去小辦公室逼經理出來。胖經理哭了，讓我很生氣，一個大男人有什麼好哭的。陶斯拿槍對準顧客和店員，我叫店員打開收銀機。小毛頭一個，哇塞，屌得不得了，像是他看過了史蒂芬・席格演的每一部電影似的。我只用史密斯威森親了他的臉一小口，他就改變心意開始動作，一邊開收銀機、一邊罵我髒話。我逼他一台台打開，拿到鈔票就開始數，最後弄到了差不多三千的時候，聽到一陣聲音，轉頭一看發現陶斯弄翻了一架子的脆片。搞什麼鬼，他居然在搶多力多滋玉米脆片！

我的視線才離開小毛頭一秒鐘，他便趁機甩了個瓶子，不是丟向我，而是丟向窗戶。轟的一聲，玻璃破了，我沒聽見警報聲。就算裝了警報器，反正有一半也不會響。我真的很生氣，很想當場斃了他。

動手的人不是我，是陶斯。

他對準小毛頭連開兩槍，砰、砰……可惡。其他人立刻鳥獸散，他轉身射中了女店員和顧客，連想也不多想一下，無緣無故就開槍。他打中女店員的腿，不過中槍的顧客，哎，已經翹掉了，一眼就看得出來。我氣得直罵：「你搞什麼鬼？你搞什麼鬼？」他也一直罵：「少廢話、少廢話、少廢話……」兩個人就這樣對罵起來，才發現不快走不行了。

所以我們離開藥房。結果呢，外面有個警察。原來小毛頭丟瓶子是想吸引警察的注意。警察下了車，我們抓來站在門邊的一個顧客，拿他當人肉盾牌逃走。警察舉著槍，看我們押著一個顧客，警察一直說，沒關係，沒關係，慢慢來就好。

我不敢相信的是，陶斯連警察也一起斃了。我不知道他死了沒，不過我看見他在流血，知道他大概沒穿防彈背心，我氣得差點當場幹掉陶斯。幹嘛對警察開槍？沒必要嘛。

我們把押來的顧客丟進後座，用膠布捆起來，然後踹破車尾燈，猛踩油門飆出麗格特瀑布。

事情只發生了半小時，感覺卻像過了幾個禮拜。現在，我們開在這條公路上，鑽過了一百萬棵松樹，直接往瞭望岩衝過去。

溫徹斯特好暗。

我實在搞不懂週休族為什麼喜歡來這種地方。我老爸很久以前帶我來這裡打獵，兩、三次吧，我那時很喜歡，不過來這裡如果只是看樹葉、買他們叫作做古董的家具，未免太遜了。而且他們買的家具說穿了只是爛貨。

我們在緬街的隔一條路找到空房子，門口堆了好多報紙。我把別克車開進車道，停在房子後面，這時正好飆來了兩輛州警的車子。他們在我們後面不到半英里，警燈沒開。警察沒看見我們，因為車尾燈早被我踹破了。警車呼的一聲過去，往鎮中心開走。

陶斯進了空屋。他手腳不太乾淨，打破了後面的窗戶。這房子是度假別墅，空無一物，冰箱沒插電，電話也不通。好現象，表示暫時不會有人回來。而且室內不通風，還堆了夏天留下來的舊書和舊雜誌。

我們把人質押進來，陶斯正要把人質的頭套摘下來。我罵他：「你想搞什麼鬼？」

「他一聲也沒吭，說不定沒辦法呼吸。」

說這種話的人剛剛才在藥房斃掉三條命，現在卻擔心人質沒辦法呼吸？真不錯啊。我冷笑一聲。「幹嘛讓他看見我們的長相？」我說：「你有沒有想過？」這個時候，我們已經脫掉滑雪用的頭套。

這種事他還要別人提醒，我光想就害怕。我以為陶斯的腦筋沒那麼鈍，可惜這種事永遠也看不準。

我走向窗口，又看見一輛警車經過。警車放慢速度了。通常都是這樣的，經過一開始的警報之後，激動一陣子之後，警察會聰明起來，開始慢慢巡邏，其實是想找出不太對勁的地方，看有什麼東西改變了。所以我才沒撿走前院的報紙，以免被警察發現早上的報紙怎麼不見了。警察真的會模仿電視上的可倫坡探長做這種事。我對警察了解到已經可以出書揭密的程度。

「你為什麼那樣做？」問話的是人質。「為什麼？」他再小聲問一次。

從藥房押過來的這個顧客嗓音很低，聽起來很鎮靜，碰到這種場面還能鎮定很不簡單。說出來不怕被笑，我第一次碰上槍戰後緊張了一整天，而我現在手上拿著槍。

我從頭到腳看了他一遍。他穿的是牛仔褲和格子襯衫，不過他不是本地人。我看得出來，因為他穿的是有錢人的鞋子，雅痞愛穿的那一種。他戴了頭套，我看不到他的長相，不過我還有印象。他不年輕了，差不多四十幾歲，皮膚有點皺紋。他也很瘦，比我還瘦，我的體質是吃再多也不胖的一型。我不知道為什麼，就是吃不胖。

「別出聲。」我說。又有一輛車子經過。

他笑了，輕輕地一笑好像在說，出了聲又怎樣？你以為他們在外面聽得見？

有點像在笑我吧？我很不爽。沒錯，外面的人確實聽不見房子裡的聲音，不過我不喜歡聽他囉唆，所以我說：「閉嘴就是了，我不想聽見你的聲音。」

他安靜了一分鐘，在陶斯叫他坐的椅子上向後靠。不過他又開口了：「你為什麼開槍射他們？沒有必要。」

「安靜！」

「跟我講個原因就好。」

我拿出刀子扳開來，丟向桌子讓刀尖刺進桌面，發出「咚」的一聲。「聽見沒？那把是八吋的巴克刀，加了碳強化過的，附有卡榫，即使是螺栓也能一刀砍斷，所以給我乖乖閉嘴，不然別怪我拿來砍你。」

他又發出剛才那種笑聲。應該是笑聲，不然就是用鼻子哼氣的聲音。不過我認為是笑聲。我想問他笑什麼，但按捺著沒發問。

「你身上有沒有帶錢？」陶斯問完從人質的後口袋拿出皮夾。「快看！」他抽出至少有五、六百元的鈔票。帥！

又有一輛巡邏車經過，開得很慢，車上面的探照燈照向這一家的車道，卻直走過去沒有轉進來。我聽見小鎮的另一邊傳來警笛聲，接著又來了一聲。知道這麼多警察想抓我們，感覺好怪。

我從陶斯手上拿走皮夾，翻翻看裡面還有什麼東西。

他的姓名是蘭道•C•韋勒二世，家住康乃迪克州，是週休族，被我猜中了。皮夾裡有一疊名片，頭銜是某大電腦公司的副總裁。電視新聞有報導過這家公司，好像想併購IBM還是什麼的。我突然想到一個點子，我們可以用他來拿贖金。有什麼不可以？多賺個五十萬，說不定還可以拗到更多。

「我老婆和兒子一定擔心死了。」韋勒說。他開口讓我嚇了一跳，因為我正好翻到皮夾裡的相片，相片裡面的人正好是他的老婆和小孩。

「我不會放你走的。還不快閉嘴，我可能用得到你。」

「你是說拿我當人質？那種事只會出現在電影裡。等你一走出去，警察馬上會槍斃你。逼不得已的時候連我也一起斃掉。真正的警察都這樣解決人質事件，你乾脆去投案吧，至少能撿回自己的一條命。」

「閉嘴！」我大吼。

「放我走吧，我會跟警察說你對我很好，就說槍擊事件是場誤會，錯不在你。」

我彎腰過去，拿刀抵住他的喉嚨。我用的是刀背，因為刀鋒真的很利。我叫他別講話。

又來了一輛車，這次沒開燈，不過速度比剛才更慢。我忽然想到，要是警察挨家挨戶搜索該怎麼辦？

「他為什麼要殺他們？」

奇怪的是，聽他說他讓我心情舒服了一點，他好像沒有把槍擊案怪到我頭上。本來就是陶斯的錯，又不是我。

韋勒繼續說：「我想不通，櫃台旁邊的那個男人，高個子的那個，他站在那裡不敢亂來，最後還是吃了子彈。」

我和陶斯都講不出話。原因大概是，陶斯自己也不曉得為什麼要開槍，而我沒必要回答這傢伙。他落在我手裡，完全在我的掌握中，我非讓他了解這個道理，我沒必要跟他講話。

不過，這個姓韋勒的傢伙也講不下去了。我起了一種奇怪的感覺，好像有種壓力慢慢增加，因為沒有人想回答他該死的蠢問題。我有一種想講話的衝動，隨便講什麼都行，而我最不想做的事情就是亂說話。所以我說：「我去把車子開進車庫。」說完走去後院。

我在車庫裡東翻西找，看看有沒有值錢的東西。什麼也沒有，只有一台斯奈波牌的割草機。幹走這種東西怎麼銷贓？我只好把別克車開進車庫，把門關上，進房子去。

我不敢相信自己的耳朵。天啊，我一走進客廳，第一個聽見的聲音是陶斯在說：「我才不幹，我才不會去告傑克・普列斯高的密。」

我呆住了，一臉帶塞。陶斯知道自己糗大了。

這下子，姓韋勒的傢伙知道我叫什麼名字了。

我一句話也不說，什麼也沒必要講。陶斯開始急著講話，口氣很緊張。「他說只要我放他走，他肯給我好多錢。」想把罪過推給韋勒。「我不想放他走，根本沒這麼想，老兄。我叫他死了心吧。」

「那你幹嘛提我名字？」

「我也不曉得，老兄，他把我搞糊塗了，我腦筋一時轉不過來。」

我想也是，陶斯整個晚上腦筋一直轉不過來。

我嘆氣讓他知道我不高興，不過我只是拍拍他肩膀。「好了。」我說：「今天晚上夠累了，這種事難免啦。」
「我對不起你，老兄，真的。」
「好啦。你最好還是去車庫過夜，不然到樓上去睡。我暫時不想看到你。」
「沒問題。」
怪的是，就在這個時候，韋勒偷笑了一下，好像他料到會有這種情況。他怎麼知道？我想不透。
陶斯拿來兩本雜誌，連同背包也拿過來。背包裡放著他的手槍和幾顆備用子彈。
正常而言，拿刀殺人比較困難。我說**正常而言**，其實在這之前我只做過一次。不過我記得很清楚，那次搞得髒兮兮，而且很辛苦。不過今天晚上，我也不曉得，覺得心裡充滿了一種……**感覺**，一股從藥房帶過來的火氣，也帶了一點瘋狂。陶斯一轉身，我馬上勒住他的脖子動刀，不到三分鐘就解決了。我把他的屍體拖到沙發後面，然後——有什麼關係？——乾脆摘掉韋勒的頭套，反正他已經知道我的名字，讓他看到臉也無所謂。
他死定了，這個道理他知我知。
「你考慮押我去領贖金，對不對？」
我站在窗口看著外面，又有一輛警車經過，低沉的雲層和瞭望岩的人臉反射出更多閃光。瞭望岩就在我們的正上方。
韋勒長了一張瘦臉，頭髮剪得短短的，修得超整齊，樣子跟我見過的所有馬屁精生意人一樣。他的眼珠呈深色，眼神和語調同樣鎮定，讓我看了更生氣，因為他見了地毯和地板上的一大攤血卻不害怕。

「不對。」我告訴他。

他看著我從皮夾掏出來的東西，繼續講話，假裝沒聽見我的話。「行不通的。就算綁架我，我家也沒什麼錢。你看到我的名片，一定以為我是公司的主管，其實我們公司的副總裁差不多有五百個。公司太小氣，不會付錢贖我的。相片裡不是有幾個小孩嗎？那是十二年前拍的，現在兩個都上大學了，學費很貴耶。」

「唸哪裡？」我譏諷他說：「哈佛嗎？」

「一個唸哈佛，」他說得好像在嗆我，「另一個唸西北大學。房子抵押到了一滴油水也不剩。何況，憑一個人就想綁架勒贖？不行，不可能成功。」

他發現我臉色難看，趕緊說：「我這話是對事不對人，傑克。我指的是一般人，不找人合夥，絕對搞不成勒贖。」

我想他說的也對。

又是剛才那種沉默。沒有人開口，感覺就像房間灌滿了冷水。我走向窗戶，地板被我踩得嘎吱作響，讓我覺得更恐怖。記得有一次我爸說，每個房子都有自己的聲音，有些房子會笑，有些房子落寞。這一間就是落寞型的房子。雖然這一間乾淨又很有現代感，而且《國家地理雜誌》按期數擺得整整齊齊，但還是讓人感覺落寞。

就在我被這種氣氛的張力搞得好想大叫的時候，韋勒說：「我不希望你殺我。」

「誰說我打算殺你？」

他又對我微微怪笑。「我跑業務跑了二十五年，賣過的東西包括寵物、凱迪拉克和排字機，最近我賣的是電腦主機。別人要我死的時候我很明白。你打算殺了我，你聽見他……」——點頭指向陶斯——「說到你名字的時候，第一個念頭就是殺了我滅口。」

我笑。「有你這種本事真方便，就像長了兩條腿的測謊機。」我故意諷刺他。

不過他只說：「方便極了。」彷彿同意我的說法似的。

「我不想殺你。」

「我知道你不想殺我。在藥房的時候，你也不想讓你朋友亂殺人，我感覺得出來。不過，事實是有幾個人被殺了，提高了案子的危險程度。對不對？」

他那對眼睛一直想鑽進我的臉，我講不出話來。

「可是，」他說：「我準備勸你不要。」

他的口氣四平八穩，我覺得比較舒服了，因為我寧願殺一個跩得二五八萬的混蛋，也不願殺哭得唏哩嘩啦的人。我笑了。「想勸我不要動手？」

「我願意一試。」

「怎麼試？」

韋勒稍微清一清喉嚨。「首先，我們把事情講開吧。你的臉被我看見了，我也知道你的姓名。你叫傑克・普列斯高，對不對？你身高差不多一七七，體重約七十公斤，黑髮，所以你非得假設我能指認出你。我不打算玩把戲，不會說我沒看清楚你的長相，或是沒聽見你叫什麼名字，不會裝糊塗。這些話你聽懂了沒，傑克？」

我點頭，翻翻白眼裝作他在唬爛。但我不得不承認，他想講的話讓我有點好奇。

「我的承諾是，」他說：「我不會檢舉你，在任何情況下都不會。警方絕對不會從我這裡問出你的姓名或是你的特徵。我絕不會做出對你不利的證詞。」

聽起來誠實得像牧師，講得很順口。他這種人的確是跑業務的，我才不相信他講的話。不過，他並不知道我在耍他。讓他盡量跟我推銷，讓他認為我上鉤了。等到最後我們上路逃亡，去了紐約州北部的樹林裡，我會叫他放輕鬆，別亂叫，別亂來，然後快刀在他的喉嚨劃上兩、三道，或是送他幾槍，這樣就解決了。

「你懂我的意思吧？」

我盡量擺出認真的表情，「懂，你以為你能勸我別殺你。你講得出不殺你的理由嗎？」

「喔，我當然講得出理由，特別是這一條，你沒辦法反對。」

「是嗎？什麼理由？」

「我待會兒再講。先讓我舉幾個現實的理由，解釋你應該放我走的原因。第一，你認為身分被我發現了，所以非宰了我滅口不可，對不對？好，你覺得你還能隱瞞身分多久？你的朋友在藥房殺了一個警察。除了電影，我對警察一無所知，只知道他們會比對輪胎的痕跡，訪談看見車牌和車款的目擊者，去調查你搶錢途中可能停下來加油的地方。」

他想唬我。那輛別克車是我偷來的。拜託，我才沒那麼笨。

可是他一直講下去，看著我，一臉想說卻又不太敢暢所欲言。「即使你開的是贓車，警察掌握了線索，可以一條一條追下去，你或你朋友去偷車的時候肯定留下了鞋印。而且警察也會去你偷車的地點打聽，看看車子被偷的時候有沒有民眾看見偷車賊。」

他講話的時候，我故意一直微笑，不過他說得有道理，槍殺警察的話，麻煩就大了，這種麻煩甩也甩不掉，因為警察追不到嫌犯不會收手。

「等警方查出你朋友的身分，」他朝遮住陶斯的屍體的沙發點頭，「遲早會查出他和你的關係。」

「我跟他不熟，一起鬼混幾個月而已。」

韋勒把握這個機會問：「去哪裡鬼混？酒吧嗎？還是餐廳？有沒有人在公開場合看見過你

們？」

我生氣了，大聲說：「被看見又怎樣？你想說什麼？反正警察遲早查得出我，到時候我跟你同歸於盡不就得了？你辯得過我嗎？」

他儘可能保持鎮定，「我只是想告訴你，你想殺我的理由之一並不合理。想想看，在藥房開槍的事不能算是預謀殺人。該怎麼形容那種情況？應該是『一時激動』吧。不過，如果你殺了我，就算是一級謀殺，最高可判死刑。」

等被逮到的時候再說吧，我在心裡暗笑。他說得是沒錯，問題是，殺人這種事沒什麼合理不合理的。去你的，殺人不會有道理，只是有時真的非下手不可。不過我現在被他逗得有點開心，想跟他辯上一辯。「我斃了陶斯，不算一時激動吧？反正我被逮捕的話，遲早要挨毒針。」

「警察才懶得管他死活。」他馬上回嘴。「警察不會關心他是自殺或是被車撞死，所以你根本不必把他考慮進去。假如你殺了我，他們才會哇哇叫，因為報紙的標題會說我是『無辜的路人』，是『留下兩個孩子的父親』。你殺了我的話，自己也是死路一條。」

我正要開口，他卻繼續講下去。

「我不檢舉你的理由還有一個，就是你知道我的名字，也知道我家住哪裡。你知道我有妻小，知道他們對我有多重要。如果我檢舉你，你大可上門算帳。我死也不會害家人受罪。好，讓我問你一個問題。你最怕碰到的是什麼情況？」

「繼續聽你囉唆個不停。」

韋勒聽了露出笑容，發現我居然有幽默感，他也覺得驚訝。過了一分鐘後他說：「說真的，你最怕碰到什麼狀況？」

「我不知道，從來沒想過。」

「斷了一條腿？耳朵聾了？錢一毛也不剩？變成瞎子？……嘿，你好像抖了一下。你怕變瞎子，對不對？」

「大概吧，我想得到的就屬這個最可怕。」

瞎了眼真的很恐怖，我以前想過，因為我老爸就是盲人。我最怕的不是再也看不見東西，而是必須依賴別人……天啊，做什麼事八成都得依賴別人。

「好，你設身處地想一下。」他說：「你怕變瞎子的感覺，就像我家人怕失去我的感覺。我死了，他們的痛苦可想而知。你不想害他們那麼痛苦吧？」

我的確不想，只知道自己非動手不可。我不肯再想下去了。我問他：「不是還有最後一個理由沒講？」

「最後一個理由嘛……」他的音量接近講悄悄話，不過他只講到一半。他在客廳裡東張西望，好像心思飛到別的地方。

「說啊！」我很好奇，「快告訴我。」

他只說：「這家人該不會有個酒櫃吧？」

我其實也想解饞。我走去廚房，冰箱裡當然沒有啤酒，因為房子久無人居，插頭全拔光了。這家人倒是有蘇格蘭威士忌，正好是我最想喝的酒。

我拿起酒瓶，帶了兩個杯子回到客廳，心想這樣也好。等到要動手的時候，兩個人喝得微醺的話，對他、對我都比較輕鬆。我用史密斯威森手槍抵著他的脖子，另一手割斷纏住他雙手的膠帶，把他的手纏在前面。我向後坐下，刀子放在附近。他如果想亂來，我隨手便能拿得到刀子，不過他好像不會亂來。他看著威士忌酒瓶上的標籤，發現是便宜貨有點失望。我跟他有同感。我很久以前就學到一個教訓，要搶就搶大戶。

我向後坐到能夠監視他的地方。

「最後一個原因。好，我告訴你。我想證明你應該放我走。」

「你能證明？」

「先前的那幾個理由——基於現實的考量，基於人道的考量……我不妨承認你聽不太進去。你看起來不太心動，對不對？我們來探討你應該放我走的一個理由。」

我猜他又想講屁話了，不過他的理由完全出乎我的意料之外。

「為了你自己好，你應該放我走。」

「為了我？扯到哪裡去了？」

「是這樣的，傑克，我不覺得你迷途了。」

「迷途？什麼意思？」

「我不認為你的靈魂到了萬惡不赦的程度。」

我笑這句話，哈哈大笑，因為我忍不住想笑。他好歹是個副總裁高級業務員，說這種話未免太遜了。「靈魂？你以為我有靈魂？」

「對，人人都有靈魂。」他說。妙的是，我自認沒靈魂的時候，他好像吃了一驚。就好像我說，不會吧，你說地球不是平的？

「如果我有靈魂，現在一定搭上特快車下了地獄。」這句話是我看電影學來的台詞。我想笑卻笑不出來，好像韋勒講了意義很深遠的東西，我卻只會跟他打屁，讓我覺得自己很沒用。我收起笑臉，低頭看著躺在角落的陶斯，他的死魚眼只是一直盯，一直盯，氣得我真想補捅他幾刀。

「重點是你的靈魂。」

我邊冷笑邊喝酒。「少來了，現在有人到處發什麼天使書，我敢打賭，你一定很愛看。」

「我確實有上教堂的習慣，不過我說的不是宗教書裡的連篇鬼話。我指的不是魔法，而是你的良心，是傑克・普列斯高的本性。」

社工也好，青少年輔導員也好，自以為懂得人生大道理的那些人懂個屁，我很想跟他這麼說。從那些人用的字眼，一聽就知道他們不懂狀況。有些輔導員或是什麼員的，他們會跟我說，你適應不良、你不願面對內心的憤怒之類的屁話。我一聽就知道他們完全不懂靈魂或心靈。

「我講的不是來生，」韋勒繼續說：「也不想講道德。我想講的是，今生今世才最重要。看吧，我就知道你會露出懷疑的臉色，不過聽我說，我真的相信如果你能跟人建立關係，如果你能信任這些人，如果能對這些人產生信心，你就還有希望。」

「希望？什麼意思？希望什麼？」

「希望你能成為真正的人，過著真正的生活。」

真正的……我聽不懂他在講什麼，不過他一副好像大家都曉得這個道理，如果我聽不懂，是我自己智障的模樣，所以我沒有接話。

他繼續說：「沒錯，偷東西有理由，殺人也有理由，不過整體來說，難道你不覺得最好別殺人、別偷東西？如果殺人沒關係，為什麼要把殺人犯關起來？不只是美國這樣，全世界都一樣。」

「那又怎樣？你想叫我怎樣？棄暗投明嗎？」

他挑起眉毛，「也許吧。告訴我，傑克，你的朋友動手的時候……對了，他叫什麼名字？」

「喬・羅依・陶斯。」

「陶斯。他對櫃台旁邊的顧客開槍的時候，你有什麼感受？」

「不知道。」

「他一轉身就斃了那個顧客，無緣無故就動手，你那時知道是不對的事情吧？」我正要講話，他卻搶著繼續說：「不行，別回答。即使回答了，你多半不會說真話。那也沒關係，因為從事你這一行的人本來就不該講真話。不過，我不希望你聽信你跟我說的謊話，可以嗎？我希望你摸著良心告訴我，陶斯的舉動是不是讓你覺得很離譜。你想想看，傑克，你那時就知道那樣做不太對。」

沒錯，我確實想過。誰不覺得離譜？每件事都被陶斯搞砸了，每個狀況都出錯，全都要怪他。

「你的內心覺得彆扭，對吧，傑克？你希望他沒有亂開槍。」

我沒反應，再喝一口蘇格蘭威士忌，望向窗外，看著鎮上到處是閃光。有時候覺得好近，有時候又顯得好遠。

「放你走的話，你會跟警察檢舉我。」

跟所有人一樣，他們全背叛了我。我那個混帳爸爸，即使在他瞎了以後，照樣去報警抓我。我的第一個保釋官、前後幾個法官、前妻珊卓、我的老闆。我用刀殺的人就是他。

「我不會。」韋勒說：「我們談的是君子協議，我不會反悔。我跟你打包票，傑克，我不會跟任何人透露你的事情，連我老婆也一樣。」他彎腰靠過來，雙手捧著酒杯。「你放我走的話，對你來說具有天大的意義，因為這表示你不算無可救藥。我保證你的人生會因此變好。單單一個放我走的動作，就能永遠改變你的人生。也許不是馬上改變，一年也許還看不出變化，甚至五年也看不出來，不過你總有一天會自新的。你會放棄這一切，把麗格特瀑布發生的事情擺脫得乾乾淨淨。所有的犯罪，所有的打打殺殺，你總有一天會改過自新的，我對你有信心。」

「你說你不會跟別人檢舉我，憑這句話就要我相信你？」

「啊！」韋勒說著舉起被纏住的雙手，再喝一口威士忌。「總算講到問題的核心了。」

又是那種急死人的沉默。我最後說：「什麼核心？」

「信念。」

外面突然爆出一陣警笛聲，很近，我叫他閉嘴，舉槍頂住他的頭。他的雙手在發抖，還好他沒做傻事。過了幾分鐘我坐回原位，他繼續說：「信念，我講的重點是信念。有信念的人，才有獲得拯救的機會。」

「我沒有任何狗屁信念。」我告訴他。

但是他繼續說：「如果你相信別人，你就有信念。」

「你幹嘛關心我有沒有獲救的機會？」

「因為人生辛苦，世人無情。我跟你說過我有上教堂的習慣，《聖經》裡寫了很多胡說八道的東西，不過有些道理我相信。我相信的道理之一是，有時候，上帝安排我們進入某種狀況，目的是讓我們發揮作用。我認為今晚發生的就是這種狀況，所以你和我才碰巧同時進藥房。你也有這種感覺，對不對？有點像是看出徵兆對吧？就像發生狀況的時候，你冥冥之中覺得應該做這件事或不應該做那件事。」

這就怪了，因為我和陶斯開車去麗格特瀑布的路上，我一直覺得怪怪的。我想不出是哪裡奇怪，卻總覺得這案子一定跟以往不同。

「假如說，」他說：「今天晚上發生的每一件事，都不是平白無故發生的，你有什麼感想？我老婆感冒了，所以我去買感冒藥。我不去7—11而去那間藥房，是為了省一、兩塊錢。你偏偏選在同一個時間去搶同一間，還正好帶了你那個朋友……」——他朝陶斯的屍體點頭——「一起去。警察也碰巧在同一個時間開車過來，櫃台後的店員正好看見警察。你不覺得有太多巧合的事情嗎？」

他又說了一句讓我脊背發涼的話。「最後我們來到這裡，坐在那塊大石頭、那張臉的陰影下面。」

跟我想的事情百分之百符合。我是說，我正好也想到那個瞭望岩。我也不曉得怎麼會想到，我正好看著窗外，在同個時間想到了它。我喝掉剩下的蘇格蘭威士忌，再倒一杯。搞什麼，我被嚇壞了。

「就好像他在看著我們，等你做出決定。喔，別以為只有你受影響，也許天意影響了藥房裡所有人的命運。你朋友不是殺了站在櫃台旁邊的人？也許他的時候到了，就快走了，不死也會得癌症或中風死掉。也許女店員的腿上不挨一槍就不懂得珍惜生命，說不定她從此戒毒或戒酒。」

「你呢？對你有什麼影響？」

「我嘛，我來告訴你。說不定你是我這輩子注定做的好事。我這輩子只想賺錢，你看看我的皮夾，在那邊，放在背面。」

我從皮夾背面抽出六、七張小卡片，看起來像獎狀。**蘭道・韋勒——年度業務員。連續兩年突破目標。一九九二年最佳業務員。**

韋勒繼續說：「我的辦公室擺了更多，連獎盃也有。我為了贏得這些比賽，不得已忽略了他人，忽略了家庭和朋友。這些親朋好友也許需要我幫忙。我現在才覺得做錯了事。也許被你綁架，我能因此覺醒、改過向上。」

好笑的是，我覺得他說的有道理。很難想像不搶劫的日子是沒錯，而且如果真的和人對打起來，我沒辦法不拿刀槍解決對方。有人說，被打了一巴掌，要轉過去讓對方再打一巴掌才對，那是講給窩囊廢聽的。話說回來，說不定哪天我真的能定下心來，找個女人同居，甚至娶個老婆，住在同一個屋簷下，不再用我對待珊卓的方式對待她。雖然我不記得老媽長什麼樣子，至少別做她和老爸做的錯事。

「如果我放你走，」我說：「你肯定會說出去。」

他聳聳肩。「我會說你把我鎖進後車廂，然後把我丟到這附近某個地方，我到處亂走，想找房子之類的地方求救，結果迷路了，可能要走一整天才找得到救星。警察會相信這樣的說法。」

「你也可以在一個小時後對警車招手。」

「是可以，不過我不會做那種事。」

「你老說不會，我怎麼知道你不會出賣我？」

「所以我才提起『信念』。你沒辦法知道，因為沒有保證。」

「好吧，照你這樣說，我大概一點信念也沒有。」

「這樣的話，假如我死了，你的人生永遠也不會出現轉變，沒有下文了。」他向後坐，聳聳肩。

又是那種沉默的氣氛，我卻覺得四周彷彿充滿了轟隆隆的聲音。「你只想要……你到底想要什麼？」

他再喝一口蘇格蘭威士忌。「我的提議是，讓我走出門。」

「少來，隨便放你出去散步透氣？」

「讓我走到外面，我保證一定再走進來。」

「像是測試嗎？」

他思考了一秒。「對，測試。」

「你所謂的信念在哪裡？你走出去如果想逃跑，我就瞄準你背後開槍。」

「不對，條件是你要先把槍放在房子裡的一個地方，例如廚房。要放在如果我跑了，你一時拿不到的地方。你站在窗口，讓彼此看得見對方。我先把話講明，我是飛毛腿，唸大學的時候是田徑校隊，現在還有天天跑步的習慣。」

「你心知肚明，如果你跑去叫警察過來，場面會變得很血腥，因為最先進門的五個州警會被我槍斃。誰也阻止不了我，你要為那幾條人命負責。」

「我當然知道。」他說：「不過，如果希望測試成功的話，你不能往那種方面去想，一定要往最壞的情境去假設——假如我跑去報警，把你的身分抖出來，說出你躲的地方，說你沒有人質，說你帶了一、兩把槍，警察聽了一定會破門而入，把你轟進地獄去。你才沒機會找人陪葬。你會被射死，而且死得很痛苦，為的只是幾個臭錢。但是、但是、但是……」他舉起雙手，不想讓我插嘴。「你一定要了解，信心附帶了風險。」

「太蠢了。」

「正好相反。這件事是你一生最聰明的抉擇。」

我再喝乾一杯威士忌，靜下心來思考。

韋勒說：「我看得出來，你產生了一點信心。是不多，至少有一些。」

被他說中了，也許我是有點信心。我在想，陶斯破壞了所有好事，讓我非常生氣。我本來不希望今天晚上出人命。我好厭倦殺人，厭倦我的人生走成這樣。有時候是不錯，一個人過日子，不必聽任何人使喚。不過有時候日子真的很難過。而這個姓韋勒的傢伙，他好像想跟我介紹一種不一樣的生活。

「所以說，」我說：「你只要我把槍放下？」

他四下看了看。「放進廚房，你站在門口或窗口，我只是走到街上，然後掉頭回來。」

我看看窗外，車道大概有十五公尺長，兩旁種了樹叢，他拔腿就跑的話，我休想再找到他。

天空反射著警車的閃光。

「我才不要，你想得美。」

我以為他大概會哀求，更有可能的情況是對我發飆。別人不照我的話去做，或者動作拖拖拉拉的時候，我就會發飆。不過他點點頭。「很好，傑克，你考慮了一下，這是好現象。你還沒準備好，我尊重你。」他再喝一小口蘇格蘭威士忌，看著酒杯不再講話。

突然間探照燈亮了起來，離這裡有點遠，我還是被嚇到了，趕緊從窗口向後退，拔槍出來，這時才發現燈光跟警察抓人無關，只是兩盞大聚光燈打在瞭望岩上，這一定是每天晚上準時亮燈。

我抬頭看瞭望岩。從這個角度，瞭望岩一點也不像人臉，只是一塊石頭，灰灰褐褐的，奇形怪狀的松樹從側面的石縫長出來。

我看了一、兩分鐘，觀察整個小鎮。韋勒講的東西進了我的腦袋。應該說不是他講的話，而是他提出的想法。我也在想，全鎮的人過著正常人的生活，我看得見尖頂的教堂和小房子的屋頂，鎮上點了很多小小的黃燈，隱約看得見遠遠的小山。我有點希望自己能坐在小房子裡，看著電視，老婆坐在我身邊。

我從窗口轉過頭來說：「你一走到馬路，馬上掉頭回來，就這麼簡單？」

「對，我不會跑掉，你也不會去拿槍，我們彼此信任，還有什麼比這更單純？」

我聽著風聲。風勢不強，穩定的咻咻聲卻具有莫名其妙的安撫效果，一旦換個時空，我會覺得這種風聲聽起來既冷又無情。我感覺像是聽見了人說話的聲音。我搞不清楚。直覺告訴我，應該照他的提議去做。

我不多說，因為我拿不定主意，擔心他一說話就會讓我改變心意。我拿著史密斯威森手槍看了一分鐘，然後走到廚房放在桌上。我拿著巴克刀回來，割掉他腳上的膠帶。然後我心想一不做二不休，乾脆連他手上的膠帶一起割斷。韋勒好像很驚訝，不過他面露微笑，好像他知道我願意陪他玩遊戲。我拉他站起來，握著刀對準他的脖子，押他走到門口。

「你正在做一件好事。」他說。

我心裡在想：搞什麼？我不敢相信。太秀逗了吧。部分直覺告訴我，快動手，割破他的喉嚨，趁現在！

我沒有下手。我開了門，聞到秋天的冷空氣、柴煙和松香，聽見風吹得頭上的石縫和樹木咻咻作響。

「去吧！」我告訴他。

韋勒開始走，沒有回頭看我是不是去拿槍……大概對我有信心吧。他繼續往馬路走，動作慢吞吞的。

不瞞你說，他走在車道上，有兩、三次經過黑漆漆的影子，想躲起來就能躲得不見人影，我心情七上八下，心想慘了，怎麼搞這種飛機，我腦袋壞了。

有幾次我差點抓狂，想衝去廚房拿手槍卻忍住了。韋勒快走到人行道的時候，我暫停呼吸。我以為他會逃命，真的這樣想過。我以為這個時候他會緊繃起來，像是想揮拳頭或是拔槍決鬥，或是拔腿就跑。就像動作還沒做出來，身體就喊著快要做的事情。不過韋勒沒有這麼做。他走向人行道的動作很隨便，還轉頭向上看看瞭望岩的臉，裝得像是一般的週休族。

他轉頭回來，對我點頭。

就在這個時候，一輛警車經過。

是州警，車子漆成黑色，沒開警燈，幾乎開到了韋勒的位置才被我看見。我猜我是看韋勒看得太緊，所以沒注意到其他狀況。

警車來到了隔壁的隔壁，同時被我和韋勒看見。

我心想：完了，死定了。

正當我轉身想去拿槍的時候，我看見路邊出現一件事，我愣住了。

信不信由你，韋勒趴了下去滾到樹下。我趕緊關門，從窗戶觀察。州警停了車，把手電筒照向車道。手電筒的燈光好強，上上下下照著，照到了樹叢和房子的前院，然後轉回馬路。我覺得韋勒好像正在松樹的落葉裡面挖洞躲了起來，以免被警察發現。不會吧？他居然在躲那些混帳警察，居然想盡辦法別被手電筒照到。

警車繼續向前開，我看見警察用手電筒照隔壁的房子，然後開走了。我不停盯著韋勒看，他沒有做傻事。我看見他從樹下爬出來，拍了拍身體，然後走回我這一邊。他的腳步輕鬆，活像要去酒吧跟幾個好朋友喝酒似的。

他走進來，小小嘆了一口氣，像是卸下心頭的大石。他笑了，對我舉出雙手，我根本還沒下令。我用膠布把他的雙手纏起來，他在椅子上坐下來，捧起酒杯來喝。

真的，我告訴你一件事，我敢對天發誓。那種感覺好爽，跟看見上帝的聖光還是什麼鬼東西完全不同。我那時想的是，我一輩子碰到的人，比如我爸或我前妻，或是陶斯，或是任何人，我從來沒有真正信任過他們，從來沒完全放心。而今天晚上，我卻辦到了，竟然信任一個陌生人，信任一個有能力陷害我的人。這個感覺很嚇人，卻也很爽。

很小的改變，真的很小。不過，說不定這是新人生的開始。我這才了解我錯了，我其實可以放他走。不對，我應該把他綁在這裡，塞住嘴巴，他要待一、兩天才可以出去。不過他一定會同意的，我知道他會。我會把他的姓名和住址抄下來，讓他知道我曉得他家住哪裡。這只是我放他走的原因之一，至於其他原因是什麼，我不太清楚，大概跟剛剛發生的事有關，跟我和他之間發生的事有關。

「你覺得怎麼樣？」他問。

我不想洩漏太多心事，可惜忍不住，「警車經過時，我還以為我死定了，還好你沒害我。」

「你也沒害到我，傑克。」他說：「幫我倆各倒一杯。」

我把酒杯倒滿，跟他碰杯。

「敬你，傑克，也敬信心。」

「敬信心。」

我抬頭喝了一大口，然後低下頭用鼻子吸氣，清一清腦袋。他居然逮住這個機會，對準了我的臉。

這個狗娘養的真厲害。他灑酒的時候杯子拿得很低，所以我雖然縮著脖子躲避，還是被威士忌灑到眼睛，刺到受不了。我簡直不敢相信，痛得慘叫，伸手想拿刀時，可惜來不及了。他全計畫好了，跟我打算做的動作一樣。他用膝蓋重重頂了我的下巴，撞掉了我兩顆牙齒，我來不及拿出口袋裡的刀子就向後倒。他跪在我的肚子上——我這才想到我剛剛懶得把他的腳纏住——我喘不過氣，躺在地上彷彿全身麻痺，拚命想呼吸卻沒氣。我痛到難以想像的地步，但更讓我心痛的還是他不信任我的感覺。

我只擠得出低語：「不要，不要！老兄，你誤會了，我真的打算放你走。你誤會了！我打算放你走。」

我什麼也看不見，也聽不太清楚聲音，因為耳朵嗡嗡響得厲害。我大口喘著氣說：「你誤會了，你誤會了。」

天啊，痛到不行。好痛……

韋勒一定解開了手上的膠帶，八成是用咬的。他把我翻過去面朝下，我覺得雙手被綁起來。他抓住我，把我拖到椅子上，把我的手腳綁在一起。他去盛了一些水灑在我臉上，沖掉眼睛裡的威士忌。

他在我前面的椅子坐下，盯著我看了好久，等我喘夠氣，他拿起他的酒杯，再倒一些蘇格蘭威士忌。我向後縮，擔心臉又被他潑酒，還好他坐著喝酒看我。

「你……我本來打算放你走的，我沒說謊。」

「我知道。」他說，態度仍然平靜。

「你知道？」

「我從你臉上看得出來。別忘了，我業務跑了好幾年。生意談成的時候，我看得出來。」

我的力氣並不小，尤其是在我發脾氣的時候。雖然我用了好大的力氣想扯開膠布，卻怎麼也扯不開。「你該死！」我大罵。「你說不會檢舉我，鬼扯了那麼多信心——」

「噓。」韋勒小聲說。他坐向後面，蹺起二郎腿，輕鬆得不得了，上上下下看著我。「你朋友不是在藥房斃了那個人？那個站在櫃台前面的顧客？」

我慢慢點頭。

「他是我的朋友。我和我老婆借住在他家，兩家人包括所有的小孩趁週末一起來度假。」

我瞪著他。他的朋友？他在說什麼？「我沒——」

「別說話。」他的口氣很輕。「他叫做傑瑞，跟我是多年的老朋友，是我最要好的朋友之一。」

「我沒有殺人的意思，我——」

「可是，藥房出了人命，而且是你的錯。」

「陶斯……」

他小聲說：「是你的錯。」

「好，我中了你的計，去叫警察來，我們做個了結，你這個該死的騙子。」

「你是真糊塗還是假糊塗？」韋勒搖搖頭。他怎麼這麼鎮定？他的手已經不抖了，也不東張西望，一點也不緊張，完全沒有。他說：「如果我想檢舉你，幾分鐘之前巡邏車經過的時候，直接對警察招手就行了，可是我跟你口頭打過包票，不會就是不會。我答應過你，絕對不會跟警察洩你的底，不會就是不會。我最不想做的事情就是檢舉你。」

「你想幹什麼？」我大喊。「快說啊！」邊說邊企圖扯斷膠布。喀嚓一聲，他打開了我的巴克刀，我想到自己告訴過他的事。

慘了，不要……完蛋了。

**大概是變成瞎子吧，我想得到的就屬這個最可怕。**

「你想幹什麼？」我小聲說。

「我想幹什麼，傑克？」韋勒邊說邊用拇指摸著刀鋒，一直盯著我的眼睛看。「這個嘛，我來告訴你。今天晚上，我花了好多時間勸你不該殺我。現在呢……」

「現在怎樣，老兄？怎樣？」

「現在，我要慢慢證明你早該殺了我。」說完，韋勒慢吞吞喝完威士忌，站起來，走向我，臉上掛著些許笑容。

# 服務費

「一開始，我以為是錯覺……不過現在我確定：是我丈夫想把我逼瘋。」

哈利・伯恩斯坦醫師點點頭，停頓一下才照實記錄病人的症狀，寫在攤開在大腿上的速記本上。

「我不是說他在煩我，不是想把我煩到抓狂。我指的是他想害我質疑自己的精神狀態，而且是故意的。」

佩琪・藍度富的臉原本偏離坐在皮沙發上的心理醫生，此時轉身面對他。伯恩斯坦醫生的診所位於公園大道，雖然他治療病人時將室內的光線調得頗暗，依然能看到佩琪的雙眼含淚。

「妳的心情很難過。」他以親切的口吻說。

「對，我很難過，」她說：「而且很害怕。」

佩琪年近五十，兩個月前開始來就診。輔導期間她數度瀕臨落淚，卻從沒有真正哭出來過。眼淚是很重要的情緒指標。有些病人接受心理醫生治療好幾年，從來未在醫生面前掉過一滴淚，所以稱職的醫師一見到淚水湧上，立刻坐直身子多加注意。

伯恩斯坦仔細端詳佩琪，看她轉過去撥弄大腿旁邊坐墊上的一顆釦子。

「繼續講吧，」他鼓勵著，「講給我聽。」

她從沙發邊的紙盒抽出一張面紙輕擦眼睛，動作很謹慎，因為她一如往常，化了無從挑剔的彩妝。

「請說吧。」伯恩斯坦柔聲道。

「發生過兩、三次了。」她不太情願地說：「昨天晚上最嚴重，我躺在床上，聽見一個講話的聲音，起先聽不太清楚，後來聽見聲音說……」她遲疑著，「說它是我父親的鬼魂。」

在心理治療中，病患提出的事情就屬這種最棒了，伯恩斯坦開始聚精會神地聆聽。

「妳該不會是在作夢吧？」

「不是，我醒著。那時我睡不著起床喝水，開始在公寓裡走來走去，只是踱步而已。我覺得好像快發狂了，我回床上躺著，聽見聲音說——我指的是彼得的聲音——說它是我父親的鬼魂。」

「他說了什麼？」

「他只是不停地嘮叨，跟我講我以前的事情，例如說我小時候的事。我不太確定，因為很難聽清楚。」

「妳丈夫知道妳童年的這些事嗎？」

「不完全知道。」她的嗓音漸低。「可是，他查得出來，翻翻我的信跟畢業紀念冊之類的東西就可以了。」

「妳確定講話的人是他？」

「那個聲音聽起來有點像彼得，不然我們家還會有誰？」她笑了，聲音近似巫婆的笑聲。

「何況，不太可能真的是我爸的鬼魂吧，對不對？」

「說不定彼得只是在講夢話。」

她沉默了一分鐘。「是這樣的，問題就在……他當時不在床上，而是在書房裡打電玩。」

伯恩斯坦繼續做筆記。

「妳聽得見書房裡傳出來的聲音？」

「他一定是從書房的門口……喔，醫生，你一定覺得很荒謬吧，我就知道。不過我認為他跪在門口——書房就在臥室的隔壁——他從門口低聲講話。」

「妳有進書房問他嗎？」

「我趕緊走去書房門口，不過一開門，發現他已經坐回書桌前了。」她看著雙手，發現面紙已經被撕爛。她向伯恩斯坦瞄了一眼，看看醫生是否注意到這種強迫症的舉動。醫生當然注意到了，她接著把衛生紙塞進淡褐色的名牌長褲口袋裡。

「然後呢？」

「然後我問他有沒有聽見什麼、有沒有聽見誰在講話的聲音？他看著我，好像我在發神經，轉頭繼續打電玩。」

「妳那天晚上沒有聽見其他怪聲？」

「對。」

伯恩斯坦端詳著病人，猜想她年輕的時候一定是個美女，她現在仍然風姿猶存（心理醫生總是看得出成人內心的小孩）。她臉龐光滑，鼻頭微微向上翹。身為康州名媛，她大概一年到頭都在猶豫是否該接受隆鼻手術。他回想佩琪說過，她的體重向來不是問題：每次只要增加兩公斤多，她就會請個人健身教練來上課。她說過，酒吧和咖啡廳不乏有男人想和她搭訕。她的語氣有點煩躁，其實是想掩飾內心的驕傲。

他問：「妳說以前發生過這種事情？我指的是聽見怪聲音的事。」

又是一陣遲疑。「大概兩、三次吧，都在最近這兩個禮拜。」

「可是，彼得為什麼想把妳逼瘋？」

佩琪接受治療至今，仍然不太常討論丈夫的事。在伯恩斯坦眼裡，她具有典型的中年危機症狀。伯恩斯坦知道她丈夫外表俊俏，年齡比她小幾歲，進取心不太強。兩人在三年前結婚，之前各離過一次婚。表面上看來，兩人的興趣找不到太多交集，然而這畢竟是佩琪的片面之詞。在心理醫師的診所裡，病人揭露的「事實」有時大有玄機。伯恩斯坦致力成為測謊機，他對這對夫妻的印象是，兩人之間有許多不便明講的衝突。

佩琪思考著他的問題。「我不曉得。我跟莎莉聊過……」伯恩斯坦記得她提過莎莉是她的手帕交。莎莉也是紐約上東城區的貴婦——有錢有閒結伴吃午餐的那一型——丈夫是紐約某大銀行的總裁。「她說，搞不好彼得在嫉妒我。不信你看看我們兩個，我有社交生活，我有很多朋友，我有錢……」他注意到佩琪的語調略帶躁症的徵狀。她自己也注意到了，收斂了一點。「我不知道他做這種事的原因，不過他確實在搞鬼。」

「妳有跟他談過這件事嗎？」

「我提過，不過他當然一概否認。」她搖搖頭，淚水再次湧上。「然後呢……小鳥也……」

「小鳥？」

她又抽來一張面紙，用過隨即撕爛。她這次沒有隱藏證物。「我收藏了一組陶瓷小鳥，是貝姆公司出品的。你聽過這間陶瓷藝品公司嗎？」

「沒聽過。」

「是間德國公司。這組小鳥很名貴，製作非常精美，是我爸媽留給我們的。我爸過世以後，遺產分給我和哥哥史蒂芬，不過傳家之寶大部分給了哥哥，我好傷心。不過我倒是分得了這組陶瓷鳥。」

伯恩斯坦知道她母親十年前去世，父親大約三年前也下了黃泉。她的父親生前非常嚴肅，偏心佩琪的哥哥，從來不把佩琪看在眼裡。

「小鳥總共有四隻。以前有五隻，我十二歲那年為了一件事興奮得不得了，衝進家裡想告訴爸爸，結果撞到桌子，其中一隻掉到地上摔碎了，那是隻麻雀。我爸拿柳枝打我屁股，不准我吃晚餐，叫我直接上床睡覺。」

啊，重大事件。伯恩斯坦記下一筆，決定暫時不追問這件事。

「然後呢？」

「我第一次聽見爸爸聲音的隔天早上……」她的嗓音變得嚴厲。「我是說，彼得開始壓低聲音對我講話的隔天早上……我發現其中一隻摔碎了，掉在客廳的地板上。我問彼得，明知道小鳥對我很重要，為什麼要摔碎小鳥。他矢口否認，說一定是我夢遊的時候撞掉的。可是我知道我沒有，摔壞小鳥的人絕對是彼得。」她的嗓音又變得粗俗且缺乏理性。

伯恩斯坦看了一下時鐘。他討厭心理分析學家的這項傳統：五十分的鐘點，分秒不差。他想深入探索的項目多得是，但治療病患時講究一致性，而且根據老派的心理醫學，必須講究自我約束。所以他說：「對不起，時間到了。」

佩琪順從地站起來，伯恩斯坦觀察到她的外表非常邋遢。沒錯，她的妝很仔細，上衣卻沒扣好。她不是出門時穿得太匆忙，就是一時疏忽。另外，名牌麂革鞋的一條鞋帶也沒有勾好。

她起立說：「謝謝你，醫生……能說出心事的感覺真好。」

「多談一點，可以解開所有的疑難。我們下禮拜見。」

佩琪離開診所後，伯恩斯坦在辦公桌前坐下。他坐在椅子上徐徐旋轉，凝視著數百本專業書籍，其中包括《精神疾病診斷與統計手冊第四版》、《日常生活的精神病學》、《美國心理學協會之神經官能症手冊》，作者有佛洛依德、阿德勒❷、榮格❸、霍爾奈❹等等。他望向窗外，看著傍晚的陽光灑在公園大道上，照耀著北上的汽車和計程車。

一隻鳥飛了過去。

他思考著佩琪童年摔碎的那隻陶瓷麻雀。

他心想：這次治療的過程具有重大的意義。

不僅對他的病人如此，對他個人同樣具有深遠的意義。

在今天之前，佩琪不過是個輕度慾求不滿的中年病人，今天卻代表了伯恩斯坦醫生個人生涯的分水嶺。他有能力讓佩琪的人生徹底改觀。

改造佩琪的同時，或許他也能改造自己的人生。伯恩斯坦哈哈大笑，又坐在椅子上旋轉，像遊樂場上的小孩一樣，轉了一圈、兩圈、三圈。

門口來了一個人。「醫生？」秘書米蓮偏著佈滿毛燥白髮的頭問：「你還好嗎？」

「我很好。為什麼這麼問？」

「因為……好像很久沒聽過你笑得那麼開心了，應該說從沒聽見你在辦公室笑成那樣。」

這也是讓他開懷大笑的原因，所以他又笑了一陣。秘書皺眉，眼神充滿擔憂。

伯恩斯坦收起笑容，以凝重的表情注視她。「好了，妳可以下班了。」

她一臉迷惘。「醫生，現在已經是下班時間。」

「開玩笑的啦，」他說明，「我是在開妳玩笑。明天見。」

秘書以謹慎的態度斜眼看他，似乎無法甩開自己臉上狐疑的表情。「你確定沒事嗎？」

「我很好，再見。」

「再見，醫生。」

片刻之後，伯恩斯坦聽見診所的前門喀嚓關上。

他坐著椅子再兜一圈，想著：佩琪……我能解救妳，妳也能解救我。

❷Adler，奧地利精神病學家。
❸Jung，瑞士心理學家。
❹Karen Horney，德裔美籍精神分析學家。

伯恩斯坦醫生急需他人來拯救。

因為他討厭做這一行。

他討厭的不是治療精神病與情緒方面的問題。他是天生的心理治療師，天賦傲人。他討厭的是在紐約上東城區開業，他最不願意看的就是這類型的病人。但是，挺拔英俊的他就讀哥倫比亞醫學院的第二年認識了高瘦美麗的琳達，當時琳達是現代藝術博物館的開發部助理部長。在伯恩斯坦開始實習之前，兩人就步入了禮堂。

原本他住在哈林區附近的無電梯公寓的五樓，婚後搬進琳達位於東八十一街的城市屋。短短幾星期，琳達就開始改造他的人生。她對丈夫懷抱著遠大的期望（跟佩琪的觀念極為接近。幾星期前佩琪隨口批評丈夫缺乏野心，伯恩斯坦看得出她話中帶有怒氣）。琳達愛錢，希望經常列名大都會博物館慈善晚會的邀請名單。她也喜歡進法國艾茲村、巴黎、摩納哥的四星級餐館，享受巨星級的呵護。

伯恩斯坦出身紐約低房價區，生性勤勉而隨和，明知照琳達的指示會偏離人生的正道，卻因深愛琳達，只得繼續聽從她的指揮。他們在麥迪遜大道的大廈買了一間合作公寓，以三千元的月租在公園大道和七十八街的診所掛牌開業，掛著厚重的黃銅名牌。

起初，伯恩斯坦擔憂夫妻倆累計的帳單高如天文數字，但是進帳越來越多，因為多金又有健保的精神病患在曼哈頓島上源源不絕，讓伯恩斯坦不愁財源。他的醫術也很高明，病人上門後總是很倚賴他，每週都回籠就診。

「沒人了解我……是啊，我們有得是錢，不過錢不代表一切……前幾天我們家的佣人看著我，眼神像把我當成外星人……又不是我的錯……我一個禮拜只休一天假，我媽偏偏挑這一天找我去逛街，我氣炸了……我認為薩謬爾劈腿……我認為我兒子是同性戀……我怎麼甩就是甩不掉這十五磅肥肉……」

這些煩惱也許平凡無奇，有時候甚至雞毛蒜皮到令人發噱的程度，但是伯恩斯坦開業時發過誓，也基於個性，從不小看病患的怨言。他努力治療這些富翁、富婆的心病。

忙著處理曼哈頓人的心病之際，他忽略了自己真正想做的事——治療真正嚴重的精神病患，例如妄想型精神分裂症病人、躁鬱症和邊緣性人格異常病人。這些人生活苦悶，沒有曼哈頓病人的閒錢來麻醉自我。

以前伯恩斯坦會不時去多家診所當志工，尤其喜歡去布魯克林區一間治療遊民的小診所。可惜他在公園大道開業後病患太多，琳達的社交行程也太緊湊，他一直抽不出時間去那間診所幫忙。他考慮過，索性關掉自己的診所算了，可是一旦這麼做，他的收入勢必暴跌九成。他和琳達結婚兩年後生了兩個寶貝女兒，伯恩斯坦很疼愛她們，還讓孩子就讀貴族學校，學費貴得令人咋舌，為了顧及女兒的需求，他只好犧牲小我。而且，儘管他在許多方面具有理想主義，伯恩斯坦自知一旦換了跑道，改去布魯克林的小診所上全職班，琳達絕對會二話不說走人。

諷刺的是，即使琳達下堂求去——改嫁她在慈善晚會認識的男人——他仍然抽不出空去遊民診所看病，因為琳達花錢花太兇了，夫妻倆債台高築。大女兒現在唸的是貴族大學，小女兒明年就要進私校瓦瑟學院。

巧合的是，在他數十名發發小牢騷的病人之間出了一個佩琪，一個真正窮途末路的女病人：訴說著鬼魂擾人的事，訴說她丈夫試圖逼瘋她，她顯然瀕臨崩潰。

終於出了一個病人，總算讓伯恩斯坦有機會重獲新生。

那天晚上，伯恩斯坦連晚餐也省了，回家直接進了書房，書桌上堆了一年份的專業期刊。這些期刊探討的是嚴重的心理病症，讀了也不見得能造福他日常診治的病患，所以他懶得翻閱。

他踢開鞋子，一面瀏覽一面寫筆記。他上網查閱分析精神病患言行的網站，一查就是幾小時，下載有助了解佩琪病情的文章。

他曾在《精神病期刊》讀過一篇不太知名的文章，所幸還是找到了，再讀一遍之後，發現裡面有處理佩琪病情的關鍵。他忘情於文章，坐直上身時聽見尖銳的哨子聲。是他忘了在燒開水泡咖啡嗎？他瞥向窗外，才發現根本不是熱水壺發出的聲音，而是停在附近枝椏上的小鳥在唱歌，天色早已破曉。

佩琪再度就診的時候，外表比上禮拜更形惡化。她的衣服沒有熨過，頭髮看似幾天沒洗，已經黏成塊狀。她的白上衣沾了髒東西，衣領破了，裙子也一樣。絲襪有脫針的現象。只有妝化得妥妥貼貼。

「哈囉，醫生。」她以柔和的語氣說，但是嗓音怯弱。

「嗨，佩琪，請進……妳今天不必坐躺椅了，改坐在我對面。」

她遲疑著。「為什麼？」

「平常的方式改天再進行，我建議先處理眼前的危機，就是妳聽見聲音的毛病。我想正面看著妳。」

「危機。」她以提防的語氣重複這兩個字，在辦公桌對面的舒適扶手椅坐下。她雙臂交叉在胸前，凝視窗外——伯恩斯坦熟知這些肢體語言的涵義。她以動作表示心情緊張，提高了心防。

「好了，我們上次見過面之後，發生過什麼事嗎？」他問。

她說她又聽到聲音，聽見丈夫又假裝父親的鬼魂，小聲講一些可怕的事情給她聽。伯恩斯坦問鬼魂說了什麼，她回答：罵她這個女兒不乖，罵她是個差勁的太太，罵她這個朋友只會做表面工夫，叫她乾脆自殺，以免製造別人的痛苦。

伯恩斯坦一一做筆記。「聽起來像不像妳父親的嗓音？我指的是講話的語調。」

「不是我爸，」她壓低嗓門，「是我丈夫，是他在模仿我爸爸的嗓音。我跟你講過了。」

「我知道。可是音色呢，像不像？」

她思考了一下。「大概吧。不過我丈夫遇見我爸，我爸也留了自己的錄影帶，彼得聽了就可以冒充他講話的聲音。」

「妳聽見聲音的時候，彼得人在哪裡？」

她注視著書架。「他不在家。」

「不在家？」

「對，他出去抽煙了，不過我推測出他在搞什麼把戲。他一定是用錄音機連接喇叭來播放聲音，不然就是利用對講機之類的東西。」她越講越小聲。「彼得很會模仿別人，假冒起來很像真的，再難模仿的聲音也難不倒他。」

「全都難不倒他？」

她清清嗓子。「這次出現了不只一個鬼魂。」她的音調再度上揚，有躁症的意味。「我的祖母、我的母親，還有我根本不知道是誰的聲音。」佩琪凝視他半晌，然後低下頭去。皮包的釦環被她扣了又開，開了又扣。她看皮包裡面，取出粉餅盒和口紅，注視著化妝品，然後又收起來，雙手不住顫抖。

伯恩斯坦等了很久才說：「佩琪……我想問妳一件事。」

「儘管問，沒關係，醫生。」

「為了方便討論，我們假設一下，假設怪聲音不是彼得製造出來的，有可能從什麼地方傳出來嗎？」

她動怒，「我的話你一個字也不信，對不對？」

心理醫生最難為的是，在探求真相的同時，還需要讓病人知道你站在同一邊。他以平緩的語氣說：「妳說妳先生模仿別人的聲音來嚇妳，這絕對有可能。不過，我們先撇開這一點不談，考慮怪聲音出現的其他因素。」

「什麼因素？」

「妳確實聽見了聲音，不過也許是丈夫講電話的聲音，也許是電視機的聲音，也許是收音機。不管是什麼，都跟鬼魂沒關係。妳把自己想的事情投射到妳聽見的聲音上面。」

「你說全是我自己想像出來的？」

「我是說，妳聽見的話可能源自於妳的潛意識。妳覺得有可能嗎？」

她思考了片刻。「我不知道……有可能吧。你說的或許有道理。」

伯恩斯坦微笑。「那就好，佩琪。承認等於是跨出第一步，這是好現象。」

她面露喜色，像是獲得老師嘉獎的小學生。

接著，心理醫生嚴肅起來。「還有一件事：聲音叫妳傷害自己的時候……妳該不會照做吧？」

「我不會。」她勇敢一笑。「當然不會。」

「那就好。」他向時鐘瞄了一眼。「時間差不多了，佩琪。我想給妳一個回家作業，希望妳把聽見的怪聲音全寫進日記。」

「日記？好。」

「把所有內容寫下來，我們再一起研究看看。」

她站起來，轉頭面對伯恩斯坦。「乾脆我下次叫鬼魂一起過來看病……不過你恐怕得加倍收費，對不對？」

他笑道：「下禮拜見。」

隔天凌晨三點，伯恩斯坦被電話鈴聲吵醒。

「伯恩斯坦醫生？」

「我就是。」

「我是卡文諾警官。」

伯恩斯坦撐起上身坐著，極力甩開睡意，第一個浮現的念頭是赫博。赫博是布魯克林區遊民診所的一個病患，罹患輕微的精神分裂症，絲毫不具侵犯性，但是個性莽撞，講話很衝，所以老是挨揍。這通電話跟赫博無關。

「你是佩琪．藍度富的心理醫師，對不對？」

他的心臟噗通跳著。「對，我是。她還好吧？」

「警察局剛接到一通電話……趕到的時候，發現她在公寓外面的街上。沒有人受傷，不過她有點歇斯底里。」

「我馬上過去。」

藍度富家的公寓大樓和他家隔了十條街，他趕到時發現佩琪和丈夫在前門的大廳，旁邊站了一位穿制服的警察。伯恩斯坦知道藍度富家境富裕，想不到這棟大樓遠比他想像更光鮮亮麗。這棟是川普在一九八〇年代蓋的豪華大廈之一。伯恩斯坦記得《紐約時報》報導過，有些三戶式閣樓可以賣到兩千萬美元。

「醫生！」佩琪一見到伯恩斯坦就哭喊著衝過去。伯恩斯坦對於醫病之間的肢體碰觸很謹慎。他明瞭移情作用和反移情作用的道理，這種現象在心理醫生和病人之間絕對正常，但是肢體碰觸必須謹慎為之。伯恩斯坦抓住佩琪的肩膀，避免被她熊抱，帶她走回大廳的沙發。

「藍度富先生？」伯恩斯坦問她的丈夫。

「我就是。」

「我是哈利・伯恩斯坦。」

兩人握手。彼得・藍度富合乎伯恩斯坦的印象，身材修長、年約四十、有運動員的身材跟帥氣。他的眼神憤怒而疑惑，像是剛遭人陷害，伯恩斯坦想到他短暫治療過的一個病患——他只有一個怨言，就是他難以在妻子和兩個情婦之間周旋。彼得穿著絲質的酒紅色浴袍和柔軟的皮拖鞋。

「介意我單獨和佩琪談談嗎？」伯恩斯坦問他。

「請便，想找我的話，我就在樓上。」這話只對伯恩斯坦和警官說。

伯恩斯坦也看了警察一眼。警察識趣地走開，讓醫生單獨去開導病人。

「怎麼了？」伯恩斯坦問佩琪。

「那隻小鳥。」她含淚哽咽著。

「妳那組陶瓷的小鳥？」

「對，」她低聲說：「被他打碎了一隻。」

伯恩斯坦仔細看著她。披頭散髮的她今晚狀況很差，睡袍髒污、指甲骯髒，唯有化妝和前幾天就診時一樣完美。

「發生了什麼事？告訴我。」

「我睡覺時聽見一個聲音說，『快跑啊！妳不出去不行，他們快到了，他們想傷害妳」。』我聽了趕緊跳下床，衝進客廳，看見我的一隻貝姆小鳥，我的知更鳥被打碎了，碎片掉了一地。我開始尖叫，因為我知道他們在追殺我！」她拉高分貝。「那些鬼魂……他們……我的意思是，彼得追過來了，我只能披上睡袍逃走。」

「彼得做了什麼事？」

「他追著我跑。」

「不過，他沒有傷到妳吧？」

她遲疑著。「沒有。」她以疑神疑鬼的目光在冷冷的大理石大廳張望。「他做了什麼？他打電話報警……可是，你不明白嗎？除了報警，彼得又能怎樣？如果老婆尖叫著衝出公寓，照理說他也只能報警，不報警的話才可疑……」她的音調漸漸下降。

伯恩斯坦看她是否有服藥過量或喝酒的跡象，看不出來。她再度在大廳裡東看西看。

「現在感覺有沒有比較好？」

她點頭。「不好意思，」她說：「害你半夜大老遠趕過來。」

「應該的……告訴我，妳現在沒聽見怪聲音吧？」

「沒有。」

「小鳥呢？可不可能是不小心打破的？」

她思考片刻。「呃，彼得那時候確實是在睡覺……說不定是我睡覺前拿起來看，放在桌子的邊緣。」她聽起來全然理性。「說不定是佣人放的，也可能是被我自己撞掉的。」

警察看看手錶，小跑過來問：「方便說句話嗎，醫生？」

兩人走進大廳一角。

「我在想，我應該把她帶回下城區。」警察有皇后區的口音。「她剛才情緒很激動。不過決定權在你手上，你認為她有沒有情緒困擾？」

只要出現情緒困擾的跡象，她就會遭到強制住院。如果伯恩斯坦以肯定句回答，警察一定會把佩琪帶去就醫。

這是關鍵時刻，伯恩斯坦天人交戰。

**我能解救妳，妳也能解救我……**

他對警察說：「給我一分鐘。」

他走回去在佩琪身邊坐下。「我們碰上麻煩了，那個警察想把妳帶去醫院。如果妳堅持說彼得想把妳逼瘋或想傷害妳，法官根本不會相信。」

「我？我什麼也沒有做！是那些怪聲音！是他們……我覺得是彼得。」

「可惜法官不會相信妳，事實就是這樣。好了，妳有兩種選擇，一種是上樓繼續過日子，另一種是讓警察帶妳去下城區的市立醫院。聽我的，別選擇去醫院。妳可以控制自己的情緒嗎？」

她低頭用手捂住臉，最後才說：「可以，醫生，我可以。」

「很好……佩琪，我想再要求妳一件事。我想單獨見妳丈夫。我可以打電話找他，請他來診所見我嗎？」

「為什麼？」她心生疑慮，臉色陰沉下來。

「因為我是妳的醫生，想追根究底查出困擾妳的因素。」

她向警察望一眼，對他擺出臭臉，才對伯恩斯坦說：「可以。」

「那就好。」

等佩琪走進電梯，警察說：「醫生，這不太好吧，她怎麼看都像個瘋子。像這種狀況……有些最後會很難收拾，我見過幾百萬次了。」

「她的確是有點問題，不過她沒有危險性。」

「你願意冒這個險嗎？」

過了一會兒，伯恩斯坦說：「對，我願意冒這個險。」

「我昨晚走了以後，她的情形如何？」隔天上午，伯恩斯坦問彼得。兩人坐在伯恩斯坦的辦公室裡。

「情形還好，精神比較鎮定了。」彼得喝著秘書端進來的咖啡。「她到底怎麼了？」

「對不起，」伯恩斯坦說：「礙於保密規定，我不能跟你透露夫人的詳細病情。」

彼得的眼神燃起怒火片刻。「既然不能說，約我過來幹嘛？」

「因為我需要你幫忙治療她。你應該希望她恢復健康吧？」

「當然希望，我很愛她。」坐在椅子上的他向前移動。「不過我搞不懂，兩個月前她還好好的。容我明說，她來你這裡看病之後才變了個樣，狀況開始惡化。」

「病人開始看心理醫生以後，有時候會正面迎戰從來不需應付的問題，我認為佩琪的狀況就屬於這一型。她快接近重大問題的核心了，所以變得茫然不知所措。」

「她說我裝鬼嚇她。」彼得語帶諷刺。「你的說法未免太輕描淡寫了吧？」

「她的狀況就像被捲進漩渦的人，我可以拉她一把，想救上來卻很困難。另外，我需要你的配合。」

彼得聳聳肩，「我能做什麼？」

伯恩斯坦解釋：「首先，你可以跟我說老實話。」

「沒問題。」

「基於某種因素，她漸漸把父親跟你聯想在一起。她對父親懷有極強的恨意，現在把那股恨意投射到你身上。你知不知道她這麼恨你的原因？」

彼得沉默片刻。

「說吧，說給我聽。在這裡，不管你講什麼，我保密到底，只有你知我知。」

「她可能胡思亂想，認為我在搞婚外情。」

「你有嗎？」

「什麼鬼話？你非這樣問才高興嗎？」

伯恩斯坦秉持理性，「我只想探討出真相。」

彼得冷靜下來。「我沒有搞婚外情，是她疑心病太重。」

「你沒有說過或做過深深困擾她的事情，或是因此影響到她對現實的感受？」

「沒有。」彼得說。

「她身價多少？」伯恩斯坦丟出露骨的問題。

彼得愣住了。「你問的是她的投資組合？」

「淨值。」

「詳細數字我不清楚，大概一千一百萬吧。」

伯恩斯坦點頭。「全是她的財產，對不對？」

彼得的臉皺了一下。「問這個做什麼？」

「我想問的是，假如佩琪發瘋或是自殺，錢是不是全留給你？」

「你去死吧！」彼得大罵，陡然起立，伯恩斯坦一時之間以為彼得會出手打人，但彼得只從後口袋取出皮夾，抽出名片摔到伯恩斯坦桌上。「這是我們的律師。你打給他，問他婚前協議書的條文。如果佩琪被宣佈精神異常或死亡，她的財產一律會被撥進信託，我一分錢也拿不到。」

伯恩斯坦把名片推回去。「沒這個必要……如果刺傷了你的心，我很抱歉。」他說：「病人的福利至上，我必須查清別人有沒有傷害她的動機。」

彼得調整一下袖口，扣上西裝外套。「我接受你的道歉。」

伯恩斯坦點點頭，謹慎打量彼得・藍度富。擔任心理醫師的先決條件之一是迅速判斷人品的能力。伯恩斯坦評估著彼得，下定決心。「我想對佩琪嘗試一種比較激烈的療法，希望你能幫忙。」

「激烈？你的意思是讓她去住院？」

「不是，住院對她的壞處最大。病人歷經這種階段的時候，不能對他們又哄又騙，態度必須強硬一點，逼他們也跟著強硬起來。」

「意思是？」

「別跟她作對，不過你要逼她繼續參與日常生活的活動。她會想自我封閉，好獲得呵護，但你不能寵她。如果她說心情太差，不想逛街或上館子吃晚餐，別順著她的意思，要堅持她去做她應該做的事情。」

「這麼做真的對她最好嗎？你確定？」

確定？伯恩斯坦默問自己。他一點也不確定。但他已經打定了主意。他必須對佩琪下猛藥。他告訴彼得，「我們別無選擇了。」

然而，彼得離開辦公室之後，伯恩斯坦忽然回憶起一位醫學院教授經常引用的名言。教授說，面對疾病的時候必須迎頭痛擊。「病人非死即癒。」

這句名言多年來不曾浮現伯恩斯坦的心頭。他但願今天沒有想起這句話。

隔天，佩琪沒有掛號就直接走進伯恩斯坦的診所。

在布魯克林區的遊民診所，不掛號就上門是標準程序，大家見怪不怪，但是在公園大道的精神醫生診所，隨興登門觸犯了大忌。儘管如此，伯恩斯坦從她臉上看得出她的情緒非常低落，不想因為她突然出現就下逐客令。

她癱倒在治療椅上，緊緊摟住自己，伯恩斯坦起身把門關上。

「佩琪，妳怎麼了？」他問。

他注意到她的衣物比以前更邋遢了，有污點也有破洞，頭髮凌亂，指甲藏污納垢。

「今天一大早原本沒事，」她啜泣說：「後來我坐在書房裡，又聽見我爸的鬼魂了。他說，『他們差不多快到了，妳的時間不多了……』我問他，『什麼意思？』他說，『去客廳看看就知道。』我去了客廳，發現又有一隻小鳥被打碎了！」她打開皮包，取出陶瓷碎片給伯恩斯坦看。「現在只剩下一隻！連最後一隻也碎掉的時候，我一定會死。我知道，彼得今天晚上一定會打碎最後一隻！然後動手殺了我。」

「他不會殺妳，佩琪。」伯恩斯坦的語氣平靜，耐著性子不理會她歇斯底里的言行。

「我認為我應該去住院一陣子，醫生。」

伯恩斯坦站起來，在她身邊的治療椅坐下，握起她的手說：「不行。」

「什麼？」

「妳不適合住院。」伯恩斯坦說。

「為什麼？」她大喊。

「因為妳必須面對心結，不能再逃避了。」

「住院的話，我會比較安心，醫院不會有人想殺我。」

「佩琪，沒有人想殺妳，妳一定要相信我。」

「不對！彼得他——」

「彼得從來沒有對妳動粗，對吧？」

她停頓幾秒才說：「對。」

「好，照我的吩咐去做。聽我說，妳有在聽嗎？」

「有。」

「不管是彼得在裝神弄鬼，或是妳的想像力太豐富，那些話都不是真的。複誦一遍。」

「我——」

「複誦！」

「那些話不是真的。」

「接下來說，『沒有鬼魂，我父親已經死了。』」

「沒有鬼魂，我父親已經死了。」

「很好！」伯恩斯坦笑著說：「再來一遍。」

她反覆朗誦了幾遍，情緒也跟著緩和下來。最後，她露出淡淡的微笑，卻隨即皺眉。「可是，那隻小鳥……」她打開皮包取出陶瓷碎片，以顫抖的手捧著。

「小鳥出了什麼事都無所謂，反正只是瓷器。」

「可是……」她低頭看著碎片。

伯恩斯坦彎腰向前。「聽我說，佩琪，仔細聽好。」伯恩斯坦情緒激昂地說：「我要妳回家，把最後那隻小鳥也摔得粉碎。」

「你叫我去……」

「拿鐵鎚把小鳥砸碎。」

她正要反對，卻又面帶微笑說：「我可以嗎？」

「當然可以，只要妳允許自己就行。回家去吧，好好喝一杯美酒，拿鐵鎚去敲碎小鳥。」

他從桌子底下拿出廢紙簍，遞給佩琪。「只不過是瓷器的碎片，佩琪。」

過了幾秒鐘，她才把碎片扔進廢紙簍。

「很好，佩琪。」他想，去他的移情作用。他振臂對病人來個滿懷抱。

當天晚上，佩琪回到家中，發現丈夫彼得坐在電視機前。

「這麼晚才回家。」他說：「去哪裡了？」

「去逛街。我買了一瓶葡萄酒。」

「說好今天晚上要去傑克和路易絲家，別賴說妳忘記了。」

「我不太想去，」她說：「身體不太舒服。我——」

「不行，非去不可，妳休想反悔。」這星期來，彼得一直用這種粗魯的怪調子對她大小聲。

「好吧，至少讓我先處理幾件事。」

「好，不過我可不想遲到。」

佩琪走進廚房，打開昂貴的梅洛葡萄酒，照伯恩斯坦醫生的指示倒了一大杯來喝。她心情很好，好得不得了。「鐵鎚放在哪裡？」她高聲問。

「鐵鎚？妳找鐵鎚做什麼？」

「我想修理東西。」

「應該放在冰箱旁邊的抽屜吧。」

她找到了，拿著鐵錘走進客廳，瞄了一眼最後一隻貝姆鳥。這隻是貓頭鷹。彼得轉頭看了鐵錘一下，繼續看電視。「妳想修什麼東西？」

「你。」她舉起鐵錘，使盡全力往彼得的頭頂砸下去。

敲了十幾次，彼得總算斷氣，她此時才往後站，凝視著鮮血在地毯和沙發上揮灑出的奇妙圖形。她走進臥房，從床頭櫃拿起伯恩斯坦醫生交代她寫的日記。她走回客廳，在丈夫的屍體旁邊坐下，胡亂在日記裡寫著她終於讓鬼魂不再對她講話，終於獲得了安寧。她本來想多寫一點，可惜再寫下去很耗時間，畢竟她以手指當筆，以血當墨水來寫字。

寫完了以後，佩琪拿起鐵錘，把貝姆貓頭鷹敲得粉碎，竭聲嘶喊：「鬼魂死了，鬼魂死了，鬼魂死了！」

她的嗓子還沒喊啞，警察和救護車已經趕到了。被抬走的時候，她全身被固定在擔架上。

一週後，哈利・伯恩斯坦坐在監獄醫院的會客室。他知道自己的模樣引人注目——他已經幾天沒刮鬍子了，身上的衣服縐得不像樣，因為他昨晚沒脫衣服就上床睡覺。他呆呆地看著污穢的地板。

「你沒事吧？」問話的是一個高瘦的男人，落腮鬍修剪得一絲不苟，身穿帥氣的西裝，戴著亞曼尼鏡框。他是佩琪的首席辯護律師。

「我作夢也沒想到她會動手。」伯恩斯坦對律師說：「我知道難免會有風險，知道好像哪裡不太對勁，不過我以為一切都在掌握中。」

律師以同情的眼光看他。「聽說你最近也出了一點問題，你的病人全……」

伯恩斯坦苦笑道：「整批逃走了。換了你，你會繼續上門嗎？公園大道上的精神醫生多如牛毛，何必冒險來我的診所看病？我可能會害死他們或送他們去瘋人院。」

獄卒打開門。「伯恩斯坦醫師，你現在可以見囚犯了。」

他慢慢站起來，把身體靠在門框上以免腿軟。

律師從頭到腳看了他一眼，「你跟我可以約明、後天見面，討論一下怎麼辦這個案子。以紐約州而言，以精神異常為由的辯護策略很難成功，不過如果你肯合作，我的勝算不小，可以讓她不必坐牢……怎麼樣，醫生，想不想合作？」

伯恩斯坦稍稍點了一下頭。

律師親切地說：「我可以安排一些現金給你，兩、三千吧，算是專家出庭作證的費用。」

「謝了。」伯恩斯坦說。但他立刻把錢的事拋到九霄雲外，心思全在病患身上。

這房間如他預期般淒涼。

佩琪躺在床上，臉色蒼白，眼眶深陷，看著窗外。她看見伯恩斯坦，似乎沒有認出他是誰。

「感覺怎麼樣？」他問。

「你是誰？」她皺著眉頭問。

他不回答她的問題。「妳看起來還不算太糟，佩琪。」

「我好像知道你是誰。對了，你是……不對吧，你是鬼嗎？」

「不是，我不是鬼。」伯恩斯坦把公事包放在桌上。他打開公事包時，佩琪的視線飄了過去。

「佩琪，我只能待一下。我的診所倒閉了，有很多事情要我去處理，不過我想帶幾個東西給妳。」

「東西？」她以兒童的口吻問。「給我的？像是耶誕禮物嗎？還是生日禮物？」

「沒錯。」伯恩斯坦翻找著。「這是第一件。」他取出一份影印文件。「這篇文章刊登在《精神病期刊》期刊上。妳第一次在治療的時候提到鬼魂，那天晚上我把這篇文章找出來，建議妳讀一下。」

「我看不懂，」她說：「我不識字。」她瘋癲地一笑。「我怕這裡的食物。我覺得這裡有間諜。他們會在飯菜裡面下東西，攙一些噁心的東西，下毒藥，或者放碎玻璃進去。」又是一陣怪笑。

伯恩斯坦把文章放在她身邊的床上，走向窗口。這裡沒有種樹，沒有小鳥，只有灰沉沉的曼哈頓下城區。

他將視線轉回佩琪，對她說：「那篇文章探討的全是鬼魂的事。」

她瞇起眼，隨即讓恐懼佔據了整張臉。「鬼，」她低聲說：「這裡有鬼嗎？」

伯恩斯坦狂笑。「佩琪，第一個破綻就是鬼魂。妳自稱丈夫裝鬼想逼妳發瘋，我就覺得哪裡不太對勁，回家就開始研究妳的個案。」

她默默注視著醫生。

「那篇文章探討的是診斷精神病例的重要性。有時候，有些人會裝瘋來佔便宜，可以逃避責任，例如畏戰的軍人，或是想詐領理賠金的騙子，或是犯了刑案的人。」他又轉頭看窗外。「或者是，即將犯罪的人。」

「我怕鬼。」佩琪拉高音量說：「我怕鬼，別讓鬼來這裡！我好怕——」

伯恩斯坦繼續以教授上課的姿態說：「正常人為了讓別人相信他們精神異常，往往會自稱產生幻覺，典型的幻覺就是活見鬼。」

佩琪閉嘴不語。

「那篇文章非常精采。」伯恩斯坦向影印紙點頭，「鬼魂和幽靈好像是妄想症的產物，其實不然。鬼魂屬於複雜而抽象的概念，是真正的瘋子完全無法理解的東西。真正的精神病患如果聽見莫名其妙的聲音，會認定有真人在跟他們講話，會以為在身邊講話的人是拿破崙、希特勒或是瑪麗蓮・夢露。如果妳是真的瘋了，不會說聽見父親鬼魂的聲音，會真的以為他本人在跟妳說話。」

佩琪露出全然驚愕的表情，伯恩斯坦喜上心頭。他說：「幾個禮拜前，妳承認也許怪聲音只存在妳的腦裡，真正的精神病人絕對不會承認這種事。他們會發誓說自己完全正常。」他慢慢踱步。「破綻不只這些。妳一定在哪裡讀過，外表邋裡邋遢是精神病的跡象之一，所以妳把衣服弄破弄髒，束帶也忘了綁……可是，妳的妝卻每天化得十全十美——連警察叫我趕去妳公寓的那一晚也一樣。以真正的精神病患而言，病發之後第一個出差錯的地方就是化妝。病人通常會隨便塗一塗，可能是試圖掩飾身分。希望妳聽出興趣了。

「喔，對了，記得嗎？妳不是問我，下一次可不可以帶鬼一起來就診？妳很幽默嘛。可惜精神醫學文獻將幽默定義為：根據共同經驗來諷刺對比的概念。當然和精神病患的思考方式相反。」

「你到底想說什麼？」佩琪脫口說。

「瘋子不會說笑話。」他以這句話總結。「所以我認定妳的精神狀態正常到極點。」伯恩斯坦再次翻找公事包裡的東西。「接下來……」他抬頭微笑。「我讀過那篇文章後，認定妳是在裝瘋，所以仔細聽妳的潛意識說明婚姻的狀況，最後才理解到，妳基於某種原因想利用我來對付妳丈夫。因此，我請了徵信社。」

「老天，你請了什麼？」

「私家偵探的報告在這裡。」伯恩斯坦把檔案夾放在床上。「寫的大致是妳丈夫發生不倫戀，還假造支票去妳的主要投資帳戶提款。妳知道他在搞婚外情，也知道他在亂花錢，找了律師商量離婚的事。不過，後來彼得發現妳也在搞婚外情，對象是妳朋友莎莉的丈夫。彼得用這件事反制妳，逼妳不要離婚。」

佩琪瞪著他，呆若木雞。

他朝徵信社的報告點點頭，「妳還是看一下吧。假裝不識字可騙不了人，識字能力是人腦發展和智商的問題，跟精神病無關。」

她掀開報告瀏覽一遍，悻悻然丟開。「狗娘養的。」

伯恩斯坦說：「妳想殺彼得，又希望我能證明妳精神失常好脫罪，住進私立醫院，一年之後照規定接受精神狀態審核通過，轉眼間就能重獲自由。」

她搖搖頭。「可是，你明明知道我的目標是要彼得的命，卻放手讓我去殺人！你甚至**鼓勵**我動手。」

「不只如此。我見到彼得的時候，也鼓勵他跟妳作對……我已經厭倦治療妳了，所以想催化進程。」接著，伯恩斯坦的臉色一沉，面帶真心的悔恨。「我以為妳只會對他動粗，絕沒想到妳會真的殺死他。不過，我又能怎麼說呢？心理治療原本就是模稜兩可的科學。」

「你幹嘛不報警？」她壓低聲音，神態近乎恐慌。

「這跟我帶來給妳的第三項東西有關。」

**我能解救妳，妳也能解救我……**

他從公事包取出一個信封遞給佩琪。

「什麼東西？」

「我開的帳單。」

她打開來，抽出裡面的一張紙。

最上一行寫著：**服務費**。下方寫著：**一千萬美元**。

「你瘋了不成？」佩琪❺驚呼。

想到目前的所在地和對話內容，伯恩斯坦忍不住笑了。「彼得很會做人，把妳的身價告訴我了。我留一百萬給妳……大概夠妳付那個泥鰍律師，他看起來不便宜。妳聽好，在我出庭為妳作證之前，我只收現金或是保付支票。錢沒到手，我只好憑良心跟法庭說明對妳的診斷。」

「你想敲詐？」

「算吧。」

「為什麼？」

「有了這筆錢，我就有了做善事的餘力，能幫助真正需要幫助的人。」他朝帳單點頭。「開支票的話請趁早，紐約州現在有死刑。對了，擔心伙食被下毒的把戲可以免了。在這間醫院，如果妳吵著飯菜有問題，院方會對妳插管灌食。」伯恩斯坦拿起公事包。

「等一等，」她乞求，「別走！我們商量一下！」

「對不起。」伯恩斯坦以下巴指向時鐘。「時間到了。」

❺本篇主角名佩琪Patsy的意思是「代罪羔羊」、「容易上當的傻瓜」。

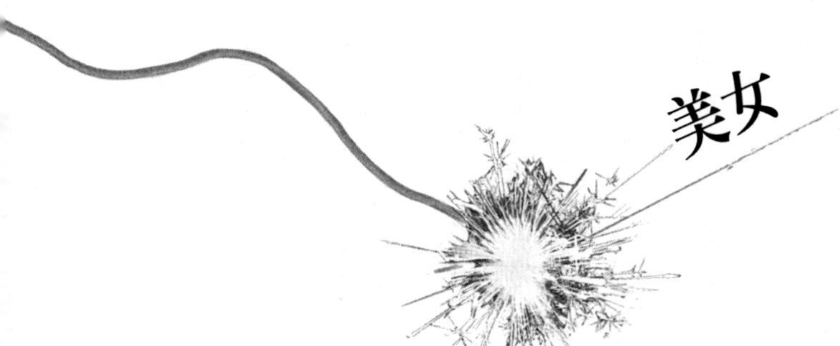

# 美女

又被他找到了。

糟糕，她心想，天啊……

年輕的她暈眩欲吐，絕望的淚水即將決堤。她癱靠著窗框，透過窗簾縫隙凝視屋外。

她看見一輛破舊的福特小卡車，慢慢地停在她家前面，車身的灰色宛如洶湧的大西洋。她住在麻州克羅威爾宜人的一區，位於波士頓以北，門前這條路走幾百碼就能直通海邊。近來她最怕的就是這輛小卡車。同一輛車，定期在她的夢裡橫衝直撞，有時輪胎著火，有時廢氣管排射的是血，有時駕駛是隱形人，一心一意想從她的胸口揪扯出心臟。

完了……

引擎熄滅，冷卻時發出噠噠聲。暮色漸深，小卡車內部昏暗，但她知道駕駛盯著她看。駕駛的長相浮現在她腦海，清晰的程度一如駕駛站在八月的大太陽下，距離只有三公尺。凱芮・史旺森知道，他臉上掛著不耐煩的淡淡微笑，知道他邊看邊拉著耳垂。他的耳垂很久以前穿了兩個洞，化膿之後癒合，留下醜陋的疤痕。凱芮知道他呼吸沉重。

她的呼吸則是飽受驚嚇的陣陣急喘，雙手顫抖。她從窗口退開來，爬向前門的走廊，從小桌子的抽屜取出手槍，再次向外觀望。

駕駛沒有下車走過來，演著再熟悉不過的戲碼：坐在老爺車的前座凝視她。

凱芮搬來這裡一星期，就被他找到了！他跟蹤了三千多公里。凱芮費盡心思隱瞞去向，可惜心血泡湯。

她享受的寧靜有如曇花一現。

大衛・戴爾找到她了。

凱芮的本名是凱瑟琳・凱利・史旺森，知情達理、待人和善，二十八歲，從小生長在美國中西部，備受父母疼愛。她是讀書的料子，以優異的成績畢業，有攻讀博士學位的規劃。遷居麻州之前，她從事時裝模特兒的工作，進帳豐富，因此理財帳戶的數目可觀，也能經常前往巴黎、開普敦、倫敦、里約熱內盧、峇里島、百慕達等景點享受。她開的是好車，買的是不算豪宅卻很舒適的房子，更不忘以大錢孝敬父母。

表面上，她的生活令人稱羨……然而凱芮・史旺森自小到大罹患一種缺陷，令她無法過正常人的生活。

她有滿分的美貌。

十七歲那年，她已經長到一八〇公分高了，體重一直維持在五十四公斤，胖瘦控制在零點五公斤上下。她的頭髮是天然的金色，柔柔亮亮（對，她的秀髮出現在許多洗髮精廣告，以慢動作飄舞）。她的皮膚零瑕疵，呈現半透明的蛋殼色，拍照時化妝師只需為她抹點時下流行的口紅和眼影即可。

《時人》雜誌、《Details》雜誌、《W》雜誌、《滾石》雜誌、《巴黎競賽》雜誌、倫敦《泰晤士報》以及《娛樂週刊》，一致將凱芮描寫為「全世界最美的女人」，或是以類似的形容詞來讚美她。先進國家的每份刊物幾乎都刊登過她的相片，也有許多雜誌以她當封面。

她從小就知道，令人神魂顛倒的美是一種負擔。小凱西——二十歲成為超級名模時才改名「凱芮」——渴望過正常的青少年生活，她的外表卻不斷讓她的生活脫軌。中學時，她嚮往跟用功和愛好藝術的同學交往，同儕卻斷然排斥她，認為她不是三八沒大腦，就是有意嘲弄他們這些書呆子。

相反地，最拉風、最喜歡搞小圈圈的同學則極力拉攏她，包括啦啦隊員和校隊，而她只受得了少數人。讓她尷尬的是，學校舉辦各種選美和舞會時，她屢次榮獲后冠，甚至在她婉拒參賽以後照樣強迫中獎。

約會更是難上加難。多數她看得上的好男生一站在她面前就成了呆頭鵝，鼓不起勇氣約她出去，都覺得一定無望。校隊和情聖對她則是狂追不休，但他們的目的當然只是希望跟校花公開亮相，或是希望跟她上床四處炫耀（不消說，這些同學一個也無法得逞，可惜還是傳出了傷人的謠言。她拒絕得越堅決，吃了閉門羹的男生越喜歡誇大戰績）。

就讀史丹福大學的四年也差不多，周旋在學業、模特兒的工作、漫長的寂寞時光之間，唯有不屬於「外貌協會」的少數人把她當朋友，因此她晚上或週末和朋友共度的機會少之又少。她的初戀男友是盲人，兩人至今仍是好朋友。

畢業後，她原本希望人生就此改觀，畢竟進入社會碰到的人比較成熟，工作也忙，不會被她的美豔影響到。她大錯特錯……男人同樣居心叵測，忽視凱芮的內涵，追求的攻勢更貪婪、更狂妄。女人比女同學更加排斥她，因為這些女人有了小孩，平常又不喜歡運動，身材紛紛走樣。

凱芮畢業後投入模特兒工作，輕易獲得頂尖經紀公司的青睞，例如Ford和Elite公司。然而，成功的事業卻為她製造了矛盾的困境。她沒有隱私，卻又寂寞得不得了。素昧平生的人只看上她的美貌，自以為跟她是知心好友，常在公眾場合跟她搭訕，或是寫下洋洋灑灑的信敘述個人隱私、懇求高見，或建議她人生的路應該怎麼走。

小時候她喜歡的一些單純活動，例如購買耶誕禮物、打壘球、釣魚、慢跑，現在竟逐漸讓她卻步。去超市也是惡夢，因為她一開始排隊結帳，男人會衝過來排在她後面，厚著臉皮想跟她打情罵俏。她不只一次放棄結帳，扔下推車裡滿滿的東西走人。

但是，在開著灰色小卡車的大衛・戴爾出現之前，她從未體會到恐懼的真諦。

凱芮第一次見到他是在兩年前，當時正為《Vogue》雜誌出外景，他駐足旁觀。

大家當然都愛看模特兒拍照。大家神往的是永遠無法練成的身材、要價整個月薪水的設計家時裝、各地書報攤封面的好看臉龐。但是，這男人似乎不太一樣，凱芮隱隱憂心。

凱芮憂心的不只是對方魁梧的體態。他的身高遠遠超過一八〇公分，小腿極粗，大腿雄壯，雙手像長臂猿。讓凱芮煩惱的是他的表情。他戴著笨重的老式鏡框，以熟悉的眼神看著凱芮。

彷彿他很了解凱芮。

凱芮覺得這男人越看越眼熟，赫然想起他也出現在其他拍照的現場。

她心想，慘了，被無聊男子盯上了。

起初，大衛・戴爾頂多開車去加州太平洋園之類的拍照現場，在附近停車，默默站在工作人員的外圍。後來，她居然看見他在模特兒經紀公司附近徘徊。

他開始寫長信給凱芮，自我介紹：他的童年寂寞且辛苦，父母雙亡，歷任的女友個個離他而去（怎麼看都像胡謅）。他自稱目前的工作是環保工程師（凱芮解讀為「工友」）。他描述自己控制體重的辛酸、嗜好地牢和噴火龍的電玩，還有喜歡看的電視節目。他對凱芮所知甚多，多到讓人害怕。他知道凱芮長大的地方，知道她的母校是史丹福大學，掌握她的喜惡。想必他讀遍了她接受過的專訪。他喜歡送凱芮禮物，比如拖鞋、記事簿、相框、鋼筆禮盒，這些都無傷大雅，讓人苦惱的是，他有時會送性感內衣，牌子是品味高尚的「維多利亞的秘密」，尺寸符合她的身材，還好意附上不列價格的收據，如果她不喜歡可以拿回店裡退錢，而最後禮物全進了垃圾桶。

凱芮平常對大衛・戴爾視若無睹。然而，她住在加州聖塔莫尼卡的時候，他竟把灰色小卡車停在她家前面，她氣得衝出去罵人。

他拉拉有疤痕的耳朵，呼吸時發出氣喘似的怪聲，不把她的怒氣看在眼裡，反而以仰慕的眼神呆呆地細看她的臉蛋，喃喃說著：「好美，好美！」反感之餘，她回到家裡。反觀大衛・戴爾，他喜孜孜地拿出熱水瓶，倒了咖啡慢慢享用，車子一直停在原地，深夜才離開。不久之後，他養成了天天報到的習慣。

戴爾也常跟蹤她上街。他會坐在她用餐的餐廳裡，偶爾點一瓶廉價酒送到她那一桌。她要求電話簿別刊登她的號碼，也請郵局把信件轉到經紀公司，戴爾卻仍有辦法把信送到她手上。凱芮是全美少數不用電郵的人，因為她相信戴爾絕對查得出她的郵址，以伊媚兒來個疲勞轟炸。

她當然報過警，警察盡了力，卻幫不上什麼忙。

警察第一次找上戴爾的家，發現他住在低房租區的破敗自用公寓裡，州級防範騷擾的法規影印本大剌剌地擺在咖啡桌上，有些條文畫了底線。

大衛・戴爾完全明瞭法律的分際何在。儘管如此，凱芮向治安官陳情成功，對他發出禁制令。然而，由於戴爾從未做出任何違法之舉，禁制令只能避免他踏進凱芮的居家領域一步。這條規定是多餘的，因為他從來也沒有進過她家。

讓凱芮終於忍無可忍的事情發生在上個月。凱芮大起膽子跟男人約會，戴爾開始跟蹤她的男伴。凱芮約會的對象是年輕的電視製作人。有一天，戴爾走進男友位於世紀城❻的健身俱樂部，和他談了幾句。當天晚上，製作人取消了和她的約會，在她的答錄機嚴辭責怪她不該隱瞞訂婚的事實。凱芮不斷打電話，他卻再也懶得回電。

凱芮報警之後，警察再去戴爾的公寓找人，發現人去樓空，小卡車也開走了。

凱芮知道他會再回來，她決定使出杜絕後患的手段。她畢業後原本打算當幾年模特兒就收山，現在她認為退隱的時機到了。她找了房地產仲介，把房子長租出去，搬家到麻州的克羅威爾，只對父母和幾位好朋友透露去向。幾年前她來克羅威爾出外景，收工後在這裡待了幾天，愛上了克羅威爾的新鮮空氣和氣勢磅礡的海岸線，也愛上了鎮民。這裡的居民待人和善，態度並不放肆，讓她耳目一新。畢竟這裡屬於新英格蘭區，人人崇尚簡樸的價值觀，不太重視美貌。

搬家那天是星期日，她凌晨兩點開車離開洛杉磯，盡量鑽小巷子，不時折返停車，以確定擺脫戴爾的跟蹤。她驅車橫越美國，雀躍著奔向新生活，一路上甩不掉的希望是戴爾自殺身亡。

可惜，現在她發現這個混帳活得好好的，還查出她現在的住處。

今晚她瑟縮在新家的客廳裡，聽見小卡車的引擎啟動，在原地呼呼亂響，廢氣從生鏽的排氣管噗噗噴出。這些年來，她對這種聲音再熟悉不過了。最後，小卡車慢慢開走。

凱芮躺在地毯上輕聲哭泣。她閉上眼睛。躺了九個小時，她醒來發現自己側躺著，膝蓋縮向腹部，握在胸口的是點三八口徑的手槍。這是小時候的她每天早上醒來的睡姿，不同的是當時她摟著睡的是叫邦妮的玩具熊。

同天上午，心有不甘的凱芮去了克羅威爾鎮警察局，坐在布萊德．萊瑟爾警探的辦公室。布萊德．萊瑟爾是重案組組長，微微禿頭的他身材壯碩，鼻梁兩旁被太陽曬出雀斑。他聆聽凱芮的敘述，面帶同情。他搖頭問：「他怎麼發現妳搬來這裡？」

她聳聳肩。「我猜大概請了私家偵探吧。」只要跟凱芮．史旺森有關的事，大衛．戴爾便觸類旁通到了極致。

❻Century City，位於洛杉磯附近。

「希德！」萊瑟爾警探呼喚附近隔間的便衣警官。

細瘦年輕的希德・哈波走進辦公室，警探把凱芮介紹給他。萊瑟爾警探向助手簡介案情，吩咐他說：「去查這傢伙，調他的資料給我……」他瞄向凱芮。「哪間警察局可以調到檔案？」

她氣憤地說：「警探，不只一間，多得是。建議你先找聖塔莫尼卡、洛杉磯和加州的州警局，然後可以找柏班克、比佛利山莊市、格蘭岱爾和橙郡。為了躲他，我搬來搬去。」

「好慘。」萊瑟爾邊說邊搖頭。

幾分鐘後，希德回到組長辦公室。

「洛杉磯找快遞送檔案過來，明天就到，聖塔莫尼卡的檔案要多等一天。我剛剛檢索了麻州的房地產資料庫。」他看著手上的一張紙，「大衛・戴爾兩天前在帕克優區買了自用公寓，離史旺森小姐家大約四分之一英里。」

「買了？」萊瑟爾訝然問。

「他說，如果他在同個鎮上買房子，感覺會更貼近我。」凱芮搖頭說明。

「史旺森小姐，我們會去找他談談，也會派人去府上看守。他敢囂張的話，可以對他發禁制令。」

「嚇不了他的。」她拉長了臉。「你明明知道。」

「沒辦法，得照規定做事。」

她用力拍了一下小腿。「這種話我聽了好幾年，總該拿出魄力了吧。」凱芮的目光飄移向附近牆上的架子，上面擺了幾把散彈槍。她把視線轉回來時，發現警探凝神注視著她。

萊瑟爾警探叫希德回自己的隔間辦公，然後對凱芮說：「對了，史旺森小姐，我想讓妳看看這個。」萊瑟爾向前拿起桌上的相框遞給她。「左邊這個女孩妳覺得怎麼樣？」

右邊是一個咧嘴笑的雀斑少年，左邊是穿著畢業禮服、頭戴學士帽的妙齡女子。

「是我女兒，愛蓮。」

「外型不錯，想問她是不是名模的料嗎？」

「不是。我想說的是，我女兒今年二十五歲，跟妳年紀差不多。她的人生才開始，大好的前途等著她，準備結婚生子，還有旅遊跟就業。」

看著相片的凱芮移開視線，改看警探平靜的臉。他繼續說：「史旺森小姐，妳也有同樣的憧憬。我知道妳的處境艱難，將來恐怕還要再辛苦一陣子，不過假如我想得沒錯，要是妳想自力救濟，肯定會斷送前程。」

她不理會警探的勸告，「這裡的法律怎麼界定自我防衛？」

「為什麼問我這種問題？」警探壓低嗓門問。

「快回答。」

警探猶豫片刻才說：「州法訂得很嚴格。如果對方站在妳家外面，甚至踏上前門廊，遭到妳開槍，對方身上卻沒帶武器，妳幾乎不可能用自我防衛的理由來脫罪。而且，我不妨告訴妳，警察最先調查的是屍體有沒有被拖進去的跡象。另外，說不定兇手會在屍體的手上放把刀。」警探停頓片刻補充道：「而且坦白說，史旺森小姐，到時陪審團看到妳，感想會是『拜託，誰叫她長這樣，難怪男人會像飛蛾撲火黏著她到處跑。她臉皮應該長厚一點才對。』」

「我該走了。」凱芮說。

萊瑟爾警探端詳她片刻，語重心長地說：「這個瘋子是雜碎，別為了他拋棄美好的前途。」

她口氣急躁，「問題是我連現在的日子都過不下去，我以為搬來克羅威爾就沒事了，結果卻是一場空。」

「人生的道路難免顛簸，上帝會幫我們度過難關的。」

「我不信上帝。」凱芮穿上雨衣說：「上帝不會對任何人做這種事。」

「上帝又沒有派大衛・戴爾去騷擾妳。」萊瑟爾說。

「你誤會了。」她生氣地回應。她舉起顫抖的一隻手，攤開指頭捂住臉。「我的意思是，假如真的有上帝，祂不會殘酷到把我生得這麼好看。」

晚上八點，凱芮家外面傳來車門摔上的聲音。

是戴爾的小卡車，她聽得出來。

凱芮以發抖的手放下酒杯，關掉電視。她習慣按靜音鍵看電視，以便在戴爾決定進攻時有所防備。她衝向走廊桌，拿出手槍。

**如果對方站在妳家外面，甚至踏上前門廊，遭到妳開槍，對方身上卻沒帶武器，妳幾乎不可能用自我防衛的理由來脫罪……**

凱芮握著槍，從前門的門簾向外窺視，看見大衛・戴爾慢慢走向院子，捧著一大束鮮花。熟知相關法律的戴爾不會糊塗到踏進院子，因此他站在人行道上，對著房子鞠躬，動作宛如晉見皇室成員，把鮮花放在停車草地上，在旁邊擺了個信封，彷彿親友的墳墓就在下方。他直起身子欣賞自己的傑作，回到車上駛進多風的夜色裡。

凱芮冒著冷冷的毛毛雨赤腳出門，揪起花束扔進垃圾桶，回到前門廊時在燈籠下停住，撕開信封，希望萊瑟爾警探也許勸退了戴爾。也許戴爾寫的是告別信。

她想得太美了。

致我最美麗的情人：

妳的這個決定太棒了，我是說，妳決定搬來東岸，因爲加州有太多人想一親芳擇（沒寫錯字吧？哈，妳應該知道我常寫錯字!!）妳想擺脫他們的心意讓我好開心。妳決定退出模特兒界，讓我不必再跟全世界爭妳……妳竟然爲了我做出這麼大的犧牲！！！

我知道我們在這裡可以過得幸福。

我愛妳，永永遠遠。

——大衛

P.S.跟妳說，妳不是穿過皮裙拍過照嗎？很久以前在《New York Scene》雜誌上登過。我終於找到了。這一本我找了好幾年了！不蓋妳!!我樂呆了！我把妳剪下來貼在牆上（別想歪了喔，哈!!❼）。我新買的公寓裡也有一間「凱芮室」，和以前在格蘭岱爾的老家一樣（可惜妳從來沒上門拜訪過，嗚嗚哭死我也!!）不過我決定把這幾張貼在臥房裡，裝了幾盞燈照著，光線很暗，很像燭光，整晚不關燈。現在我甚至盼望作惡夢，這樣一醒過來就能看見妳。

她走進家裡，關上門後連鎖三道門栓。她跪倒哭了一陣，哭到筋疲力竭，胸口隱隱作痛。最後她穩定情緒，喘過了氣才以袖子擦乾臉。

❼另有「貼住妳的嘴巴、砍死妳」的涵義。

凱芮凝視手槍半晌，放回抽屜，走進書房坐上直背椅，望向勁風吹襲的後院。她終於明瞭到一點，唯有她或戴爾死了，才可能終結這一場夢魘。

她面向桌面，開始翻找著一大疊文書。

西四十二街的這間酒吧燈光昏暗，充斥著來舒清香劑的氣味。酒吧裡有四個客人和一位酒保。凱芮隨便穿著運動衫，戴著墨鏡和棒球帽，照樣引來四人驚豔的眼光。一個客人以醉瞇瞇的眼神對她微笑放電，露出的牙齦多過牙齒。沒看見她的客人坐在吧台尾端，流著口水打鼾。除了這個人，其他人手一支煙。

她點了一杯模特兒雞尾酒——健怡可樂加檸檬——在靠後面的地方找了張桌子坐下。

十分鐘後，一位膚色深如黑檀木的男子走進來，身材高大，胸肌厚實，長了一雙大手。他在煙霧中瞇著眼打量，朝凱芮那桌走過去。

他對凱芮點頭，坐下後以不屑的眼神看看這間寒酸的酒吧。他的外表跟她印象中一樣。兩人第一次見面是一年前的事了，當時她去多明尼加共和國讓《Elle》雜誌拍照，他原本在附近的海地忙碌，過來休假一天。對飲幾杯之後，他向凱芮說出本行，問她需不需要這方面的服務，她被這荒謬的問法逗得笑了。儘管如此，當時大衛・戴爾出現在她腦海，所以她收下了對方的電話號碼。

「妳為什麼不想去我家見面？」他問凱芮。

「因為他。」她壓低嗓音說，彷彿只提一個代名詞就能召魔似的叫來戴爾。「我走到哪裡他跟到哪裡。他大概不知道我來了紐約，我不能冒險讓他發現你。」

「喂，」酒保以沙啞的嗓音喊：「要點東西嗎？本店沒有服務生。」

黑人轉向酒保，以銳利的目光逼他閉嘴。酒保只好繼續清點賤價酒的瓶子。

坐在凱芮對面的黑人清清喉嚨，以沉重的語氣說：「妳說過妳的想法，不過有些事我非說不可，首先是——」

凱芮舉起一手制止，低聲說：「你想勸我風險很高，勸我這麼做可能會毀掉一生，勸我回家，交給警方處理。」

「對，妳差不多都講完了。」他凝視凱芮無情的瞳孔，凱芮不再多說他才問：「妳確定要用這種方法對付他嗎？」

凱芮從皮包取出一只厚厚的白色信封，推過去給他。「裡面有十萬，算是我的回答。」

黑人遲疑了一下，隨即拿起信封放進口袋。

凱芮報案後將近一個月，萊瑟爾警探坐在辦公室裡，心不在焉地望著窗外嘩嘩下著的雨。他聽見門口幽幽傳來講話聲。

「出狀況了，警探。」希德說。

「什麼狀況？」萊瑟爾轉身。天黑了，雨下得這麼大，出狀況未免太倒楣。不管是什麼狀況，他敢說一定非要他親自冒雨處理不可。

希德說：「監聽到結果了。」

凱芮來報警後，萊瑟爾找戴爾溝通了幾次，勸他——近乎威脅——別再糾纏凱芮。戴爾的態度讓警探差點氣昏。他表面上很有理性，對警探說的話卻是左耳進右耳出。戴爾還解釋，他和凱芮相愛極深，兩人結婚是遲早的事，語氣堅持到簡直就像精神官能症病患。最後一次約談的時候，戴爾冷眼上下審察著**萊瑟爾**，反過來質問警探，顯然相信警探也在暗戀凱芮。

萊瑟爾被那次約談嚇到了，因此說服州治安官核准竊聽戴爾的電話。

「監聽到什麼結果？」警探問助理。

「她主動打給他，是凱芮打電話給戴爾，大概在半個鐘頭前。她口氣好得很，約戴爾出去見面。」

「什麼？」

「絕對是陷阱。」希德說。

萊瑟爾警探憤慨地搖頭，他最擔心的就是這種事。凱芮一斜眼看著辦公室裡的散彈槍，他就知道她橫下了心，想盡辦法終結戴爾的糾纏。萊瑟爾持續關心案情，這幾個禮拜常打電話去凱芮家問候，被她說話的態度搞得心神不寧。凱芮表現得事不干己，口氣幾乎稱得上愉悅。即使戴爾把車停在門口的老地方，凱芮的口氣照樣輕鬆。萊瑟爾只推斷得出一個結論：她終於決定制止戴爾，就等時機成熟。

看樣子，她挑今天晚上動手。

「她約戴爾去哪裡見面？她家嗎？」

「不是，約在查爾斯街尾的舊碼頭。」

完了，萊瑟爾心想。那座舊碼頭是謀殺的最佳地點，因為附近沒有民房，而且從鎮上的大馬路幾乎看不見。此外，碼頭附近有梯子，向下通往浮動式的小碼頭，方便讓凱芮或她找的槍手把戴爾載出海棄屍。

但是，她沒想到戴爾家的電話被警方監聽，也不知道警方得知她的計畫。如果她殺了戴爾，插翅也難逃法網。以埋伏謀殺的罪名而言，她會被判無期徒刑。

萊瑟爾一把抓起外套，箭步衝向門口。

巡邏車緊急煞車，停在查爾斯街的鐵絲網圍牆邊，萊瑟爾跳下車，望向一百碼外的碼頭。

在雨霧之中，他依稀辨別得出戴爾穿著雨衣，捧著一束玫瑰花，正慢慢走向凱芮。高瘦的凱芮背對戴爾站著，雙手放在年久失修的欄杆上，眺望著灰色的大西洋波濤。

警探對戴爾大喊，叫他站住，聲音卻被震耳欲聾的風聲和海浪淹沒，傳不到凱芮和戴爾兩人耳中。

「把我墊上去。」站在圍牆外的萊瑟爾對助理說。

「要我——」

警探抓起希德的雙手合起來，右腳穩穩踩上希德的手掌，縱身躍過鐵絲網圍牆，落地的時候沒站穩，重重地跌落在石地上。

等到萊瑟爾爬起來，認清了方向，戴爾只離凱芮六公尺。

「去叫救護車，請求支援。」他對希德高喊，奔向前往碼頭的泥坡，邊跑邊解開槍套。

「別動！我是警察！」

他發現自己來遲了一步。

凱芮突然轉身走向戴爾。由於浪濤聲太大，萊瑟爾聽不見槍聲，雨霧也模糊了視線，但無疑的是戴爾已經中彈。他突然雙手捂胸，玫瑰花掉落，他向後踉蹌幾步，趴倒在碼頭上。

「完了！」萊瑟爾絕望地喃喃自語，因為他明白自己即將成為送凱芮進監牢的目擊證人。凱芮為何不聽他的勸告？幸虧萊瑟爾經驗老到，壓抑住個人情緒，凡事照規定辦理。他舉槍對準名模喝斥：「快趴下去，凱芮！」

她被突然出現的警察嚇了一跳，卻立刻照命令趴在潮濕的木板碼頭上。

「雙手放在背後。」萊瑟爾一面奔向她、一面命令。他迅速銬住凱芮，轉向戴爾，原本倒在玫瑰花上的戴爾掙扎起身後跪著，扭著身體痛苦哀嚎。至少他還沒斷氣。萊瑟爾把戴爾翻過來，讓他仰臥，扯開他的襯衫找彈孔。「保持鎮靜，別亂動！」

但他找不到任何彈孔。

「你被打中哪裡？」警探高聲問。「告訴我。告訴我！」

大個子戴爾繼續痛哭，歇斯底里地發抖，卻沒有回答。

希德喘著氣跑過來，跪在戴爾身邊。「救護車五分鐘後趕到。他被打中哪裡？」

警探說：「我不知道，找不到傷口。」

希德也檢查戴爾的身體。「身上沒血。」

儘管如此，戴爾繼續呻吟，彷彿身受難以忍受的痛苦。「喔，上帝，不要……不要……」

最後萊瑟爾聽見凱芮高呼：「他沒事，我沒傷害他。」

「拉她起來。」警探對希德說，自己則繼續檢查戴爾。「奇怪，他──」

「我的天啊。」年輕的希德愣了一下，低聲說。

萊瑟爾瞄向他，他張大嘴巴瞪著凱芮。

萊瑟爾轉身看她，頓時也傻了眼。

「我沒有對他開槍。」凱芮堅稱。

不過……這女人真的是凱芮•史旺森嗎？身高相同，身材和髮型也一致，連聲音也一模一樣。她的第一印象烙印在萊瑟爾的腦海裡，如今美豔絕倫的容貌不見了，取而代之的是抱歉的長相：鼻梁凹凸、嘴唇單薄而不均勻、下巴多肉、額頭和眼睛四周充滿皺紋。

「妳是……妳是誰？」萊瑟爾結結巴巴地問。

她淡淡一笑。「是我，凱芮。」
「可是……怎麼會？」
她向戴爾瞪了一眼，後者仍然躺在碼頭上。她對警探說：「他跟蹤我搬來克羅威爾後，我終於了解，我們兩人中有一個得死……我選擇犧牲自己。」
「妳？」
她點頭說：「我殺了他著迷的對象：超級名模凱芮。」她望向海面，深呼吸繼續說：「去年我去加勒比海認識一位整容醫生。他是海地人，在曼哈頓開業，回祖國開了一間診所，專門為意外毀容的海地同胞義診。」
她笑著說：「他當時開玩笑，說如果我需要整形醫生，可以打電話找他。我知道他想追我才給我電話，但他人並不驕傲，我欣賞他義診的善行，跟他很談得來。上個月，我下定決心跟戴爾劃清界限，所以才打電話找他。我認為，既然他有辦法重建全毀的臉，應該能把漂亮的臉整得正常一點。我約他在紐約見面。他起先不肯幫我動手術，不過我塞給他十萬美元，捐錢給他的診所，他才改變心意。」
萊瑟爾仔細看著她。她不醜，只是變得平凡——讓人看了一眼之後就不會想再看第二眼，長相一同每天在街上碰到的成千上萬女人。
大衛‧戴爾的哀嚎聲再起，蓋過了風聲，他的痛苦並非來自肉體，而是來自內心。讓他心痛的是，他迷戀已久的美女消失了。「不要！不要！不要……」
凱芮問萊瑟爾：「可以幫我解開嗎？」說著舉起手銬。
希德替她開鎖。
凱芮站起來，把外套拉得更緊，傳來一陣狂吼聲，連海浪聲也壓不住。「妳怎麼可以這麼做？」戴爾跪著哭喊：「妳怎能對我這麼狠心？」

凱芮走到他面前彎下腰。「對你？」她怒髮衝冠地說：「我的長相、我的身分、我過的生活……跟你一點關係也沒有，始終跟你扯不上邊！」她用雙手抓住戴爾的頭，想逼他正眼看她。「看看我。」

「不要。」他掙扎著想轉頭。

「看看我！」

他總算看了。

「這下子，你還愛我嗎，大衛？」她的新臉掛著冷笑。

一陣反感逼得他爬了開來，往馬路的方向開始飛奔，跌了一跤又趕緊爬起來，持續以百米速度逃離碼頭。

凱芮直起身體，朝他背後大叫：「你還愛我嗎，大衛？你現在還愛我嗎？愛嗎？愛嗎？」

「嘿，凱西。」男人看看她的購物推車後說。

「什麼？」她問。整容手術正式埋葬了「凱芮」，現在別人叫她「凱瑟琳」或「凱西」，她才肯回應。

「我覺得我們少買了東西。」卡爾以誇張的沉重語氣說。

「什麼東西？」

「零食。」他回答。

「那怎麼行。」她也看著推車，蹙眉假裝心驚。她提議：「買包玉米脆片不就得了？」

「啊，選得好，我馬上回來。」卡爾小跑到零食的貨架間。他個性溫和，總有穿不完的鬆垮漁夫毛衣，比較慢才找到志向，出社會幾年改行當律師。他比凱西大了整整五歲，身高也高五公分。十天前，克羅威爾鎮舉行一年一度的聖派崔克節，卡爾跟她搭訕，兩人共度了六、七個盡興的下午和夜晚，一點正事也不做。

他們會有結果嗎？凱西不知道，唯一知道的就是兩人絕對相處融洽，但她暫時還不肯讓卡爾過夜。而且，他也還沒有主動簡介前妻。

這兩件事當然是男女交往的重大指標。

然而，凱瑟琳・史旺森並不急。她還不想找男人定下來。她的人生愜意，平日教中學歷史、在麻州岩岸慢跑、去波士頓大學攻讀碩士學位、接受一位優秀的心理醫師開導，幫助她忘掉大衛・戴爾。她已經有六個月沒聽見無聊男子的消息了。

她隨著結帳隊伍前進，思考著家裡還有沒有烤肉用的木炭。她想——

「喂，小姐，抱歉。」她背後傳來男人低沉的嗓音。對方口齒不清，她立即聽出那種熟悉的語氣，不安分，屬於迷戀某種事物的人。

凱西訝然轉身，看見背後站了一位年輕人，穿著風衣，戴著絨線帽。她立刻想起從前，在街上、在餐廳裡、在這種結帳的隊伍裡，多的是這種窮追不捨的陌生人。她的掌心開始冒汗。她的心臟開始狂跳，下巴不住顫抖，開口卻說不出話來。

凱西隨即發現，這年輕人根本沒把她放在眼裡。他的眼睛鎖定在收銀機旁邊的雜誌架。他喃喃說：「能不能麻煩妳幫我拿那本《娛樂週刊》？」

她把雜誌拿給他。他連一聲謝也不說，趕緊翻閱。凱西不知道他急著看什麼報導，那兩頁有三、四張美美的相片，主角是褐髮的妙齡女郎。他看得出神。

凱西慢慢逼自己緩和情緒，突然以顫抖的雙手捂嘴，哈哈笑了起來。

年輕人抬頭看了一眼，繼續欣賞雜誌裡的夢幻女郎。前面這個長相平庸的長腿女人在笑什麼，他完全不想知道。凱西笑得流出眼淚，擦掉後轉回推車，開始把商品放上結帳台的輸送帶。

# 替死鬼

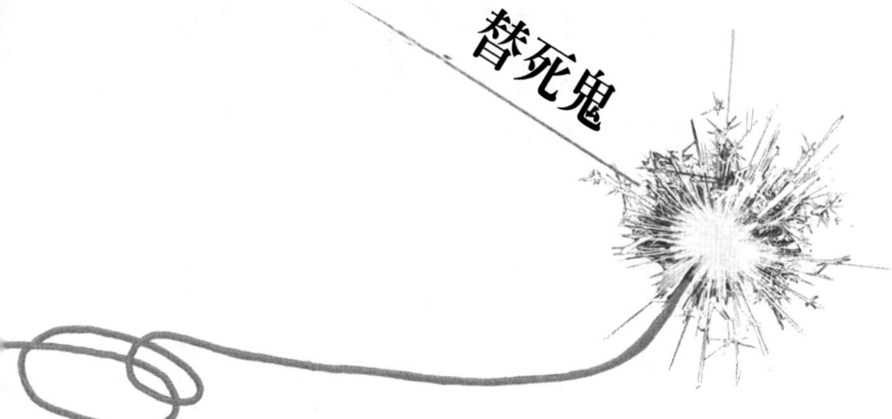

車頭燈照亮了前方路面優美的弧形。

她驅車穿越黑漆漆的松林，方向盤偏左偏右，又偏左偏右。寒冷的春天，潮濕的夜晚。她的凌志車在濕答答的柏油路上稍微越過中線。她納悶自己陪阿當喝了兩杯或三杯馬丁尼。只喝兩杯，她認定後加速前進。

她住在接近新罕州邊境的麻州，週間晚上從新罕州下班後，總是開同一條路回家。而她每晚行駛在二十八號公路上，想到的總是同個念頭：優美的彎道。

意思跟她三公里前她駛過的常見路標差不多：**路肩鬆軟**❽。

很多晚上在回家的路上，她略帶酒意，聽著電台播放麥可・波頓的抒情曲，見黃色的警示標識漆了這些字，總是不禁露出笑容。今晚她神志清醒。離家只剩二十公里。

卡洛琳穿絲襪赤腳踩著油門，白色的名牌Ferragamo細跟高跟鞋放在旁邊的座椅上。她經常脫鞋開車，不是因為赤腳比較好踩煞車和油門，而是她不想磨損好鞋。接著，她把車子開過最後一組——沒錯，線條優美的彎道，通往敦寧鎮。

加油站、百貨店、丙烷公司、陳舊的汽車旅館、酒品商店，以及一間古董店。通勤至醫院上班五年了，她從來沒有見過任何人進店裡買東西。

經過一台生鏽的收割機時，她減速到三十英里，因為敦寧鎮有幾個愛求表現的年輕警察喜歡在這裡埋伏，等著開超速罰單，碰上比別克名貴的車子就攔下來整一整。她每晚下班回家前都在這裡停車加油，買大杯咖啡，加油站的服務生卻似乎從沒注意到她是常客。

她下車時看見另一位男顧客，長相滄桑，蓄著淺淺的鬍碴，挨著車子講手機，悶悶不樂地點頭，想必是聽見對方報告壞消息。

卡洛琳把油嘴插進車子的油箱，按下自動加油裝置。她直起腰桿，感覺一陣寒意。她穿的是淡棕色的Evan Picone套裝，低胸，套裝內沒穿上衣，下半身是短裙。男顧客原本看著柏油地面講電話，見她走過來，抬頭對她的身體瞄了一下。她注意到了，有些沾沾自喜。雖然這人有點不修邊幅——歷盡風霜的臉、雙手肥厚——衣服還算體面。他穿的是平整的灰色西裝，外面套了深色的風衣。他開的是林肯車，金棕色。她推測車子的售價和她的淩志不相上下。她能認同開名車的男人。油嘴喀嚓一聲關閉，她進去店裡付錢。

一杯黑咖啡、一包薄荷口味的救生圈糖。年輕的店員完全認不出她，顧著看手提電視，只在找零錢的時候匆匆瞄了她胸部一眼，也許他只是認不出她的臉。她走出店外，望向開林肯車的男人，看見他把手機扔向車子座椅，伸手進口袋掏錢，視線又向她瞥過來。

他僵住了，雙眼圓睜，焦點在她背後不遠的地方。

她發現一條像蛇的手臂纏住她的腰，感覺被冷冷的金屬抵住耳朵。

「天啊……」

「閉嘴！女士。」湊近耳朵講話的是年輕男子，緊張得口吃，口鼻散發出威士忌味。「跟我進妳的車，然後上路，敢叫救命就讓妳死。」

卡洛琳這輩子還沒碰過搶案。她住過芝加哥和紐約市，也在巴黎住了一小段時間，人身安全只受過一次威脅。但那次的惡人不是搶匪，而是鄰居太太。當時她住在巴黎左岸，和這對鄰居隔一道走廊而居。現在她嚇得渾身麻痺。

搶匪拖著她上了車，她結結巴巴說：「求你放我走，鑰匙給你。」

「休想，小妞，妳的車和人，我兩個都要。」

❽Soft Shoulder，字面上的意思是「柔軟的肩膀」，而「優美的彎道」原文sensuous curves，另有「曲線性感」之意。

「求求你，不要！」她呻吟求饒。「我可以給你一大筆錢，我可以——」

「少囉唆，妳非走不可。」

「不行。」開林肯車的男人來到凌志車的乘客座，站在兩人和車子之間，目光沉穩，似乎無所畏懼。反觀皮包骨的年輕人一副嚇破膽的模樣，把槍推向前。「好狗別擋路，先生，照我的話去做，不然給你好看。」

開林肯車的男人平靜地說：「要搶車就把車開走，我的車子是新的，給你吧，只開了兩萬公里。」他舉起鑰匙。

「我要的是她和她的車，你給我滾開，我不想對你開槍。」握槍的手不住晃動。他是個瘦骨嶙峋的年輕人，外型粗野，頭髮是洗碗水的褐色，馬尾紮得像條蛇。

林肯男微笑，以平穩的口氣繼續說：「朋友，搶車沒什麼大不了，不過綁架或強姦就不一樣了，你恐怕會坐一輩子的牢。」

「別擋路！」他低聲說，往前走幾步，強迫卡洛琳一起移動。卡洛琳哼唉呻吟著。她討厭這樣，卻也莫可奈何。林肯男堅持立場，搶匪舉槍正對著他的臉。

接下來的情況發生得很快。

她看見林肯男舉起雙手，掌心向前，以示投降，同時微微向後退。乘客座的車門打開，劫匪把她推上車。（卡洛琳無厘頭地想著：我沒坐過自己車子的乘客座，座位調得太前面了，坐上去會扯壞我的吊帶襪……）搶匪從凌志車的前面繞向駕駛座，逼退舉著雙手的林肯男。

卡洛琳絕望地瞥向加油站超商的窗戶，看見年輕的店員仍在櫃台後方大嚼洋芋片，仍在看小電視播放的「我愛羅珊」影集。

搶匪正準備上車，旋即停下，回頭發現油嘴還插在凌志車的油箱。

林肯男向前俯衝，攫住搶匪握著槍的手。搶匪驚呼一聲，竭力掙脫被抓住的手。但林肯男的力氣比他大，卡洛琳推開車門跳出去，兩個男人跌到凌志車的引擎蓋上爭奪手槍。林肯男抓著對方的手腕去撞擋風玻璃，撞了幾下後黑色的手槍終於飛出搶匪的掌握，掉在卡洛琳腳邊。受到驚嚇的她瞇起眼睛，但手槍並沒有走火。

她這輩子沒握過槍，至少沒握過手槍。她蹲下去撿起來，感覺手槍沉重的分量，感覺到槍的熱度。她用槍口抵住搶匪的臉，搶匪立刻像布一樣癱軟下去。

林肯男比搶匪高出至少一個頭。他滾下引擎蓋，揪住搶匪的領子。

搶匪看著卡洛琳猶豫的眼神，想必斷定她不會開槍，因此以出奇大的力道推開林肯男，跑進加油站旁邊的草叢。卡洛琳對準他逃走的方向舉槍。

林肯男趕緊說：「射他的腳就好，別射他背後。萬一殺了他，妳麻煩就大了。」

然而她的手開始發抖，等到她強迫自己穩定下來，搶匪已經跑掉了。

遠處有車子發動，排氣管鏗鏗響著，隨後傳來刺耳的輪胎抓地聲。

「天啊！天啊……」卡洛琳閉上雙眼，靠在凌志車上。

林肯男走過來。「妳沒事吧？」

她點頭說：「還好。不好，我不知道……怎麼說才對？謝謝你。」

「呃……」他朝手槍點點頭。卡洛琳疏忽了，槍口對準他的肚子。

「喔，對不起。」她把槍遞給林肯男，林肯男低頭看一眼，「最好由妳保管，等警察來了再說。我不能跟槍械走得太近。」

卡洛琳一時會意不過來，以為他剛戒掉「槍癮」，摸槍等於像匿名戒酒社的會員忌諱沾酒一樣。也許有些人拿槍會上癮，就像她先生，沉迷於賭博、女色、古柯鹼一樣。

「什麼？」她問。

「我有前科。」他的語氣不帶羞慚或驕傲，以語氣暗示他習慣盡早提起這件事，盡快把事實攤開來，看對方有何反應。卡洛琳沒有反應，他繼續說：「要是被人發現我拿槍……呃，我就有麻煩了。」

「喔。」她說。聽他解釋，跟聽見Safeway連鎖超市的店員解釋義大利麵醬的折價券過期感覺一樣。他的視線下滑至卡洛琳的淡褐色套裝，更正確的說法是：下滑至套裝沒遮住胴體的部分。

他望向超商，店員渾然不知發生過搶劫未遂案，繼續看電視。林肯男說：「我們最好報警，店員絕對不會報警。」

「等一下，」她說：「方便我請教一個問題嗎？」

「請問。」

「你犯過什麼罪？」

他遲疑了一下。「這個嘛，」他慢吞吞地說，必定自覺高攀不上卡洛琳，索性豁出去了。卡洛琳穿的是精美的套裝、窄裙、「維多利亞的秘密」的黑蕾絲褲襪，整個人既美麗又香氣逼人（鴉片香水，三十CC四十九美元），絕對看不上他，所以他說：「手持致命武器攻擊，五項罪名全部成立。對了，還有密謀攻擊罪。好了吧，可以報警了嗎？」

「不行。」她把槍收進凌志車的置物箱。「我們應該去喝一杯。」

說著朝馬路對面的汽車旅館酒吧點頭。

三小時後，兩人醒來。他看起來像煙槍，卻不抽煙。他看起來像酒鬼，喝酒卻只喝了一罐啤酒。兩人在搶案之後先來這裡的酒吧各喝一杯馬丁尼，然後去汽車旅館隔壁的宴會用品店買了六罐裝啤酒，卡洛琳喝了三罐。

兩人凝視著有裂縫的天花板。

「你要去哪裡？」她問。

「大家不都一樣？」

「我是說現在，今天晚上。」

「我今天只是來這裡跑一趟，明天回家。」

他在喝馬丁尼的時候說過住在波士頓，今晚投宿在克拉馬斯鎮的「庭院旅館」。他叫羅倫斯——鄭重聲明不能簡稱賴瑞（Larry）。出獄之後，他洗心革面，不再替人討債。

「我負責收所謂的ｖｉｇ，」他解釋，「就是高利貸的利息，付不出來就倒楣。」

「跟洛基一樣。」

「對，有點像。」羅倫斯說。

她問他姓什麼的時候，他眼神呆滯了一下，雖然回答了「安德森」，但她覺得他以大姓「史密斯」來搪塞也無所謂。

他用「以上皆非」來回答有無妻小的問題，卡洛琳傾向相信他。

她能確定的一件事是，羅倫斯是技巧絕佳的情人。

**道路蜿蜒，曲線性感……**

他的肩膀一點也不軟。將近兩小時的時間裡，他們接吻、愛撫、緊貼彼此、品嘗對方。他一點也不變態，沒有怪癖，只是讓人，嗯，神魂顛倒。她只想得出這個形容詞。他用強壯的臂膀摟著她，壯碩的身體壓著她……兩人躺在溫暖而廉價的床上，她看著羅倫斯的胸膛起伏，有個難看的疤痕在蜷曲的黑色胸毛下清晰可見。她想問怎麼來的又不敢問。

「羅倫斯？」

他瞥向她，神態謹慎。交歡後的這一刻風險重重，言行必須戒慎恐懼，必須遵守某些不成文規定。切忌百分百的誠實，卻也少不了誠意。定下來、愛、未來這些字眼，或者是同義詞，不知葬送了多少浪漫之夜。

卡洛琳思考的跟上面這些瑣事無關。她想著置物箱裡的黑色手槍，想著差點架走她的搶匪以高亢而驚慌的聲音喊叫。

「你在哪裡工作？」她問。

羅倫斯猶豫一下。

「以前賣汽車零件，呃，應該算是零件店的經理。目前待業中。」

「被炒魷魚了？」

「對，被炒魷魚了。」他伸伸懶腰，關節發出喀的一聲。「如果郵件室的小鬼偷走一盒釘書針，而你有前科，老闆準找你開刀，第一個懷疑的就是你。我今天北上漢蒙德面試，沒被錄取。」

她記得他講手機時的落寞神情。

「輪到我發問了吧？」他說。

「可以。我已婚，沒有小孩，喜歡做愛，太貪杯。還想問什麼？」

「妳為什麼不報警？」

她以反問代替回答：「你剛才為什麼一點也不害怕？」

他聳聳厚實的肩膀。「我以前也被人拿槍對準，看得出對方敢不敢扣扳機。假如那個小子是老手，我會說，來生再會了，女士，希望州警及時趕來救妳。」

「你有沒有殺過人？」

他以遲疑代替回答。
「除非妳回答我的問題，不然我拒答。」他說：「為什麼不報警？」
「因為我想跟你談一件生意。」
「什麼生意？妳想買汽車零件？」
「不對，我想找你謀殺我丈夫。」

「離婚不就得了？」羅倫斯說：「不然怎麼有律師這一行？」
「他身價很高。」
「他劈腿的話，妳可以分到一半，說不定更多。」
「呃……」
「喔，劈腿的不只他一個。」羅倫斯笑著指向他們躺的床。「猜對了吧。誰先偷吃的？」
「他。」隨後她說：「呃，最先被捉姦的人是他。」
「算他倒楣。可惜我不是殺手，從來沒當過。」
「我要說什麼才能勸動你？」
「沒用。勸，不，動。」
「要我**做**什麼，才能說服你？」她順著他的身體移動手，調皮地捏了他的大腿一下。
他笑了。
聽她喊價「五萬？」的時候，他笑不出來了。
過了幾秒：「我坐過牢，坐怕了。」
「十萬？」

他猶豫了大約只有千分之一秒，但對卡洛琳而言，這樣就夠久了。

羅倫斯說：「不好吧。」

「不好吧不等於不要。」

「殺人不是件容易的事。不對，應該說殺人很輕鬆，想脫罪就麻煩了。脫罪幾乎不可能。」

她在醫院開會時，部屬如果不準時交報告或提建議案，她經常會駁斥部屬的藉口。這時她也用相同的語氣說：「雖然聽你說幾乎跟麻煩，我卻認為可行性很高。」

「妳有沒有威脅過他？」

她聳聳肩。「有一次，我在購物中心發現他跟情婦走在一起，我氣昏了，大罵說我要宰了他們兩個……不對，我說的好像是等我整夠了他們，他們會覺得生不如死。」

「殘忍。」

「別人好像沒聽見。」

「那樣的話，」他慢慢說，像是醫生正在構思診斷的結果，「妳有殺他的動機。這就麻煩了，表示妳得找個替死鬼，把命案布置成別人下的毒手，讓妳的動機顯得無關案情。我們需要——」

「另外找個嫌疑犯？」

「對。」

她微笑起來，酥胸挨近他。「比如說，劫車人？或者是搶匪？」

「可以。」他的眼神轉向加油站，點點頭，「那個小子，槍在我們的手上……」

丈夫史丹有幾把槍。卡洛琳記得，他買槍之前依規定填了幾份表格。她知道槍店細心保存槍械的歸屬權。她對羅倫斯說出這些想法。

「這把槍可能是贓物，說不定不是搶匪自己的槍。」羅倫斯說。

「上面肯定有他的指紋。」

「我們要先擦槍——妳握過，記得吧？」他說完笑了。

「怎麼了？」

「就算我們把槍擦乾淨，子彈照樣有搶匪的指紋。」

她把臉依偎在他的頸項。

「可是，」羅倫斯接著說：「他只想劫車，用謀殺的罪名來治他不會太狠了嗎？」

「他想強暴我，」她指出，「搞不好會殺我滅口。不如從這個角度來看吧：在他傷害任何人之前，我們害他被關起來，算是功德一樁。」

「十萬？」羅倫斯凝視天花板。「妳知道嗎，在監獄的時候，那些社工和輔導員……他們老愛問些有的沒的，例如：我為什麼對反社會行為產生興趣？我在氣什麼？我的童年有過矛盾嗎？」他笑了笑。「他們不喜歡我的答案。我回答，我只要打斷某個雜碎的手臂，一天就能進帳五千，這麼好的工作誰不想幹？」

「就是說嘛。現在你還有機會多拿一筆退休金。」她親吻他的耳朵，悄悄對他說了總是能令她興奮的兩個字：「免稅。」

他思考片刻。「一定要小心規劃。我們也許可以查出他幽會的賓館——」

「我知道在哪裡，他們每次都去同一間。」

「我有過一段十年的婚姻，從來沒有偷情過，不知道這方面的規矩。」他笑著說：「辦完事以後，誰先走？男方還是女方？」

「她先走，我老公會等一陣子再出去付錢。」

「好，等他付了錢，上了車，我會在那裡等他。」

「然後對他開槍？」

羅倫斯笑說：「在汽車旅館的停車場？那麼多人怎麼開槍？不行，我會逼他載我到荒涼一點的地方再動手，把現場布置成我們扭打過，然後我對他開槍。我慌了跳車逃逸，半路棄槍。妳開妳的車跟過來，把我接走……什麼時候動手？越快越好。我急著用錢。那輛林肯車的貸款還有一大筆。」

「史丹通常每個禮拜二、四晚上去幽會。」

「今天是禮拜二。」他說。

她點頭。「他已經去賓館了。」

「也好，後天再動手吧。這套計畫不錯，我們弄到了凶器，警方不會追查到妳我身上，也製造了像樣的動機，而且找了一個替死鬼。」

卡洛琳翻過身，再次跨在羅倫斯身上，讓他進入潘蜜拉・安德森級的胴體。她感覺他的興致迅速高昂起來，心想：羅倫斯，我們當然找到了替死鬼。就是你。你坐過牢，目前失業，需錢孔急，所以去搶劫史丹——作案過程中奪走了他的性命。

「我認為這一票幹得成。」他說。

「我也這麼認為。」卡洛琳說著，開始咀嚼他的下唇。

曲線性感……

車子輕輕晃動著。

今天是星期四，又是陰霾的春夜，卡洛琳穿著長袖海軍藍上衣，百褶裙遮到小腿一半。醫院辦公室的兩個助理看到她一時傻眼。她今天不露乳溝、不露大腿，沒有緊繃的鈕釦，不用

AquaNet髮膠，頭髮向後紮成素淨的馬尾。她計畫在案發後匿名報警，說綠色凱迪拉克車上有人槍殺了另一個人。報警後她必須盡快趕回家，準備扮演端莊、無辜的寡婦。時間緊迫，變裝恐怕會來不及。

她覺得心情很詭異，近乎性興奮。車子在晃動，冷空氣吹拂著肌膚。此外，她不得不承認，一想到史丹的死期將近，她覺得很亢奮。能霸佔他的財產也令她興奮。他太吝嗇了，連她這輛車也不肯買給她，只能「先租後買」。

她也想到羅倫斯。當情夫很棒。當替死鬼的價值更高。

太可惜了，賴瑞。

說得簡單，做起來並不容易。她當然不能用車上的電話報警，否則警方一查通話紀錄就洩底了，因此她決定自行挑選開槍的地點。畢竟她是本地人，賴瑞不熟這一帶，一定會覺得由她策劃地點有道理。她會建議賴瑞開車載史丹去卡爾地夫瀑布。到了那裡，有一條郡道貫穿陡峭的山谷，開了一英里就能看見一間便利商店，外面有兩支公用電話。

她會尾隨兩人過去。賴瑞殺了史丹，過去跟她會合，這時她會下車，拿出預藏在皮包裡的菜刀，戳破史丹的凱迪拉克後輪。備胎已經在今天早上被她放氣。她會扔下羅倫斯不管，自己飆車去便利商店打電話報警，然後衝回家。羅倫斯會被困在山谷裡，徒步離開需要四十分鐘，而警方短短幾分鐘就能趕到。

天衣無縫。

她的思緒再度飄到丈夫幽會的傳承旅館。她想像姦夫淫婦在床上的模樣。

想像他的情婦蘿瑞塔‧山普斯……蘿莉……一個缺乏特色的女人。金髮，美得令人想打哈欠。卡洛琳有一次跟蹤他們去購物中心，當時蘿瑞塔戴了一頂礙眼的黑色軟帽，緊挨著史丹走，史丹的手肘扎實地頂住她的胸部。碰上了悍婦，兩人瞬間僵住，那個場面真讓卡洛琳回味無窮。蘿——莉……

此時此刻，他們在做什麼？卡洛琳心想，使勁握著凌志的方向盤，手指隱隱發疼。正在喝酒嗎？還是在親她的腳？趴在她身上，把自己半長不短的頭髮勾到耳後？

羅倫斯投宿的汽車旅館映入眼簾，她緊急煞車。兩人約定過，她不能停在旅館前面。車子還沒完全停下，他從一排樹叢後面鑽出，上了車。

「快開車。」他說。

她把車開回馬路。

她本來以為羅倫斯會穿，呃，殺手裝，也許會做突襲隊員的打扮，至少也穿個黑毛衣和牛仔褲吧。不料他只穿西裝，外面套了那件式樣複雜的風衣。他的領帶印了黃色的小魚。好醜，真沒品味。不知道為什麼，她因此覺得檢舉他也不至於良心不安。

「妳確定他進了旅館？」

「他打電話說他跟比爾‧麥席森開會開很久，不回家吃晚餐了。」

「沒開會嗎？」

「除非他去了英國，我跟比爾的辦公室打聽過，比爾這禮拜待在倫敦。」

羅倫斯刻薄一笑。「想騙就高明一點。」他看手錶。「妳對他的情婦了解多少？」

一陣火辣的醋勁竄遍她全身。「她奶子很小，鼻子需要動隆鼻手術。」

「她已婚嗎？」

「對。她跟史丹一樣，是個難纏的富婆，她繼承了老爸的遺產，自以為做壞事不會被抓到。他們兩個只配得上對方。」

「但願先離開房間的人是她，目擊證人很麻煩。」他戴上緊繃的棉質工作手套。

「你不戴橡皮手套？」

「對，」他說：「布做的手套更好，指紋不會留在裡面，以免被查出身分。」

「喔。」她心想，綽號林肯男、情聖的羅倫斯‧安德森‧史密斯，以前一定是討債高手。

他打開置物箱取出手槍。卡洛琳瞄了一眼。對她而言槍都長得一樣，都是黑色、外型凶險。

他按開槍膛，卡洛琳看見裡面有六個彈室，裝了六顆子彈。羅倫斯問：「妳有沒有擦過？」

「沒有，」她說：「我不知道怎麼擦槍。」

他笑了。「還不簡單……擦一擦就是了嘛。」他從儀表板上的面紙盒抽來一張，仔細擦拭金屬表面。

「到了，」她說：「就是這間。」

前面的旅館閃爍著不雅觀的紅色空房燈。低級旅館。（卡洛琳偷情的時候堅持情夫帶她上民宿，不然至少也要去凱悅。）

她把車子停在看得見停車場的馬路邊。她看見史丹的凱迪拉克，揣測著蘿瑞塔的車是哪一輛。

「對了，我想到一個適合下手的地方。」她說得像突然心生一計。「卡爾地夫瀑布鎮，在五十八號公路上，距離這裡大概八公里，很偏僻。走楓枝路大概一點六公里，到了美孚加油站再左轉就是五十八號公路。」

「好。」他點頭說：「妳待在這裡別動，我會去躲在樹叢裡。等我把他押進凱迪拉克開去那邊，在路邊找個地方動手。妳要跟緊。」

卡洛琳深吸一口氣。「好。」

「事成之後，妳載我回我的旅館，然後妳自己開回家。到了晚上，妳老公還沒回家，妳再打電話報警。記得，發現丈夫出事的時候，不要表現得太誇張，最好裝成嚇呆了的樣子，裝得歇斯底里反而太假，要裝得有點茫然。」

「嚇呆就好，別歇斯底里。」卡洛琳點頭。

他倚向前去，使勁抓住她的頸背拉她過來接吻。她以同樣熱情的態度獻吻。手套掐著她的脖子時，她感到一股變態的欣快感。下次跟阿當見面時，也許跟他玩個制服秀。跟別的情夫也行，說不定穿皮衣褲很刺激……

羅倫斯放開她，她凝視著他的眼睛。「祝你好運。」她說。

羅倫斯下車，蹲在車子旁邊四下張望。路上不見人車。他壓低身子，衝進旅館旁邊的楔形陰影，然後遁入一排黃楊木裡面。

卡洛琳把頭向後靠，躺在皮椅的頭墊上，打開調頻電台收聽輕音樂。這時候，緊張的情緒總算像一陣冷雨灑了下來。今晚的恐懼在她的內心擴散，她的雙手開始顫抖。

我在做什麼？她心想。

她想出答案了：做我老早就該做的事情。轉瞬間，她的不安化為憤怒。我恨這身爛衣服，我想穿得美美的，我想去酒吧喝美酒和馬丁尼，我想擺脫白癡史丹，我想結束掉這整件事。我想——

旅館傳來兩聲尖銳的砰砰聲。

她向前坐，緊盯著停了凱迪拉克的停車場。

又傳來砰砰兩聲，聽起來像槍聲。

有些房間的窗戶裡亮起燈光。

卡洛琳內心的恐懼感覺像一塊冰冷的岩石。

安啦，安啦，只是引擎逆火的聲音，不要緊。她掃視著停車場。越來越多電燈亮起來了，有幾扇門打開，幾個人踏上陽台東張西望。

她右方出現動靜，瞄了一眼。羅倫斯站在影子裡，眼睛睜得好大，臉上佈滿驚恐的神色。他捧著肚子嗎？該不會中槍了吧？她看不清楚。

「什麼？」卡洛琳尖聲問。

他四下看一看，神態慌張，以驚惶失措的手勢叫她走，嘴唇說著：「走……走。趕快回家。」然後又躲回樹叢裡。

難道是警衛或下班的警察看見他帶槍？史丹該不會帶了槍吧？

兩人從旅館經理的辦公室走出來，一個是身穿藍綠色連身服的胖女人，另一個是穿短袖白襯衫的瘦皮猴，以視線掃視著U形的旅館，一陣交談。陽台有人，一樓房間前的人行道也有人，他們聽著這些人講話。卡洛琳無法分辨他們在講什麼。

她望向羅倫斯剛才低聲警告她的地方，再也看不見他的人影。

該走了，她心想，有麻煩了。

她把油門踩到極限。車子正要加速前進時，她卻聽見噗的一聲，然後是輪胎嗶、嗶、嗶洩氣的聲音。不行！不能現在爆胎！拜託……

她繼續行駛，旅館客人和辦公室走出來的男女盯著凌志車，看著車子蛇行上街。不久後，橡膠的輪胎皮從後輪脫落，車子撞上路肩驟然停下。

「可惡！可惡，可惡！」她大罵，拳頭猛捶方向盤。

後照鏡出現閃光——一輛警車正朝旅館急駛而來。

糟糕，糟糕……

車上的年輕警察經過時看了她的車一眼，然後停在馬路邊。兩個警察下車後小跑至辦公室旁邊的人群，有些客人指向一樓的某個房間，警察匆匆跑過去。

又來了兩輛巡邏車，隨後而來的是一輛方方正正的救護車。

該快點離開，還是待在原地？

離開太可疑了，警方一查車子就能查出我的身分。

編個故事好了，就說老公打電話叫我來接他。

老公叫我來跟他在這裡碰頭……

我碰巧看見老公的車子……

警察敲敲一〇三號房的門，沒有人應門，穿白襯衫的瘦皮猴因此開鎖，站開來讓警察舉槍推門進去。其中一名警察進去後又退回來，跟醫護人員講了幾句話。醫護人員慢慢走進去。如果這間是史丹的房間，如果史丹在裡面，卡洛琳猜想他已經死了。

可是，發生了什麼事？怎麼會——

有人敲她的車窗。她驚叫一聲，轉頭發現一個大塊頭警察站在旁邊。她合不攏嘴，直盯著警察看。

「小姐，方便把車開走嗎？」理平頭的肌肉男警察很有禮貌地說。

「我——輪胎，爆胎了。」

「出了什麼事嗎，小姐？」

「沒事，我沒事，只不過……只是爆胎了。」

「請妳拿出駕照和行車執照。」

「為什麼？」

「麻煩一下，妳的駕照和行車執照。」

「呃，好。」她凝視著警徽和對講機，沒有動作。
過了幾秒鐘。「還不拿？」
「我——」
「小姐，妳的舉動有點怪，請妳下車。」
「好啦，警官……」她面帶微笑，雙臂湊向胸前，向警察挨過去，只見警察一臉困惑，她這才發現壯觀的乳溝今天被保守的藍上衣遮住了。
她下了車，遞出證件。
「妳有喝酒嗎？」
「沒有，警官。喔，兩、三個鐘頭之前有喝過一杯。呃，兩杯。」
「好。」
她看見後輪，皺起眉頭，看起來像有人搞鬼，拿兩根鐵釘釘上木頭來刺破輪胎。
警察注意到她眼神有異。「該死的小鬼常做這種陷阱甩到馬路上惡作劇，自以為很好玩。妳目前居住的地址是這個嗎？」說著比向她的駕照。
「對。」她心不在焉，眼神固定在一〇三號房。陸續又來幾輛警車，總計十幾輛了，紅藍色的警燈閃爍不休。兩個穿西裝的男人脖子掛著警徽，其中一個頭髮茂盛，另一個禿頭，來到現場後走進房間。
警察檢查完卡洛琳的駕照，走向凌志車的後面比對車牌，態度似乎鎮靜而講道理，卡洛琳逐漸鬆懈下來。警察會放她走的，保證會。不會有事的，保持鎮定就好，警察永遠不會查出關聯。
接著，平頭警察的對講機沙沙作響。「傳承旅館發生凶殺案，有兩名死者，分別是蘿瑞塔‧山普斯，白人女性，三十二歲，以及史丹‧希亞睿里，白人男性，三十九歲。」

「什麼？」警察脫口而出，視線從手裡的駕照向上移動。

「天啊，糟糕。」卡洛琳•希亞睿里說。

「警探！」平頭的交通警察對掛著警徽的禿頭警察呼喚。「建議你過來看一下。」

五分鐘後，她坐在警車的後座——幸好沒戴上手銬。警察命令她別走，等一切明朗化之後再說。一位年輕的巡邏員警跑向警探，提著一只大塑膠袋，裡面裝的是手槍，顯然是羅倫斯逃逸的時候丟棄的。

「撿到了什麼？」警探之一問。

「可能是凶器。」年輕員警的說法稍嫌太積極，惹得老鳥警探麻特和傑夫冷笑。

「我看看。」禿頭警察說：「嘿，查理，有沒有潛在指紋？」

一名戴著乳膠手套的警官走過來，手上捧著一個盒子，盒上附有類似小霓虹燈的細管，用偏綠的燈光照在手槍上，仔細檢查指紋。

「沒有，連螺旋型或紋型指紋也沒。」

謝天謝地，羅倫斯把指紋擦乾淨了。

「不過，」查理戴上單眼放大鏡說：「槍膛鎖好像勾到了一小塊藍色的衛生紙。」他仔細檢查著。「對，很有可能是面紙。」

糟糕，天啊，糟糕……

她往背後一看，見到平頭警察走向凌志車，拿了東西走回來。「長官，我找到這個。」

他指向一團藍色的面紙。羅倫斯擦完了槍，把面紙揉一揉丟在車子的地板上。

那又怎樣？全美不知道有幾十萬盒面紙，他們憑什麼證明——

查理謹慎地攤開面紙，發現中間破了一個三角形的洞，卡在槍上的那一小塊正像拼圖缺的最後一片。另一位警官走向警探，手裡拿著羅倫斯戴過的棉質手套。頭髮茂盛的警探這時戴上了乳膠手套，拿起羅倫斯的手套嗅一嗅掌心。「女人的香水味。」

卡洛琳也嗅得到。鴉片。她開始出現換氣過度的現象。

「長官，」另一個警察大聲說：「我檢索了槍械登記資料庫，結果槍是死者史丹的。」

不會，不可能！這把槍是搶匪的！她敢確定。是搶匪去史丹的書房偷來的嗎？怎麼可能？

卡洛琳發現所有警察一致盯向她。

「希亞睿里夫人？」頭髮茂盛的警探從皮帶後面解下手銬說：「麻煩妳起立向後轉。」

「不對，不對，你們搞錯了。」她哀嚎。

警察宣讀嫌犯人權，把她押進警車的後座，她聽見遠處傳來微弱的輪胎擦地聲，看見一輛車子接近中，但她的心思已經飄向別處。

好，推理看看，她心想。假設羅倫斯和搶匪串通好了，說不定搶匪是羅倫斯的朋友。他們去偷了史丹的手槍，跟蹤我一陣子，發現我每天晚上路過敦寧鎮加油買咖啡，製造搶劫的假象，然後我跟羅倫斯上床……

可是，為什麼？

他打的是什麼主意？他究竟是誰？

就在這個當兒，朝旅館急駛而來的車子在附近緊急煞車停下。是一輛金棕色的林肯車。

羅倫斯跳下車，車門也不關，直接倉皇奔向一〇三號房的門口。

「完了！我太太……」

一位警察拉住他，將他拖出門口。他啜泣說：「我一接到電話馬上出門！我不敢相信！不會吧……」

警察摟著他的肩膀。他穿的是式樣複雜的海軍藍風衣。警察把羅倫斯帶向警探，大家以同情的眼光看著他。禿頭警探輕聲問：「貴姓山普斯？」

「對。」他極力壓抑傷痛。「羅倫斯・山普斯。」他呼吸急促地問：「怎麼會……她在搞婚外情？我老婆在搞婚外情？被人殺了？」

**妳得找個替死鬼，把命案布置成別人下的毒手，讓妳的動機顯得無關案情……**

在短短的一瞬間，趁警察不注意的時候，羅倫斯瞟了卡洛琳一眼，那種表情只能以「喜形於色」來形容。

暴跳如雷的她開始對羅倫斯叫罵，戴著手銬的手腕猛敲車窗，羅倫斯的目光再度變得無神，隨即以顫抖的雙手蒙住臉。

「喔，蘿瑞塔……蘿瑞塔……我不相信！不會吧……」

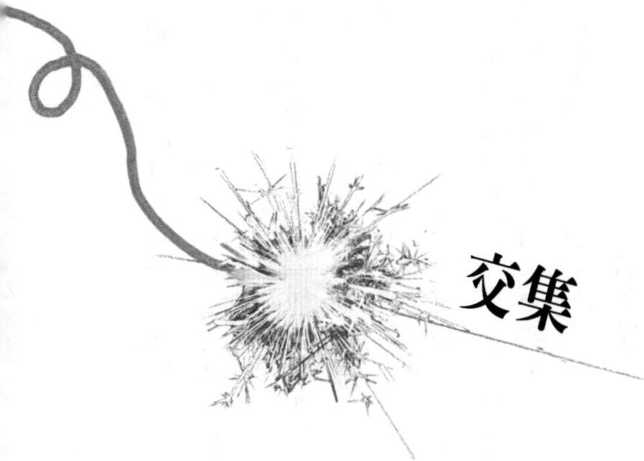

# 交集

「能幫上忙的話，我一定幫到底，」男孩說：「可惜我幫不上忙。」

「幫不上，是嗎？」站在身邊的巴茲低頭問，注視著男孩頭頂的褐色亂髮。「是幫不上，還是不想幫？」

巴茲的搭檔艾德說：「他一定知道。」

「我想也是。」巴茲附和，拇指勾住七十九元九毛九的警棍。這支正牌的進口警棍黑得發亮。

「不，巴茲，我幫不上忙，真的，相信我。」

八月這天的黃昏燙得像引擎，此地位於謝南多厄谷，寬闊的謝南多厄河流過鎮警局偵訊室的窗外，卻絲毫沒有降溫的作用。如果在其他城鎮，熱到這種程度的時候，居民不熱得殺人放火才怪，但是維吉尼亞州的卡爾敦是個小地方，人口只有八千四百人，約十英里以外是魯瑞——猜對了，就是**那個**以鐘乳石洞出名的魯瑞。熱浪襲擊卡爾敦的時候，多數飛車黨、人渣、青少年往往躲回家，坐在小木屋或貨櫃屋裡，抽著大麻或是喝著百威啤酒，恍神看著HBO或是ESPN（在卡爾敦，小耳朵是防治犯罪的一大良方）。

然而，今天晚上不一樣。員警巴茲和艾德原本也喝得醉醺醺，碰上了本鎮四年來第一樁持槍搶劫案才猛然清醒。何況這案子是「不純，砍頭」的運鈔車搶案。警長埃姆．塔平去了北卡州度假釣魚，聽見消息後百般不情願也得趕回卡爾敦。華府派了幾位FBI幹員，預計今天深夜趕到。

大人物即將前來指揮辦案，兩位基層員警更急著自行結案來邀功。他們已經抓到一名嫌犯，眼前這個男孩是目擊證人，只可惜他不太願意配合。

男孩的姓名是奈特．史波達，艾德在他對面坐下來。這兩位警察在他背後叫他男孩，但他年齡已經不小了，今年二十五、六歲，只比警察小三歲。三人是霍桑中學的校友，在學校有過一年的交集，當時奈特是一年級，艾德和巴茲是三年級。奈特現在依然瘦如電線杆，眼神飄忽不定，眼眶深陷得像連續殺人魔。讀中學的時候，他在鎮上的名聲難聽，現在也好不到哪裡去。

「好了，奈特，」艾德親切地說：「我們知道你看見了什麼東西。」

「相信我嘛。」奈特以鼻音哀求著，以手指當鼓槌敲打著骨瘦的膝蓋，神態不安。「我什麼也沒看見，真的。」

巴茲比較胖、比較容易氣喘、汗也流得比較多，看見搭檔艾德瞄他一眼，他接著向前偵訊。「奈特，你這麼說，跟我們已知的事實不太相符。你常常坐在前門廊上，一坐就是好幾個鐘頭，什麼事也不做，只是坐著看河水。」他停頓一下，擦擦額頭。「有什麼好看的？」他好奇地問。

「我不知道。」

不過，全鎮的人都知道答案。奈特上初中的時候，父母在謝南多厄河上搭船落水，雙雙溺斃，從此小奈特成天呆呆地看著這條河，一面讀書或雜誌。郵局的法蘭西絲說，奈特訂了幾份怪到「讓人頭皮發麻」的雜誌。至於是什麼雜誌，礙於聯邦僱員的規定，她不方便明講。鎮上的人也知道，奈特喜歡在門廊上聽變態音樂，音量開得很響。

雙親去世後，他的伯父從西維吉尼亞搬來照顧他。這鄉下老頭言行低俗，全鎮的人對伯侄共處一室的生活方式也有意見。伯父照顧小奈特唸完高中，奈特十八歲時便離家去唸大學。巴茲和艾德從軍去，照募兵廣告的口號將才華發揮到極限，四年之後退役回老家，結果當年六月誰也回了卡爾敦？他們兩人傻眼，全鎮的人也一樣。沒錯，就是奈特。他把伯父趕回西維吉尼亞，一個人住在又黑又恐怖的河景老家。大家猜他靠爸媽的存款過活（卡爾敦鎮是均貧社會，沒人飛黃騰達到可以用上遺產兩字。）

兩個警察唸中學時就看奈特不順眼。並不是因為奈特奇裝異服，也不是因為他走路的樣子難看，更不是因為他不愛梳頭（頭髮太長了吧，長到嚇死人）。奈特跟其他同學講話時，嗓音壓得很低、很噁心，他們也不喜歡。他們聽不慣奈特跟女孩說話的方式，那種口氣不是很健康，不是開玩笑或是聊八卦，是聲音放得很輕柔，用怪腔怪調的方法來催眠女孩。

奈特參加法文社，也參加過電腦社，天啊，連西洋棋社也參加。他當然不喜歡任何體育活動。那時有個單身女老師綽號叫「硬起來」，問學生問題的時候，全班都答不出來，只有連跳兩級的欠踹書呆子奈特能回答，溫溫柔柔地走向黑板，用娘娘腔的筆跡寫出正確答案，粉筆灰掉得他滿身都是。等他一回頭面對全班，大家趕緊收起冷笑，因為他的眼神太恐怖了。他被欺負過幾次，只能說是難免的。

有一次，他的凱茲布鞋被吊在高壓電線上。誰沒被整過？何況他是自找的。看他坐在門廊上讀書（八成是黃色小說），聽那種怪裡怪氣的音樂（有個警察弟兄暗示說，八成是崇拜撒旦的音樂）……總而言之一句話，他這個人很反常。

提到「反常」兩字：每次一傳出性侵案件，巴茲和艾德立刻想到奈特。雖然警方從沒掌握過具體的證據，奈特經常連續幾天不見人影，警察相信他一定是躲進魯瑞鎮的樹林和荒郊，偷窺女孩的閨房窗戶（更有可能是去偷窺男人）。警察知道奈特是偷窺狂，門廊擺了一管單眼望遠鏡，放在他常坐的搖椅旁邊。搖椅是他母親留下來的椅子（沒錯，全鎮的人對他迷戀母親的椅子也有意見）。反常，對，用這個字眼形容他最貼切。

因此，卡爾敦鎮警局的員警——至少以艾德和巴茲而言——絕不放過修理奈特的機會，做法一如中學時代。他們看見奈特去買日常用品，會微笑對他說「需要幫忙嗎？」意思是：死玻璃，怎麼不快點結婚？有時候，奈特會騎單車上雷伯恩丘，他們會開著警車跟在後面，突然拉警笛用擴音器大吼，「當心左邊！」有一次，把奈特嚇得連人帶車衝進長滿刺的黑莓叢裡。

奈特卻怎麼也學不乖，還是做他想做的事，大部分時間穿著深色風衣，過著見不得人的日子，在緬街撞見艾德和巴茲的時候盡量迴避，簡直就像在霍桑中學的走廊。艾德不得不承認的是，現在能把奈特扣留在偵訊室確實很爽。在暑熱的房間裡，奈特既害怕又汗流浹背，舉止煩躁。

「他一定有從你家旁邊走過去。」巴茲繼續咕噥著。「你一定有看見。」

「沒有，我沒看見他。」

他指的是賴斯特・波茨，目前在附近的拘留所，鬍子沒刮，全身發臭。不修邊幅的賴斯特今年三十五歲，遊手好閒，向來是卡爾敦鎮警局的眼中釘。雖然他從來沒有被判過刑，不過警察知道他在全國各地犯過很多小案子。他是白人垃圾，常用色迷迷的眼睛對鎮上的好女孩放電，而且連做表面工夫的基督徒也稱不上。

今晚發生的搶劫案，賴斯特是頭號嫌犯。搶劫案發生在下午五點到六點之間，他交代不清這段時間的去向。雖然搶匪戴了滑雪頭罩，運鈔車的駕駛和搭檔看不出搶匪的長相，不過有看見搶匪拿的是鍍鎳的科特左輪手槍。

賴斯特不久前在爾文路邊的酒吧藉酒亮槍示威，拿的正是這種槍。上星期有人報警，表示看到符合賴斯特體型的人從亞孟森建築公司偷走半公斤重的托維克斯膠狀炸藥，炸開武裝快遞運鈔車的正是這種火藥。今天晚上六點三十分，賴斯特在三三四號公路想搭便車回家，被艾德和巴茲發現帶回局裡，流了滿頭大汗，像是做錯事一樣。他推說車子「壞了」，停在家裡。艾德去他家，坐上他的雪福萊小卡車，卻一發動就成功，發現車子一點問題也沒有，證明賴斯特說謊。賴斯特也帶了一把長長的獵刀，被問到為什麼帶刀出門，支支吾吾回答：「呃，喔，不就正好帶著嘛。」

鎮警局的《程序手冊》說明了如何調查重罪的動機、手段與機會。巴茲和艾德為了本案複習手冊，認定案情直截了當，賴斯特無疑就是本案的搶匪。而且，由於奈特的家位於搶案和賴斯特被逮捕地點的直線上，奈特絕對能指認賴斯特出現在案發現場附近。

巴茲嘆了一口氣。「乾脆一點說吧，你有看見他。」

「我沒看見啊，說有看見就不算說實話了。」

以前是書呆子，現在還是書呆子。天啊……

「給我聽好，奈特。」巴茲繼續說，態度彷彿把對方當成五歲小孩。「你大概不知道事態有多嚴重，賴斯特趁運鈔車司機去四號公路的加油站小便，拿扳手K了他的頭，然後去運鈔車對司機搭檔的腰部開了一槍──」

「好可憐。他沒事吧？」

「兩個人都出事了，腰部各挨了一槍。」巴茲說得口沫橫飛。「別插嘴。」

「對不起。」

「他把運鈔車開上莫頓林路，炸掉後門，把鈔票搬上另一輛車，往西逃走，方向正對著你家。一個鐘頭前，我們在你家另一邊逮捕了賴斯特。他非得通過你家，不然不會出現在被我們逮捕的地方。你覺得呢？」

「我覺得……好像很合理。不過我沒看見他，對不起。」

巴茲思索了一陣子。「奈特，」他說：「我們好像找不到交集。」

「交集？」奈特迷糊了。

「你跟我們住在不同的世界。」巴茲生氣道：「我們曉得賴斯特是什麼樣的人，因為我們全住在同一個鳥地方。」

「鳥地方？」

「你以為什麼都不說就不會惹麻煩？」艾德插話。「可惜這招不管用，我們了解賴斯特，知道他會耍什麼花招。」

「什麼花招？」奈特盡量擠出勇氣，無奈緊握在大腿上的雙手一直發抖。

「拿刀唬你啊，不然用什麼花招？」巴茲大吼。「天啊，你真的這麼不懂狀況嗎？」

兩位警察偵訊時採取黑臉白臉的策略。《程序手冊》裡有整整一章介紹這個主題。

「假如你現在不指認他，」艾德柔聲道：「他出去後，你認為他花多少時間就找得到你？」

「你的意思是他會覺得我是證人？」

「找到你，砍傷你的肚皮，」巴茲生氣地說：「兩三下清潔溜溜。我呢，已經越來越不想管你的死活了。」

「好了，」艾德對搭檔說：「這小子很可憐，別對他說重話。」他看著奈特驚恐的臉，「不過，假如他真的持槍搶劫、殺人未遂，判刑確定後……他會坐牢三十年，你就不會出事。」

「我想做我該做的事。」奈特說：「可是……」他講不下去了。

「巴茲，他想幫忙，我知道他想。」

「我是想幫忙。」奈特熱切地說，緊閉眼皮努力思考。「可是，我不能說謊，就是不能。我爸……你們記得我爸吧？他教我絕不說謊。」

他父親是個連游泳也不會的無名小卒，他們對他父親的了解只有這麼多。長著肥胸的巴茲拉拉襯衫，看看腋下汗濕成黑色的一大塊，繞著奈特慢慢走，還一邊嘆氣。

奈特微微縮頭，彷彿擔心運動鞋又被搶走。

最後艾德以輕鬆的口吻說：「奈特，我們以前是有過節。」

「呃，你們常在學校欺負我。」

「幹嘛說這種話？我們只是鬧著玩。」艾德熱切地說：「我們只跟順眼的同學玩。」

「是嗎？」奈特問。

「只是有時候，」艾德繼續說：「玩得有點太過分，玩著玩著你就激動起來了。」

兩人輕視奈特，覺得他是小孬種，情緒從未激動過（拜託，男人應該懂得至少一種運動吧）。

「不如這樣，奈特，過去的就讓它過去，」艾德伸出手。「我為以前做過的事向你道歉。」

奈特注視著艾德肥厚的手。

艾德心想，老天爺，他快哭了。艾德看了巴茲一眼。巴茲說：「我贊成，奈特。」《程序手冊》寫著，突破受偵訊者的心防後，扮黑臉的警察應該反過來扮白臉。「以前的事都怪我不好。」

艾德說：「好了啦，奈特，這樣總可以吧？忘掉我們之間的歧見吧。」

奈特的怪臉正對著其中一人，然後轉向另一人。他握住艾德的手，態度謹慎。兩人鬆手之後，艾德想擦手卻及時打住，笑容可掬地說：「好了，我們都是大男人，你能告訴我們什麼嗎？」

「好。我真的看見了一個人，可是沒辦法發誓確定他就是賴斯特。」

艾德與巴茲互使了一個淡淡的眼色。

奈特趕緊繼續說：「等一下，讓我說明我看見的東西。」

兩個警察當中，巴茲的字比較醜，但拼音能力比較強，所以由他翻開筆記簿，開始做筆錄。

「我那時坐在門廊上看書。」

八成是在看色情書刊。

「一面聽著音樂。」

「撒旦，我愛你，接納我，接納我，接納我……」

艾德在臉上貼了鼓勵的微笑。「繼續說。」

「好。我聽見巴羅路上有聲音，會記得是因為巴羅路離我家不算近，那輛車的噪音卻吵翻天，所以我猜大概是消音器壞掉了。」

「然後呢？」

「好……」奈特低聲說：「我看見有人在草地上跑，往我家對面的河邊跑去。他好像提著幾個大大的白袋子。」

中獎了！

巴茲：「是在洞附近，對吧？」

所謂的洞或許不如魯瑞鐘乳石洞壯觀，藏個五十萬美鈔應該不成問題。艾德看他一眼，點點頭。「他進了其中一個洞？」他問奈特。

「好像吧，我沒看清楚，因為被那棵黑柳樹擋到了。」

「能不能描述一下那個人的外表？」巴茲面帶微笑，卻一心想再扮黑臉。

「對不起，」奈特以鼻音說：「幫得上忙的話，我一定幫到底，可惜雜草長得太高，我又被那棵樹擋住視線，所以沒看清楚。」

娘娘腔死玻璃……

不過至少奈特指對了方向。他們能找出對賴斯特不利的物證。

「好，奈特，」艾德說：「你幫了很大的忙。我們要出去查一些事情，你最好留在這裡等我們回來，這是為了你好。」

「我不能離開嗎？」他摸摸額前的亂髮。「我有很多事要忙，真的很想回家。」

忙什麼？跟《花花公子》雜誌以及右手有關吧？巴茲在心裡問。

「不好吧，你最好待在這裡。我們馬上回來。」

「等一下，」奈特語帶不安，「賴斯特不會溜出來吧？」

巴茲看著艾德。「他幾乎不可能溜出那間牢房。」艾德點頭。

「幾乎？」奈特問。
「不會有事啦。」
「對，不會有事。」
「等一下——」
他們走出警局，走向巡邏車，擲銅板決定由誰開車，巴茲贏了。
「萬歲。」艾德說：「以後每次賴斯特在椅子上扭屁股，那小子一定嚇得找媽媽。」
「很好。」巴茲說，然後踩油門上路。
艾德和巴茲愣住了。他們開警車過來時討論，認為奈特為了回家會胡謅大部分說法。然而，車子一開上巴羅路，他們立刻看出廂型車剛留下的胎痕，即使在逐漸昏暗的夜色裡也清晰可見。
「哇，你看。」他們循著胎痕進入矮鐵杉和圓柏林，依照《程序手冊》的規定，舉槍從兩旁包抄低底盤的龐蒂克車。
「剛停不久。」巴茲伸手進通風柵摸摸散熱器。
「還插著鑰匙。去發動看看，說不定奈特聽見的就是這輛車。」
巴茲發動引擎，廢氣管發出的聲響近似小飛機。
「開這種車逃亡真是太蠢了。」他高喊。「賴斯特的腦袋是木頭做的。」
「倒車出去，我們檢查一下。」
巴茲把老爺車開進空地，光線稍微好一些，然後熄滅引擎。
他們在前座後座都找不到物證。
「可惡。」巴茲喃喃罵著，翻找前座置物箱。

「哇！哇！哇！」艾德大喊。他正在檢查後車廂。

他抬出運鈔車的袋子，既飽滿又沉重。他打開袋子，撈出幾捆厚厚的百元大鈔。

「嘩，」艾德數著鈔票。「我猜共有一萬九。」

「哇塞，等於是我扣掉加班費的年薪。就擺在車上，你看看。」

「奇怪，其他的鈔票呢？」

「謝南多厄河在哪個方向？」

「那邊，在那一邊。」

兩人徒步穿越沿河的雜草、莎草跟香蒲，在高大的草堆裡尋找足跡卻落空。「明天早上再來找吧，我們先去那幾個洞查查看。」

艾德與巴茲走到河邊，清楚看見奈特的房子俯視著河岸，附近有幾個洞的入口。

「洞在那裡，一定是這幾個。」

他們繼續沿著河岸走向奈特提及的黑柳樹，樹身高瘦。

這一次，巴茲擲銅板輸了，只好跪下去爬進最大的一個洞，被暑熱而渾濁的空氣蒸得氣喘吁吁。

五分鐘後艾德彎腰大喊：「你還好吧？」

說著，洞裡飛出一個帆布袋，差點砸中艾德。

「老天爺，這裡面裝了什麼？」

裝的是八萬美元。

「裡面只有這一袋。」巴茲邊說邊爬出洞來，喘著氣。「賴斯特一定把幾個袋子藏進不同的洞裡。」

「為什麼？」艾德納悶。「警察只要找到一個袋子，一定會繼續直到全部找到為止。」

「他的腦袋是木頭做的嘛。」

兩人搜尋另外幾個洞，熱得流汗又發癢，被洞內死鯰魚的臭氣薰得反胃，卻找不到其他運鈔袋。他們低頭看著這一袋，一聲也不吭。艾德抬頭望天，看著接近圓滿的月亮掛在馬沙努騰山脈的缺口，散發出光明和希望。兩人各站在紙鈔袋的一邊，以腳跟為重心晃著身體，像初中舞會上的兩個緊張男孩。他們腳下的河沙黑軟而平順，跟謝南多厄河的一千道河岸沒兩樣。兩人常來這種河岸釣魚、喝啤酒，作點白日夢，夢想跟公路旁的酒吧女郎和啦啦隊員上床。

艾德說：「好多錢。」

「是啊。」巴茲把尾音拖得很長。「你有什麼建議，艾德？」

「我——」

「講重點。」

「我在想，這件事除了兩個人以外，只有我們知道。」

奈特和賴斯特。「繼續。」

「所以，情況可以這樣發生……我只是說出我的想法。假如把他們兩個湊在一起——當然是不小心的——讓他們待在警察局的同一個房間，而賴斯特拿回了被沒收的刀子。」

「不小心？」

「對。」

「這樣的話，他會把奈特砍成像剛才那條鯰魚一樣。」

「當然了，如果真的出了這種事，」艾德繼續說：「我們只好開槍制止賴斯特，對吧？」

「不開槍不行，因為囚犯逃脫，手持槍械……」

「發生這種狀況真悲哀。」

「卻有必要。」巴茲說，停頓一下又說：「奈特是危險人物。」

「我從小就不喜歡他。」

「像他那種人，一、兩年內絕對會抓狂，爬上南灘浸信會教堂塔樓，拿著AR—15步槍掃射。」

「我想也是。」

「賴斯特的刀放在哪裡？」

「收進證物櫃了，不過刀子跑回樓上，也不是不可能的事。」

「確定要做嗎？」

艾德打開帆布袋看看裡面，巴茲也凝視許久。

「我們去喝啤酒。」巴茲說。

「好，走。」

明知《程序手冊》明言禁止執勤期間飲酒。

一小時後，他們從警察局的後門溜進去。巴茲下樓到證物室，找出賴斯特被沒收的刀子，然後悄悄回樓上，先確定警長還沒回來，再溜進大偵訊室，把刀子留在桌上，用檔案夾遮住一半，遮得有點明顯又不是太明顯。他假裝若無其事地回到走廊上。

艾德把賴斯特押進大偵訊室，賴斯特的手被銬在前方，這種銬法絕對違反程序規定。

「搞什麼飛機，幹嘛扣押我？」賴斯特說。他的肌腱暴凸，逐漸稀薄的頭髮油膩，朝四面八方探出去，衣服沾了泥巴，看樣子好幾個月沒洗過了。

「坐下，廢話少說。」巴茲咆哮。「扣押你是因為奈特・史波達指認你今晚把運鈔車的鈔票藏到河邊。」

「狗娘養的！」賴斯特怒吼，正想站起來。

巴茲把他壓回椅子上。「對，他不但指認你，還說認得出你的刺青。對了，你刺的女人是我見過最醜的，該不會是你媽吧？」

「那個奈特。」賴斯特看著門喃喃說：「他死定了。看著吧，那小子虧大了。」

「說夠了沒？」艾德說：「我們要下樓五分鐘見州檢察官，他會想跟你聊一聊，你最好冷靜點，別想鬧事。」

他們走出偵訊室鎖上門，巴茲偏頭聽見手銬鏈的聲響移向桌子。他對艾德比出拇指向上的手勢。來到走廊盡頭，八月的暑氣把這裡烤得濕熱，販賣機的旁邊有一張富美家美耐板材質的桌子，奈特坐在桌前喝百事可樂，啃著夾心蛋糕捲。

「來這裡，奈特，我們有幾個問題想問你。」

「你先請，先生。」艾德比手勢說。

奈特咬一口夾心蛋糕捲，走向偵訊室，艾德和巴茲緊跟在後。艾德悄聲對巴茲說：「他會慘叫，不過我們要給賴斯特完成任務的時間，然後才進去。」

「好，沒問題。對了，有一件事。」

「什麼事？」

「告訴你，我從來沒對人開過槍。」

「別把他當人看，他是賴斯特．波茨。不然我們一起開槍，同時扣扳機，如何？你比較安心了吧？」

「還好。」

「如果奈特還沒死，連他也一起殺，事後我們再推說——」

「——不小心。」

「對。」

來到偵訊室的門口，奈特回頭面向他們，喝了一口汽水沖下夾心蛋糕捲。他下巴沾了夾心蛋糕捲的奶油。真噁心。

「對了，有一件事——」奈特說到一半。

「奈特，不會拖太久的，待會兒就放你回家。」艾德打開門鎖。「你先進去，我們一分鐘後就回來。」

「好，可是，有一件事——」

「進去再說吧。」

奈特舉棋不定，伸手開門。

「奈特。」有人喊。

巴茲和艾德轉身，三個男人從走廊另一邊走過來，全穿著西裝。巴茲心想，這三個不是FBI的話，我就是貓王的鬼魂啦。慘了。

「嗨，畢革洛幹員。」奈特口氣愉悅。

他認識這幾個FBI？艾德心跳開始加速。我們不在局裡的時候，FBI已經偵訊過他了？……好，動動腦筋，可惡。奈特跟FBI講了什麼？我們怎麼辦？

然而他的思緒卡住了。

**腦袋是木頭做的……**

姓畢革洛的FBI身材高大，表情嚴肅，短短的金髮禿得只剩耳朵上面的窄窄兩道。他和另外兩人亮出識別證——果然是ＦＢＩ——「你是員警巴茲沃斯‧培勒，你是員警艾德華‧藍秦，對吧？」

「是的，長官。」兩人回答。

巴茲心想：完了，拘禁囚犯不力，情節最重可判處停職。

艾德的想法也差不多。他轉向奈特，「這樣吧，奈特，我們回福利社去。要不要再來一罐汽水？」

「或是再來一根夾心蛋糕捲。真好吃，對不對？」

「這裡比較涼快。」奈特說著推門進偵訊室。賴斯特和磨得銳利的刀子正在等他。

「不行！」巴茲叫喊。

「怎麼了，警員？」ＦＢＩ之一問。

「呃，沒事。」巴茲連忙說。

巴茲和艾德不知不覺盯著門看，心想奈特八成已經被戳死了。他們硬把注意力轉向ＦＢＩ身上。

同時思考著挽救之道。好吧……如果賴斯特渾身是血衝出偵訊室，握著一把刀，他們還是能槍斃他。ＦＢＩ甚至也可能參戰。

可惡，裡面太安靜了吧。搞不好賴斯特一刀就割破了奈特的喉嚨，正想跳窗逃走。

「我們進去。」畢革洛向門口點頭建議。「我們應該談談這個案子。」

「呃，不太好吧。」

「有什麼不好？」另一位ＦＢＩ說：「奈特說這間比較涼快。」

「你先請。」畢革洛說著對兩位員警比手勢。

他們互看了一下，手伸向佩槍，推門進去。

賴斯特坐在椅子上，蹺著二郎腿，被銬住的雙手擺在大腿上。坐在桌子對面的是奈特，正在翻閱一本破舊的鎮警局《程序手冊》。刀子放在巴茲留下來的地方，絲毫沒有移動。

感激天主……

巴茲看著艾德。鴉雀無聲。先回過神來的人是艾德。「畢革洛幹員，我猜你在納悶為什麼嫌犯在這裡，我想大概是搞錯了吧。巴茲，你認為呢？不是說州檢察官要來這裡嗎？」

「我想也是。對，應該是搞錯了。」

「什麼嫌犯？」畢革洛問。

「呃，就是他，賴斯特。」

「不起訴就快放老子走。」賴斯特咆哮。

畢革洛問：「這個人是誰？坐在這裡幹什麼？」

「他犯下今天晚上的搶案，被我們逮捕了。」巴茲說，言下之意是我有搞錯嗎？

「是嗎？」畢革洛嘟囔著。「為什麼？」

「呃。」巴茲只吐得出這個字。難道是蒐證的手法太粗糙，蹧蹋了破案的機會？

又進來了一位FBI，遞給畢革洛一份檔案。畢革洛邊點頭邊詳讀，然後抬頭看。「好，找到『相當理由』了。」

巴茲鬆了一口氣，打了個哆嗦，對賴斯特露出狡猾的微笑。「你以為溜得掉嗎？結果——」

畢革洛點一下油亮的頭，在場的三位FBI以迅雷不及掩耳的動作摘下艾德和巴茲的手槍及腰帶，包括巴茲愛炫耀的定價過高的台灣製警棍。

「兩位警官，你們有權利保持緘默……」

逮捕宣言剩下的部分從他嚴肅的嘴唇說出。宣讀完畢之後，兩人被戴上手銬。

「這是怎麼一回事？」巴茲大叫。

畢革洛拍拍他剛接到的檔案夾。「我們剛派蒐證小組去檢查接應的車子，採集到你們兩位的指紋，也發現幾十個鞋印，看起來像是警察局發的皮鞋，就像你們兩位穿的。鞋印走到河邊，接近奈特的房子。」

「我倒車蒐證啊。」巴茲抗議。「就這麼簡單。」

「不戴手套？沒有刑案蒐證小組在場？」

「呃，我們以為這案子只要搜查就能破案……」

「小組也正好在你私人車子的後座查出九萬多美元，艾德。」

「我們只是沒機會登記，因為太——」

「興奮，」巴茲說：「就是這樣。」

艾德說：「去檢查那幾個袋子，一定到處都是賴斯特的指紋。」

「沒有。」畢革洛的口氣沉穩如麥當勞的職員。「只有你們兩位的指紋。另外，我們也在你的前置物箱搜出一把鍍鎘的點三八手槍，初步比對彈道的結果符合搶匪的手槍。喔，對了，也查到一個滑雪面罩，纖維吻合運鈔車裡面的證物。」

「別太早下結論……我們中了圈套。這案子不能成立，因為這些證據全是間接證據！」

「恐怕不是，我們找到了目擊證人。」

「誰？」巴茲瞥向走廊。

「奈特，今天發生搶案後，你看見有人走過你家附近的河邊，是不是這兩位？」

奈特看著巴茲，然後看著艾德。「是的，長官，就是他們。」

「你瞎掰！」艾德大喊。

「他們當時穿的是制服嗎？」

「跟現在穿的一樣。」

「到底在搞什麼鬼？」巴茲發飆了。

艾德微微哽咽了一下，冷眼望向奈特。「你這個小——」

畢革洛說：「兩位，我們要送你們去阿靈頓的聯邦看守所。想打電話找律師的話，到了那邊再打。」

「他在胡說八道。」巴茲大叫。「他告訴我們，說他看不清楚誰在草叢裡。」

畢革洛終於咧嘴微笑。「你們兩個惡霸拿著警棍站在他旁邊，叫他怎麼可能坦承看見的是你們？他跟我們說實話的時候，已經嚇得半死了。」

「不對，你聽我說，」艾德懇求，「你誤會了。我們唸中學的時候欺負過他，所以他想報復。」

站在畢革洛旁邊的FBI冷笑，「真丟臉。」

「押他們上囚車。」

兩人被押走後，畢革洛命令解開賴斯特的手銬。「你現在可以走了。」

乾癟的賴斯特以輕蔑的眼神環視偵訊室一圈，不吭一聲走出門。

「我也可以走嗎？」奈特問。

「當然，先生。」畢革洛跟他握手。「今天辛苦你了。」

奈特放進一片CD，按下「播放」鍵。

夜闌人靜的時候，他聽的多半是法國作曲家德布西或拉威爾，放鬆一下心情，今晚他欣賞的卻是普羅高菲夫❾的作品，曲調澎湃激昂，正符合奈特的心境。

他的前門廊裝了要價一千美元的喇叭，整天播放古典樂。奈特有一次進鬧區，無意中聽見鎮上有人說他愛聽「撒旦音樂」，現在回想還不時笑出來。他無法確定鎮民說的是哪一首歌頌惡魔的曲子，但是從謠言傳出的時間點來判斷，那個穀物推銷員聽到的可能是拉赫曼尼諾夫❿。

可惜不是鄉村歌王葛司・布魯克斯，抱歉了……

他在屋裡邊走邊熄燈，只留下照著米羅和波洛克⓫名畫的燈。這兩幅畫正巧符合他現在的心情。他必須趕去巴黎，一位仲介名畫的朋友收購了兩小幅畢卡索的畫，答應讓奈特先挑。他也好想念吉妮，已經一個月沒見面了。

他漫步來到門廊。

時間將近午夜。他在母親的甘迺迪搖椅坐下，仰頭仰望天空。每年一到這個季節，謝南多厄谷的天空霧濛濛的，看不清楚夜空。本地人常揶揄說，卡爾敦（Caldon）應該取名叫大鍋（Caldron）才對。然而今夜，在樹林的黑影和漆黑的夜空交界處，有幾顆明亮的星星散佈在他頭上的蒼穹。他維持這姿勢坐了幾分鐘，享受著星斗與月光。

早在他看見人影踏上院子的步道，他已經聽見來人的腳步聲。

「嘿。」他呼喚。

「嘿。」賴斯特也打招呼。他走上階梯，來到漆成灰色的門廊，喘著氣放下四個沉甸甸的帆布袋。和以往一樣，他坐下時不坐椅子，而是坐在門廊上，背靠著廊柱。

「你留了九萬多？」奈特問。

「對不起。」賴斯特揪著臉說，表示對老闆無限順從。「我數錯了。」

奈特笑說：「也許是歪打正著吧。」他原本以為在洞裡和接應車上留個三、四萬，巴茲和艾德就會中計。只要拿免稅的雙倍年薪當誘餌，十之八九的人都會上當。話說回來，這案子很大，或許稍微提高誘因也好。

奈特和賴斯特照樣能淨賺將近四十萬美元。

「即使是現金，這筆錢也暫時不能亂花嗎？」賴斯特問。

「這筆錢最好小心一點。」奈特說。

他們通常不在維吉尼亞州作案，往往遠赴紐約州、加州或佛羅里達州搶劫。然而，奈特從一位在華盛頓的朋友得知，魯瑞新開了一家銀行，卡爾敦會派運鈔車把鈔票運過去，奈特一聽便心癢難熬。

奈特知道這種運鈔車的警衛很好對付，往往從沒護送過大錢，頂多在鎮上的工廠發薪日載鈔票來兌現薪水支票。這筆錢當然很誘人，但讓奈特決定犯案的因素卻不是金錢。奈特規劃出一套詭計，成功的關鍵在於活用兩個不知情的人，最好是警界的人士。要選哪兩個倒楣鬼，他一想就很確定。和失戀的恨意一樣，青少年時期的宿怨也持久不退。

「你非得對他開槍不可嗎？」奈特指的是運鈔車的警衛。奈特訂的規則之一是，除非萬不得已，否則別動槍。

「他是個小毛頭，我以為他會伸手拔腰帶上的槍。我很小心，只打斷了一、兩根肋骨。」

奈特點頭，雙眼注視著夜空，希望看見流星卻一直沒有出現。

⑨ Sergey Prokofiev，一八九一～一九五三，蘇聯作曲家曾被授予「史達林獎」，死後被追授「列寧獎」。
⑩ Rachmaninoff，一八七三～一九四三，俄國作曲家、鋼琴家。
⑪ Jackson Pollock，一九一二～五六，美國抽象表現主義畫家。

「你會對他們過意不去嗎？」賴斯特過了一會兒問。

「誰？警衛嗎？」

「不對，艾德和巴茲。」

奈特思考片刻。在音樂和芬芳的夏末空氣薰陶下，再加上昆蟲和青蛙合奏的交響樂，奈特變得達觀。「我想到巴茲那時講的一句話。他嫌我和他們兩人沒有交集。他指的是搶劫案，不過他的弦外之音是我跟他們的人生完全不同——他大概不曉得自己話中有話。」

「很可能不曉得。」

「不過，他說得有道理。」奈特有感而發。「形容得很貼切。我們之間的差異……假如他們唸書時和畢業後跟我井水不犯河水，我根本無所謂，可惜他們非得惹麻煩，一抓到機會就不放過我。太可惜了，他們是自討苦吃。」

「你跟他們沒有交集，算是我們幸運。」賴斯特也多了份自省能力。「敬不合。」

「敬不合。」

兩人互碰啤酒罐後暢飲。

奈特彎腰向前，開始把鈔票平分成兩堆。

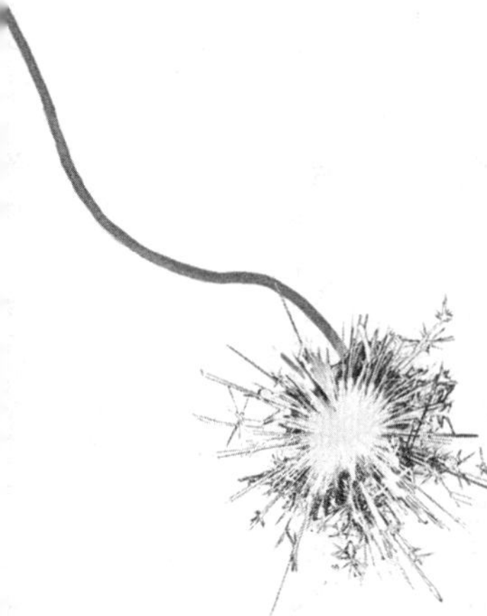

# 三角關係

「我去巴爾的摩好了。」

「你是說……」她望向他。

「下個週末，妳去幫克莉絲蒂開懷孕派對的時候。」

「去拜訪……」

「道格。」他回答。

「真的？」摩．安德森檢查著指甲，她正在把指甲塗成鮮紅色。他不喜歡這種顏色，但憋著不說。她繼續說：「一群女人聚在一起，你一定覺得很無聊，去巴爾的摩會比較好玩。」她說。

「我想也是。」彼特．安德森說。他和摩對坐在前門廊上。這裡是威徹斯特郡的郊區，他們住的是多層次獨棟屋。時序進入六月，空氣瀰漫著濃郁的茉莉花香。茉莉是摩在初春的時候種下的，彼特以前喜歡這種香味，現在卻一聞就想吐。

摩檢查指甲，看看蔻丹是否塗得勻稱，對他去看道格的話題假裝沒興趣。道格是她的上司，是個「大人物」，負責的業務涵蓋整個東岸。他邀請摩和彼特去他的鄉下別墅度假，可惜摩計畫去慶祝外甥女懷孕。道格對彼特說過：「不然你自己一個人來吧。」彼特說他會考慮看看。

什麼嘛，彼特說他想自己去的時候，她裝出毫不關心的表情。她的演技真爛，彼特看得出她其實很興奮，也知道原因，但他閉嘴欣賞螢火蟲，決定裝傻。和摩不同的是，他的演技不賴。

兩人靜默不語，在門廊上喝自己的飲料，冰塊在塑膠杯裡悶聲撞擊。今天是入夏的第一天，前院至少有上千隻螢火蟲。

「我知道我好像說過會清理車庫。」他微微皺眉說：「可是——」

「不必了，以後再清吧，你南下去玩一趟也好。」

我就知道妳希望我去，彼特心想。他並沒有說出來。最近他想的事情很多，全藏在心裡。

彼特在冒汗——原因不是天氣熱，而是興奮。他拿餐巾擦拭臉上的汗水和短短的金髮。

電話鈴響，摩過去聽。

她回來後說：「是你爸。」用的是她慣有的刻薄口氣。她坐下來，沒多說什麼，拿起杯子，繼續檢查指甲。

彼特站起來走進廚房。他父親住威斯康辛州，離密西根湖不遠。他喜歡父親，但願父子能住得近一點。摩卻一點也不喜歡他，每次彼特想去探望父親，摩總是擺張臭臉。彼特一直想不透摩和他爸究竟鬧什麼彆扭。她兇巴巴地對待他爸，彼特看了一肚子火，她卻不肯跟彼特談原因。

他也很氣摩好像把他擺在暴風圈中。有些時候，彼特甚至為了自己有個父親而覺得愧疚。

他喜歡講電話，這次卻只講五分鐘就掛掉，因為他想摩討厭他講太久。

彼特來到門廊上。「禮拜六。我禮拜六去道格他家。」

摩說：「我覺得禮拜六還好。」

**還好……**

他們進屋看電視，十一點的時候，摩看手錶伸懶腰說：「不早了，該上床了。」

摩說該上床的時候，爭論是沒有用的。

同一晚的深夜，彼特趁她熟睡時下樓，進了辦公室。牆壁有固定式的書架，彼特伸手進一排書後面，取出一個封好的大紙袋。

他把紙袋帶進地下室的工作間。他打開紙袋拿出裡面的一本書，書名是《三角關係》。彼特某天去了鎮上的二手書店，在刑案寫實區翻閱了將近二十本報導真實謀殺案的書，最後才看上這一本。彼特這輩子沒偷過東西，但那天他在店裡左顧右盼，把書藏進防風夾克，若無其事地走出店門。偷這本書是不得已的，因為他擔心如果一切照計畫進行，店員可能記得他買過這本書，警方會把書當成證據。

《三角關係》的主角是住在科羅拉多泉市的一對夫妻，丈夫叫洛易，妻子愛上了一個叫漢克的男人。他住在同市，職業是木匠，是洛易家的好朋友。洛易發現妻子搞外遇後，等漢克某天去登山健行時偷偷跟蹤，趁他不注意把他推下懸崖。漢克抓住樹根，最後仍然鬆手——也有可能是被洛易打得放手，詳情不明。漢克向下跌了三十公尺，撞上谷底的岩石而喪生。洛易回家陪妻子喝了杯酒，等著欣賞她接到漢克死訊時的反應。

彼特對犯罪毫無概念，對犯罪的所知全來自電視和電影。銀幕上的壞人都不是很聰明，而且最後一定被好人逮到，不過好人也不見得比壞人聰明到哪裡去。但是，科羅拉多泉市的這個案子很高明，因為沒有作案工具，也留下極少線索。洛易被抓到的唯一原因是他忘了迴避目擊證人。

**假使兇手多花一點時間看看四周，必定看得見有人在露營，從露營地一眼就能看見漢克．吉布森尖叫著墜崖慘死，洛易則站在懸崖上袖手旁觀……**

《三角關係》成了彼特的《聖經》，他讀了一遍又一遍，特別留意他劃線的重點。拿到書以後，他回到樓上，把書放進行李箱的最底層，躺在辦公室的沙發上欣賞窗外夏夜朦朧的星光，從每個角度去設想巴爾的摩之行。

他想確定自己能逃過法網，不想在監獄蹲一輩子——像洛易一樣。

這種事當然有風險，彼特知道，但是風險攔阻不了他。

道格非死不可。

幾個月前，摩認識道格不久，彼特不知不覺開始想殺他，已經想了幾個月。

摩在威徹斯特的一家製藥公司上班，總公司位於巴爾的摩，道格是總公司的業務經理，前來紐約參加業務大會時認識了她。她告訴彼特，她要去跟「公司的人」吃晚餐，卻沒有說是誰。彼特不以為意，後來無意中聽見她在跟姐妹淘講電話，說她有個上司真的很有意思，她發現彼特站在聽得見的地方，便趕緊改變話題。

認識道格之後幾個月，彼特注意到她變得心不在焉，越來越不關心他。彼特聽見她越來越常提起道格。

有天晚上，彼特問她道格的事。

「喔，道格啊？」她用心煩的語氣說：「沒什麼，他是我老闆，也算是朋友，就這麼簡單。我不能交朋友嗎？連交朋友也不准嗎？」

彼特注意到她開始在電話和網路上花很多時間。他想拿電話帳單來看，說不定她打長途電話到巴爾的摩，但是帳單不是被她藏起來就是丟掉了。他也試圖去偷看她的電子郵件，發現她改了密碼。彼特的專長是電腦，能輕易破解她的帳號，可惜進了郵箱才發現，她刪除了主伺服器裡的所有電郵。

他氣瘋了，差點砸掉電腦。

後來，每次道格來威徹斯特出差，她總是常邀請道格前來他們家吃晚餐，彼特很不開心。道格比她大幾歲，有點肥，油頭滑腦的——彼特認為他下流。跟道格拉斯吃晚餐的氣氛最僵了……三人圍坐在餐桌，道格會問他電腦和運動方面的事，盡力討他歡心。想必是摩事先洩漏了彼特的嗜好。聊天氣氛總是很彆扭，一看就曉得道格並不在意彼特，還常在以為彼特不注意的時候偷瞄摩。

到了那個階段，彼特養成了監視她的習慣。有時候，他會假裝跟朋友去看球賽，然後提早回家，發現她也不在，等到八、九點才回家，摩撞見他時神色慌張，總拿加班當藉口。問題是，她是辦公室經理，在認識道格之前幾乎沒有在五點後下班的紀錄。有一次她說她在辦公室，彼特打去道格在巴爾的摩的電話，答錄機說他出差，兩天之後才回來。

一切的狀況都在改變。摩和彼特會一起吃晚餐，感覺卻和以前不同。兩人不再野餐，晚上不再出去散步。他們也變得很少同在門廊上看螢火蟲，或計畫兩人的旅遊行程。

「我不喜歡他。」彼特說：「我指的是道格。」

「別吃醋，他不過是我的好朋友而已。他喜歡我們兩個。」

「他才不喜歡我。」

「他當然喜歡你，你沒必要擔心。」

彼特確實很擔心。上個月他在摩的皮包發現一張便利貼，上面寫著，D. G.——星期日，汽車旅館，下午兩點。

道格的姓是葛蘭特（Grant）。

那個星期天她說：「寶貝，我想出去一下子。」彼特盡量不動聲色。

「去哪裡？」

「逛街，五點前回家。」

他考慮問確切地點，卻認為不妥，恐怕會讓她起疑心，遂用開心語氣說：「好，待會兒見。」

她的車子一開出車道，彼特馬上拿起話筒，打給這一帶的每一家汽車旅館，請櫃台轉接道格．葛蘭特的客房。

打到威徹斯特汽車客棧時，櫃台說：「請稍候，我為您轉接。」

彼特趕緊掛上電話。

十五分鐘後，彼特來到汽車旅館。沒錯，她的車子停在一間客房前面。彼特悄悄走到房間附近，窗簾拉上了，電燈沒開，但窗戶開了一半，聽得見對話的片段。

「我不喜歡。」

「不喜歡什麼……？」她問。

「那種顏色。我希望妳把指甲塗成紅色，紅色比較性感。妳現在塗的這種顏色我不喜歡，什麼顏色嘛？」

「桃紅。」

「我喜歡鮮紅。」道格說。

「喔，好。」

兩人笑了一陣，隨即是久久的沉默。彼特想偷看卻看不見。最後她說：「彼特的事，我們該討論一下。」

「被他知道了，」道格說：「我感覺得到。」

「他最近變得好像偵探。」她的口氣是彼特討厭的那種。「有時候我好想掐死他。」

聽見她這麼說，彼特閉上眼睛，閉得好緊，他以為再也睜開不了眼睛。

他聽見罐子打開的聲音，猜想是啤酒。

道格說：「被他發現又怎樣？」

「怎樣？我說過了，紐約州規定，有婚外情不能領贍養費。我們絕對要小心，我過慣了現在的生活品質。」

「妳建議怎麼辦？」道格問。

「我最近一直在考慮，我認為你應該跟他互動。」

「跟他互動？」道格的口氣尖銳起來。「買一張單程機票送他走……」
「正經一點嘛。」
「好啦，寶貝，對不起。妳說跟他互動是什麼意思？」
「主動去了解他。」
「開什麼玩笑？」
「證明你只是我的上司。」
道格笑了，以低沉而輕柔的嗓音說：「妳覺得我只像上司嗎？」
她也笑了。「別鬧了，人家在跟你討論正事耶。」
「好吧，妳要我找他去看球賽？」
「不對，不能只看球賽，可以邀請他去你家。」
「喔，一定很好玩。」他傲慢地說，和摩有時講話的口氣雷同。
她繼續說：「就這麼辦，邀請我們兩個去，就挑我幫外甥女辦懷孕慶祝會的那個週末好了。這樣我就去不成，他說不定會自己去，你們兩人盡情玩個夠。對了，你要假裝你有女朋友。」
「他才不會相信。」
「彼特只精通電腦和體育，其他事情一竅不通。」
彼特聽了忍不住擰雙手，差點扭傷拇指，如同他打籃球時戳傷手指的那次一樣。
「意思是，要我假裝喜歡他。」
「完全答對，反正這又死不了。」
「挑別個週末吧，妳可以陪他一起來。」

「才不要，」她說：「我會一直想摸你。」

一陣靜默後道格說：「管他的，好吧，我答應就是了。」

彼特蹲在長方形的枯黃草地上，旁邊有三個廢棄的汽水罐。他氣得直發抖，用盡了意志力才不至於大罵。

彼特趕快回家，一屁股坐上辦公室的沙發，打開電視看球賽。

摩回家的時候，他假裝睡著了。她答應五點回來，現在卻已經六點半。

當天晚上，他作出決定。隔天，他去二手書店偷走《三角關係》。

星期六，摩開車送他去機場。

「你們兩個要好好相處喲。」

「那當然。」彼特快活地說，因為他心情很好。「我們會處得很好。」

**命案當天，洛易的妻子和情夫在山景旅館的客房享用美酒，洛易跟商場上的朋友共進午餐。根據這位不願具名的朋友所言，洛易的心情出奇地好，似乎低氣壓已經脫離心頭，他的心情又快樂起來。**

好，好，好……

摩親他一下，緊緊擁抱他。他沒有回吻，只摟她一下，因為他提醒自己要演好這個角色。

「你很期待吧？」她問。

「當然。」他回答。這是真心話。

「我愛你。」她說。

「我也愛妳。」他回應。這句不是真心話。他恨她。他希望飛機準時起飛，不想在這裡和她多相處一秒。

上了飛機，有個金髮美女空服員一直過來他的座位，這種事對彼特而言是司空見慣。女人喜歡他，女人常稱讚他可愛、英俊、迷人，他聽過無數次了。女人總是把上半身靠過來稱讚他，摸他的手臂、捏他的肩膀。但是今天，他只用是或不是來回答空服員，只顧著溫習《三角關係》，把他劃過線的段落背起來。

他熟讀指紋、偵訊證人、腳印、微物證據。他有很多地方看不懂，只知道警察很厲害，假如他想殺了道格後脫罪，下手的時候必須非常謹慎。

「本班機即將降落，」空服員說：「麻煩請你繫好安全帶。」她對彼特微笑。

彼特扣上安全帶，繼續看書。

漢克・吉布森墜落一百一十二英尺深的谷底，最後以身體的右側著地，全身兩百多根骨頭碎了七十七根，肋骨刺穿了所有主要內臟，顱骨有一面塌陷。

「歡迎光臨巴爾的摩，本地時間是十二點二十五分。」空服員說：「請留在座位上，繫好安全帶，等飛機完全停妥、機長熄滅安全帶燈之後再離座，謝謝合作。」

根據驗屍官的推算，漢克墜地時的時速高達一百三十公里，幾乎是瞬間死亡。

歡迎光臨巴爾的摩……

道格來機場接他，跟他握手。

「你好嗎？」道格問。

「好。」

這個人跟摩非常熟，彼特卻跟他幾乎陌生，跟他共度週末的感覺很怪。

跟他幾乎不認識的人去爬山。

殺他幾乎不認識的人……

他走在道格身邊。

「我想喝杯啤酒，吃點螃蟹。」兩人上車時，道格說：「你餓了嗎？」

「好餓。」

車子開到水濱區，他們下車進了一間老酒吧，裡面好臭。彼特家養了一條拉布拉多幼犬叫藍朵夫，每次都在地毯大小便，摩會拿清潔劑來洗地板，氣味就跟這酒吧一樣臭。

還沒坐下，道格就向女服務生吹口哨。「嘿，小妞，妳能應付兩個真正的男子漢吧？」對她擺出像是奸笑的笑容。彼特看過他對摩這樣笑過兩、三次。彼特看不下去，有點尷尬，噁心得半死。

他們開始用餐，道格的情緒沉穩了不少，彼特認為安撫他情緒的是啤酒而不是正餐。這情形就像摩。她晚上喝了三杯蓋洛葡萄酒，也出現類似的現象。

彼特話不多。道格想盡量讓氣氛輕鬆一些，滔滔不絕，全是沒話找話講，彼特一句也聽不進去。

「我去打電話給我女朋友，」道格突然說：「問她要不要來陪我們。」

「你有女朋友？她叫什麼名字？」

「呃，凱西。」他說。

女服務生的名牌寫著，**嗨，我是凱西琳**。

「好。」彼特說。

「她這週末可能去了外地吧。」他迴避彼特的眼光。「待會兒再打給她好了。」

彼特只精通電腦和體育，其他事情一竅不通……

道格看著手錶說：「怎麼樣？你現在想做什麼事？」

彼特假裝思考了一下，然後問：「這附近有沒有健行的好地方？」

「健行？」

「比如登山步道之類的。」

道格把啤酒喝完，搖搖頭說：「就我所知是沒有。」

彼特感覺怒火再起，雙手顫抖，熱血在耳朵裡面噗噗狂響，但他掩飾得相當好，極力動著腦筋。接下來該怎麼辦？他原本認為道格會順著他，原本期待能登上很高的懸崖。

漢克墜地時的時速高達一百三十公里……

道格接著說：「如果你想做戶外活動，我們倒是可以去打獵。」

「打獵？」

「這個季節沒什麼好打的，」道格說：「不過兔子和松鼠絕對少不了。」

「打獵嘛——」

「我有兩把槍，可以借你用一把。」

彼特考慮片刻就說：「好，我們去打獵。」

「你開槍的經驗多不多？」道格問。

「還好。」

事實上，彼特的槍法很準，因為父親教過他上膛、清槍及持槍的姿勢。（除非準備射擊，否則千萬別讓槍口指著任何東西。）

彼特裝傻，讓道格拿出點二二的小步槍，教他裝子彈，教他拉出滑座來扳上扳機，教他認識保險栓的位置。

我的演技比摩好太多了。

道格的房子很棒，四周圍繞著樹林，房子佔地很廣，牆壁是岩石製成，到處擺著玻璃製品，家具也不是彼特家的那種便宜貨，多數是古董。

彼特看了更加沮喪、更加氣憤，因為他知道摩愛錢，也喜歡有錢人，即使是像道格這種有錢的白癡，她也照愛不誤。彼特看著道格的房子，知道摩看到這裡一定更愛道格。他懷疑摩來過這地方了嗎？幾個月前，彼特去威斯康辛州看父親和親戚，說不定摩來這裡跟道格過夜。

「怎樣，」道格說：「準備好了沒？」

「要去哪裡打獵？」彼特問。

「這附近有一片不錯的原野，離這裡大概兩公里，沒有貼禁獵的告示，打中的獵物都可以帶回家吃。」

「不錯啊！」彼特說。

兩人上車，道格開上路。

「最好繫上安全帶，」道格警告：「我開起車來像瘋子。」

彼特在空曠的大原野上東張西望。

一個鬼影也沒有。

「你說什麼？」道格問。彼特這才發現道格盯著他看。

「我說，這裡一定很安靜。」

而且很荒涼，沒有目擊證人，不會像《三角關係》裡的證人跳出來破壞洛易的好事。

「這地方沒人知道，是本人發現的。」道格好得意，彷彿發現了治療癌症的靈丹。「試試看。」他舉起步槍，扣了一下扳機。

砰……

大約三十英尺外有個罐子，他沒打中。

「槍法有點生疏了，」他說：「不過開心就好，對不對？」

「當然。」彼特回答。

道格連開三槍，最後一發才命中，罐子飛到半空中。「中了！」

道格再裝幾發子彈，兩人穿越高高的草叢和灌木。

步行了五分鐘。

「有沒有看見那塊大石頭？」道格指向大約六公尺外的白色岩石。「你打得中嗎？」

彼特自認打得中，不過他故意失手，射光了彈匣裡的子彈。

「不賴嘛，」道格說：「最後幾發很接近。」彼特知道他話中帶刺。

彼特添了子彈，兩人繼續穿越草叢。

「對了，」道格說：「她最近好吧？」

「她還好。」

摩不高興的時候，彼特問她怎麼了，她每次都說：「我還好。」

一點都不好，意思是，我什麼事也不想告訴你，我想保密。

我不再愛你了。

他們跨過幾根傾倒的樹幹，開始走下坡，青草當中開著藍花和雛菊。摩喜歡園藝，經常開車去苗圃買植物回家種。有時候她空手回來，彼特會開始懷疑，她該不會是去跟道格幽會吧。他又開始生氣了，手心冒汗，開始磨牙。

「她的車修好了沒？」道格問：「她說變速箱好像有毛病。」

他怎麼知道？車子四天前才壞。該不會道格去過他們家，他卻不知道？

道格瞄了彼特一眼，再問一遍。

彼特愣了一下。「喔，她的車啊？沒事了，她開去修好了。」

彼特又想了一下，這表示道格昨天沒有跟摩講過話，否則她一定會說出車子修好的事。他心情舒服多了。

反過來說，搞不好道格在說謊，假裝她沒跟他說車子修好的事，其實兩人已經通過電話。

彼特看著道格肥滋滋的臉，不知道該不該相信他。道格看起來有點無辜，不過彼特體認到，表面上無辜的人有時罪嫌最重。《三角關係》裡戴綠帽的洛易是教堂唱詩班的指揮，從書上的相片看來，笑容可掬的他一點也不像殺人犯。

想著書的內容，想著謀殺。

彼特掃視著原野。有了……大概十五公尺以外有一道圍籬，一點五公尺高。應該還好。

還好……

和摩一樣好。

她對道格的愛比彼特更深。

「你在找什麼？」道格問。

「開槍的獵物。」

彼特心裡想的其實是：目擊證人。我擔心的是證人。

「我們去那邊吧。」彼特說著走向圍籬。

道格聳聳肩。「也好。」

彼特邊走邊研究圍籬。每隔大約二點五公尺立了一根木樁，中間牽了五條生鏽的鐵絲。不太容易爬過去，不過不像剛才路過的其他圍籬，這一道沒有加刺。何況，彼特也不希望圍籬太容易爬。他不停動著腦筋，想出了一套計畫。

洛易費了幾星期的時間構思謀殺計畫，只要是他清醒的每一秒鐘，腦海揮之不去的盡是謀殺兩字。他畫了圖表，規劃好了大小的細節，縝密得無懈可擊。至少在他心目中，這套計畫天衣無縫……

彼特問：「你女朋友做什麼的？」

「呃，我的女朋友？她在巴爾的摩上班。」

「做哪一行？」

「坐辦公室的，在一家大公司。」

「喔。」

兩人接近圍籬，彼特問：「你結過婚嗎？摩說你離婚了。」

「對，貝蒂跟我兩年前離婚了。」

「你還常跟她見面嗎？」

「誰？貝蒂？沒有，我們各分東西了。」

「你有小孩嗎？」

「沒有。」

當然沒有。有了小孩，就必須把別人放在自己心上，不能時時刻刻為自己著想。

像道格那樣。

像摩那樣。

彼特又放眼張望，尋找松鼠、尋找兔子、尋找目擊證人。這時道格站住了，也開始左顧右盼。彼特正在納悶，看見道格從背包拿出一瓶啤酒，灌完整瓶後隨手扔掉空瓶。「你想喝點什麼嗎？」道格問。

「不必了。」彼特回答。這樣也好，警方如果發現了道格的屍體，一定會檢查血液裡的酒精濃度，發現他生前有點醉。警方會檢查這個。在《三角關係》裡，漢克摔得稀爛（畢竟時速高達一百三十公里），警方把遺體送進科羅拉多泉醫院，化驗出酒精濃度偏高，才知道他死前喝過酒。

再走六公尺就到圍籬了。

「嘿，」彼特說：「看那邊，快看。」他指向圍籬另一邊的草地。

「什麼？」道格問。

「我看見兩、三隻兔子。」

「有嗎？在哪裡？」

「我指給你看，快來。」

「好，走吧。」道格說。

他們走到圍籬前，道格突然伸手拿走彼特的步槍。「我幫你拿著，你先爬過去，這樣比較安全。」

完了……彼特怕得僵住了。他這才明瞭，道格也打算做彼特一直盤算的事。彼特原本的計畫是幫道格拿槍，等道格爬到圍籬的最上面再開槍，把現場布置成道格拿著槍爬籬笆，一不小心掉了槍，結果槍走火了。

警界有一句老規矩：看起來像意外的案子八成是意外。洛易算準了這一點……

彼特愣住不動，看見道格的眼光有異，覺得他的眼神刻薄而尖酸，令彼特聯想到摩的表情。彼特再看他一眼，看得出道格多麼恨他，多麼愛摩。

「你要我先爬？」彼特問，仍然不動，考慮是否乾脆拔腿就跑。

「當然，」道格說：「你先爬，我再把槍遞給你。」他的眼神在說，你該不會怕爬牆吧？你該不會擔心背對著我吧？

這個時候，道格也東張西望起來。

尋找證人，用意和彼特剛才一樣。

「爬吧！」道格催他。

彼特恐懼得雙手發抖，開始爬上去，心想死定了，他會對我開槍。上個月，我去汽車旅館偷聽的時候，離開得太早了！道格跟她一定繼續討論，計畫怎麼邀請我南下巴爾的摩，假裝哥倆好然後殺了我。

彼特想到，提議打獵的人是道格。

但是，彼特想著，假如我逃跑，他會追過來斃了我。即使他朝我背後開槍，照樣能自稱是不小心射中。

洛易的律師會向陪審團反駁，沒錯，他和死者在步道上的確見了面，兩人打鬥起來，不過漢克墜崖純屬意外。律師請陪審團審慎考慮，不能讓洛易被判比「過失殺人」更重的罪名……

彼特一腳踩上最下層的鐵絲，開始向上爬。

踩上第二層……

彼特的心跳達到每分鐘一百萬下，不得不停下來擦擦手心。

他好像聽見有人低聲講話，可能是道格在自言自語。
彼特把腿跨過最上面的鐵絲。
這時聽見步槍扣下扳機的聲音。
聽見道格以沙啞的嗓門悄悄說：「你死定了。」
彼特倒抽了一口氣。
砰！
步槍急促的爆裂聲響徹原野。
彼特嚇下驚叫聲，轉頭過去，差點從圍籬栽下來。
「可惡。」道格喃喃說。他背對著圍籬，朝著一排樹木點頭。「松鼠，差五公分就中了。」
「松鼠。」彼特亢奮地說：「你沒打中。」
「媽的，只差五公分。」
彼特抖著手繼續爬圍籬，終於站上另一邊的地面。
「你沒事吧？」道格問。「臉色有點怪。」
「我還好。」他說。
好，好，好……
道格把兩人的步槍遞過去，自己開始爬。彼特拿不定主意。他把自己的步槍放在地上，緊握著道格的那一把，走向圍籬，站在道格正下方。
「看。」道格爬到最上面的時候說，他跨在圍籬上面，雙腿各踏在圍籬的兩邊。「看那裡。」他指向附近。有一隻灰色的大垂耳兔蹲坐著，近在六公尺外。
「快啊！」道格低聲說：「別錯過開槍的好機會。」

彼特以槍托抵住肩窩，槍口指向兔子和道格之間的地上。

「快呀，等什麼？」

洛易的罪名是一級預謀殺人，被判終身監禁。然而，他犯下的謀殺案只差一點點就零破綻。若非世事難料，他必定能逃過法律的制裁……

彼特看著兔子，看著道格拉斯。

「幹嘛不開槍？」

好吧，彼特心想。

他舉槍，扣了一次扳機。

道格驚呼，按住胸口的小彈孔。「可是……可是……啊！」

他向後跌下圍籬，躺在一塊乾泥巴上，一動也不動。兔子被槍聲嚇到，跳過草地鑽進一堆凌亂的草叢。彼特認出是黑莓叢。摩在後院種得到處都是。

班機從巡航高度開始下降，緩緩飛向機場。

彼特看著朵朵奔騰的雲，看著同班機的乘客，閱讀著班機上的雜誌和「高空商場」型錄。他覺得好無聊，無書可讀了。馬里蘭州警察為了偵查道格的死因約談他之前，他已經把《三角關係》扔進垃圾桶了。

陪審團認定洛易有罪的原因之一是，警方搜索他的住處，搜獲了幾本以湮滅證據為主題的書。洛易提不出令人滿意的解釋……

小飛機向下降落在紐約州的白原機場。彼特從前座底下拉出背包，下了飛機踏上登機道，空服員走在他旁邊。這位空姐是高瘦的黑人，邊走邊和他聊著搭飛機的過程。

彼特看見摩站在登機口，六神無主，戴著太陽眼鏡，彼特猜她一定在哭。她握著一張面紙。她的指甲已經不是鮮紅色了，彼特注意到。

也不是桃紅色。

而是正常的指甲顏色。

空姐向摩走過去。「您是吉兒・安德森女士嗎？」

摩點頭。

空姐拿起一張紙。「麻煩您在這裡簽名。」

摩茫然地接下空姐遞來的筆，簽了名。

她簽的是未成年人單獨搭機同意書。兒童在沒有成人陪伴的情況下搭飛機，必須先經過家長簽名准許。前來接機的家長同樣需要簽名。彼特的父母離婚後，父親住在威斯康辛州，母親住在白原，所以他成了空中飛人，很熟悉兒童單獨搭機的規定。

「我不得不稱讚一句，」空姐低頭對彼特微笑，對摩說：「他是我服務過最懂事的一個小朋友。彼特，你今年幾歲？」

「十歲，」他回答，「不過我下禮拜就滿十一歲了。」

她捏捏彼特的肩膀，然後望著摩。「發生了這種事，我也覺得遺憾。」空姐柔聲說：「州警帶彼特來搭飛機的時候說，妳的男朋友打獵時意外喪生。」

「不對，」摩極力擠出話來，「他不是我的男朋友。」

彼特心裡想著：當然是妳的男朋友，妳只是不希望被法院查到，以免再也收不到爸爸付的贍養費。她和道格想盡辦法讓彼特以為兩人只是「普通朋友」，道理就在這裡。

**我不能交朋友嗎？連交朋友也不准嗎？**

對，不准就是不准，彼特想著。妳甩掉了爸爸，不准妳再用同樣的方法甩掉兒子。

「可以回家了嗎，摩？」他盡量裝得哀傷。「發生了那件事，我覺得funny⑫。」

「好，寶貝。」

「摩？」空服員問。

摩凝視著窗外，「我的本名是吉兒，彼特五歲的那年想祝我生日快樂，在卡片上寫母親（mother），卻只寫了前兩個字母，不知道接下來怎麼拼音，後來摩就成了我的綽號。」

「好感人喔。」空姐好像快哭了。「彼特，你一定要趕快回來搭我們的飛機喲。」

「好。」

「對了，你的生日要怎麼慶祝？」

「我不知道。」他說，抬頭看著母親。「我想去爬山好了，去科羅拉多州。只有我們兩個。」

⑫一語雙關，可做「怪怪的」和「好笑」兩種解釋。

# 天下皆舞台

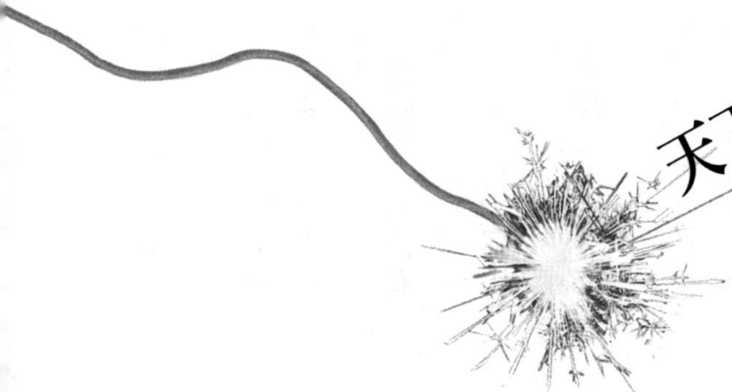

庫柏夫妻離開劇院，回到泰晤士河的渡口，穿越了荒涼而可憎的南倫敦，時間是燃燭點燈後四小時。

查爾斯和瑪格莉特夫婦此刻理應返抵家中，陪伴幼子與瑪格莉特的母親。瑪格莉特的父親命喪瘟疫，母親隨後遷居查令十字路的小宅，與女兒、女婿同住。查爾斯夫婦返家途中稍事耽擱，是因為他們在環球劇場拜訪了威廉・莎士比亞。查爾斯・庫柏將莎士比亞視為好友。莎士比亞與查爾斯的家人是世交，兩家在亞芬河畔的田產毗鄰，兩人的父親時常一同帶著獵鷹外出狩獵，在斯特拉特福的酒館把酒言歡。時逢盛夏，倫敦眾多劇院因皇室成員出城避暑而關閉，然而劇作家莎士比亞此時工作忙碌，因為環球劇場終年上戲。百忙之中，他不忘抽空與庫柏夫婦暢飲赫雷斯雪利酒與紅酒，閒聊近日的戲劇。

庫柏夫妻快步穿越陰暗的市街——泰晤士河南岸之郊區民眾不常點燈——夫婦兩人必須步步謹慎。

夏夜空氣涼爽，瑪格莉特身穿厚亞麻袍，背後寬鬆，胸衣緊束。婚後的她將上衣樣式縫得保守，以遮掩胸脯。她不戴時下較年長的人妻常戴的氈帽或海狸皮帽，頭髮只紮著絲帶與幾件琉璃飾品。查爾斯穿簡便的長褲、罩衫以及皮背心。

「今晚好盡興。」瑪格莉特說，將丈夫的手臂挽得更緊，同步繞過窄路的轉角。「感謝你。」

庫柏夫婦對舞台劇深感興趣，無奈家境拮据，無法在娛樂的部分隨心所欲。不過，查爾斯的葡萄酒進口公司近來由虧轉盈，今年之前夫婦只買得起便士票，與觀眾簇擁於劇院中央的頂層樓座，但近來查爾斯的產業營收漸豐，今夜他購買樓座的三便士門票讓髮妻非常驚喜，夫婦得以安坐軟墊座，分食堅果仁與早熟的西洋梨。

後方傳來吆喝聲，驚動了他們。查爾斯轉身，只見約十多公尺的後方有名男子，身著黑絨布帽與鬆垮襤褸的緊身上衣，正閃躲著一位騎士。原來這名男子急著過馬路，因而疏忽大意。也許是查爾斯想像力太豐富，也許是光線作祟，他認為這男子抬頭正視查爾斯，旋即轉身匆匆鑽入巷弄。

查爾斯不願驚動妻子，遂隱瞞那男子的異樣舉動，繼續交談。「也許明年我們進得去黑衣修士劇場。」

瑪格莉特笑笑。門票高達六便士，部分人士不願光顧，但場地小巧豪華，而且演員技冠群倫。「或許吧。」她不置可否。

查爾斯再次向後一瞄，已不見絨布帽男子。

他們轉彎走進通往渡口的路，那位男子卻從附近的巷弄走出來，想必是跑步抄近路。此時他氣喘如牛，步步靠近。

「大人與夫人請留步。」

查爾斯猜八成是乞丐，但若不施捨，有時乞丐也會面露凶相。查爾斯從腰帶拔出長匕首，站在妻子與男子之間。

「啊，無需戳豬獻祭。」男子朝著匕首點頭說：「本豬無刀械。」他空著雙手舉起。「不帶匕首，而帶真相。」

這人長相怪異，眼眶深陷，黃疸色的肌膚鬆弛不堪，可見多年前娼妓或蕩婦曾傳染骨瘟⑬於他，病況即將危及性命。查爾斯原本推測這件緊身上衣竊取自體形較胖的他人，此時確認為男子所有，只因男子近來身形消瘦而顯得鬆垮。

⑬即梅毒。

「你是誰？」查爾斯質問。

「我是你今夜赴劇場之因，是你今日從事釀酒業之因，是你移居倫敦市之因。」男子吸入飄著硫磺臭味的空氣，隨即對圓石地吐痰。工業郊區的污染終年不散。

「快解釋你跟蹤我的原因，否則勿怪我呼喊警長前來。」

「無須多心，小庫柏。」

「你認識我？」

「的確，大人。我對你所知甚詳。」男子的黃眼顯現更深的哀愁。「容我直言，不再兜圈打謎題。敝姓馬爾，終生作惡多端，身懷罪孽一死也無憾。然而兩星期前，天主上帝現身於我夢中，告誡我，務必補救今生罪過，以免被阻絕於光榮之天堂大門外。事實上，大人，我犯的罪過需要兩個人生方能補救完畢，而我此生來日不多，因此只能選擇最令我良心不安之罪惡來補償，求我危害最重之人的寬恕。」

查爾斯看著容貌枯槁的馬爾，收起匕首。「你與我有何過節？」

「如我所說，多年前你原本安居斯特拉特福附近之鄉村，被迫遷來此一惱人城市，我和幾位同夥難逃其咎。我的同夥至今悉數淪為瘟疫之冤魂，已下地獄受苦受難，請寬心。」

「何以見得是你逼迫我遷居？」

「大人，請告訴我，你遭逢過什麼樣的大災難？」

查爾斯毫不考慮便回答：「摯愛的家父遭橫奪性命，釋出家族土地。」

十五年前，根據斯特拉特福附近的郡警所言，查爾斯之父理察・庫柏在貴族土地上盜獵鹿遭制伏，警吏前往逮捕他時，他朝警方射箭。該名貴族是哈貝郡男爵威斯考特大人。幾經追趕，警吏逮捕了理察・庫柏，一番纏鬥後，警吏刺死了理察。理察是擁有土地的紳士，無須盜獵，眾人咸認此悲劇導因於誤解。儘管如此，偏袒貴族階級的當地法庭判決，庫柏的土地必須移交給威斯考特，威斯考特隨即變賣土地，入帳頗豐，卻吝於資助查爾斯之母一文錢。哀慟之餘，查爾斯之母不久辭世。年方十八之獨子查爾斯無依無靠，只得步行至倫敦闖天下。查爾斯先工作了幾年，在葡萄酒釀造業擔任學徒，成為基爾特一員，逐漸淡忘慘劇。

馬爾擦拭著醜陋嘴唇，露出的牙齒稀疏如乳臭未乾之嬰孩。「我知道，這是你今生最大的災難。」他左顧右盼之後低語，「大人，我坦誠相告，我知道當日慘案發生的真實過程。」

「繼續說。」查爾斯命令。

「威斯考特生活奢華，一如當時和現在的許多貴族，」馬爾說：「入不敷出，債台逐日高築。」習於閱讀弗利特街報紙的人，或是在酒館聽見流言的人，都知道這項事實。許多貴族變賣田產與細軟，以應付奢華生活的支出。

「有一位行徑卑鄙的惡徒，名為勞伯特・莫陶夫，向威斯考特獻計。」

「我聽過這名字，」瑪格莉特說：「原因不詳，依稀想到其人其事可憎。」

「好夫人，所言甚是。莫陶夫雖屬貴族，卻以金錢換取低階騎士之階，斂財之道是向債台高築的貴族獻計，慫恿貴族違法獲取土地或財產，事成之後他得以大舉分紅。」

震驚的查爾斯低聲說：「陷害家父的是這種陰謀？」

「是的，大人。我夥同其他惡徒前去府上，伏擊令尊，將他捆綁後送至威斯考特的田地，郡警警吏依約前來索命，在屍體旁邊放置鹿屍與弓箭，以顯示他盜獵時遭擊斃，罪有應得。」

「家翁竟死於謀財害命。」瑪格莉特低語。

「喔，慈悲的天父。」查爾斯的眼神投射出怒火。他再次拔出匕首貼向馬爾的頸子，惡人馬爾不敢輕舉妄動。

「不行，萬萬不可，求求你。」瑪格莉特拉著他的手臂。

馬爾說：「我句句屬實，大人，我不知道警吏一心想滅口，本以為警吏只想勒索令尊，以金錢交換自由，這是鄉下警吏的慣用伎倆。當天出了人命，沒有人比我更加驚愕。縱使如此，我與警吏的罪過同樣人神共憤，我不會乞求你手下留情。如果上帝移動你的手，劃破我的喉嚨，以報復我的所做所為，我死也無憾。」

當晚慘痛的回憶泉湧而入查爾斯的腦海──郡警以不敬之舉將屍體扔回家中、母親嚎啕大哭，以及往後的苦日子：母親的健康走下坡，家境一蹶不振，他離家前往無情之都倫敦開創新生活。往事令查爾斯心酸，他卻狠不下心傷害這位悲情惡棍。他緩緩放下匕首，收回腰帶上的刀鞘，端詳著馬爾。他看出馬爾面露悔恨，看出馬爾所言不假。但他仍問：「假使莫陶夫真如你描述，他必定招致多人怨恨，我怎知你不是他的仇家？貴姓馬爾（Marr）的你，或許自編這套謊言，用以『玷污』（mar）莫陶夫名譽？」

「大人，我願對上帝發誓，我句句屬實。我對莫陶夫大人毫不懷恨，因為當初以惡行腐敗性靈乃出自個人意願。我明瞭你對我的動機存有偏見，因此容我提出證據。」

馬爾從口袋掏出一枚金戒指，放在查爾斯手中。

釀酒商查爾斯驚呼：「這是家父的印戒。瑪格莉特，看這上面雕刻的姓名縮寫，我記得常見家父夜晚端坐書房，以戒指按捺赤紅如玫瑰的熱蠟封箋書信。」

「同夥從令尊的皮夾奪走戒指給我，當成酬勞。我常想：倘使我變賣戒指，揮霍殆盡，一如同夥般擺脫了惡行的證物，或許不至於飽受罪惡感的煎熬。這一小枚金飾宛如冶煉廠裡的煤炭，經年累月熾痛我心。但如今我慶幸存留了這枚戒指，因為我至少能在死前物歸原主。」

「原主是家父，不是我。」查爾斯喃喃道，面色陰沉。他緊緊將戒指握入掌心，倚身牆壁，因怒氣與哀傷攻心而顫抖不已。片刻之後，他發現妻子撫慰他的手，緊握戒指的力道才減弱。

瑪格莉特對他說：「我們必須提出告訴，一定要將威斯考特與莫陶夫繩之以法。」

「夫人，這行不得。威斯考特大人已然去世五年，不肖子也散盡家財，積欠稅金甚多，因此土地全被女王徵收。」

「莫陶夫呢？」查爾斯問：「仍否在世？」

「是的，大人，他仍健在，現居倫敦。若說威斯考特距離天堂遙遠，法網對莫陶夫同樣遙不可及，因為莫陶夫頗受公爵和宮廷高官之厚愛。許多貴族為償債都曾借重惡人莫陶夫之長才。倘使你公開本案，告上法庭，女王法院之法官必定嗤之以鼻，你恐將招致牢獄之災，甚至危及個人性命。大人，在下並不樂見你恣意復仇，僅僅期望自己能彌補往昔憾事。」

他凝視馬爾片刻後說：「你生性邪惡。雖然我是善良的基督教徒，卻無法饒恕你。然而，我將為你的靈魂祈禱，也許上帝比我更為寬容。你快離去，若你再出現我眼前，我發誓將以匕首侍候你的喉嚨，提早讓你進天庭受審。」

「遵命，大人。」

查爾斯的心思移向戒指，套上指頭片刻後抬頭，發現巷弄已空，惡棍馬爾已悄然遁跡夜色。

翌日近燃燭之時，查爾斯・庫柏關閉倉房，前往摯友浩爾・培博之公館。浩爾與查爾斯年齡相仿，家境遠比他豐渥，因為浩爾繼承了數間位於市區上等地段的公寓，坐收高額租金。

陪伴兩人的是好友史道特⓮。言行謹慎的他真實姓名已不可考，人人直呼他史道特，並非其

⓮Stout，有「肥壯」與「黑啤酒」等涵義。

腰圍雄偉，而是因其酷愛黑啤酒。史道特以製桶為業，與釀酒商查爾斯生意往來多年。史道特常打趣自稱本行為製桶匠（cooper），而查爾斯天生即為庫柏（Cooper）。

三人同樣喜好打牌、樂上酒館，更喜愛劇場，因而過從甚密。三人時常搭乘渡輪南下泰晤士河，赴天鵝劇場、玫瑰劇場或環球劇場欣賞戲劇。伯比奇⑮坐擁倫敦數間劇場，與浩爾偶有生意往來。查爾斯難掩登上舞台的心願。史道特與劇場毫無關聯，只對戲劇抱有童心似的迷戀，似乎相信劇場是他脫離倫敦工人階級的門道。平日製桶時，他刨著桶板，以鐵錘敲擊火紅的桶環，嘴裡不忘背誦莎士比亞或瓊森劇作的台詞。有時背誦的是已逝的基德或馬洛，近來這兩位劇作家的大作日漸蔚為風潮。史道特看戲時當場背下台詞，而非閱讀劇本背誦，因為他識字不多。

查爾斯面晤兩位好友，提及馬爾昨日的自白。好友得知理察‧庫柏的死因真相，莫不目瞪口呆。他們正要提問，查爾斯卻出言制止，「下毒手者勢必葬身我手，我心意堅決。」

史道特說：「令尊遭莫陶夫陷害，莫陶夫若遭人謀殺，警方的矛頭必定立刻指向你。」

「不見得。」查爾斯反駁。「奪走家父土地的人是威斯考特男爵，莫陶夫僅僅為虎作倀。我認定莫陶夫作惡多端，警方想過濾仇家的話，少說也需要一年，我自信復仇後能夠全身而退。」

養尊處優的浩爾熟諳宮廷之道。「你有所不知，莫陶夫與高官時有往來，高官不肯坐失他這位黑手。貪腐好比一隻九頭獸，被切斷一顆頭，另一顆頭必將毒害你，斷頭隨之復元，永無休止。」

「我不在乎。」

史道特說：「夫人總該在乎吧？我敢說，好友，夫人關切之至。你的子女難道不在乎父親遭五馬分屍？」

查爾斯望向壁爐上方的一把西洋劍。「我可以找莫陶夫決鬥。」

浩爾說：「他是劍術高手。」

「我比他年輕，或許氣力勝他一籌，勝算不小。」

「他和女王法庭的陪審團私交甚篤，即使你戰勝，最後只有被押去見劊子手一途。」浩爾憤慨地揮手，「死心吧……最不悽慘的下場是和瓊森一樣。」

瓊森是劇作家兼演員，多年前與人決鬥，置對手於死地，幸好在被判極刑之前背出免罪詩——《詩篇》第五十章第一段——以「聖職特權」之名懇求法外開恩。儘管躲過死劫，瓊森難逃烙刑的嚴懲。

「我會設法殺死莫陶夫。」

浩爾堅守己見。「但是，你能從他的死獲得什麼好處？」

「為我討回公道。」

浩爾將臉孔扭曲為諷刺的微笑。「倫敦城的公道猶如傳說中的獨角獸，人人說有，卻沒人找得到。」

史道特取出一支陶製煙斗，填塞美洲進口的菸草。煙斗在他的大手中顯得渺小。近年來民眾時興吞吐美洲煙。他點燃一根草梗，伸向煙斗深吸一口，不久後白煙往天花板飄渺。他緩緩對浩爾說：「好友，你的嘲諷稍嫌有欠公允，但依我淺見，即便在倫敦市民心中，公理依然存在。以我們欣賞的戲劇為例，公道唾手可得。浮士德的悲劇便是一例。此外，兩週前我們去環球劇院，欣賞了好友莎士比亞兄的作品《理察三世》，劇中人物邪念深重，但最後亨利都鐸痛斬『惡犬』，顯示邪不勝正。」

「的確。」查爾斯低語。

⑮James Burbage，曾演出《哈姆雷特》與《奧賽羅》的要角。

「兩位，戲劇怎可當真？」浩爾駁斥。「馬洛與莎兄搖筆桿的用意在於娛樂人心，言之無物啊。」

查爾斯不肯退讓。「你對這位莫陶夫了解多少？他的興趣何在？」

浩爾回答：「垂涎他人之妻與他人之財。」

「另外呢？」

「他擅長舞劍，自詡為高手。他常騎馬帶獵犬下鄉去，個性自大狂妄，性喜接受阿諛奉承，他也時常在宮廷成員面前力求表現。」

「他住哪裡？」

史道特與浩爾噤口不語，顯然對好友的殺意感到困擾。

「住哪裡？」查爾斯逼問。

浩爾嘆息，揮手驅散煙斗噴出的煙霧。「菸草氣味惡臭之至。」

「我卻覺得有穩定心神之良效。」

浩爾轉向查爾斯。「莫陶夫的地位不比技士高到哪裡，寓所不甚起眼，卻大肆吹噓。他的住處鄰近斯特蘭德大街，常與財力及勢力比他高的人物相處。你去白衣修士街的堤防附近便找得到他。」

「他平日常去哪裡？」

「我無從斷言，但據我猜測，由於他屬於宮廷雜碎，經常走訪懷特豪爾的皇宮探聽不入流的風言風語和詭計。即使女王已去格林威治避暑，他照樣勤跑宮廷。」

「從寓所到皇宮，他常走哪條路線？」查爾斯問史道特。史道特因職業之故，對狀似迷宮的倫敦街道所知甚詳。

「查爾斯，」史道特說：「我不贊同你的想法。」

「哪一條路線？」

不情願的史道特回答：「騎馬的時候，他會沿著堤防向西走，然後在泰晤士河向南流的地方轉向南方，前去懷特豪爾。」

「沿途的碼頭當中，你覺得哪一座最荒涼？」查爾斯問。

史道特說：「人煙最稀少的是天普碼頭。由於律師學院的人數與規模與日俱增，該區的倉庫數目銳減。」他接著加重語氣，「該碼頭也靠近水刑之地，犯人被鏈條綑在海邊，忍受潮水來往。查爾斯，建議你做惡之後就地綑綁自己，以免勞駕女王的檢察官出動。」

「親愛的好友，」浩爾說：「請聽我說，暫且擱置你心中的惡計，你無法——」

他陡然住口，因為查爾斯怒目以對，視線隨後從他臉上轉向史道特，「寒舍失火時，火苗必定延燒至鄰人屋頂，持續肆虐到整排民房全毀為止。同理，家父之死斷送了許多人的前程。」查爾斯舉起手展示馬爾昨日歸還的印戒。浩爾家的燈籠照在印戒上，反射出金光，似乎也映照出查爾斯心中的熊熊怒火。「家父為人正直，絕情的造化卻將他冶煉為僅餘此一枚戒指，我拚了性命也要復仇。」

浩爾與史道特互使眼色，史道特對查爾斯說：「我們明瞭你心意已決，請放心，親愛的朋友，無論你有何決定，我們鼎力相助。」

浩爾接著說：「以我個人而言，萬一你遭逢不測，我會盡力照顧你的妻小，以期他們衣食無缺。」

查爾斯擁抱兩人，隨即改以愉悅的口吻說：「現在，兩位紳士，今夜有何打算？」

「我們能上哪裡去？」史道特口吻窘迫。「你該不會想趁夜去索命吧？」

「不對，好友，在面對惡人之前，我需要一、兩星期來籌備。」查爾斯取出皮夾，湊足了實行今夜計畫的硬幣。他說：「我想先去看一場戲，然後拜訪我們的好友莎士比亞兄。」

三人走出門時，浩爾說：「我舉雙手贊成，查爾斯。」隨後又悄聲說：「倘使我像你，執意提前去見上帝，我會斷絕娛樂的意圖，快步上教堂以懺悔到極點的嘴唇奉承牧師。」

這位治安官鎮守律師學院附近河岸的崗位，並滿足於自己的生活。此地儘管有淫媒上街向恩客仲介娼妓，也不乏兇手、扒手、騙徒、流氓，治安仍勝過其他地方，例如人潮洶湧、陳列廉價商品的奇普塞德街，或是泰晤士河以南的混亂郊區。他的轄區民眾多是紳士淑女，連續一兩日不見報案是常有的事。

今天早晨九時，矮胖的治安官坐在辦公桌前，與一位魁梧的警吏爭辯著。這位警吏綽號叫紅毛詹姆士，兩人相持不下的話題是倫敦大橋上的矛前插著幾顆頭顱。

「總共有三十二顆，錯不了。」紅毛詹姆士嘟囔著。

「錯，呆頭鵝，總數最多不超過二十五。」

「我清晨才去數過，總數是三十二。」紅毛詹姆士點燃脂燭，取出一副牌。

「脂燭別亂點，」治安官怒罵道：「脂燭的經費來自你我的津貼，我們用日光打牌即可。」

「治安官，」紅毛詹姆士嘟囔，「假若誠如你所言，我是一頭鵝的話，我就不是貓。既然不是貓，我便無法摸黑行事。」他再點一支燭。

「廢物。」治安官對著警吏咬拇指以示侮辱，起身想吹熄燭火，不料窗外來了一名身穿工作服的青年。

「長官，我請求治安官立刻接見！」青年喘氣說。

「我正是治安官。」

「治安官，小民叫亨利・勞陵斯，想向你報案！碼頭發生了打鬥，至為凶險。」

「你傷在何處？」治安官以視線檢查青年全身，發現他毫髮無傷。「你渾身不見匕首或棍棒造成的傷口。」

「受傷的人不是我，而是有人即將受傷，恐怕會危及性命。我剛才要去堤防上的倉庫，離此地不遠，結——」

「別拐彎抹角，年輕人，我有要事待辦。」

「——結果有位紳士將我拉過去，向下指著天普碼頭。碼頭上有兩人，正拿著劍兜圈子走。我聽見較年輕那位表明殺害對方的心意，對方高呼救命，隨後兩人開始決鬥。」

「是淫媒與恩客談不攏女人的價格吧。」紅毛詹姆士以疲憊的語氣說：「本局無興趣處理。」說著開始洗牌。

「不是，長官，不是這樣的。其中一人，較為年長也屈居劣勢的那位是貴族，大名是勞伯特・莫陶夫。」

「莫陶夫爵士！他是市長的好友，也是公爵面前的紅人。」治安官一驚，連忙站了起來。

「無論他是不是貴族，治安官，」平民上氣不接下氣地說：「我趕緊前來報案。」

「警吏！」治安官呼喊，同時佩上劍與匕首。「警吏，立刻前來！」

兩名男子從隔壁的房間過來，腳步欠穩，宿醉未醒的窘態畢露。

「天普碼頭發生鬥毆，儘速前去調解。」

紅毛詹姆士拾起他最喜愛的武器——長矛。

五人匆匆步入涼爽的晨光，向南直奔泰晤士河，河面上的廢氣與霧氣濃密如羔羊毛。五分鐘後，一行人來到可俯瞰天普碼頭的遊廊。小民勞陵斯方才信誓旦旦說，這裡發生了駭人聽聞的決鬥。

他們見到一名青年正與莫陶夫爵士奮戰。貴族莫陶夫戰技不俗，卻受制於一身宮廷流行的土耳其風格華服，難以施展身手，正節節敗退中。正當年輕無賴舉手想給爵士一擊時，治安官喝斥：「立即停止戰鬥行為！放下武器！」

原本得以和平落幕的決鬥，此時不料出現令人悲傷的結局。治安官的喝斥聲驚動了莫陶夫爵士，莫陶夫放下舞劍的手，抬頭望向呼聲的來源。

但是對手持續進擊，劍尖刺中騎士的胸膛，雖未戳穿上衣，莫陶夫仍被刺得向後退向欄杆。木欄杆不支，莫陶夫墜落十多公尺下的亂岩，一群天鵝嚇得四散奔逃，莫陶夫滾落堤防，接著沉入陰暗的河面。

「逮捕他！」治安官縱聲下令，三名警吏靠近受驚的歹徒。歹徒來不及逃逸，便遭到紅毛詹姆士持警棍擊昏。

警吏隨即爬梯子下去河岸，可惜遍尋不著莫陶夫爵士的蹤跡。

「光天化日之下，膽敢在本轄區內殺人！」治安官板著臉說，暗暗喜上眉梢，因為他閃電逮捕歹徒歸案，名與利勢必接踵而至，他已然陶醉其中。

女王的首席檢察官強納森・波爾特現年四十，禿頭，罹患關節炎，奉命起訴查爾斯・庫柏殺害莫陶夫爵士命案。

他的辦公室靠近懷特豪爾的皇宮。莫陶夫的屍體已被人從泰晤士河打撈上岸，隔天上午十時，波爾特坐在冷颼颼的辦公室裡，心想莫陶夫死有餘辜，不值得起訴。然而，貴族階級看重莫陶夫，因為貴族愚昧與放蕩不羈的後果有賴莫陶夫之流拯救，因此指示波爾特制裁釀酒商查爾斯・庫柏以儆效尤。

然而，貴族也告誡波爾特檢察官謹慎行事，切忌讓莫陶夫生前的罪行曝光。這類犯罪通常在定期法院開庭，但波爾特為避免暴露貴族醜事，特地將本案移交星法院進行秘密審判。星法院創始於亨利八世，無權判處極刑，波爾特自認能給予查爾斯適切刑罰。一旦判決確定，星法院的法官絕對會下令割除庫柏的雙耳、施以烙刑，然後送至外地——亦即驅逐出境——可能遠至美洲，任其乞食落魄一生。家屬也將交出所有財產，流落街頭。

不言自明的啟示是：對於有實無名的貴族衛兵，切勿叨擾。

波爾特訊問過本案的治安官，也訊問過目擊證人亨利・勞陵斯，此時離開辦公室，前往政府所在地西敏寺。

星法院位於西敏寺的內部深處，門外的前廳有六、七名辯護士與客戶等候出庭，但莫陶夫的謀殺案位居訴訟順序之首，波爾特因此走過他們身邊，逕自進入惡名遠播的星法院。

星法院位於樞密院附近，規模遠比名聲來得小，莊重氛圍也不如傳言，採光不良，布置平淡無奇，僅以燭火照明，掛著一幅女王陛下的畫像。天花板點綴著繁星，與法律無關的名字即源自於此。

進入星法院後，波爾特觀察被告席上的囚犯。查爾斯・庫柏臉色蒼白，太陽穴貼了繃帶，兩位魁梧的庭吏站在背後。星法庭不准民眾旁聽，但貴族特准庫柏之妻出席。波爾特覺得她頗具姿色，臉色與丈夫同樣蒼白，眼睛都哭紅了。

辯護桌前的辯護士出身律師學院，天資聰慧，波爾特認識他。波爾特看見另一名年近四旬的男子，隱約覺得眼熟。此人身材精瘦，褐色鬈髮，額前禿頭，身著襯衫、長褲，足下是鑲花邊的厚底半統靴。也許是人格證人吧。憑本案的證據而言，波爾特認定庫柏罪證難逃，辯方勢必力求減輕刑期。波爾特的主要挑戰在於破解辯方的花招。

波爾特在自己的位子坐下，坐在旁邊是檢察官的證人——治安官及勞陵斯。兩位證人神態緊張，雙手交握在前。

一道門打開，五名頭戴假髮、身穿長袍的男性進來。這五位是星法院的成員，其中三位來自樞密院，另外兩位是女王法院的法官，五人坐下後排列桌上的文件。

波爾特竊喜。這些人他都認識，從他們的眼神來判斷，他相信五人極可能認同檢察官的立場。他揣測莫陶夫的消債絕活造福了其中幾位，也許全部。

大法官是樞密院的成員，手持紙張宣讀：「本庭之前，人人平等，奉大英女王伊莉莎白之權威召開，與本案相關人士向前明言。天佑女皇。」大法官將視線固定在被告席上的嫌犯，繼續以凝重的口吻說：「女王檢察官依謀殺罪名起訴你，查爾斯・庫柏。死者為貴族勞伯特・莫陶夫，官拜騎士，於女王四十二年六月十五日無故遭你攻擊殘殺至死。女王審判官將本案移交本法院法官審理。」

「各位賢達人士，」波爾特說：「本案的前因後果至為明顯，必然不會耗損各位太多時間。釀酒商查爾斯・庫柏基於不明的仇恨，於天普碼頭在證人面前攻擊並殺害莫陶夫爵士。檢方掌握了證人，足以證明死者遇害前並未挑釁被告。」

「傳喚證人。」

波爾特朝民眾亨利・勞陵斯的方向點頭。勞陵斯起立宣誓，敘述證詞，「庭上，我當時正要前往天普碼頭，一名男子要我跑步過去，『看，發生了打鬥事件。那一位是勞伯特・莫陶夫爵士。』的確，眼前這位嫌犯正在碼頭上以劍挑戰莫陶夫爵士，並躍向前去，對他說出極具威脅性的言辭。」

「請問嫌犯怎麼說？」

「大約是說：『惡人，受死吧！』決鬥隨即展開。莫陶夫爵士呼救，『救命！救命！謀殺，謀殺！』

「我趕緊跑去請求治安官協助。我們夥同警吏回到碼頭後，發現嫌犯進擊可憐的莫陶夫爵士。莫陶夫向後壓垮欄杆，墜河致死，場面驚駭而不堪入目。」

法庭接著允許被告辯護士訊問證人勞陵斯，但庫柏的辯護士選擇不提問。

波爾特請治安官起立坐上證人席，治安官的證詞大同小異。證詞結束後，庫柏的辯護士再度婉拒訊問證人。

波爾特說：「諸位，本案檢方已經介紹完所有證人。」他說完坐下。

被告的辯護士起身，「各位賢達人士，我願請嫌犯自述本案原委，屆時在座優秀的大法官與最崇高的法官將明瞭，本案其實是一場天大的誤會。」

庭上的男子以諷刺的神態互看，大法官請查爾斯‧庫柏宣誓。

女王法院的法官之一問：「你對這些罪名如何辯解？」

「庭上，我認為本罪名莫須有，因為莫陶夫爵士之死純屬悲慘的意外。」

「意外？」一位樞密院的成員笑著說：「你持劍攻擊莫陶夫，導致他墜落死亡，怎可推說是『意外』？或許奪去他性命的凶器是堤防上的亂岩，但促使他失足墜落碼頭的動力確實來自你的劍。」

「的確，」另一位樞密院成員說：「我認為，倘使莫陶夫先生不失足，你也會持劍將他當成野豬刺死。」

「各位，容在下坦承，我不會傷他一根寒毛，因為我倆並非對打，而是在練劍。」

「練劍？」

「是的，庭上。我志願成為劇場演員，但各位知道，本人從事釀酒業。案發當時我在天普碼頭處理法國進口紅酒，把握閒暇時間演練我飾演的角色，而這段戲正好是舞劍的場面。我練劍方酣，正要前往懷特豪爾皇宮的莫陶夫爵士碰巧路過。他的劍術精湛——遺憾的是，我應該改用**過去式**。他觀察了我一陣子，對我直言我的劍法確實有待琢磨。我倆交談起來。我說，假使他肯惠賜劍擊與閃躲竅門，我願意為他張羅一個小角色。他一聽大喜，當場傳授決鬥秘訣。」嫌犯將目光投向治安官。「若非那人攪局，練劍必定能順利進行，奈何莫陶夫爵士一時心慌，我只以劍尖輕觸他的上衣，他便向後跌撞欄杆。遺憾的是，欄杆鬆動，斷送了好人的生命，我心傷痛。」

波爾特悶悶想著，此言不無道理。開庭之前數小時，他得知庫柏出入泰晤士河南岸的劇場甚為頻繁。此外，波爾特也調查不出他殺人的真正動機。庫柏是基爾特的會員，既不缺錢用，也不具備搶劫的傾向。莫陶夫這類無賴一死，大多數倫敦市民無不額手稱慶。可惜由於貴族希望本案速審速結，波爾特無暇深究庫柏與莫陶夫之間有無過節。

眾所皆知，莫陶夫本身愛慕虛榮，當然不放過上舞台向宮廷人士招搖的良機。

然而，即便庫柏所言屬實，無論莫陶夫之死是他殺或意外，貴族仍希望懲罰莫陶夫的兇手，而庫柏的證詞似乎難以動搖席上五位的心意。

庫柏繼續說：「至於證人勞陵斯引述的怒罵和威脅語句，庭上，那些話不是我說的。」

「不然是誰說的？」

庫柏瞄向辯護士。辯護士起身說：「庭上，且聽辯方之證人詳述。請威廉•莎士比亞上前。」

啊，原來，波爾特心想，難怪那位證人如此眼熟。他就是「宮務大臣劇團」的知名劇作家兼導演。波爾特本人也數度在玫瑰劇院與環球劇院欣賞莎士比亞的劇作。他來星法院做什麼？劇作家走到法庭前面。

「莎士比亞大師，你願向天主發誓，證言字字屬實？」

「我願意發誓，庭上。」

「你對本案有何見解？」

「大法官，在下願意針對前述證詞加以闡述。數週前查爾斯・庫柏主動找我，表示他向來有心研習演技，希望上舞台一試身手。我請他背誦台詞，觀察他表演在下撰寫的幾個橋段。他的表現令人激賞。

「我對他說，目前已無缺角，但我正著手撰寫新的劇本，可以將部分草稿交給他練習。我對他保證，等夏季結束，宮廷人士回朝，也許能請他演出一角。」

「莎士比亞大師，此言與本案何干？」

莎士比亞從一只皮袋取出大疊羊皮紙，朗讀出上面的文字：「卡修出場……羅德里格：『我認得他的步態，是他沒錯。惡人，受死吧！……』羅德里格以劍刺向卡修……卡修拔劍傷羅德里格……羅德里格：『喔，我中劍了！……』伊亞格從後刺傷卡修大腿，旋即退場。卡修：『我永生殘廢了。救命啊！謀殺！謀殺！』」

莎士比亞朗讀後沉默不語，鞠躬又說：「庭上，上述字句皆出自拙筆。」

「『惡人，受死吧……救命啊！謀殺！……』」大法官說：「這些話和證人聽見的莫陶夫與嫌犯對話大同小異，果真出自你的劇本？」

「是的，大法官，確實是。本劇有待潤飾，尚未搬上舞台。」莎士比亞遲疑片刻後說：「我承諾過女王陛下，等女王與宮廷人士秋季返回倫敦，本劇可搬上舞台，供女王陛下指教。」

一位樞密院的成員皺眉問：「若我印象無誤，你頗受女王青睞。」

「不敢當，庭上，在下區區一介劇本工作者，但我能侈言女王屢次讚美本人的拙作。」

不得了，檢察官心想。莎士比亞確實大受女王青睞，這是人盡皆知的事實。傳言指出，女王有意在明後年欽定「宮務大臣劇團」為皇家表演。審理本案的路線在波爾特心中豁然開朗：若要判庫柏有罪，法官必須裁定莎士比亞證詞不足採信，風聲必會傳入女王耳裡，後果不堪設想。波爾特想起一句俗語：「一百個公爵對上一位女王，結果是草地上的一百副棺材。」

大法官轉向樞密院成員，五人再度商談片刻，大法官宣佈：「有鑒於呈堂證據，本庭裁定莫陶夫爵士之死並無他殺之嫌，庫柏就此無罪開釋，涉案嫌疑從此洗清。」他瞪向檢察官。「波爾特爵士，有勞你起訴前稍加瀏覽涉案證據，並與嫌犯溝通，以免浪費本庭寶貴時間。」

「遵命，大法官。」

莎士比亞正要將劇本放回皮袋，一位法官彎腰向前，對著劇本示意，「請教你，莎士比亞先生，劇本的劇名為何？」

「庭上，劇名尚未決定，目前暫定的劇名是《奧賽羅，威尼斯之摩爾族貴裔》。」

「從今日證詞來判斷，本劇將有許多舞劍的精采場面，對不對？」

「是的，庭上。」

「很好。相較於喜劇，你的這類劇本更得我心。」

「恕我斗膽預測，您必定喜歡本劇。」莎士比亞說完走向庫柏夫婦，三人一同步出陰暗的星法院。

當晚接近燃燭之時，查令十字路上的「獨角獸與熊酒館」內坐了三名男子，各端著裝了啤酒的大酒杯。三人分別是查爾斯、史道特與莎士比亞。

一個人影從酒館門口走進來。

「看，這位就是碼頭上的神秘紳士。」查爾斯說。

浩爾・培博加入三人，一杯啤酒隨之奉上。

查爾斯舉起酒杯，「好友，你的表現可圈可點。」

浩爾舉杯暢飲一大口，得意地點頭接受讚美。在莎士比亞與查爾斯合作的劇本中，他的大膽演出別具關鍵性。查爾斯在碼頭攔住莫陶夫之後，如同他在法庭所言，以承諾莫陶夫登臺演出為由，請君入甕。隨後再由浩爾算準時機，招來路人，讓路人見證假決鬥開始時的對話。浩爾賞路人勞陵斯半英鎊金幣，請他去向治安官報案。因為本劇的主筆莎士比亞決定，治安官也必須被迫成為證人。

莎士比亞以凝重的神情審視查爾斯，「好友，以你在法庭上的演出而言，你的演技有待磨練，但整體而言」——莎士比亞忍不住微笑——「我不吝言，你的表現『可圈可點』⑯。」

莎士比亞喜歡雙關語，時常一語雙關，喜歡玩文字遊戲的查爾斯也不甘示弱，「啊，遺憾的是，本人出庭作證（bearing witness）的能力不及你在酒館的狂言妙語（overbearing wittiness）。」

「一針『劍』血。」莎士比亞讚嘆，四人同聲狂笑。

「這杯敬你，好友。」查爾斯舉杯與史道特相碰。

案發之前，史道特的任務是發揮專長，以製桶匠的工具敲鬆碼頭的欄杆，讓正常人觸摸時不至於崩垮，卻禁不起莫陶夫的跌撞。

⑯另有「脫罪成功」之意。

史道特的反應不如莎士比亞或查爾斯，不以妙語回應，僅在欣喜之際被讚美羞紅了臉。

查爾斯擁抱莎士比亞。「功勞最大的還是你，莎兄。」

莎士比亞說：「令尊生前善待我與家人，我畢生緬懷他。能扮演小角色為他復仇，是我的榮幸。」

「你冒險為我付出心血，我如何報答？」查爾斯問。

莎士比亞說：「你已經報答了。你賜給我的是文人最實用的禮物。」

「什麼禮物，莎兄？」

「靈感。我們的復仇計畫令我詩心大發，讓我在一小時前譜成了一首十四行詩。」他從夾克取出一張紙。他看著在場三人，嚴肅地說：「可惜莫陶夫來不及了解自己的死因。我撰寫劇本時，最後一定讓真相大白——即便劇中人始終被蒙在鼓裡，至少也應透露給觀眾知曉。莫陶夫死時心存疑問，因而促動我下筆。」莎士比亞緩緩朗讀十四行詩：

〈致惡人〉

每當我見獵鷹於荒郊翱遊，
我憶起賜予生命之家父，
他疼愛幼子，毫無保留，
鍾愛髮妻，心無旁騖。
每當我見兀鷹翱翔天際，
只會聯想到你的嘴臉，
你在噩夜斲喪我家之喜氣，

強迫吾父之靈提前歸天。
生命長短由無常命運之金剪定奪，
但我身爲吾父之子，
等不及見你的邪靈於地獄閉鎖。
我討回的公道唯有上帝與我心知。

「寫得妙，莎兄。」浩爾叫好。

查爾斯拍拍莎士比亞的背。

「這詩跟查爾斯有關係嗎？」史道特低頭凝視著詩文，慢慢動著嘴唇，希望讀出字義。

「本質上有關係。」莎士比亞把詩文擺成正對史道特的方向，接著壓低嗓門說：「但我認為不足以讓定期法院認定本詩為證物。」

「我認為暫時別發表為上策。」查爾斯謹慎說。

莎士比亞笑了。「放心，好友，暫時不會發表。即使發表了，本詩目前缺乏市場。現今唯一暢銷的文體唯有浪漫劇、浪漫劇、浪漫劇……令文人為之氣結。我將暫時收藏本詩，靜待多年後世人遺忘莫陶夫。時辰已近燃燭了吧？」

「非常接近了。」史道特回答。

「既然如此……我們真實人生的故事既然落幕了，讓我們去欣賞虛構的故事。本人的《哈姆雷特》一劇今晚上演，我必須出席。查爾斯，去接你的嬌妻，我們一同搭渡輪至環球劇場。乾杯吧，紳士，我們該動身了！」

# 釣

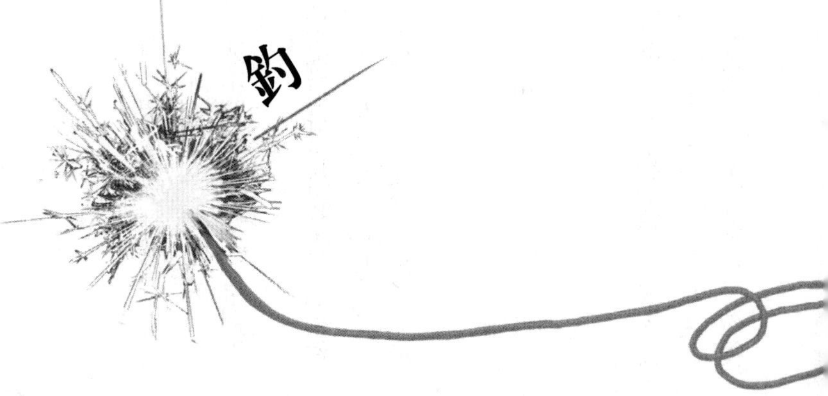

「別去嘛，爹地。」

「起床洗臉囉，小姐。」

「拜託嘛。」

「我的潔西蓓西在擔心什麼？」

「我不曉得。沒什麼。」

艾力克斯坐在床邊摟著女兒，感覺到她身體的暖意，四周飄散著兒童醒來時的那股窩心的氣息。

廚房傳來平底鍋的碰撞聲，隨後再傳來一聲。自來水嘩嘩作響。冰箱門被關上了。星期天上午的聲音。時間還早，六點三十分。

小潔西揉揉眼睛。「我在想……我們今天可以去動物園看企鵝，你說過最近會帶我去。如果你想去湖邊釣魚，我是說，真的**非去**不可的話，我們可以去中央公園，像上次那樣划船，記得嗎？」

艾力克斯打個哆嗦，假裝噁心。「妳覺得我在**那種**湖能釣到什麼魚？三眼怪魚，長了一身夜光魚鱗那種。」

「那你不必釣魚嘛，我們划船，餵餵鴨子就好。」

他望向窗外，看著哈德遜河對岸的紐澤西州，天際陰沉灰暗，整個州似乎仍在沉睡。也許大家真的還沒起床。

「拜託嘛，爹地，待在家裡陪我們。」

「我昨天陪妳玩了一整天還不夠？」他說，彷彿這話能為自己脫身。兒童的邏輯和成人沒有共通之處，這個道理他當然懂，儘管如此，他還是說：「我帶妳去了FAO Schwarz玩具店和洛克斐勒中心，而且從地鐵站的亨利法式熱狗店買了兩條——妳自己數數看——兩條熱狗。然後去了隆普麥爾冰淇淋店。」

「可是，那是昨天的事！」

艾力克斯想通了，拚老命也敵不過兒童的邏輯。

「妳在矮精靈⑰的店吃了什麼？」

既然在邏輯方面拚不過女兒，他不惜改變話題。

八歲大的潔西卡拉拉睡衣。「香蕉船。」

「真的？」他故作吃驚。「不會吧！」

「真的，你明明知道，你也在啊。」

「多大的香蕉船？」

「你知道的！」

「我什麼也不知道，什麼也不記得。」他模仿濃濃的德國腔說。

「這麼大。」她把雙手拉得好開。

艾力克斯說：「不可能。被妳吃了，妳不漲成了氣球才怪。砰！」她被爸爸的指頭搔得嗤嗤笑。

「趕快起床吧，」他高聲說：「在我出門前一起吃早餐。」

「爹地。」她不放過，但艾力克斯已經逃出她的房間。

他把釣具整理好放在門邊，走進廚房，吻了蘇珊的頸背，從背後摟住她，她忙著翻平底鍋上的煎餅。

⑰Rumpelstiltskin，《格林童話》裡的小矮人，源於德國民間故事，發音近似隆普麥爾。

艾力克斯一面幫一家三口倒柳橙汁，一面說：「她今天不讓我去釣魚，她以前沒有抱怨過。」從去年開始，他去紐約市附近的鄉下釣魚，每個月釣一、兩次。

煎餅好了，蘇珊把一片片煎餅疊成一盤，放進烤箱保溫，然後瞄向走廊，看見女兒穿著紫恐龍巴尼的拖鞋，睡眼惺忪地走進浴室，然後關上門。

「前幾天晚上，潔西卡在看電視，」蘇珊說：「我的功課還沒做完，沒注意她在看什麼，結果她看到一半哭著衝出客廳。我去查了《電視指南》週刊，發現她看的是一部只在電視播出的電影，內容是一個爸爸被綁架撕票，歹徒又去對付他的妻子和女兒。我猜大概有幾個畫面太血腥，我跟她談過，不過她還是很難過。」

艾力克斯慢慢點頭。他小時候也看了不少恐怖片和槍戰激烈的西部片。事實上，他愛星期六的早場電影，藉此暫時擺脫脾氣陰晴不定又愛打人的父親。艾力克斯成年後，電視或電影出現暴力的鏡頭時，他連眼睛都不眨一下，直到後來當了父親，立刻過濾潔西卡能看的內容。他不在乎讓女兒了解死亡和暴力的存在，他耿耿於懷的是，有些熱門影集即使非劇情需要，場面也過於血腥，他不希望女兒受影響。

「她擔心我去釣魚的時候被綁架？」

「她才八歲，外面的大世界到處是壞人。」

教養兒童真困難啊，他心想。既要教他們當心陌生人，提防真正的威脅，卻又不能讓他們怕得無法過正常生活。即使是成年人，有時也難以分辨真實世界和假想世界，更何況是幼童。

五分鐘後全家坐在餐桌前，艾力克斯和蘇珊翻閱著週日版的《紐約時報》，讀著有意思的報導。潔西卡有玩具熊拉烏爾陪伴，按部就班吃早餐，先吃培根，然後是煎餅，最後才吃一碗早餐穀片。

她假裝餵玩具熊吃一匙，若有所思地問：「你為什麼喜歡釣魚，爹地？」

「能放鬆心情。」

「喔。」穀片製成卡通人物的形狀，艾力克斯猜是忍者龜。

「妳爸爸需要娛樂，妳也知道他工作多賣命。」

艾力克斯身為麥迪遜街廣告公司的創意總監，每週工作六、七十小時是家常便飯。

蘇珊接著說：「他的個性屬於最典型的A型（type-A）人。」

「爹地，你不是有秘書嗎？她怎麼不幫你打字（type）？」

這話把父母逗得哈哈大笑。「不是啦，女兒，」蘇珊說：「我的意思是，他屬於工作很賣命的那一型。他不管做什麼事，一定跟完成目標有關，否則他沒興趣去做。」她揉揉艾力克斯肌肉發達的背部。「所以他做的廣告才那麼棒。」

「可樂無尾熊！」潔西卡一臉欣喜。

艾力克斯為了給女兒驚喜，最近從公司帶了一些卡通人物的構思圖回家送她。這些構思圖是動畫的前身，艾力克斯希望以動畫來為客戶促銷汽水，以期攻下百事可樂和可口可樂的大片山河。潔西卡把可愛的卡通圖畫放在牆上搶眼的位置，旁邊是《X戰警》的獨眼龍和火鳳凰，也有蜘蛛人，更少不了金剛戰士。

「釣魚能幫我放鬆心情。」正在讀體育版的艾力克斯抬頭說。

「喔。」

蘇珊幫他帶了午餐，把咖啡灌進他的熱水瓶。

「爹地？」潔西卡的心情又下沉了，瞪著湯匙，讓湯匙沉進碗底。

「什麼事，潔西？」

「你有沒有打過架？」

「打架？開什麼玩笑，當然沒有。」他笑著說：「呃，好像有，唸中學的時候打過一次。不過後來沒有了。」

「你有打敗他嗎？」

「中學嗎？有，打得他哭著找媽媽。他叫派崔克．布理斯格，偷了我買午餐的錢，所以我教訓他一頓，左手給他直拳，再送他一記右勾拳。三個回合就把他技術擊倒。」

她點著頭吞下一匙，也可說是一群忍者龜，然後放下湯匙。「你現在有可能打倒別人嗎？」

「打架不能解決事情。大人不必打架，意見不合的時候可以溝通。」

「可是，假如你碰上壞人，比如說強盜呢？你打得倒壞人嗎？」

「看看我的肌肉，跟阿諾．史瓦辛格有得拚吧？」他捲起A＆F的方格呢狩獵襯衫，繃緊肌肉，女兒投以欽佩的眼光。

蘇珊也是。

艾力克斯是城中區一家健身俱樂部的會員，年費將近兩千美元。

「寶貝……」艾力克斯彎腰過去，一手放在女兒的手臂上。「妳知道嗎？妳在電視上看到的東西，例如妳那天看到的電影，其實全是假的。妳不能以為真實生活跟電視上演的一樣。人類基本上是好人。」

「人家只是希望你今天別去嘛。」

「為什麼今天不行？」

她看著外面。「太陽沒露臉。」

「陰天最適合釣魚了，因為魚兒看不見我。嘿，小南瓜，這樣好了……我回家的時候帶東西送妳，好不好？」

她喜形於色，「真的嗎？」

「真的。妳想要什麼？」

「不知道，我想一下。對了，送我能收藏的東西，就跟上次一樣。」

「沒問題，小乖乖。」

去年艾力克斯瀕臨精神崩潰，只好去看心理醫生。他身為高級主管，上班過於賣命，而且妻子仍就讀法學院，家裡又有小孩嗷嗷待哺，更慘的是他從小被父親打罵。（艾力克斯的父親經常喝醉，舉止粗暴，後來被送進精神病院，住院費壓得艾力克斯叫苦連天。）心理醫師叫他從事只為自己好的活動，培養嗜好或運動。起初，他認為休閒活動毫無意義，排斥醫師的建議，但是醫生堅決警告他，再不從事放鬆身心的活動，他只剩幾年好活。

幾經慎重考慮，艾力克斯開始釣淡水魚（可以讓他遠離市區塵囂），然後開始收集東西（可以在家進行）。潔西卡嫌釣魚「喔心」，所以加入父親收集的行列。艾力克斯經常帶東西回家，由女兒負責用電腦登錄，再加框或加底座展示。最近，父女的收藏重心擺在手錶上。

他問女兒：「好了，小姐，准不准我去釣魚當晚餐？」

「好吧。」小女孩說，鼻頭卻皺起來，一想到吃魚就噁心。但艾力克斯看得出她的藍眼珠有些許寬心。

她去玩電腦了，艾力克斯幫妻子洗餐盤。「她沒事了。」他說：「以後我們多關心她看的電視節目就行了。她的問題是把真假混為一談……妳怎麼了？」

蘇珊繃著臉，一直擦拭已經擦乾的盤子。

「沒事，只是……你獨自到荒郊野外，我原本並不覺得不好。我是說，市區的搶案雖然多，至少有人看見了會喊救命，而且警察幾分鐘內會趕到。」

艾力克斯抱抱她。「我又不是去澳洲內地打獵，只是往北開個幾小時。」

「我知道。可是，在潔西卡勸你別去之前，我一直沒擔心過。」

他向後退一步，豎起一指對她搖一搖，神態嚴厲。「小姐，從今天起，也不准妳再看電視了。」

她笑了笑，拍他的臀部。「趕快回家。對了，回來之前先把魚肚清乾淨。上次弄得髒兮兮的，沒忘記吧？」

「是的，夫人。」

「喔，老公，」她問：「你中學的時候真的打過架啊？」

他瞄向潔西卡的房間，壓低聲音說：「打三個回合是假的，比較像三秒鐘。我推他一下，他推我一下，然後就被叫去校長室。校長寫了信給家長，叫我們帶回去。」

「沒想到你和約翰・韋恩居然有類似的特點。」她的微笑淡去。「平安回家。」這話是她家的傳統道別語。說完再親艾力克斯一下。

艾力克斯開著Pathfinder休旅車下了公路，轉成四輪傳動，駛進一條通往狼湖的泥土路。狼湖位於阿地倫德克山脈，既深且廣。他開著休旅車深入茂密的森林，認為女兒說的話不無道理：單調乏味的鄉下確實需要陽光。三月的天空灰沉沉的，颳著風，光禿禿的樹被清晨的雨澆成黑色。亂林裡隨處可見折斷的樹枝和傾倒的樹幹，看似變成化石的枯骨。

一陣熟悉的焦慮感在艾力克斯的胃腸裡肆虐。緊張和壓力是他生命中的大患。他放慢呼吸，強迫自己想想妻女，舒緩心情。

**放鬆吧**，小子，他告訴自己，我來這裡只有一個目的，就是放輕鬆。快放輕鬆吧。

他繼續開了約一公里，穿梭在越來越濃密的樹林中。

四下無人。

氣溫並不太低，但呼之欲來的雨似乎嚇跑了週末釣魚客。一路行駛了幾英里，他只看見一輛破舊的小卡車，車身沾了泥濘，而且有凹痕。艾力克斯繼續前進約五十公尺，停在泥土路的盡頭。

湖水散發的清新氣息吸引他前進。他一手拎著釣具箱和捲筒釣桿，另一手提著午餐和熱水瓶，穿越白松、圓柏和鐵杉，踏過青苔遍布的小丘。他路過一棵樹，樹枝上站了七隻大烏鴉，似乎在低頭監視他走過骨架似的枯枝下方。他出了樹林，下了一道通往湖畔的岩坡。

艾力克斯來到一處窄小的湖灣，站在湖邊瞭望著水面。這座湖少說也有一點五公里寬，湖面散發粼粼灰光，湖心起伏不定，越接近岸邊則越平順，宛如亞麻布。陰沉的天色並不讓他特別難過，卻也平息不了他內心的緊張。他閉上眼睛，吸入新鮮的空氣，心情非但沒有緩和下來，反而感到一股恐懼席捲心頭，赤裸如電流的恐懼。他東張西望，確定有人正在監看他。雖然他一個人影也看不見，卻深信附近有人，被太密太亂的樹遮住罷了。別人想監視他的話很容易，可供藏匿的角落到處都有。

放—輕—鬆。他告訴自己，把每個字拖得很長。拋開了俗世，拋開了工作上的困擾、緊張、壓力。全忘掉吧，你來這裡的目的是放鬆心情。

他盡情垂釣了一小時，先後使用匙狀擬餌、跳動魚鉤，接著改用水面式波扒擬餌，沉浮了兩、三下，可惜魚沒有上鉤。有一次，他剛拋出像青蛙的綠色擬餌，聽見背後有樹枝折斷的聲音，椎心的寒意順著背脊而下。他趕緊轉身，仔細觀察森林。

沒有人。

艾力克斯挑了另一種擬餌，向下看了一眼釣具箱。這箱子原本裝的是工具，現在乾乾淨淨，擬餌也排得一絲不苟。他看自己的魚刀，擦得毫無污點，磨得鋒利。多年前的情景浮現腦海，他想起父親抽出皮帶，一端捲在拳頭上，叫小艾力克斯脫掉牛仔褲趴下去。「誰教你把螺絲起子放在外面？告訴過你多少遍，要重視自己的工具？會鏽的要上油，會彎的要擦乾，刀子要磨得像剃刀一樣鋒利。螺絲起子被你搞壞了，罰你五鞭，我要抽下去了。一……」

父親說的是哪支螺絲起子，艾力克斯始終搞不清楚，也許根本是無中生有。挨鞭之後，小艾力克斯和長大後的艾力克斯總不忘上油、擦乾、磨刀。他知道父親的管教方式不正確。他能在不發脾氣、不打人、不叫囂的情況下管教小潔西卡。受過打罵的小孩一生難以磨滅心裡的陰影。

他原本稍稍鎮定，一想起父親卻又焦慮起來。他回想今早和女兒的對話——和校園惡霸對打的事——想到這裡，他更加焦慮。艾力克斯明白自己有苦往肚裡吞的習慣。他心想，假如小時候敢正面跟父親頂嘴，也許現在不會被緊張和壓力煎熬得這麼苦。艾力克斯習慣逃避，躲開正面衝突的機會。

打架……說不定可用這個當主題，出一本人生勵志書。他在心裡暗笑。

他心不在焉地再拋了幾次擬餌，最後把擬餌勾進捲軸的卡榫，沿著湖邊往東走。他步步謹慎，從一塊岩石踏上另一塊，視線片刻不離地面，以防踩到滑溜的石頭。有一次，他看湖面倒映著飛奔的雲朵，看得出神，差點跌進陰冷的湖水裡，灰色的雲朵變得越來越深，映在漂浮油漬的湖面上。

由於他太注意前進的步伐，對方只離三、四公尺時他才看見。艾力克斯停下腳步，他猜這男人是小卡車的車主，正蹲在岸邊。

這人年約四十五、六歲，穿著牛仔褲和工作衫，身形乾癟精瘦，兩、三天沒刮鬍子，臉孔更像狐狸。他右手高舉鍍鋅的鋼管，左手壓住一條玻璃梭鱸的尾巴。鱸魚在石頭上掙扎，鱗光閃閃。他瞥了艾力克斯一眼，看見艾力克斯一身戶外名牌服飾，大手一揮正中魚頭，鱸魚瞬間死亡。他把死魚拋進桶子，拿起附有捲軸的釣桿。

「你好嗎？」艾力克斯問候。

男人點點頭。

「運氣怎樣？」

「釣了幾條。」男人再斜眼看他的服裝，走向湖岸開始拋桿。

「我一條也沒釣到。」

男人不吭聲，只顧著甩桿，把擬餌拋向離岸很遠的地方。「你用什麼餌？」男人久久才問。

「波扒擬餌，三十公分釣線，七公斤的線。」

「啊。」好像一個字就能解釋艾力克斯為何釣不到魚。男子不再開口，艾力克斯覺得焦慮感像烏鴉拍翅。戶外活動人士中，釣客通常是最和善的，喜歡主動分享魚餌和釣場的秘訣。艾力克斯心想，又不是整座湖只有一條魚，怕我跟他爭嗎？

客套有那麼困難嗎？他納悶。假如人與人能和氣相待，用他教導潔西卡的方式去對待他人，這世界一定能變好，再也沒有仇恨，沒有憤怒，沒有被嚇壞的小女孩。也沒有害怕父親的小男孩，不會有男孩長成飽受焦慮症之苦的男人。

「幾點了？」艾力克斯問。

男人的皮帶掛著指南針手錶，他拿起來看著說：「差不多十二點半。」

艾力克斯看了附近的一張野餐桌，對他說：「我在那邊吃午餐，你不介意吧？」

「請便。」

艾力克斯坐下，打開背包取出三明治和蘋果。他的手摸到了別的東西——一張摺成四分之一的畫紙。艾力克斯打開來看，內心一陣感動。上個月潔西卡過生日，他送女兒一套色筆，潔西卡用色筆畫了這張圖送他。女兒畫的是爸爸，下頷方正，沒留鬍鬚，黑髮茂盛，釣到了一條鯊魚，正努力捲著捲軸。鯊魚的臉上是嚇破膽的表情。女兒在下面寫著：

魚兒魚兒要當心……
別被我爹地釣上！！！

——潔西卡・蓓西・摩倫

他想到家人心中甜蜜，怒氣隨之消散。他慢慢嚼著肉團三明治，然後打開熱水瓶。他知道釣客正在偷瞄他。「嘿，先生，要不要來杯咖啡？我老婆特製的，法式烘焙口味。」

「不能喝，胃不好。」不帶笑容，視線轉回去，連一聲謝也沒說。男人收拾釣具，走向一棵被鋸得只剩一公尺高的樹幹，斷面平整如桌，上面沾了以前留下來的血跡。他提來一個桶子，放下來從裡面拖出一條魚，拿起一把銳利的長刀，快刀斬掉魚頭，切開黏滑的魚肚，徒手掏空胃腸。三公尺外有一群烏鴉等著，他把魚頭和內臟丟過去，烏鴉嘎嘎地爭食。釣客把清理過的魚肉放回血淋淋的桶子。

艾力克斯張望了一下，發現這裡別無他人，唯一的聲響是湖水輕拍岸邊，以及嘎嘎亂叫的烏鴉。他正要再咬一口三明治，烏鴉爭啄內臟的景象讓他胃口盡失。他把三明治推開。

他注意到地上有一張紙，看樣子原本張貼在野餐區的佈告欄上，不是被風吹掉了，就是被雨淋得落地。他很好奇，走過去撿起來看。紙雖然被雨打濕了，他仍然辨識出上面寫的字。他以為張貼這份告示的是漁獵部，結果是郡警局。

他看著上面赤裸裸的文字，惴惴難安的心快速運轉。這張告示懸賞五萬元，希望民眾檢舉兇手。近半年來，狼湖州立公園附近連續發生四起命案，死者全身受刀傷，兇手的動機並非謀財，因為只有少數貴重物品失竊。兇手據信上個月在康州的州立公園也殺害了兩名登山客。雖然沒有人正面看過兇手，不過有一位目擊證人將兇手描述為身材乾瘦，四十五、六歲左右的男子。

艾力克斯的皮膚發燙，抬頭望向啞巴釣客。

他不見了。

釣具卻擺在原地。他拋下所有東西，溜進了森林。幾乎所有東西都留下來，艾力克斯發現他帶走了魚刀。

郡警局的懸賞公告從艾力克斯手中飄落。他再次細看森林，視線繞了一整圈。沒有人影，沒有聲音。

艾力克斯嚥下滋味全失的咖啡，然後深呼吸。**鎮定啊**，他訓誡自己。鎮定，鎮定，鎮定……

「**別去嘛，爹地……拜託嘛。**」

他把熱水瓶蓋旋緊，看著自己的雙手狂抖。背後有樹枝折斷的聲音嗎？他無法確定，因為腦袋裡隆隆響著焦慮的聲音。艾力克斯踏上岩石間的步道，直通森林深處。

他只走了幾碼。

他的L.L. Bean靴子踩到一片平滑的花崗石，跌進了一座淺河谷，釣具箱被震開了，裡面的物品散落在濕地上。艾力克斯跌下來的時候雙腳著地，往前摔向一塊岩石，抱起一腳朝天慘叫。

他大聲呻吟著，抱著腳左搖右搖。「好痛……天啊……」

接著傳來一陣慌亂的腳步聲。乾癟的釣客從岩石的另一邊看著他。釣客剛才清魚清得太用力，幾滴魚血濺到他的臉。他背後的烏鴉嘎嘎亂叫。

「我的腳踝。」艾力克斯喘著氣說。

「我來幫你。」他慢慢說：「你別動。」

釣客可以直接從艾力克斯跌倒的地方爬下來，他卻躲進了一大塊凸岩的後面。

艾力克斯再度呻吟，正要叫釣客來救他，這時卻愣住了。他仔細聆聽，什麼也聽不見。幾秒鐘之後，他才聽見對方的腳步聲接近，這次來自後面。原來他剛才繞到後面去，現在鑽過兩塊巨岩中間的窄道，朝艾力克斯逼近。

艾力克斯仍用雙手抱著一腳，他最怕的焦慮感正刺激心跳加速。艾力克斯躺著轉過去，以便在釣客抵達的時候面對他。

腳步聲越來越近。

「哈囉？」艾力克斯喘著氣高呼。

沒人回應。

靴子踏著沙地的聲音變成靴子踏著岩地，外表邋遢的釣客出現了，左手提著一個小金屬盒。站到艾力克斯正上方的時候，他停止動作，低頭看著艾力克斯才說：「真可惜，我剛回車上拿午餐。」他朝金屬盒點一下頭。「不然可以警告你，這裡的石頭比鰻魚還滑溜，繞那邊走比較安全。好了，你放心吧，我當過急救人員，讓我看看你的腳踝。」他彎腰又補上一句話，「很抱歉，先生，剛才把你當成外星怪物似的看你，這裡開始出人命以後，每來一個人，我都很小心。」

**爹地，你有沒有打過架？**

「放心吧，」男子喃喃說，專心看著艾力克斯的腳，「很快就沒事了。」

沒有，乖女兒，我討厭打架……我比較喜歡突襲……

艾力克斯一躍而起，同時撈起自己的刀子，站到受驚的釣客後面，以手臂勾住他的脖子。艾力克斯嗅到一股臭氣，混雜了骯髒的頭髮和衣服味，以及魚肚內臟的刺鼻腥味。艾力克斯把鹿角柄的獵刀刺進他的腹部，他的驚叫聲刺破天際。

艾力克斯好整以暇，將刀鋒向上劃至胸骨，釣客的身體直打哆嗦，艾力克斯欣然發現，在受害人氣絕的那一刻，他內心翻騰的焦慮也頓時一掃而空，情況一如對付其他的受害人一樣，地點包括狼湖和康州。他也注意到，佯裝受傷依然管用，受害人從不覺有異。沒錯，他仍舊有點擔心郡警局的懸賞海報——上次犯案前後一定被人看見了。他在心裡開玩笑，被看見就算了，再找地方釣魚不就得了。下次試試看紐澤西州吧。

他慢慢將釣客放成仰躺的姿勢，釣客的身體還在抽動。艾力克斯朝泥土路的方向張望，發現這座公園依然四下無人。他彎腰下去湊近看，臉上掛著和氣的微笑。沒有，還沒斷氣，不過也撐不久了，也許會在烏鴉開始啄食之前斷氣吧。

也許是之後。

艾力克斯爬回步道，再喝一杯咖啡，這杯的滋味讓他讚不絕口；蘇珊確實是咖啡專家，很懂得善用那台濃縮咖啡機。接著，他一絲不苟地清理獵刀。艾力克斯不只是擔心留下證據，也因為他從小學會了保養的道理，不忘上油、擦乾、磨利。

那天晚上，艾力克斯・摩倫回到家中，妻子和女兒坐在沙發上觀賞《六十分鐘》新聞雜誌，分吃一大碗爆米花。他很高興這集探討的是政府承包商的不法行為，而非謀殺案或強暴案，或是會讓幼女難過的主題。他緊緊擁抱兩人。

「嘿，潔西、潔西，全世界最棒的女兒，妳好嗎？」

「好想你，爹地。今天媽咪跟我烘了薑餅男孩和女孩，我做了一隻薑餅狗。」

他朝蘇珊眨眨眼，看得出她慶幸丈夫的心情開朗不少。她更高興的是，他釣到的魚全部不夠大，照規定只能放生。她對釣魚活動並沒有意見，但對她而言，魚應該是一盤煮得好好的主菜，在客人啜飲著透心涼的優質白酒的時候，由身穿黑禮服的服務員巧手為客人挑掉魚骨。

「爹地，你有帶東西回來給我嗎？」潔西卡偏著頭，金色的長髮落在肩膀上，吞吞吐吐地問。

見到這一幕，艾力克斯常想：等她長大，不知會迷倒多少男孩。

「當然有。」

「可以收集嗎？」

「對。」

他從口袋掏出禮物。

「是什麼東西，爹地？喔，酷斃了！」潔西卡說。她把手錶接過去看，艾力克斯看在眼裡，內心洋溢著幸福感。「妳看，媽咪，不只是手錶耶，裡面還有指南針，能掛在腰帶上，太棒了！」

「妳喜歡嗎？」

「我會做一個特別的盒子裝起來。」女孩說：「我好高興你回家了，爹地。」

女兒緊摟著他不放，蘇珊從餐廳喊著開飯，請父女倆趕快前來就位。

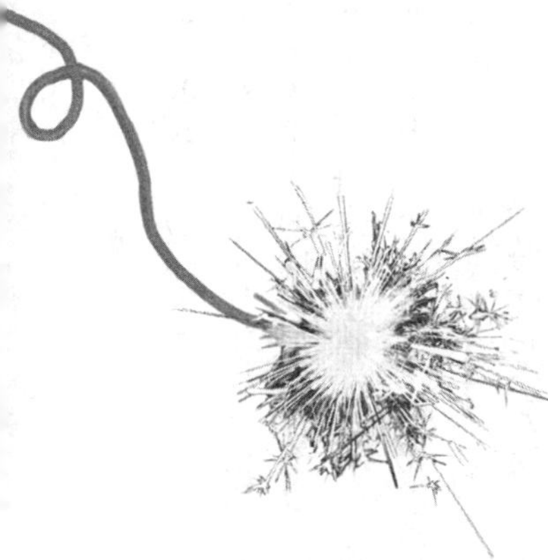

# 夜曲

曼哈頓西城區的深夜。

年輕警員安東尼・文謙佐走過中央公園，春夜的空氣水氣迷濛，第九頻道的氣象預報員保證今晚會下大雨，他懷疑預報會不會失準。

巡邏警員文謙佐向左轉，過了哥倫布街，再經百老匯街。摩托羅拉雙向無線電的喇叭兼麥克風固定在他制服的肩膀上，發出沙沙雜音，他不太注意。他在制服外穿了黑色的雨衣。

他看看手錶，將近晚上十一點了。「可惡！」他罵了一聲之後加快腳步。他心情不好，因為他今天輪班的大半時間耗在分局，忙著打一份逮捕報告，再押落網的歹徒去貝爾悠醫院。這位年輕歹徒是扒竊慣犯，身上藏了海洛因或古柯鹼，因竊盜罪被捕後唯恐被檢察官罪加一等，因此可能將整包毒品吞下肚而出現服毒過量的跡象，只好緊急送醫。現在，歹徒不但被毒品迷昏，還被插管洗胃。有些人就是這樣。

就為了這個歹徒，文謙佐錯過了他巡邏過程最棒的一部分。

每晚巡邏的時候，文謙佐在最後一小時會「故意在無意中」繞著西七十幾街的某個街區，碰巧正是「紐約音樂廳」的所在地。深棕色的音樂廳是上個世紀留下的古蹟，隔音不太靈光，因此他只要靠近窗戶便能聽見裡面的演奏。文謙佐認為這是巡邏工作的一項福利，也是他的特權。他從小就想當警察，而且不是當普通警察就行，他非當上警探不可。問題是，他今年只有二十五、六歲，近來以這種年紀想獲得金徽章簡直難如登天，他必須在巡邏組繼續再熬個四、五年，上級才可能考慮調升他去警探組。

既然他被迫巡邏，他可以用自己的方式來執勤，偶爾逮捕一、兩個歹徒。一般警察喜歡店家免費奉上甜甜圈和咖啡，他則偏好音樂。

他對警察工作的喜好幾乎和音樂不相上下。

他喜愛任何種類的音樂。他擁有一九九〇年代復古樂團Squirrel Nut Zippers⑱的CD，有長青唱將東尼・班尼特一九五〇年代的黑膠唱片；有金格・萊恩哈特⑲在一九四〇年代發行的唱片。他也有黛安娜・蘿絲的四十五轉唱片；有胖子華勒⑳的七十八轉唱片。他最鍾情的則是披頭四一九六八年的《白色專輯》，不放過以任何形式發行的這張唱片：CD、黑膠、匣式錄音帶、卡帶、盤式錄音帶。假如《白色專輯》發行了琴鍵軸版，他也會買來珍藏。

文謙佐甚至喜歡聽古典音樂，從小就愛。他是生長在布魯克林區貝里吉的小孩，喜歡古典音樂算是犯了大忌，敢向同學承認的話，放學後可能在停車場被痛扁一頓。但他照聽不誤，也承認自己喜歡古典樂。

他對古典樂的喜好得自父母的真傳。母親在葬儀社演奏風琴，懷了第一胎才辭職。文謙佐有三個哥哥。一家六口住在第四街的連棟屋裡，客廳擺了一架直立式鋼琴，母親常彈琴給家人欣賞。文謙佐的父親也喜歡音樂，會彈六角手風琴和齊特琴，收集了大約一千張黑膠唱片，多數收錄的是歌劇和義大利古典歌曲。

今晚，文謙佐登上音樂廳的消防逃生梯。他喜歡來這裡聽音樂，他聽見交響樂演奏已到尾聲，觀眾熱烈鼓掌叫好。他從海報得知登場的是新美國交響樂團，演奏的全是莫札特的作品。文謙佐氣得嘖嘖彈舌，嘆自己錯過了好戲。他喜歡莫札特，父親有一張《喬凡尼先生》的黑膠唱片，頻頻播放，直到唱片磨損了才甘心。（老爸會隨著節拍點頭，在客廳來回踱步，嘴裡喃喃說：「莫札特好聽，莫札特好聽。」）

⑱團名直譯為「松鼠牌的果仁糖」，是一九二〇年代的糖果。
⑲Django Reinhardt，一九一〇~五三，比利時爵士吉他手。
⑳Fats Waller，一九〇四~四三，美國爵士歌手。

觀眾正在退場。文謙佐接下一張預告音樂會的傳單，決定去舞台後門逗留一會兒。幸運的話能和樂師聊一聊，他會樂不可支。

他從容地走到一角，右轉後卻撞見了持槍搶劫案。

六公尺外，有個穿著球鞋的年輕人罩著滑雪頭套，黑色運動衫的正面有口袋，搶匪握著口袋裡的槍對準一位高個子中年人。身穿體面晚禮服的男子大約五十五歲，應該是樂師，而歹徒想搶他的小提琴。

「不行！」中年男子高喊，「別搶我，你不能搶走！」

文謙佐一邊拔出葛拉克佩槍、一邊彎腰對著麥克風說：「巡邏員警三八八四，七十七街和河濱街附近正發生搶案，請求緊急支援，嫌犯手持槍械。」

歹徒與被害人聽見了，都轉頭面向文謙佐。

搶匪看見警察又向下彎腰，雙手擺出開槍的姿勢，嚇得眼睛圓睜。文謙佐說：「手舉起來！快！趕快舉手！」

年輕搶匪心慌意亂，愣了片刻才把樂師甩到自己前面當擋箭牌。高個子樂師繼續死命地緊抱小提琴盒。

「拜託！別搶這東西！」

文謙佐顫抖著雙手，盡量瞄準搶匪的頭，但由於沒被遮住的黑皮膚和滑雪面罩一樣黑，而且街頭黑影幢幢，文謙佐無法開槍。

「別動，」年輕人急得低聲說：「再動，我就斃了他。」

文謙佐挺直身體，舉起左手，掌心朝前。「好，好。別衝動，沒有人受傷，」他說：「我們好好商量一下。」

遠處傳來警笛聲。

「給我！」年輕人對樂師說，口氣急促。

「不要！」大個子樂師轉身就對著年輕人的頭揮拳。

「別亂來！」文謙佐呼喊，以為會聽見手槍開火的聲音，然後看見樂師倒下。假如歹徒開槍，文謙佐就必須瞄準對方，扣下自己的手槍扳機，第一次在執勤期間擊斃歹徒。

然而年輕搶匪沒有開槍。就在這個時候，舞台門向外打開，六、七名樂手走出來，發現狀況不對，立刻倉皇四散奔逃，有些人甚至從警匪之間逃竄而過。年輕人從樂師手上搶走小提琴盒，轉身逃逸。

文謙佐舉槍喝斥：「站住！」

年輕人繼續跑。文謙佐瞄準了他的背，準備對扳機施壓力，卻又作罷把槍放下。他嘆氣地開始追捕搶匪，可惜搶匪已經跑掉了。不久之後，文謙佐聽見汽車引擎發動的聲音，一輛灰色的舊車——他看不清車牌和車款——從路邊向上城區急駛而去。他以無線電通報歹徒逃逸的方向，然後跑回樂師身邊扶他站起來。「先生，你還好吧？」

「一點也不好。」樂師激動得口沫橫飛，緊摀著胸口，痛苦得彎腰，臉色通紅，額頭冒出汗珠向下流。

「你中槍了嗎？」文謙佐心想兇手可能拿點二二或點二五的小槍，所以他才沒聽見槍聲。

他誤解了樂師的意思。

正在氣頭上的樂師瞇起眼皮，站直了身體。「那把小提琴，」他以平穩的口氣說：「是史特拉底瓦里名琴，價值超過五十萬美元。」他逼人的視線對準文謙佐。「你幹嘛不開槍射他，警官？為什麼？」

率先趕到現場的是威克・韋伯小隊長，他是文謙佐的直屬長官。隨之而來的是兩位分局的警探。遭搶的樂師叫艾德瓦・丕特金，是新美國交響樂團的指揮、作曲、兼第一小提琴手。價值連城的小提琴遭搶的消息傳出後，總部的四名警探聞風趕來。媒體當然也不放過，來了一大堆。

丕特金的穿著依然十足體面，只有長褲被扯破了一個小洞。他雙手交叉胸前，臉上刻滿了憤怒。他似乎呼吸困難，卻揮手趕走了急救人員，把他們當成討人厭的蒼蠅。他對韋伯說：「我無法接受這種事，完全無法接受！」

小隊長韋伯頭髮灰白，外型近似軍人。他盡量安撫著樂師：「丕特金先生，我為你的損失感到抱歉——」

「損失？講得好像被搶走的是我的萬事達卡。」

「——可是，文謙佐警官已經盡了力。」

「那小子想殺我！他呢，」——丕特金往文謙佐的方向點一下頭——「卻讓那小子溜掉，還帶走了我的小提琴。同樣的小提琴在全球找不到第二把。」

不對，文謙佐心想。他小的時候，晚餐時母親忙著舀義大利餃子，父親喜歡講解音樂界的軼事。他記得父親板著臉對妻兒說，義大利工匠史特拉底瓦里製作了一千兩百把左右的小提琴，至今只剩下大約一半。文謙佐決定暫時別吐槽樂師。

「一切遵守規定。」韋伯繼續說。他不太關心被搶走的名琴有多特殊。

「那樣的話，規則應該重訂。」丕特金頂回去。

「當時缺乏一槍命中歹徒的機會。」居然要向老百姓為自己辯護，文謙佐生氣了。「而且警察不能對嫌犯的背後開槍。」

「他是罪犯。」丕特金說：「而且，我的天啊，他又不是……我是說，他是黑人。」

韋伯的臉僵了，瞄向警探長。胖胖的警探長四十幾歲，翻翻白眼，聽出了丕特金貶損黑人的弦外之音。

「對不起，」丕特金趕緊說：「被人用槍抵住肋骨，場面太可怕了。」

「喂，」有個記者在人群中高喊，「解釋一下案情吧？」

文謙佐正想發言，警探卻搶先說：「目前暫時保留，分局長預定在半小時後召開記者會。」

另一位警探走向丕特金。「麻煩你敘述一下搶匪的外表。」

丕特金思考了幾秒。「我猜他的身高差不多一八○——」

「一九○。」文謙佐糾正。「他比你高。」只有一七三的文謙佐很會目測別人的身高。

丕特金接著說：「體型壯壯的。」說著向韋伯瞄一眼。「他是非裔美人，戴著黑色的滑雪面罩，穿黑色的運動衣。」

「球鞋是紅黑色的耐吉氣墊鞋。」文謙佐說。

「還戴了名牌手錶勞力士。不知道宰了誰才搶到的。」說著瞪了文謙佐一眼。「他逃走了，不知道下一個遭殃的會是誰？」

「另外呢？」警探不帶情緒地問。

「對了，我還記得他的手沾了粉，白粉。」

警探互看一眼，其中一人說：「毒品，古柯鹼，也有可能是海洛因。歹徒大概毒癮發作，你湊巧被他相中了。好，先生，這些線索很有幫助，警方可以開始追查歹徒了。」

警探匆匆坐上黑色的福特車，加速離去。

一位年輕的紅衣女子朝韋伯、文謙佐和小提琴家的方向走來。「丕特金先生，我是市長的幕僚，」她高聲說：「市長要我代表紐約市民向你致上萬分歉意。紐約市保證追查到底，一定把小提琴物歸原主，並把歹徒關進監牢。」

然而，丕特金的情緒絲毫不見平復。他噴著唾沫說：「來這種地方算我自找罪受……」他以下巴指向音樂廳，不過他有可能連整個紐約市也罵了進去。「從今以後，我只進錄音間。現場演奏有什麼好處？觀眾像木頭人似的，有人咳嗽、有人打噴嚏，也不像以前衣著整齊。上面在彈布拉姆斯㉑，下面的人穿牛仔褲和T恤，成何體統？……然後還碰上這種事！」

「先生，我們會盡一切能力的，」她說：「我跟你打包票。」

小提琴家沒聽見。「那把小提琴價值比我住的城市屋還高。」

「這——」她才開口就被丕特金打斷。「一七二二年製成，帕格尼尼㉒彈過。維瓦爾第㉓擁有過五年。《波西米亞人》（La Boheme）首演的時候，這把小提琴也在樂團裡。這一把為男高音卡羅素㉔和女高音卡拉絲㉕伴奏過。西班牙男高音多明哥㉖在倫敦皇家亞伯廳開唱，請我伴奏，我用的就是**那把**……」他的視線瞟向韋伯，以純然懷疑的語氣問：「你聽得懂我的意思嗎？」

「不太懂，先生。」小隊長愉悅地回答。接著韋伯轉向文謙佐，「過來這裡，我想跟你說幾句話。」

「你懂音樂。這傢伙有啥了不起？」韋伯問。他和文謙佐站在消防逃生梯下面。依然沒有下雨，不過薄霧已經凝結為冷冷的濃霧。

「丕特金？他是樂團的指揮兼作曲，就像伯恩斯坦嘛。」

「誰？」

「連納德‧伯恩斯坦。《西城故事》聽過沒？」

「喔，你是說他是名人。」

「他是古典樂界的米克‧傑格㉗。」

「操。全世界等著看我們破案，對吧？」

「大概吧。」

「老實跟我講，你當時真的沒辦法斃了歹徒？」

「真的。」文謙佐說：「他面對我的時候，我沒辦法一槍命中，而且背後也有人，我怕子彈不長眼。後來他跑了，我只能朝他背後開槍。」

韋伯嘆了口氣，平常怨氣滿載的臉色變得更加難看。「好吧，我們只好熬一熬。」他看著手錶，時間已經將近午夜。「你的班結束了，回局裡寫報告，然後回家。」

文謙佐舉起手。「想拜託小隊長一件事。」

「什麼事？」

「我的十一之十八申請表。」

這是請調警探組的表格，目前和三千份申請表疊在一起。比較可能的是，他的申請表被壓在最下面。

㉑Johannes Brahms，一八三三~九七，德國作曲家。

㉒Paganini，一七八二~一八四〇，義大利音樂家。

㉓Vivaldi，一六七八~一七四一，義大利音樂家。

㉔Caruso，一八七三~一九二一，義大利著名男高音。

㉕Maria Callas，一九二三~七七。卡拉絲兼備高超的演唱技巧和超凡的舞台表現力，被認為是最有影響力的女高音之一。

㉖Domingo，一九四一~，西班牙男高音，和帕華洛帝、卡列拉斯並稱世界三大男高音。

㉗Mick Jagger，長青搖滾天團滾石的主唱。

精瘦的老長官一點就明，露出奸笑。想讓申請表空降到最上層，最直接的方式是逮捕最夯的要犯，例如連續殺人魔、襲警槍手或殘殺修女的槍手。

或是搶了價值五十萬的小提琴、讓市長蒙羞的歹徒。

「你想參一腳，對不對？」韋伯說。

「不對。」文謙佐不帶笑容。「我想單獨扛下來。」

「不能讓你單獨辦案，只能讓你加班四小時，半個班，不給加班費，而且你要跟警探合作。」小隊長凝視著年輕警察的眼睛。「你不肯跟警探合作，對吧？」

「對。」

韋伯躊躇著。「好吧。不過你聽好，文謙佐，如果你想求表現，一定要抓到歹徒，只找回小提琴不能算數。」小隊長朝市長的女幕僚點頭說：「他們需要找人開刀。」

「了解。」

「快去吧，把握時間。」

文謙佐往東走回分局，卻又站住腳，轉向丕特金和市長幕僚。他抬頭望著樂師。「請教一下，你剛不是提到帕格尼尼？」

丕特金一時傻眼。「對。怎樣？」

「我說個帕格尼尼的故事給你聽。有一次，他的朋友決定捉弄他……他們寫了一首小提琴的曲子，譜成了複雜到人類的手沒辦法演奏的地步。他們把樂譜放在架子上，邀請他過來彈。他走過來，看了樂譜幾眼，走向另一個角落拿起小提琴，調一調弦，然後，你猜怎樣？他看著朋友，笑了笑，彈完了整首曲子，一個音符也不漏，全憑記憶，朋友佩服得五體投地。這故事精采嗎？」

丕特金冷眼瞪了文謙佐幾秒。「警官，你該開槍卻沒開。」說完轉身就走，坐上大禮車。

「雪莉荷蘭大飯店。」他說。車門重重關上。

文謙佐從分局打給琴瑪麗，叫她先睡，他今晚要加班。

「不危險吧，老公？」

「不會，上級只是交代我幫音樂大師破案。」

「真的嗎？太好了。」

「去睡吧，愛妳。」

「我也愛你，東尼。」

他換掉制服，改穿便服，開自己的車去上城區。他這身牛仔褲和球鞋的打扮只求舒適，他要去的地方是一二五街上的強尼B撞球館，想去那裡臥底是不可能的事，因為文謙佐是唯一的白人。而且，沒有人長得比文謙佐更像警察。那也沒關係，他來這間撞球館並不想冒充老百姓。他巡邏街頭的經驗豐富，知道如果遇到口風太緊的人，想套出情報只有一個方法，就是買賣。區區一個巡邏警員，他當然拿不出公款來誘人告密，但他自認有本錢來討價還價。

「嗨，山姆。」他走向吧台，大聲打招呼。

「喲，文謙佐，來這裡幹嘛？」白髮蒼蒼的老酒保以沙啞的嗓音問。「想打一局嗎？」

「不想，我是來找一個混帳。」

「哈，這裡多得是。」

「不，我想找的是一個躲起來的朋友。他今天晚上搶了東西，從我手上跑了。」

「私人恩怨，對吧？」

文謙佐沒有回答。「你弟弟最近還好吧？」

「比利嗎？還能好到哪裡？在三公尺見方的牢房蹲了四年，還要繼續蹲四年，換了你，你覺得怎樣？」

「我一點也不喜歡。不過，被他拿著槍威脅的櫃員，滋味也好不到哪裡去吧？」

「也對。不過，至少比利沒開槍吧？」

「如果比利只要再蹲三年，而不是四年，你覺得他會高興嗎？」

山姆幫文謙佐倒了杯啤酒，文謙佐牛飲了半杯。

「不曉得，」山姆說：「從四年改成一年的話，他保證高興。」

文謙佐思考了一分鐘。「一年半，怎麼樣？」

「你是個巡邏警察，辦得到嗎？」

文謙佐認定有市長撐腰，值得一試，畢竟這案子威脅到紐約市文藝風氣的形象。「我辦得到。」

「不過你聽著，我可不想為了告密抓壞人而挨子彈。」

「你放心，他作案的時候被我看見了。現場沒有別人，他也不像幫派分子。他找錯對象了，會坐很久很久的牢，等他從紐約州的奧塞寧監獄出籠，一定成了白髮蒼蒼的老頭。」

「好，要我報個名字嗎？」

「不講名字。」

「要我說出他長什麼樣子嗎？」山姆問。

文謙佐問：「你覺得我有透視眼，對方戴了頭罩我照樣看得清長相？」

「喔。」

「他差不多一九〇，胖胖的，當時穿的是黑色運動衣，耐吉球鞋是黑色加紅色。喔，對了，還戴了冒牌勞力士。」

歹徒不會傻到作案時戴著三千美元的名錶——太容易撞壞或搞丟了。

「而且，他常打撞球。」

「你怎麼知道？」

「我就是知道。」

儘管下城區的警探認為歹徒的手沾了毒品，文謙佐知道不特金看見的是撞球桿用的巧克粉。毒販或吸毒鬼不會那麼粗心，不會在雙手留下明顯的古柯鹼或海洛因，即使沾到手，也會馬上舔得一乾二淨。所以文謙佐才來這裡——他知道這搶匪肯定是撞球好手，否則不會犯案之前手癢，還沾了滿手巧克粉。儘管紐約市的撞球館眾多，投合專業好手的球館卻在少數，投合專業黑人撞球好手的球館更是少之又少。

老酒保思考良久，難過地搖頭說：「要是我見過就好了，可惜我沒看過這樣的人。你聽過上城撞球館嗎？」

「萊辛頓大道的那一間？」

「對，」山姆說：「他們今天晚上辦了一場撞球賽，獎金五百，我知道很多球手都去了。你不妨去打聽看看，找個叫伊茲的矮子。他常常在後面混時間。跟他說你認得我，沒關係。」

「好，如果成功了，我會打給監獄部，拜託他們讓比利提早出來。」

「謝了，老弟。嘿，要不要再來一杯？」

「那裡面還有史摩基・羅賓遜㉘嗎？」他點頭向點唱機。

㉘Smokey Robinson，一九四〇～，藍調歌手。

山姆憤慨地皺眉。「廢話嘛。」

「那就好，回頭再請我聽。」

來到上城撞球館，這裡的人對文謙佐的態度更加冷淡，但他找到了人。伊茲確實很矮，人也確實在後面，但他不只是在鬼混，而是在打撞球，對手是一個神氣的年輕人。他們玩的是八號球，伊茲並未全神貫注，照樣殺得對方落花流水，讓對方輸了一大把鈔票。錢進了口袋，伊茲看著輸家夾著尾巴離開球館，才轉向文謙佐，揚起一邊被拔光的眉毛。

文謙佐自我介紹，提起山姆的大名。

伊茲看著他，把他當成一面空白的牆。文謙佐繼續說：「我想打聽一個人。」他描述搶匪的外表。

伊茲不發一語，走去打電話。文謙佐旁聽到幾句，知道他打電話的對象是山姆。他想證實文謙佐的說法。

伊茲回到球桌，把球排進三角框。

「有，」伊茲說：「今天來過，長得跟你講的差不多。我記得他戴勞力士，打球時脫下來放在吧台上，所以我知道是假的。他還算厲害，可惜到了第二局就沒力了。他太拚命了，你懂我意思嗎?像他那樣打球絕對贏不了，太拚命的話準輸不贏。」

「他常來這裡?」

「有時候。我在黑人區看過他，他不太跟人打交道。」

「他叫什麼名字?」文謙佐告別了五張二十元鈔票。

伊茲走向吧台，翻閱一疊摺了角的濕紙張。文謙佐猜是參賽者的名單。「戴文・威廉斯。

一定是他，除了他，這裡的人我全認識。」

又有一百元換了手。「有他的地址嗎？」

「有。」

在一三一街，只和這裡隔了四條街。

「謝了，老兄，再見。」

伊茲沒有回話，以續分球再下兩城，其中一顆是單色球，另一顆是花色球。他繞過球桌，唸叨著：「決定，最他媽的難的就是決定。」

出了撞球館，文謙佐站在萊辛頓大道上，舉棋不定。要不要呼叫支援？局裡一知道他查出結果，警探一定像老鷹一樣飛撲過來，兩三下就搶走了功勞，到時候別人去捉拿搶匪，他申請進警探組的表格也浮不到最上層了。

好吧，決定了，我單獨處理。

他帶著葛拉克，腳踝插了備用的左輪，進入哈林區的住宅區。這裡的霧氣沉重，吸收了市區的聲響，讓他彷彿置身另一個時空——彷彿進了森林或上了高山。安靜，非常安靜，靜得詭譎。他聯想到一個單字，父親常用，跟音樂有關：「nocturne」（夜曲）。文謙佐不太了解這單字的涵義，只知道跟夜晚有關。他認為這字有「寧靜祥和」的意思。

這時候想到這個單字，未免太可笑了吧。他正要單槍匹馬去逮捕持槍惡漢，居然想到安詳的音樂。

**夜曲……**

五分鐘後，他來到戴文・威廉斯住的舊公寓。

他調低摩托羅拉雙向對講機的音量，固定在皮夾克的肩膀上，以便中槍倒地後仍能發出十之十三通報，請求支援。他把警徽扣在夾克的口袋外面，拔出葛拉克槍。

他悄悄走進公寓大廳，查閱住戶指南。威廉斯住在一樓。文謙佐走出公寓，爬上逃生梯。威廉斯家的窗戶開著，窗簾卻闔上了，他看不太清楚裡面的情形，只隱約看見威廉斯走進看似廚房的地方。就是他！

他捧著小提琴的盒子，仍穿著運動服，換言之，槍可能還在他身上。

文謙佐深吸一口氣。

好，接下來怎麼辦？要不要請求支援？

不行……千載難逢的好機會，我自己來，就能高升警探。

或者輸掉小命。

別胡思亂想。

進攻就是了！

文謙佐悄悄爬窗而入，進了一小間客廳，嗅到腐敗的食品和髒衣服的氣味。他慢慢地朝走廊移動，在廚房附近站住，擦一擦右手心的汗水。

好了，進攻。

一……

二……

文謙佐僵住了。

廚房裡面傳出音樂。

小提琴的音樂。

稍嫌生硬，音色偏高，像生鏽的門被打開的聲音。隨後，拉琴的人開始練音階，音色變得平順而嘹喨。文謙佐的心在狂跳，緊貼著牆壁，偏頭聽見琴聲轉為爵士樂風格的即興小調。

如此看來，廚房裡面有兩個人，也許不止。可能是幫威廉斯銷贓的人，也有可能是這把史特拉底瓦里的買主，該不會有更多槍吧？

總該請求支援了吧？

不行，文謙佐心想，來不及了，只能硬著頭皮進去逮捕。

他匆匆繞過轉角，壓低姿勢，槍口舉到與眼睛同高。

他大喊：「所有人都不許動！」

裡面沒有其他人，只有一個高大的胖子戴文・威廉斯，下巴夾著小提琴，右手拉弓，被文謙佐嚇得驚呼一聲，張著嘴，眼珠暴凸。

「老兄，嚇破我的膽子了。」他肩膀慢慢垂下來，嘆了一口氣。「老兄，是你啊，那個警察。」

「你是戴文・威廉斯嗎？」

「對，就是我。」

「放下小提琴。」

他慢慢把小提琴放在桌上。

「掏光所有的口袋。」

「喂，老兄，小聲一點行不行？小朋友在隔壁房間睡覺。」

青少年威廉斯下令時一本正經，文謙佐在心裡暗笑。

「還有別人嗎？」

「沒有，只有幾個小朋友。」

「你不會騙我吧？」

「不會，老兄。」他憤慨地嘆氣。「我沒騙你。」
「掏光所有口袋。別讓我再說一遍。」
他遵命。
「那一把呢？」文謙佐快口問。
「那把什麼？」
「少裝蒜。你的槍。」
「槍？我又沒槍。」
「我明明看見了，在音樂廳外的時候。」
威廉斯指向桌面。「我拿的是那個。」他指著一支玻璃紙包裝的雪茄形泡泡糖。「我放在口袋裡握著，我從電影學來的。」
「休想騙我。」
「我沒騙你。」他把所有口袋向外翻，運動服正面的口袋也一樣，什麼東西也沒有。
文謙佐銬上他的手，斜眼細看著他。「你幾歲？」
「十七。」
「你住這裡？」
「對。」
「一個人住？」
「不，老兄，跟你講過了，還有小朋友。」
「你的小孩？」
他笑了。「是我的弟弟和妹妹。」

「你爸媽住哪裡？」

他又笑。「誰知道？總之不住這裡。」

文謙佐宣讀了他的嫌犯人權，心裡想的是：逮捕了歹徒、找回了小提琴、沒有傷亡。下一波調職令發佈，我就當上了警探。

「聽著，戴文，供出幫你銷贓的人，我會告訴檢察官說你很合作。」

「沒有人幫我銷贓。」

「狗屁，不然小提琴怎麼脫手？」

「我不想賣，老兄。我偷小提琴是給自己用。」

「你？」

「我想去地鐵拉琴賺點錢。」

「狗屁。」

「真的啦。」

「幹嘛冒著坐牢的危險？為什麼不乾脆買一把？小提琴又不像ＢＭＷ，花兩、三百就能去當舖買一把。」

「說得容易，我哪來的三百塊？我老爸跑掉了，我媽也跟了男朋友私奔，把弟弟妹妹丟給我養，要買衣服、買食物，又要花錢找人照顧。你說，我拿什麼錢買小提琴？哪來的閒錢？」

「你去哪裡學琴？學校嗎？」

「對，學校。我以前拉得不錯。」他露出微笑，文謙佐瞧見金牙閃了一下。

「結果呢？你輟學去賺錢？」

「對，在老爸兩、三年前跑掉以後。」

「你決定再拉小提琴，因為能比撞球賺更多錢，對不對？」

威廉斯愣住了，生氣地嘆息，因為他知道是誰多嘴。「我在安賓超商堆箱子，賺的錢不夠用。」他閉上眼睛，苦笑一陣。「結果我還是進了黑人的體系……可惡。從來沒想到，這種事也會發生在自己身上。我拚死拚活就是不想落得跟其他黑人一樣的下場。我只想賺夠錢之後把阿姨接過來。她住在北卡州，搬來紐約可以幫我照顧弟弟、妹妹。她說她可以搬來，可惜錢不夠，要兩、三千。」

「俗話說得好，不肯坐牢，就別犯法。」

「可惡。」威廉斯凝視著小提琴，眼睛出現異樣的神態，幾近渴望。

文謙佐看著他深色的瞳孔。「這樣好了，我解開手銬幾分鐘，讓你拉最後一次。」

他淡淡一笑。「可以嗎？」

「當然，不過我話講在前頭，你敢亂動的話，我看了不爽馬上送你一槍。」

「放心，老兄，我不會亂來的。」

文謙佐解開手銬，站回原位，葛拉克槍指向搶匪附近。

威廉斯拿起小提琴再彈幾小節，逐漸摸熟了琴性，音色遠比剛才清亮，也更為飽滿。他開始彈奏〈去告訴蘿笛姨媽〉，然後演奏同一首歌的變奏曲。接著，他拉了幾首古典音樂的練習曲。巴哈，文謙佐心想。威廉斯也演奏了一點〈不是不規矩〉㉙。其中有幾首文謙佐記得母親在他小時候彈過。最後，威廉斯過了癮，嘆氣將小提琴丟進盒子裡。他對盒子點頭說：「很好笑，對不對？幾個月來考慮再考慮，就想搶一把小提琴，鼓足勇氣動手了，卻搶到一把這種破爛東西，又舊又難看。」

文謙佐看見琴身有刻痕和擦痕，琴頸有磨損的現象。

價值比我住的城市屋還高……

「好了，年輕人，該走了。」他從桌上拿起手銬。「我們會通知社會服務局的人來照顧小朋友。」

威廉斯望向臥房，收起了笑臉。「完了，」他說：「完了。」

文謙佐覺得雪莉荷蘭大飯店的大廳光禿禿的。他評判旅館的標準在於酒吧的特價時間長短，以及大廳裡鎘合金的總面積。但這裡終究是有錢人的領域，他對有錢人又懂多少？飯店本身不大，這個時候看起來更小，因為擠滿了記者和警察。市長的紅衣女幕僚來了。小隊長韋伯也在場，一臉不爽，因為他睡到凌晨兩點被叫醒，不得不來這裡像馬戲團一樣亮相，而且服務的是混帳一個，管他名聲有多響亮。

文謙佐走進大廳，腋下夾著小提琴，來到韋伯面前停下來。韋伯揮手拒答記者的問題，平常的苦瓜臉微微向下垮。

滿面春風的丕特金頂著整齊的頭髮，穿西裝、打領帶——不會吧，這麼晚了——走出電梯，進入攝影機的強光中。他大步向前想拿回小提琴，但文謙佐不肯交出去，只和他握手。

丕特金愣了一下，顧及在場的媒體才恢復笑臉，「我還能說什麼，警官？非常謝謝你。」

「謝什麼？」

又愣一下。「呃，謝謝你找回了我的史特拉底瓦里。」

文謙佐短促一笑。丕特金皺眉。文謙佐指向人群後方。「來吧，別害羞。」

㉙ Ain't Misbehavin，胖子華勒的經典名曲。

戴文‧威廉斯穿著安賓超市的制服和工作鞋，彆扭地穿越人山人海的記者群。

丕特金猛然轉向韋伯，語帶怒氣：「他怎麼沒上手銬？」

小隊長看著文謙佐，默默問了相同的問題。

文謙佐搖搖頭。「他幫你把小提琴追回來，我何必銬住他？」

「他……什麼？」

「介紹事情的經過給大家聽。」一位記者高喊。

韋伯點點頭，文謙佐走向圍成新月形的記者，清一清嗓子。「我在一二五街發現歹徒拿著小提琴，見狀追趕，這位年輕人戴文‧威廉斯冒著極大的生命危險，及時干預，將歹徒制住，因而救回了小提琴，幾經追逐後，歹徒已經逃逸無蹤。」

他反覆演練過這句話，擔心照單背出來顯得太假。管他的，大家聽慣了警察的官腔。假如太口語，反而沒人相信。

丕特金說：「可是……我覺得他看起來像……我是說……」

文謙佐說：「我看見歹徒脫掉滑雪面罩的長相，一點也不像威廉斯先生。」說著向丕特金瞄一眼。「只是兩人同樣屬於非裔。我請威廉斯先生過來領取獎賞，他拒絕了，不過我堅持要他來。我認為優良市民理應接受，嗯，表揚。」

記者高聲問：「獎金多少，丕特金先生？」

「這個，我沒有……喔，獎金五千元。」

「什麼？」文謙佐皺眉低聲說。

「一萬，如果小提琴沒有受損的話。」丕特金趕緊說。

文謙佐把小提琴盒遞過去，他急忙轉身，走向靠近櫃台的一張桌子，打開盒子，仔細檢查小提琴。

文謙佐拉開嗓子問：「還好吧？」

「好，好，狀況很好。」

韋伯朝文謙佐的方向勾勾手指，兩人走進大廳角落。「到底在搞什麼鬼？」小隊長喃喃問。

文謙佐聳聳肩。「我報告過了。」

小隊長嘆氣說：「你沒抓到搶匪？」

「跑掉了。」

「而且搶回小提琴的是這小子，不是你。這對你的申請表一點幫助也沒有。」

「我早知道。」

韋伯上下打量著他，以遲疑的口吻說：「話說回來，你大概不希望這個案子列入報告，對不對？」

「對，八成是這樣。」

「真衰。」

「對，」文謙佐說：「衰。」

「嘿，威廉斯先生，」記者喊著，「威廉斯先生？」

威廉斯回頭看，一時不習慣被冠上「先生」的稱呼。

「什麼事？」他會意過來。

「能麻煩你過來一下，回答幾個問題嗎？」

「呃，好，可以。」

威廉斯踩著不安的步伐走向越聚越多的記者群，文謙佐趁他路過時傾身向前，面帶燦爛的笑容，抓住他的手臂。他停下來，彎腰把耳朵湊向文謙佐。「戴文，我該回家了，臨走前想再問你一次……你阿姨搬來紐約的話，她會煮豬腳加羽衣甘藍招待我吧？」

「她手藝最棒了。」

「剩下的錢，會存進銀行給小朋友用嗎？」

威廉斯再露出金牙微笑。「當然了，警官。」兩人握手。

文謙佐穿上雨衣，威廉斯來到攝影機前站住。文謙佐走到旋轉門時回頭看。

「威廉斯先生，告訴我們，你喜不喜歡音樂？」

「喔，我喜歡音樂。」

「你喜歡饒舌音樂嗎？」

「不太喜歡。」

「你會不會彈什麼樂器？」

「會一點鋼琴跟吉他。」

「經過這件事後，你想學小提琴嗎？」

「呃，當然。」他瞥向丕特金。丕特金也看著他，把他當成外星人似的。他對上丕特金的眼光，接著說：「我看過別人拉小提琴，好像不太難。不過，這只是我個人意見。」

「威廉斯先生，再請教一個問題……」

文謙佐推著旋轉門，進入夜色，霧已經散了，雨終於落下——間歇不斷，送來陣陣寒意，卻靜得出奇。夜色依然祥和。琴瑪麗一定睡了，不過他仍想回家，喝點啤酒，聽聽ＣＤ。文謙佐知道他想聽什麼音樂。莫札特真好聽，史摩基．羅賓遜更棒。

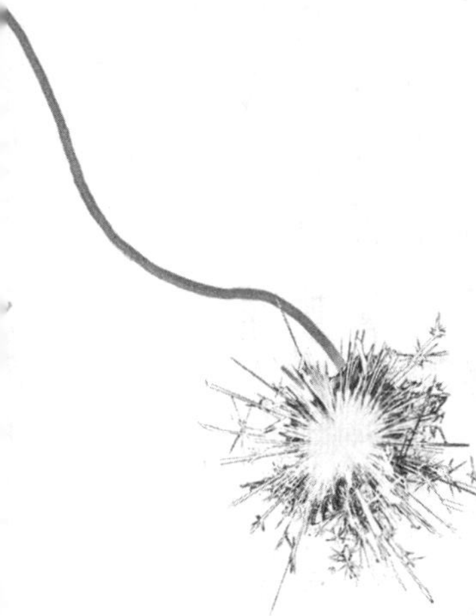

# 退而求其次

「這案子你輸定了。」

「是嗎？」檢察官丹尼・特理博說。他坐在辦公椅上向後搖了一下，端詳剛剛講話的男人。

這人是被告雷蒙・哈特曼，比特理博年長十五歲，體重比他重了十八公斤。他慢慢點頭，補上一句：「罪名全部不成立，就這麼簡單。」

哈特曼旁邊的律師碰了他手臂一下，要他克制言行。

「他不會介意跟他鬥嘴的。」哈特曼對律師說：「他受得了的。言歸正傳，我只是把事情挑明來講。」被告解開海軍藍的名牌西裝，顏色深邃如夜晚的海洋。

事實上，特理博不介意跟他鬥嘴，一點也不介意。哈特曼可以盡量逞口舌之快，特理博不會因為他態度狂妄就加把勁起訴他，也不會因他悔恨得淚流滿面而稍減起訴的力道。

反過來說，三十五歲的職業檢察官特理博，也不會甘心被人踩在腳下。他的目光鎖定哈特曼的眼睛，以輕柔的語氣說：「我的經驗是，有些東西表面上很明顯，結果卻是截然相反的兩回事。我相信陪審團會依我的見解去看待事實。換句話說，輸定了的人是你。」

哈特曼聳聳肩，看著手上戴的勞力士金錶。特理博懷疑他並不在乎現在幾點，看錶另有用意：我的裝飾品抵得上你一整年的薪水。

特理博戴的是卡西歐，瞄手錶的動作只能透露一種訊息：這次開會白費了半小時的光陰。

這裡是典型的檢察官辦公室，既狹小又寒酸，裡面坐了被告、律師、特理博及另外兩人。坐在特理博左邊的是書記查克・吳，二十幾歲，一表人才，頭腦靈活、做事仔細——有人認為他是工作狂。查克低頭忙著敲電腦，把這次會議的心得輸入破舊的筆電。他跟筆記型電腦是連體嬰。敲鍵盤的習慣吵得多數被告抓狂，卻絲毫影響不到哈特曼。

辦公室裡的最後一個人是助理檢察官艾蒂兒・維亞蒙蒂，去年被調來協助特理博偵辦暴力犯罪事件。她足足比特理博大了將近十歲。她的第一份事業做得很成功——養育雙胞胎兒子。兒子進入青春期後，她才重拾對法律的興趣。維亞蒙蒂的頭腦和口舌一樣靈敏，自信十足。她望向哈特曼曬成古銅色的肌膚、結實的腹部、銀色的頭髮、寬闊的肩膀與粗脖子，轉頭對哈特曼的律師說：「跟自大傲慢的哈特曼先生開會到此為止，對吧？」

哈特曼故意尷尬地輕輕一笑，彷彿聽見同學在課堂上講錯話。檢察官特理博推測，維亞蒙蒂被他訕笑的原因只有一個，因為她是女人。

辯護律師重複他不斷強調的話：「只要可能被判刑，我的客戶沒興趣接受認罪減刑的條件。」

特理博也複誦自己的說法：「但是，我們的條件中少不了刑期。」

「這樣的話，他不惜上法庭，他有自信陪審團一定會還他清白。」

特理博覺得萬萬不可能。今年三月的某個週日下午，雷蒙・哈特曼開槍擊中被害人的頭部致死，證物不勝枚舉——彈道比對、手上殘留的火藥。多位證人也指證歷歷，證實他在案發前打聽被害人的去處，也出現在槍擊案現場。哈特曼先前多次揚言對死者不利，已經列入紀錄，言詞足以證明他有意加害對方。此外，哈特曼也有殺人動機。雖然特理博不願透露起訴的勝算有多大，但該案穩贏的機率是他前所未有的。

他再試最後一次。「如果你接受二級謀殺，我會建議法官判十五年。」

「不接受。」哈特曼回應，更嘲笑這提議太荒謬。「你沒聽見這個缺德律師講的？坐牢，免談。要我繳罰金，行，再高的罰金我都繳。要我服社區勞動，行，就是不能坐牢。」

特理博身材細瘦，態度沉著鎮定，講話的口氣柔緩，穿吊帶褲、打蝴蝶結的話一定很合適。他對哈特曼說：「先生，你應該了解，我想依預謀殺人來起訴。在我們這一州，預謀殺人屬於特殊狀況犯罪，檢察官可以具體求處死刑。」

「根據我的了解，聊下去也不會有結果。我跟人約了午餐，急著要走。我醜話講在前頭，你們這群小毛頭最好去惡補法律條文，自以為能定我罪的話，就趕快去寫功課吧。」

「那我們法庭見了，先生。」特理博站起來。他和律師握手，不和嫌犯客套。維亞蒙蒂看著律師和被告，把他們當成少找她零錢的店員。她繼續坐著，顯然憋著感想不願發表。

送走客人後，特理博坐回辦公椅，轉身欣賞窗外風景，看著綿延不絕的郊區鄉村景觀，鮮綠色中點綴了初夏的色彩。特理博漫不經心地把玩著辦公室唯一的藝術品：小熊維尼的活動玩偶，下面的吸盤將它附在刻痕累累的書櫃上面，原本是兒子嬰兒時期的玩具。

他兒子今年十歲了。兒子玩膩了，老爸狠不下心丟掉玩具，帶來辦公室當擺飾。他喜歡搞笑，像是最為人所知的惡作劇，或是在兒子的慶祝會變裝娛樂親友。妻子以為他把玩具帶去辦公室，是想表現無厘頭的一面。其實不然。他不想告訴老婆，原因只有一個：準備起訴案子時，往往需要連續準備幾星期，成天只和法官、陪審員、警探、同事為伍，心靈往往枯竭，玩具可讓他想到家庭的溫馨。

他沉思著說：「這案子屬於特殊狀況謀殺，我把刑期壓縮到了十年，為什麼他還肯冒險上法庭？我搞不懂。」

維亞蒙蒂搖搖頭。「對，不合理，關七年就能假釋了。如果輸掉了官司，這也不無可能，因為是特殊狀況謀殺，他最重可能挨毒針。」

「想要答案嗎？」有個男人站在門口說。

「當然。」特理博坐在椅子上轉身，點頭示意請理察•摩耶爾進來，他是郡警局的資深警探。「不過，問題是什麼？」

摩耶爾揮手向維亞蒙蒂和查克打招呼，找了一張椅子坐下，哈欠連連。

「老摩，這麼快就厭倦我們啦？」查克．吳挖苦他。

「累了，有太多壞人等我去抓。好了，我剛才聽見你們在聊哈特曼。我知道他為什麼不肯接受認罪減刑的條件。」

「為什麼？」

「他不能進斯達佛監獄。」最大的一間州立監獄，裡面關了不少「特理博起訴學院」的畢業生。

「還有誰想坐牢？」維亞蒙蒂問。

「不，我說的是，他進不得。那裡面的人已經磨好了湯匙柄和玻璃扁鑽，就等他進去。」摩耶爾繼續解釋，哈特曼以前向警方告密，害兩個黑道大哥進了斯達佛監獄。「他們放話說，哈特曼在裡面撐不過一個禮拜。」

難怪他會槍殺本案的荷西．瓦戴茲。哈特曼涉及一件勒索案，唯一的證人就是瓦戴茲。如果被定罪，哈特曼至少要在斯達佛蹲六個月——不然就是死在牢友手下。所以他才冷血槍殺瓦戴茲。

但是，特理博擔心的不是哈特曼在監獄受不受歡迎。身為檢察官的他相信，他這一生有一項簡單的任務：維護本郡安全。這份態度與許多檢察官截然不同，很多檢察官嫉惡如仇，起訴起壞人時滿腔憤慨，但對特理博而言，檢察官並非荒野大鏢客，他只想確保本郡居民安居樂業。他比一般檢察官積極參與社區事務，曾經與眾議員和法院合作擬定法規，例如讓家暴受害者更容易申請到禁制令，例如對下列的重罪犯判處強制服刑的處分——第三度違法的犯人、攜槍靠近學校或教堂的人及酒後撞死人的駕駛。

特理博致力於堆砌法治社會的磚牆，讓哈特曼進監牢只是其中一塊磚頭。然而，讓哈特曼接受法律制裁卻是很重要的一塊磚頭。哈特曼一生中，法院數度強制他接受心理治療。雖然心理醫師屢次診斷他精神正常，卻也觀察出他具有近似反社會人格，人命對他而言一文不值。

這種個性充分反應在他的行為模式中。他是惡霸兼流氓，常對瓦戴茲這類新移民強徵保護費並加以勒索。此外，只要有人威脅想出庭做出對他不利的證詞，他就會揚言教訓對方或謀殺對方，搞得人心惶惶。

「哈特曼把錢放在歐洲，」特理博對摩耶爾警探說：「說不定會坐船偷渡出境。有派人去監視他嗎？」哈特曼已經以兩百萬元交保候傳，護照也交由法院暫管，兩百萬對他而言是小錢。但是，特理博記得他不久前自信滿滿地說：「你輸定了。」他懷疑哈特曼是不是說出了潛意識的想法，正打算棄保潛逃。

特理博的妻子又烘了一些餅乾讓先生帶去上班。摩耶爾警探不請自拿，大嚼起來。他說：「沒必要擔心啦，有派兩個去盯他，全天二十四小時，他插翅難飛。只要他一出郡界線，或是踏進機場一步，就逼他戴電子腳鐐。我最喜歡麥片口味的了，能跟你要食譜嗎？」他又打哈欠。

「你又不下廚。」特理博告訴他。「乾脆叫我老婆康妮烘一盒送你。」

「也好啊。」警探散步走出檢察官辦公室，去逮捕犯人或是去補眠。查克・吳隨維亞蒙蒂去她的辦公室，兩人整晚準備陪審員資格審查的問題。

特理博翻開起訴書，開始研擬開庭的策略。

他仔細研讀過瓦戴茲命案的事實，決定從三條罪名切入。本案的骨幹是一級謀殺，這也是特理博最迫切起訴成功的罪名，屬於預謀凶殺。假如哈特曼被判有罪，最重可判處死刑，而特理博有意向法官如此建議。可惜，這條罪名難以證明。州檢察官必須在罪證確鑿的情況下證明哈特曼事先計畫謀殺瓦戴茲，而且主動去找瓦戴茲，在並非一時衝動或情緒不穩的情況下加以殺害。

起訴書也包含了幾條較輕的罪名：二級謀殺和致人於死。這兩項形同備胎，是法律上所謂的「包含輕罪之罪名」，證明起來比一級謀殺來得容易。比如說，如果陪審團認定哈特曼沒有預先規劃殺人，而是臨時衝動才下毒手，陪審團仍然可以判他二級謀殺，最高可判處他無期徒刑，但他可以逃過死刑。

特理博最後加上了「致人於死」的罪名，當作是最後一道防線。他只需證明哈特曼殺害瓦戴茲時的狀況是極端魯莽或一時激動。三項罪名當中，這種最容易證明，而且陪審團根據現有的事實一定會判他有罪。

那個週末，特理博等三位檢察官準備了問陪審團的問題。隨後的一星期是陪審員資格審查階段，他們三人力拚哈特曼陣容堅強的律師團隊。最後，陪審團在星期五成立，特理博、查克·吳和維亞蒙蒂回到辦公室，整個週末和證人套招，準備證據和證物。

每次特理博累了，每次他想停下工作回家陪兒子丹玩，或什麼也不做，只是坐著陪老婆喝咖啡，他的腦海會立刻浮現瓦戴茲的妻子，想到她再也無緣與丈夫共度任何時光。

而他一想到這裡，立刻想起雷蒙·哈特曼傲慢的眼光。

**這案子你輸定了……**

這時，特理博就會停止胡思亂想，重新專心在案子上。

就讀法學院期間，特理博希望未來有機會上班的法院最好有陰森森的氣息，掛滿了臉色莊嚴的老法官照片，以深色的木板裝潢牆壁，散發出肅穆的正義氣息。

然而，他發揮法律長才的郡法院燈火通明，天花板低矮，以金黃色的木板裝潢，掛著肉色的窗簾，地板貼了醜陋的綠色油地氈，看起來像中學教室。

審判的當天早上九點，他在檢察官席坐下，一旁是艾蒂兒・維亞蒙蒂——身穿她最黑的套裝和最白的上衣，面帶最果決的表情。他的另一旁坐著查克・吳，忙著敲他破舊的筆記型電腦。三人身邊堆滿了文件、證物與法律書籍。

坐在走道對面另一桌的是雷蒙・哈特曼，由他的律師團陪同。律師團的陣容包括同一家事務所的三位大牌合夥人、兩位律師，以及四台筆記型電腦。

懸殊的陣勢絲毫不影響特理博的士氣。他相信他之所以活著，就是為了把犯人繩之以法，過程中難免碰上比我方更有錢有勢的對手。世事本如此，特理博和史上每位成功的檢察官都處之泰然，只有實力欠佳或軟弱的檢察官才會抱怨制度不公。

他注意到哈特曼在看他，以唇形講著話，但他看不出哈特曼在說什麼。

維亞蒙蒂翻譯給他聽，「他說：『你輸定了！』」

特理博短促地一笑。

他轉頭看背後，法庭坐滿了人。他向摩耶爾警探點頭致意。摩耶爾已經盯了哈特曼多年。特理博也向死者的妻子卡門・瓦戴茲點頭，對她淡淡微笑。她注視著他，默默地哀求他，務必向這個惡棍討回公道。

我盡力而為，他同樣默默回答。

隨後，法庭書記進來宣佈：「各位注意，本庭就此展開，請本案有關之人士向前說明。」

特理博每次聽見這句話都忍不住打寒顫，彷彿這句咒語能將現實隔絕於庭外，引領所有人進入莊嚴而神秘的刑事法庭世界。

處理完一些初步程序後，蓄著落腮鬍的法官點頭請特理博開始。

檢察官起立發表起訴導言，內容非常簡短。特理博相信，起訴刑案成功的關鍵並非花稍的言詞，而是呈給陪審團的事實所揭露出的真相。

因此接下來兩天，他介紹一位接著一位的證人，展示證物與圖表。

「我從事專業彈藥鑑定已經二十二年……我以被告凶器的子彈進行過三項測試，能斬釘截鐵地認定致死的子彈發射自被告的槍……」

「那把槍是我賣給被告哈特曼的，他坐在那邊……」

「死者瓦戴茲先生曾經去警察局報案，說被告恐嚇他……那份是報案紀錄的複本……」

「我當警察七年了，最先趕到現場的人是我。我從被告哈特曼手裡拿走這把槍……」

「我們在被告哈特曼的手上化驗出槍擊的殘餘物，分量和性質符合死者遭槍擊時兇手沾到的火藥……」

「死者的太陽穴中槍……」

「對，我在槍擊案當天看見被告。瓦戴茲先生開了一家店，哈特曼走在旁邊的路上，我聽見他停下來跟幾個人打聽瓦戴茲去哪裡……」

「沒錯，檢察官，我在瓦戴茲先生死亡那天看見被告。哈特曼先生到處打聽瓦戴茲先生的下落。他的外套打開著，我看見他帶了一把手槍……」

「差不多一個月前，我坐在吧台前，被告坐在我旁邊，我聽見他說想『教訓』瓦戴茲先生，可以解決他的所有問題……」

上述證詞能讓特理博建立哈特曼殺人的動機，使陪審團明瞭哈特曼意圖殺人已有一段時間；在命案當天帶槍主動去找瓦戴茲；以手槍攻擊死者，肆無忌憚，在可能傷及旁人的情況下開槍；他正是導致瓦戴茲死亡的主因。

「庭上，檢方提證到此為止。」他走回自己的桌子。

「單純到不行的案子。」查克・吳說。

「噓，」維亞蒙蒂悄悄說：「別太有信心。」

特理博不信這一套，但他認為提早慶祝是不智之舉。他坐回原位，聽辯方開始辯護。

哈特曼最油條的律師，也就是在認罪減刑談判階段去找特理博開會的那位，首先呈堂的證物是一份手槍的許可證，顯示哈特曼合法持有武器以供自保。

特理博心想，這沒問題，他早已考慮過許可證。

但是，哈特曼的律師才開始訊問第一位證人——哈特曼公寓的門房——特理博就覺得不妙。

「三月十三日星期天的上午，你有沒有看見被告？」

「有。」

「你有沒有注意到他帶了武器？」

「他有。」

律師為什麼問這個？特理博自問。辯方問這問題，不是正好支持檢方的說法嗎？他朝維亞蒙蒂瞄一眼，看見她搖搖頭。

「那天之前，你有沒有注意到他？」

「有。」

慘了。特理博揣測出律師的用意了。

「當時他有沒有帶槍？」

「他有，他想在貧民窟成立青少年中心，幫派看他不順眼，雙方結下了樑子。他常被幫派恐嚇。」

青少年中心？特理博和吳交換刻薄的眼色。哈特曼想成立青少年中心的用意只有一個，就是擴展販毒的管道。

「他多常帶槍？」

「每天。我當門房三年了，天天看到。」

連續三年每天注意到某件事，沒人辦得到吧。他在說謊。哈特曼一定對付過門房了。

「我們有麻煩了，老闆。」吳說。

他的意思是：如果陪審團相信哈特曼隨時帶槍，這項事實正好牴觸特理博的說法：他只在案發當天帶槍，目的是想殺害瓦戴茲。陪審團聽到「隨時帶槍」的說法，可能會認定他沒有計畫殺人，進而排除本案的預謀成分，一級謀殺的罪名也無法成立。

然而，如果門房的證詞威脅到一級謀殺的罪名，接下來的證人——身穿名牌西裝的男士——則有徹底摧毀一級謀殺罪名的威力。

「先生，你不認識被告吧？」

「不認識，我跟他毫無瓜葛，從來沒見過他。」

「他從未給過你任何東西，也沒有提供任何金錢或有價值的物品？」

「沒有。」

他在撒謊，特理博直覺想著。這位證人台詞唸得太差，活像晚餐劇場上的三流演員。

「你剛聽見檢方證人說，哈特曼打算『教訓』瓦戴茲，這樣可以解決他的所有問題。」

「有，我有聽見。」

「這段對話發生的時候，你也在被告和那位證人附近，對不對？」

「對。」

「地點是哪裡？」

「奇蓓拉餐廳，在華盛頓大道上。」

「那段對話和剛才那位證人描述的一樣嗎？」

「不一樣。」西裝男子回答辯方律師。「檢方的證人誤解了。我那時坐在隔壁桌，聽見哈特曼先生說：『我想叫瓦戴茲解決一些我在南美裔族群的問題。』我猜那位證人大概聽錯了。」

「原來如此。」律師以油滑的語調總結。「他是想叫瓦戴茲解決一些問題？」

「對。然後哈特曼先生說：『荷西・瓦戴茲是個好人，我敬重他，我希望他能向同族群的人解釋，我很關心他們的福利。』」

查克・吳以嘴形罵髒話。

律師強調重點。「所以說，哈特曼先生很關心南美族群的福利？」

「對，他非常關心。哈特曼先生對瓦戴茲很有耐心，即使瓦戴茲到處散佈謠言也一樣。」

「什麼謠言？」律師問。

「跟哈特曼先生及瓦戴茲的太太有關係的謠言。」

特理博聽見，坐在背後的遺孀震驚得倒抽一口氣。

「介紹一下謠言的內容吧。」

「瓦戴茲胡思亂想，以為哈特曼先生在跟他老婆幽會。我知道沒這回事，不過瓦戴茲信以為真。瓦戴茲那個人，腦筋有點，呃……不太正常，他以為很多男人都跟他老婆有一腿。」

「反對。」特理博大喊。

「讓我換個方式再問一次。瓦戴茲先生有沒有對你說哈特曼先生和他太太的事？」

「他說他想找哈特曼算帳，為的是兩人在搞婚外情——我是說，謠言中的婚外情。」

「反對。」特理博再次疾呼。

「傳聞例外。」法官大聲說：「這項內容我容許採信。」

特理博瞥向遺孀，她慢慢地搖頭，淚水流下臉頰。

被告律師對特理博說：「輪到檢方傳喚證人。」

檢察官盡力在辯方的說法找漏洞。他自認表現得不錯，但辯方的證詞包含臆測與意見——例如婚外情的謠言，特理博不太能降低這類證詞的可信度。他回到自己的椅子上。

特理博叫自己放輕鬆。他一直忍不住轉著筆，逼自己停下來。二級謀殺的罪名還有機會成立，檢方只需要證明哈特曼確實殺害了瓦戴茲——如特理博已經證明的部分——同時證明哈特曼臨時動了殺機。

辯方律師傳喚另一位證人。

這位證人是南美裔人士，有老爺的風範，禿頭、福態且慈眉善目，姓名是克里斯多斯‧阿布列戈。他自稱是被告的好友。

特理博思考著這層關係，認為陪審團雖然會擔心阿布列戈偏袒被告，卻更能顯示哈特曼在弱勢族群裡結交了不少「好朋友」。這當然是一派胡言。哈特曼是盎格魯撒克遜白人，只有在一種情況下會和少數民族交朋友——少數民族是恐嚇取財和放高利貸的搖錢樹。

「你剛才聽見檢方證人說，在令人遺憾的槍擊案當天，哈特曼先生主動去找瓦戴茲先生，對不對？」

「令人遺憾？」吳小聲說：「被他講得像意外。」

「對。」證人回答律師的問題。

「你能證實哈特曼先生在槍擊當天去找他嗎？」
「能，哈特曼先生確實去找過他。」
特理博靠向前去問這話用意何在。「麻煩你解釋一下當時經過，順便說明你觀察到的情況。」
「好。我跟哈特曼先生上教堂——」
「對不起，」律師說：「教堂？」
「對，他和我，我們常去同一間教堂。他比我常去，一週至少去兩次，有時候三次。」
「賤招。」維亞蒙蒂抱怨。
特理博看著陪審團，數出四個人戴著十字架項鍊。證人畫蛇添足地陳述被告信教有多虔誠，陪審員聽了無一露出嘲諷的神色。
「請繼續，阿布列戈先生。」
「我跟哈特曼先生一起去星巴克買咖啡，坐在外面，他跟幾個人打聽瓦戴茲在哪裡，因為瓦戴茲也常去星巴克殺時間。」
「你知道被告為什麼想找瓦戴茲嗎？」
「他買了遊戲機想送瓦戴茲的兒子。」
「什麼？」坐在特理博後面的遺孀震驚得低聲說：「沒有，沒有，沒有……」
「是禮物。哈特曼先生喜歡小朋友，他想請瓦戴茲轉送給兒子。」
「他為什麼要送瓦戴茲先生禮物？」
阿布列戈說：「他說他想跟瓦戴茲和好。他覺得瓦戴茲亂猜他老婆劈腿，很為瓦戴茲難過，也擔心瓦戴茲的兒子聽見謠言信以為真，所以想送小朋友禮物，交流一下感情。他想開導瓦戴茲，勸他別再想歪。」

「繼續說，先生，接下來呢？」

「後來哈特曼先生看見瓦戴茲站在店門外，站起來走過去。」

「然後呢？」

「哈特曼跟瓦戴茲揮手說『嗨』，大概也說了『你好嗎？』之類的招呼。我不清楚，總之在寒暄。他正要拿出袋子送瓦戴茲，對方卻把他的手推開，開始叫囂。」

「你知道他們兩人爭吵的內容嗎？」

「瓦戴茲淨講一些奇怪的東西，比方『我知道你跟我老婆幽會五年了。』根本是鬼扯，因為瓦戴茲去年才搬來。」

「沒有！」遺孀哭喊。「全是謊話！」

法官敲了敲法槌，力道懶散，暗示他同情瓦戴茲的妻子。

特理博嘆氣表示反感。辯方傳喚的證人居然暗示，案發當天主動挑釁的人是瓦戴茲而不是哈特曼。

「我當然知道沒那回事。」證人對辯方律師說：「哈特曼先生絕不會做那種事，他信教很虔誠。」

很好，兩度提及雷蒙・C・哈特曼簡直是大天使。

律師接著問：「接下來發生的事，你看見了嗎？」

「過程一片模糊，不過我看見瓦戴茲撿起了一個東西，大概是金屬管或木頭，對著哈特曼先生砸下去。哈特曼先生想後退，可惜巷子太窄，他躲也躲不掉。最後，他眼看就要被瓦戴茲敲破頭，趕緊拔槍出來，哈特曼先生只想逼退他——」

「反對。證人無從得知被告的意圖。」

律師問證人：「阿布列戈先生，憑你的印象，哈特曼先生的意圖是什麼？」

「他看起來只想逼退瓦戴茲。瓦戴茲繼續拿金屬管對他揮舞幾下，哈特曼先生卻遲遲沒開槍。他被瓦戴茲抓住手臂，兩人開始爭奪手槍。哈特曼先生叫大家快臥倒，也對瓦戴茲喊話：『放手！放手！再搶下去，一定會傷到人。』」

檢方如果想讓「致人於死」的罪名成立，必須證明嫌犯舉止魯莽或一時衝動，而辯方的這位證人提出了相反的證詞。

「哈特曼先生真的好勇敢。我是說，他本來可以趕快逃命，不過他卻擔心路人受傷。他平常做人就像這樣，無時無刻為他人操心——尤其是兒童。」

特理博懷疑這套劇本是誰執筆的，他猜八成是哈特曼自己，編得太差勁了。

「我趴下去，我覺得如果槍被瓦戴茲搶走，他保證會像瘋子一樣亂開槍。我好害怕。我聽見槍聲，從地上站起來時，就看見瓦戴茲已經死了。」

「被告當時正在做什麼？」

「他跪著，正在搶救瓦戴茲，好像一面想幫他止血，一面叫救命。他抖得好厲害。」

「辯方提問到此為止。」

輪到特理博訊問同一位證人的時候，特理博想在阿布列戈的證詞找漏洞，無奈證詞閃躲高明，用語太籠統（「過程一片模糊……」「我不太確定……」「那種謠言……」），讓特理博苦無著力點，只能在陪審團的腦海埋下懷疑的種子——特理博反覆問阿布列戈，哈特曼對他或家人有無威脅利誘的舉動。阿布列戈當然矢口否認。

辯方隨後傳喚醫生，證詞簡短有力。

「醫師，驗屍報告顯示死者的太陽穴中一槍致死，而你剛才聽見上一位證人說，這兩人面對面爭奪手槍，死者中彈的地方怎麼可能在頭部的側面？」

「很簡單。中彈的時候，瓦戴茲正好把頭偏開來，因為他正要對扳機施力，希望射殺哈特曼先生。」

「照你這樣說，瓦戴茲先生其實是不巧射中自己。」

「反對！」

「成立。」

律師改口說：「你的意思是，瓦戴茲先生扣扳機時，有可能把頭偏向一邊，自己卻中彈？」

「對。」

「辯方提問到此為止。」

特理博問醫生，既然開槍的人是瓦戴茲自己，為何驗屍官在瓦戴茲手上化驗不出火藥，火藥卻噴在哈特曼的雙手上。醫師回答說：「很簡單，哈特曼先生用雙手包住瓦戴茲的手，所以瓦戴茲手上沒有沾到火藥。」

法官請醫師離開證人席，特理博返回檢方席，向被告瞄一眼，哈特曼面無表情瞪著他。

**你輸定了……**

短短幾分鐘前，特理博還認為哈特曼話說得太滿，如今他卻真有可能獲得無罪開釋。

被告律師接著傳喚最後一位證人：雷蒙・哈特曼。

他的證詞和前幾位證人雷同，證明自己的清白：一、他有隨身帶槍的習慣；二、瓦戴茲胡思亂想哈特曼和妻子有染；三、他一輩子從未勒索過任何人；四、他買了禮物想送瓦戴茲的兒子；五、他想和瓦戴茲合作，共同資助南美裔的社群；六、爭槍的過程如同阿布列戈所言。他最後補上一句：他對瓦戴茲進行口對口人工呼吸。

陪審團中有四名南美裔和三名黑人，哈特曼看他們一眼，繼續說：「我想幫助少數民族的生意人，卻因此惹上不少麻煩。不知道為什麼，警察、市政府和州政府都不喜歡我的做法。我一直想幫助南美社群，現在卻失手傷害了他們的同胞。」他滿臉感傷看著地板。

維亞蒙蒂哼的一聲，音量傳遍了法庭，引來法官白眼。

律師感謝哈特曼，對特理博說：「輪到檢方傳喚證人。」

「我們怎麼辦，老闆？」吳壓低嗓子問。

特理博看了檢方團隊的另外兩個人。他們為了本案奮戰不休、日夜趕工。他回頭注視遺孀的眼睛，坐在證人席上的男人害她的人生大逆轉，證人卻若無其事地看著檢察官和旁聽民眾。

特理博把查克・吳的筆記型電腦挪過來，瀏覽他在開庭過程中做的筆記。特理博瀏覽了片刻，然後慢慢走向哈特曼。

他以招牌的客氣語調問：「哈特曼先生，我對一件事很好奇。」

「什麼事？」凶嫌以同樣客氣的語調反問。他的律師對他訓練有素。律師無疑叮囑過他，千萬別在證人席上慌張或動怒。

「你送瓦戴茲先生兒子的遊戲機。」

他目光閃爍。「怎樣？」

「是什麼樣的遊戲機？」

「就是那種小型的電動玩具嘛，GameBoy。」

「貴不貴？」

哈特曼面帶好奇的微笑。「貴得很，不過我想討瓦戴茲和他兒子的歡心。瓦戴茲的腦筋有問題，我替他難過，所以——」

「回答我的問題就好。」特理博打斷他的話。
「大概五、六十美金。」
「哪裡買的？」
「購物中心的一間玩具店，名字記不起來了。」
特理博自認精於測謊，看得出哈特曼的說詞全是臨場編造的。
哈特曼大概今天早上看過GameBoy的廣告，然而特理博懷疑陪審團能否看穿他的謊言。對陪審團而言，他表現得很合作，禮貌地回答檢方有點怪的問題。
「你買的電玩，遊戲內容是什麼？」
「反對。」律師高呼。「問這做什麼？」
「庭上，」特理博說：「我只是想重建被告與死者生前的關係。」
「繼續問，特理博先生，不過我們沒必要知道電玩的包裝盒長什麼樣子吧？」
「庭上，我正想問包裝盒。」
「別問。」
「我不會問。好，哈特曼先生，這個電玩遊戲內容是什麼？」
「我不曉得——大概是打太空船之類的吧。」
「交給瓦戴茲先生之前，你有沒有玩過？」
特理博從眼角餘光看見維亞蒙蒂和吳交換不解的神色，搞不懂老闆的意向。
「沒有。」哈特曼回答。他首度在證人席上露出暴躁的神態。「我不喜歡打電玩，更何況我買電玩是要送人家的小孩，怎麼可以拆開呢？」
特理博點頭，挑眉繼續問：「瓦戴茲槍擊案的當天早晨，你出門時有沒有把電玩帶在身上？」

「有。」

「裝在袋子裡嗎？」

他思考一下。「有，不過電玩不是很大，我放在口袋裡。」

「所以你兩手空空？」

「好像吧，大概是。」

「你幾點離開家門？」

「十點四十分左右，彌撒在十一點開始。」

特理博接著問：「哪一間教堂？」

「聖安東尼。」

「你直接上教堂嗎？電玩放在口袋？」

「對，沒錯。」

「所以電玩跟著你進了教堂？」

「正確。」

「可是，因為裝在你的口袋，所以沒有人看見。」

「可以這樣說吧。」依然禮貌，依然不動肝火。

「離開教堂以後，你走楓樹街去星巴克，和剛才那位證人阿布列戈先生見面，對不對？」

「對，沒錯。」

「電玩還放在你的口袋裡嗎？」

「不對。」

「不在你的口袋裡了？」

「那個時候我已經拿出來了，用手提著袋子。」

特理博轉身正對他，以刺耳的嗓音問：「你在教堂的時候沒有把電玩帶在身上，這種說法正不正確？」

「不正確。」哈特曼愣得直眨眼，盡力維持語氣沉穩，「完全不正確。我整天把電玩帶在身上，直到後來被瓦戴茲先生攻擊為止。」

「你離開教堂後先回家一趟，拿了電玩帶在身上，然後開車去星巴克，這種說法正不正確？」

「不正確。做完禮拜已經十二點了，我沒時間回家拿電玩。我大概十分鐘後走到星巴克。我跟你講過了，我家離教堂很遠，走路至少要二十分鐘，不信你可以看地圖。我直接從聖安東尼教堂走去星巴克。」

特理博把視線從哈特曼臉上轉開，移向陪審團，然後瞄向旁聽席最前排的遺孀。她正輕輕地哭泣著。他看見兩位搭檔面露狐疑。他看見旁聽民眾你看我，我看你，大家等著他投下殺傷力強大的砲彈，炸得哈特曼站不住腳，揭穿騙子和兇手的真面目。

特理博深呼吸之後說：「檢方提問到此為止，庭上。」

現場鴉雀無聲片刻，連法官也皺起眉頭，似乎想問檢察官是否確定無話可問了。法官最後決定問辯方律師，「還有證人嗎？」

「沒有了，庭上。辯方到此為止。」

陪審團的存在只有一個原因：人類具有說謊的本性。

假使人人說實話，法官可以直問哈特曼是否預謀殺害瓦戴茲，哈特曼會回答是或不是，過程單純。

可惜，人類不一定會講真話，所以法律制度仰賴陪審團，希望借重陪審員來觀察證人的眼睛、嘴巴、手勢及坐姿，聆聽證人的說法，判定證人所言是否屬實。

「州vs.哈特曼」一案的陪審團已經退庭討論了兩小時。特理博與助理離開法院，到對面大樓的自助餐廳苦等。三人啞然無語。沉默的部分原因是兩位助理坐立難安——說穿了是尷尬到受不了，因為特理博針對電玩一事發問，讓所有人摸不著邊際。他們也許在想，即使是經驗老到的檢察官，心情偶爾也會波動，會臨陣失常。如果要失常的話，挑這個案子失常也好，畢竟這案子看來是輸定了。

特理博坐在難看的橙色玻璃纖維椅上，閉著眼睛懶懶地向後仰。他重溫法庭上的情景，回想哈特曼冷靜的態度，想著證人聲稱從未被哈特曼威脅利誘過。特理博知道，證人不是被恐嚇就是被收買，但他不得不承認，證人的表情和語氣的確相當可信，陪審團想必也有同感。然而，特理博極為尊重陪審制度，也對陪審團整體深具信心。陪審員正在法院後面的小房間討論，也許一下子便認定哈特曼說謊，認定他逼迫證人隨謊言起舞。

說不定陪審團正要確定他一級謀殺的罪名。

特理博睜開眼睛的時候，望向維亞蒙蒂和吳，從他們氣餒的表情看得出來，法律正義也極有可能無法在本案伸張。

「沒關係，」維亞蒙蒂說：「贏不了預謀殺人的罪名就算了。我們還是有希望讓他吃上另外兩條比較輕的罪名，至少陪審團**一定**會判他『致人於死』吧。」

**一定**？特理博心想。陪審團的判決哪有「一定」的事。辯方把槍擊案簡化成單純的意外事件，讓人信以為真。

「奇蹟有時候會出現。」吳透露出年輕人的樂觀。

特理博的手機響起，法庭書記來電通知陪審團回庭了。

「這麼快就判決，是好是壞？」吳問。

特理博喝完咖啡。「去看看就知道。」

「陪審團的女士先生，已經達成判決了嗎？」

「是的，庭上。」

陪審團長是身穿方格呢襯衫和深色長褲的中年人，對庭吏遞出一張紙，由庭吏將判決書轉呈法官。

特理博的目光鎖定哈特曼，哈特曼表情平靜，背靠著旋轉椅坐著，拿迴紋針在摳指甲下面的穢物。若說他擔心判決的結果，他也沒有表現出來。

法官默讀了判決書，向陪審團瞥一眼。

特理博想解讀陪審員的表情，可惜不成功。

「被告起立。」

哈特曼與律師站起來。

法官將判決書遞給書記，由書記宣讀，「哈特曼一案之第一項罪名一級謀殺，陪審團裁定被告無罪。第二項罪名二級謀殺，陪審團裁定被告無罪。第三項罪名致人於死，陪審團裁定被告無罪。」

法庭鴉雀無聲了片刻，只聽見哈特曼小聲說：「讚！」同時舉拳頭慶功。

法官顯然對判決感到憤慨，大敲法槌說：「不准喧譁，哈特曼先生。」他以粗魯的口吻說：「去向書記領回護照和保釋金，我希望將來你再被告上法庭的話，審判你的法官是本人。」

說完憤而擊槌。「本庭到此結束。」

全場瞬間爆發出一百個交談聲，全帶有怒氣與不願接受事實的意味。

哈特曼無視全場的批判和眼光，和律師握了手，幾位同夥人向前擁抱他。特理博看見他和教堂好友阿布列戈偷偷相視微笑。

特理博以正式的態度與維亞蒙蒂和吳握手。這是他的習慣，無論判決的結果如何，他一定和搭檔握手。隨後，他走向瓦戴茲的妻子卡門。她輕輕哭泣。特理博擁抱她，「對不起。」他說。

「你盡力了。」她說著以下巴指向哈特曼。「像他那種心腸壞透的人，不照遊戲規則來玩，檢方也拿他們沒辦法。有時候，他們真的是贏定了。」

「下一次吧。」特理博說。

「下一次。」她低聲說，口氣尖酸。

特理博離開她，去和摩耶爾警探交頭接耳一陣子。特理博注意到哈特曼走向法庭的正門，趕緊走過去攔截。「稍等一下，哈特曼。」特理博說。

「大律師，精神可嘉。」言行誇大的哈特曼停下腳步說：「我不是早說過你輸定了，誰叫你不聽。」

律師之一遞給哈特曼一只信封，他打開來取出護照。

「賄賂那麼多證人，一定讓你破費了。」特理博和顏悅色地說。

「賄賂證人是違法的行為，」哈特曼皺起眉頭，「我怎麼會做那種事。這一點，你應該最清楚才對。」

維亞蒙蒂指著他的鼻子說：「你遲早會自食惡果，我們會在這裡等著瞧。」

哈特曼鎮定以對：「除非妳搬去南法住，我下個禮拜就過去，記得過來看我。」

「去蔚藍海岸的聖托貝幫助弱勢族群？」查克．吳問。
哈特曼微笑一下，然後轉向門口。
「哈特曼先生，」特理博說：「還有一件事。」
他轉頭。「什麼事？」
特理博朝摩耶爾警探示意，摩耶爾上前，停下腳步，冷眼瞪著哈特曼的眼睛。
「有何貴幹，警官？」哈特曼問。
摩耶爾粗魯地抓起哈特曼的手，為他戴上手銬。
「喂，你搞什麼鬼？」
阿布列戈和哈特曼的兩位保鏢走過來，但這時特理博和摩耶爾身邊已經來了幾位警察，同路人識相馬上退下。
哈特曼的律師推開人群上前說：「怎麼一回事？」
摩耶爾不理律師，「雷蒙．哈特曼，你被逮捕了，罪名是違反州刑法第十八條第三十一款之二。你有權利保持緘默，有權利延請律師。」他繼續以唸經的語氣朗讀嫌犯人權。全場大亂，摩耶爾卻不疾不徐。
哈特曼對自己的律師大罵：「你幹嘛讓他亂來？我付錢叫你做事——快想辦法啊！」
律師雖然嚥不下他這種態度，仍對摩耶爾說：「他已經洗清所有罪嫌，獲得無罪開釋了。」
「其實不是所有罪嫌。」特理博說：「有一條比較輕的罪我沒有提出來，第十八條第三十一款之二。」
「什麼鬼東西？」哈特曼咒罵。
他的律師搖搖頭。「我不知道。」

「什麼意思？你這個律師怎麼當的？你怎麼不知道？」

特理博說：「這條法律規定，任何人攜帶裝有子彈的槍械進入校園周圍一百碼，主日學也包括在內，就構成重罪。」他面帶謙虛的微笑補充說明，「我和州議會合作通過這道法令。」

「慘了……」辯方律師喃喃說。

哈特曼皺著眉，不懷好意地說：「怎麼可以抓人，來不及了，審判已經結束了。」

律師說：「他可以抓人，因為罪名不一樣了。」

「他沒辦法證明。」哈特曼倉卒說：「又沒有人看見我帶槍，當時沒有證人。」

「事實上，的確有一個證人，而且正好是你無法威脅利誘的一個。」

「誰？」

「你。」

特理博走向查克．吳的電腦，叫出證詞聽寫的檔案，緩緩朗讀：「哈特曼：『不正確。做完禮拜已經十二點了，我沒時間回家拿電玩。我大概十分鐘後走到星巴克。我跟你講過了，我家離教堂很遠，走路至少要二十分鐘，不信你可以看地圖。我直接從聖安東尼教堂走去星巴克。』」

「提這幹什麼？為什麼一直提那個鳥電玩？」

「電玩是障眼法。」特理博解釋。「重點在於，你說你在離開教堂和去星巴克之間沒空回家，表示你一定帶了槍進教堂，而教堂隔壁就是主日學。」特理博概述案情，「你宣誓後承認觸犯了第十八條第三十一款之二的規定，證詞可以在下次開庭的時候呈堂，表示你幾乎篤定被判有罪。」

哈特曼說：「好吧，讓我繳罰金，放我走，我現在就去繳。」

特理博看著他的律師說：「那條法律接下來怎麼規定，要我跟他解釋嗎？」

他的律師搖頭說：「哈特曼，是刑期重罪。」

「什麼意思？」

「定罪之後必須強制坐牢，六個月到五年的有期徒刑。」

「什麼？」恐懼在哈特曼的臉上擴散。「我不能坐牢。」他轉向律師，抓住律師的手臂。「我跟你解釋過了，我坐牢會被他們殺死，不能坐牢啊！想想辦法，你每次收錢都不做事，這次總該動動腦筋吧，懶蟲！」

律師拉回手。「告訴你，哈特曼，請另找高明，以我這種層次，服務的客戶比你這種人高一級。」說完走出雙扉門。

「別走！」

警探與兩位警察不顧哈特曼的抗議，押著他步出法庭。

接受旁聽民眾與警察的慶賀後，特理博與搭檔回到檢方席，開始收拾書籍、文件和筆記型電腦。待收拾的資料如山，法律畢竟是靠文字堆積而成的。

「嘿，老闆，魔高一丈喔。」查克・吳說。「故意把他的注意力引向電玩，讓他顧不了手槍這件事。」

「厲害，我們還以為你腦筋有問題。」維亞蒙蒂說。

「只是我們不敢說而已。」吳說。

維亞蒙蒂說：「嘿，我們去慶祝一下吧。」

特理博婉拒了。他最近陪妻兒的時間不多，現在迫切想回家，他收拾好了幾大袋的訴訟文件。

「謝謝你。」一個女人說。特理博轉身看見卡門站在他前面。他點頭接受。她似乎思索著接下來該怎麼說，最後只是握握檢察官的手，陪一位年長的女士走出將近全空的法庭。

特理博看著她離去的身影。

像他那種心腸壞透的人，不照遊戲規則來玩，檢方也拿他們沒辦法。
有時候，他們真的是贏定了……
換言之，有時候他們也贏不了。
丹尼・特理博提起最大一袋，和兩位搭檔離開法庭。

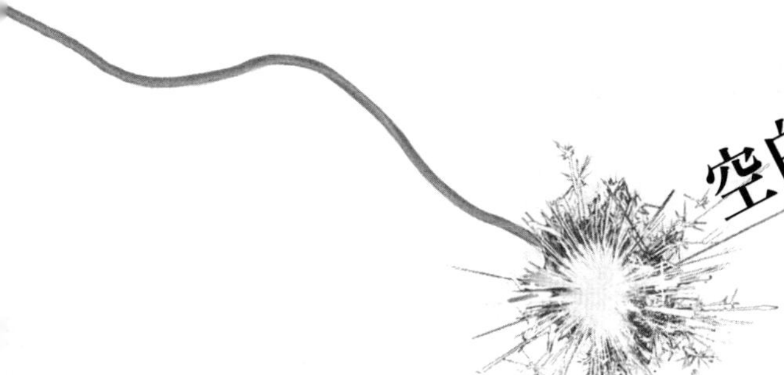

# 空白的賀卡

瑣碎的小事。

比如，她五點下班，卻拖到六點二十分才到家。

他知道妻子瑪莉喜歡開快車，下班大概只花四十分鐘就能回家。這麼說來，她剩下的幾分鐘在做什麼事？

比如，她常常講莫名其妙的電話。

有時候，他回家的時候發現瑪莉在講電話。瑪莉對他微笑，從客廳另一端送他飛吻，但是她一見老公進門，似乎立刻改變口氣，趕緊掛斷。丹尼斯有時候會去洗澡，假裝忘了毛巾，故意對瑪莉喊說：「老婆，拜託一下。」等瑪莉走進洗衣間，他會溜進廚房，猶豫一陣子，按下電話的重撥鍵。有時候接聽的人是鄰居或瑪莉的母親，不過有時沒人接聽。他記得看過一部電影，主題好像跟間諜有關，有個間諜打給同夥人的時候會讓電話響兩聲，過了六十秒再撥過去，對方才會放心接聽。丹尼斯想從撥號音來辨認號碼，可惜重撥的聲音太快了。

這麼疑神疑鬼的，他自己也不好意思。可是，後來又出現一些小事讓他起疑，比如酒味。他們住在威徹斯特郡的一棟殖民地風格的大房子，有時候老婆回家，他會去開門迎接，匆匆走過去用力親她一下，她會被丈夫的熱情愣住。偶爾丹尼斯會嗅到她口鼻有酒味，她推說是派蒂或凱蒂幫教堂募款，她剛去參加。不過，教堂辦活動哪裡有酒可以喝？丹尼斯・林敦認為很可疑。

丹尼斯對妻子的疑心合乎中年危機的徵狀，但他的懷疑並不是完全沒有道理。他做人太慷慨了，這是他的缺陷。跟他交往的女人喜歡佔他便宜。瑪莉是個精明上進的商場女人，不靠男人吃飯，丹尼斯不認為她是那種人，但是五年前兩人結婚後不久，丹尼斯開始懷疑瑪莉的本性。沒什麼大不了的，他只是謹慎一點。日常生活中，頭腦精明一點準沒錯。

一直到三個月前，丹尼斯約了好友希德・方斯沃茲去白原市喝酒，也就是在九月底的時候，他才掌握到確切的證據。

「我總覺得她好像在外面偷人。」丹尼斯捧著一杯伏特加湯尼喃喃說。

「誰？瑪莉嗎？」希德搖搖頭。「你想太多了，她很愛你。」兩人大學時代就認識了，希德是少數能對丹尼斯有話直說的人之一。

「她上禮拜去舊金山出差，搞得好像是人生大事一樣。」

「什麼意思，人生大事？她不想去嗎？」

「不，她很想去，只是我覺得不太好。」

「你覺得不好？」希德沒聽懂。「什麼意思？」

「我擔心她會惹上麻煩。」

「為什麼這麼想？」

「因為她是個美女，不然她會惹什麼麻煩？大家都喜歡跟她搭訕放電。」

「瑪莉？」希德笑著說：「得了吧，男人對女人放電是天經地義的事。不放電的話，不是同性戀就是死人。而且，她不會反過來放電，她只是……很客氣。她見人就微笑。」

「男人看見她微笑，誤以為對他有意思，轉眼就成了問題。我跟她說我不希望她去舊金山。」希德啜飲啤酒，謹慎地斜眼看著好友。「聽我說，丹尼斯，禁止老婆不能做這做那的，也太大男人了吧。」

「我知道，我沒那麼過分，只說不希望她去。她好生氣。她幹嘛非去不可？有那麼重要嗎？」

「廢話……因為她是資深行銷經理，有必要出差。」希德反言相譏。

「可是西岸又不歸她管。」

「丹尼斯，我們公司也在全國各地開會，你們公司也一樣，這跟工作範圍沒關係……你以為她跟人有約嗎？跟情夫約會之類的？」

「大概吧。我擔心的正是她跟情夫幽會。」

「胡思亂想。」

「她去了以後，我每個晚上撥電話去旅館，有兩、三次，她到十一點左右才回房。」

希德翻翻白眼。「你幫老婆規定了宵禁啊？拜託，她去出差辦公事，你出差的時候，玩到多晚才回旅館？」

「那可不一樣。」

「是啊，不一樣。好吧，你憑什麼認為她劈腿？」

丹尼斯說：「第六感吧，我也說不上來為什麼。你看看我，我才四十五歲，身體好得不得了，摸摸我肚子，腹肌硬得像木板，頭髮沒有一根是白的。拿回家的薪水也很多，請她吃晚餐、看電影……」

「好了，不管你怎麼想，我信任老婆朵樂絲，我對她寬容。建議你用同樣的方法對待瑪莉。」

「你不懂。」丹尼斯臉色陰沉。「我也說不上來。」

「我只知道，」希德笑說：「瑪莉去遊民聯盟當義工，也擔任教會的理事，宴會辦得跟生活大師瑪莎・史都華一樣有聲有色，而且白天還要上班。她是聖人。」

「聖人也會犯錯。」丹尼斯急忙說。

希德低聲說：「好吧，如果你這麼擔心，那就去調查她吧。注意她去過哪些地方，看她去了多久，過濾她的收據，注意瑣碎的小事。」

「瑣碎的小事。」丹尼斯複誦。有道理，他微笑了。

「告訴你，老兄，查了半天，你會覺得自己很驢。她才沒有劈腿。」

諷刺的是，希德的建議沒有為瑪莉洗清嫌疑——至少在丹尼斯的內心是如此。他確實看出了一些瑣碎的小事，例如說她下班回家的時間拖長了，講電話時的語氣奇怪，回家時口中多了酒味……這些小事加深了他的疑心，讓他成天只想查清事實。

今天晚上外面在下雪，距離耶誕節只剩兩星期，丹尼斯有了重大的發現。

傍晚五點半的時候，瑪莉還沒下班，而且她說下班後要去買耶誕禮物，所以會晚點回家。他心想，老婆，沒關係，盡量慢慢逛。因為丹尼斯正在夫妻的臥房裡進行大搜索，想找出一整天在腦海縈繞不去的東西。

今天早上，丹尼斯出門上班前脫掉了皮鞋，悄悄走過臥房，當時瑪莉正在穿衣服。丹尼斯向臥房裡偷窺，看見她正從公事包取出一個紅色的小東西，趕緊藏進梳妝檯最下面的抽屜。他等了幾秒才走進臥房。「這領帶好不好看？」他高聲問，嚇了瑪莉一跳。瑪莉連忙轉身，「你嚇到我了啦。」但是她的情緒恢復得很快。她露出微笑，沒有對打開的公事包或梳妝檯瞄一眼。

「還好。」她為丈夫調整領帶結，轉回去面對衣櫃，繼續穿衣服。

丹尼斯離家去上班。上班期間，丹尼斯心神不定，反覆思索著梳妝檯最下面抽屜裡的紅色物體。更不妙的是，老闆說下星期波士頓的客戶想開會，問丹尼斯能不能去一趟。這麼一問，丹尼斯想到瑪莉的舊金山之行，該不會也是可有可無吧。她大概根本不必去。丹尼斯提早下班回家，直奔上樓，一把拉開梳妝檯的抽屜。

她藏的東西已經不見了。

她帶在身上嗎？還是送給情夫當耶誕禮物？

她沒有帶在身上。他搜遍了臥房裡可能藏東西的地點。半個小時後，他找到了。原來是紅色的耶誕卡信封，封口黏著。今早丹尼斯出門後，瑪莉把耶誕卡從抽屜拿出來，改放進黑色絲袍的口袋，正面沒有註明姓名或地址。

他捧著信封，覺得這張耶誕卡燙得像火紅的鐵塊。他的手指覺得刺痛，幾乎捧不住正方形的信封，感覺好沉重。他走進浴室鎖上門，以免被提早回家的瑪莉撞見。他把信封翻了又翻，翻了十幾遍、二十幾遍，仔細研究著。舔封口的時候，她沒有舔遍整條，丹尼斯可以扳開大部分，其中一小部分緊緊黏住，硬扳開的話恐怕會撕破信封。

他從洗臉台下找出一片舊的刮鬍刀，花了半小時細心刮除封口上的漿糊。

六點三十分，只差零點六公分就能拆開，電話鈴聲響起。聽見瑪莉說她會晚點回家，他居然一改以往地覺得高興。她說在購物中心碰到朋友，想在回家路上一起去喝杯酒，她問丹尼斯想不想一起去。

他說他太累了，掛掉電話匆匆回到浴室。二十分鐘後，他刮掉了最後一小塊漿糊，以顫抖的雙手打開信封。

他抽出耶誕卡。

正面畫的是一對維多利亞時代的男女，手牽手，向外欣賞著後院的雪景，四周有點點燭光。

他深吸了一口氣，打開耶誕卡。

裡面一片空白。

丹尼斯明瞭到，這些日子以來，他的疑慮並非空穴來風。送人空白耶誕卡的原因只有一個。她和情夫太擔心被人發現姦情，所以不肯寫字——連無傷大雅的內容也不敢寫。他想了一下，可惡，空白的卡片比寫了字的卡片更可怕幾倍——兩人之間的愛太深了，筆墨也無法傳達。

瑣碎的小事……

他突然靈機一動，確認瑪莉的確在外有染，而且可能已經偷情了幾個月。

對象是誰？

他敢打賭是公司的同事。她九月跟誰去舊金山出差？要怎麼查出來？他可以冒充航空公司的人，打去瑪莉公司問出差的行程。或者冒充會計？或者他可以清查公司所有男人的分機……

怒火燒掉了他的理智。

丹尼斯忿而把耶誕卡撕成十幾片碎屑，扔向臥房，仰躺在床上盯著天花板半小時，盡力想緩和情緒。

但他定不下心來。他反覆思忖著瑪莉偷情的機會。教堂辦糕餅義賣會、開車上下班的時候、午休時間。有幾個晚上，她和派蒂（嗯，她說是派蒂）逛街後要去看舞台劇，來不及回家，只好在紐約市過夜……

電話又響了。是瑪莉打來的嗎？他懷疑。他拿起話筒。「喂？」

對方猶豫一下。「丹尼斯嗎？你還好吧？」希德・方斯沃茲說。

「不太好。」他說出發現耶誕卡一事。

「只不過……你說裡面一個字也沒寫？」

「對，那當然。」

「而且沒有註明收件人？」

「沒有，所以才特別糟糕。」

兩人沉默無語，之後好友希德才說：「這樣吧，丹尼斯……我在想，你最好別一個人生悶氣，要不要跟我和朵樂絲聚一聚喝幾杯？」

「去你的，我才不想喝酒，我要的是真相！」

「好啦，好啦。」希德連忙說：「不過你的口氣有點失常，不如我去你家一起看球賽好了，去同條街上的喬伊家也行。」

瑪莉怎能這樣對我？我為她奉獻了那麼多！我供她溫飽，送她一輛凌志車，在床上滿足她。丹尼斯竭力遏制怒火。他只打過老婆一次……可惡，他事後馬上道歉，還買車賠罪。為她奉獻了這麼多，她一點也不感激。

愛說謊的妓女……

她去了什麼鬼地方？人在哪裡？

「怎麼樣，阿丹？我沒聽清楚。這樣吧，我現在就過去——」

丹尼斯望著話筒，放回話筒座。

希德離他家只有十分鐘的車程，丹尼斯必須趕快動身。他不想見到希德。他非做一件事不可，不希望被希德勸退。

丹尼斯站起來走向梳妝檯，取出他不久前藏起來的東西——一把史密斯威森的點三八左輪手槍。他套上羽毛夾克——瑪莉今年十月送他的禮物。也許是她去旅館會情人的途中買的。丹尼斯把槍放進口袋，出門坐上他的野馬休旅車，駛出車道。

誰也騙不了丹尼斯・林敦。

他們家和瑪莉的公司之間的休閒場所，完全逃不出丹尼斯的掌握，各個都有可能是瑪莉幽會的地點。但他也知道瑪莉從購物中心回家途中會去哪裡。（他經常去那邊臨檢，只求逮個正著。）瑪莉還沒有被他逮到過，但今晚他覺得手氣正旺。

他沒有料錯。瑪莉的黑色淩志車停在哈德遜旅館外面。

他把車子停在車道正中央，跳出車子，這時有一對男女開車駛向出口，緊急轉彎才沒撞上他。對方對他按喇叭，他衝過去用拳頭捶車子的引擎蓋，大罵「去死吧！」車上的兩人嚇得不敢眨眼。他拿出口袋裡的手槍，走到窗外向裡看。

果然，老婆坐在裡面：金髮、苗條、心形的臉蛋。旁邊坐的是情人。

這男人少說比瑪莉年輕十歲，長相不但不帥，還挺了個大肚腩。她怎麼看得上這種男人？怎麼可能？這男人看起來也不是富翁，穿的是不時髦的廉價西裝。看上這種男人的原因只有一個……他的床上功夫一定很棒。

丹尼斯嘗到了怒火中燒的熟悉腥味。

他隨即理解到，瑪莉穿的是他去年耶誕送的海軍藍洋裝！他刻意挑這件高領的洋裝，不想讓她對路過的每個男人招搖乳溝。他知道瑪莉挑今天穿這件洋裝別有用心，是想暗地裡侮辱他。丹尼斯想像這條肥豬慢慢解開鈕釦，胖胖的手指伸進衣服裡面，瑪莉對他小聲說話。而肥豬每次看著空白耶誕卡時，都能聽見相同的話。

丹尼斯想尖叫。

他從窗外大步走向旅館正門，推開門走進去，把服務生撞得跌到地上。

總管看見手槍，驚呼後退，其他客人見狀也紛紛走避。

瑪莉看見他，臉上還留有和胖子聊天時的微笑，臉色霎時轉白。「丹尼斯，老公，你怎麼——？」

「我怎麼來這裡了？」他面帶諷刺的怒氣。

「天啊，有槍！」男朋友舉起雙手，向後跌撞，吧台椅也跟著翻倒。

「老婆，我來這裡的目的是，」他對著瑪莉大吼：「做我老早就該做的事。」

「丹尼斯，你在說什麼？」

「他是誰？」胖子問，眼珠被恐懼漲得暴凸。

「我先生。」瑪莉低聲說：「丹尼斯，求求你，把槍放下！」

「你叫什麼名字？」丹尼斯對男人嘶吼。

「我——我叫法蘭克．奇爾頓，我——」

奇爾頓？丹尼斯記得這個姓。他是派蒂的丈夫，派蒂是瑪莉在教堂理事會認識的好朋友。瑪莉連好朋友也背叛了。丹尼斯舉槍。

「不要，拜託！」法蘭克央求。「別開槍！」

瑪莉擋住情夫。「丹尼斯，天啊！快把槍放下，求求你！」

他喃喃說：「搞婚外情的人就要付出代價，妳想賴也賴不掉。」

「婚外情？你什麼意思？」瑪莉表演得像兒童一樣純真。

附近有女人尖叫起來。「法蘭克！瑪莉！」

丹尼斯瞄向吧台，看見一位少婦走出洗手間後僵住了，滿臉驚恐的她奔向法蘭克，一手抱著他。

怎麼回事？丹尼斯糊塗了。這女人是派蒂。

瑪莉睜圓了眼睛，氣喘不休，「丹尼斯，你以為我在跟法蘭克偷情？」

他啞然無言。

「我在購物中心碰到派蒂，」她說明，「我打電話跟你講過了。我們決定去喝一杯，她打電話叫法蘭克一起來。我也邀請過你，是你自己不肯來的。你怎麼會以為——？」她哭了。「你怎麼可以——」

「別假了，我知道妳在搞什麼鬼。也許對象不是他，不過另有他人。」他舉槍瞄準妻子。

「太多矛盾的地方了，老婆，不合理的地方太多了。」

「丹尼斯，你越講我越糊塗。我沒有劈腿，我愛的是你啊！我今天晚上是去買送你的耶誕禮物。」她提起一只購物袋。

「也買了一張耶誕卡？」

「一張——」

「妳有沒有買給我的耶誕卡？」他尖聲問。

「有！」她繼續掉淚。「我當然有買。」

「有買賀卡送其他人嗎？」

她滿臉迷惘。「只有我們一起寄的那些，寄給朋友，寄給我家人……」

「妳藏在衣櫃裡的那一張，怎麼解釋？」

她傻眼。「你是說放在浴袍口袋的那張？」

「對！那張是給誰的？」

「是給你的！是送你的耶誕卡。」

「幹嘛封起來，裡面又不寫字？」他露出得意的微笑。

瑪莉止住了淚水，現在臉上綻放的是怒意。這種表情丹尼斯只見過兩次，一次是丹尼斯不肯讓她重回職場，另一次是丹尼斯不肯讓她去舊金山出差。

「我沒有封起來，」她動怒了，「昨天我從賀軒卡片店走出來，正好下著雪，信封被雪花打濕了，所以才黏住。我想找時間挑開，所以藏起來，以免被你發現。」

丹尼斯放下手槍，躊躇片刻，隨即冷笑說：「好，算妳厲害，可惜妳騙不了我。」他舉槍瞄準瑪莉的胸口，開始扣扳機。

「不要，丹尼斯，求求你！」她哭喊著，無助地舉起雙手。

「不許動！」有個男人咆哮。

「放下武器！快！」

丹尼斯轉身發現來了兩位紐約州警，正舉槍對準他。

「不行，你們不了解。」丹尼斯說著把手槍對準警察。

兩位警察只遲疑了幾分之一秒，同時開槍。

丹尼斯在看守所的醫院養傷三星期，接受過幾位心理醫師的評估。醫生建議在開庭之前開聽證會審核他的精神狀態。

聽證會在二月召開，這天的天氣冷而晴朗。原來，丹尼斯長年受憂鬱症之苦，也有難以控制情緒的問題，更患有疑心病。連檢察官也死了心，認定他喪失了行為能力，不適合出庭。意見的分歧點在於丹尼斯適合進什麼樣的醫院，檢察官希望他進入戒備森嚴的醫院，永遠不得獲釋；丹尼斯的律師則呼籲讓他進一般醫院，接受大約六個月的觀察。

辯方的辯詞重點是，丹尼斯的行為傷不了人，因為警方後來發現，手槍的撞針事先被拆掉了，扣了扳機也沒用。律師解釋說，丹尼斯知道手槍失效了，只是想拿槍唬唬人。

然而，律師此話一出口，丹尼斯立刻跳起來大喊不對，他以為手槍正常。

「撞針正是整個案子的關鍵！」

律師嘆了口氣，堵不住丹尼斯的嘴巴，憤慨之餘只好坐下。

「可以讓我宣誓當證人嗎？」丹尼斯對法官說。
「林敦先生，這又不是審判。」
「我可以發言嗎？」
「好吧，請說。」
「這事我思考了好久，庭上。」
「是嗎？」悶得發慌的法官問。
「是的，庭上。我終於想通了。」丹尼斯繼續說明。他對法官說，瑪莉一直背著他偷情，對象也許不是上司，不過一定另有他人。瑪莉想去舊金山出差，其實是去幽會。
「我很清楚，因為我懂得注意瑣碎的小事。我朋友叫我注意瑣碎的小事。」
「瑣碎的小事？」法官問。
「對！」丹尼斯加重語氣。「所以我才開始注意小地方。對，她其實希望我能找到證據。」
丹尼斯解釋，瑪莉知道他想殺她，所以拆掉了手槍裡面的撞針，以這種方式來陷害他，讓他被逮捕或被當場擊斃。
「你提得出證據嗎，林敦先生？」法官問。
當然，丹尼斯朗讀氣象報告，說明事發的前一天既沒有下雨也沒有下雪。
「天氣跟案情有關嗎？」法官向丹尼斯的律師瞄一眼，律師揚眉表示絕望。
丹尼斯笑說：「庭上，被打濕的封口。」
「怎麼說？」
「她真的舔過了信封的封口。她說是被雪沾濕的，其實不是。」
「信封？」

「她封起來，故意讓我以為是送給情夫的，想讓我氣得失去理智。她明知道我在監視她，故意把信封藏起來。」

「了解。」法官開始閱讀下一個案子的檔案。

丹尼斯滔滔不絕講述空白信的奧秘，說明沒寫出來的文字比文字本身更具威力。「像是那樣的東西，沒寫出來的文字，絕對讓人有理由殺掉姦夫淫婦。庭上，您同意嗎？」

這個時候，法官才命令法警將丹尼斯帶出法庭，判決他進入戒備最森嚴的威徹斯特郡暴力精神病患監獄。

「妳誰也騙不了！」丹尼斯對著坐在法庭後半部的妻子尖叫，她淚流滿面。兩名法警強力將他押出門，他驚慌的叫聲響徹法庭，久久不散。

八個月後，負責精神病院遊戲室的管理員閱讀當地的報紙，碰巧看到一小則結婚的報導，上面寫著丹尼斯的前妻即將改嫁，對象是一位從事投資金融業的男人，姓名是希德・方斯沃茲。報導中提及兩人即將前往舊金山度蜜月。瑪莉說舊金山是「我最愛的城市，希德跟我第一次正式約會就是在舊金山。」

管理員考慮對丹尼斯提這件事，隨即決定不提也罷，以免他聽了難過。何況丹尼斯和往常一樣，沉迷在自己忙著的事情中，不希望被人打擾。丹尼斯最近幾乎整天坐在工藝桌前，以紅色的勞作紙裁製賀卡，然後交給管理員，請管理員幫他寄出去。管理員當然一封也沒寄，因為院方不准病人寄信到外面。即使沒有這項規定，管理員照樣沒辦法寄，因為這些賀卡張張空白。丹尼斯從來不在裡面寫字，信封的正面也從不註明姓名或地址。

# 耶誕禮物

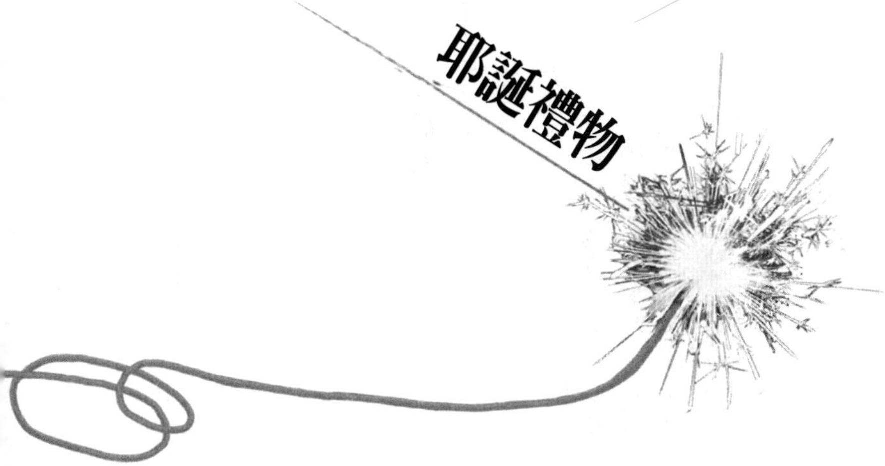

「她失蹤多久了？」

回答的人是體態肥碩的隆恩・塞利托。他聳聳肩，「這有點問題。」時逢耶誕佳節，他的節食計畫也泡湯了。他是紐約市警局的警探。

「講吧。」

「有點——」

「你已經講過了。」林肯・萊姆忍不住點明。

「差不多四個鐘頭，將近。」

萊姆根本懶得發表意見。成年人失聯超過二十四小時才會被列入失蹤人口。

「不過這次狀況不同。」塞利托接著說：「要看失蹤的人是誰而定。」

這裡是臨時的刑案證物化驗室，也是萊姆家的客廳。萊姆的這棟公寓位於曼哈頓中央公園以西，客廳權充化驗室已有多年，器材和用品比多數小鎮警察局更齊全。

窗戶周圍掛了品味不俗的常綠花環，掃描式電子顯微鏡也垂掛著亮片。音響播放著布列頓㉚的名曲〈聖誕頌歌之儀式〉（Ceremony of Carols），音質嘹喨。今天是耶誕節前夕。

「她是個很乖巧的孩子，我說的是女兒卡莉。她母親明知道女兒要來，臨走時卻連電話也沒打，也沒留紙條，完全沒交代去向，這不符合她一貫的作風。她叫蘇珊・湯姆森，個性保守到家，無緣無故就消失了，很奇怪。」

「她是去買送給女兒的耶誕禮物。」萊姆說：「想給女兒驚喜，不希望洩底。」

「可是，她的車還停在車庫裡。」塞利托朝窗外點頭。外面飄著肥大如碎紙片的雪，已經連續下了幾小時。「這種天氣她就算走路也走不了多遠，林肯。她也沒有去鄰居家串門子，女兒卡莉去問過了。」

萊姆只動得了左手無名指、雙肩和頭部。假如他全身能運作自如，一定會對塞利托警探做出不耐煩的動作，例如舉手畫一圈，或是把雙手的手心向上。既然動不了，他只好靠語言來表達。「這個不太算失蹤人口的案子是怎麼來的，隆恩？我看得出你想做善事。你知道有句俗話怎麼說的嗎？好心一定沒好報（Good deeds never go unpunished）……更何況，這案子有點落在我肩膀上了，對吧？」

桌上擺著自製的耶誕餅乾，塞利托又不請自拿一塊。餅乾做成耶誕老公公的形狀，可惜糖霜把臉畫得其醜無比。「很好吃，要不要來一塊？」

「不要。」萊姆嘀咕道，視線轉向一個架子。「既然你要推銷案子，你多搞一點節慶氣氛的話，聽起來可能比較順耳。」

「節慶氣氛？……喔，了解。」他走向化驗室另一邊，找到一瓶麥卡倫，在大杯子裡倒了有益健康的分量。塞利托警探在杯子裡插了吸管，把杯子放在輪椅的杯座上。

萊姆吸了一口。啊，飄飄欲仙……助理湯瑪斯和搭檔艾米莉亞・莎克斯出去買東西了。假如這兩人在家，萊姆的飲料也許可口，但現在時間還早，他們倒的飲料絕對不含酒精。

「好吧，我來解釋，蘇珊和女兒是瑞秋的朋友。」

原來是幫女朋友的好友做人情，瑞秋是塞利托的女友。萊姆說：「蘇珊的女兒是卡莉。看吧，我剛才聽進去了，隆恩，繼續講。」

「卡莉——」

「幾歲？」

㉚Benjamin Britten，一九一三~七六，英國音樂家。

「十九，在紐約大學唸書，主修商學，她男友住在花園城——」

「她年齡以外的事跟這案子有關嗎？我連她幾歲都覺得跟案情無關了。」

「我問你，逢年過節，你的心情都這麼好嗎？」

林肯再喝一口酒。「繼續說。」

「蘇珊離過婚，沒有再嫁，目前在下城區的公關公司上班，住在郊區，在納索郡——」

「納索？納索？哼，這案子該不會有點歸他們管吧？你了解轄區的道理吧？警校教到管轄權的那一課，你有沒有上到？」

塞利托和萊姆合作多年，習慣了他愛鬥嘴的脾氣，練就了一套反制之道。塞利托裝聾繼續說：「她請了兩天假，布置家裡迎接耶誕假期。我女朋友瑞秋說，蘇珊的女兒還是青少年，母女相處得不太融洽。不過蘇珊很努力，希望把一切弄得妥當，想幫女兒辦個盛大的耶誕慶祝會。對了，女兒卡莉在格林威治村租了公寓，就在學校附近。昨天晚上她跟媽媽通過電話，說她今天早上會回家一趟，留下一些東西，然後去男朋友家。蘇珊說好，過來喝杯咖啡再走，諸如此類的……結果卡莉到了家，蘇珊卻不見人影，而且她的——」

「車還在車庫裡面。」

「對。卡莉等了一會兒，蘇珊還是沒有回家。她打電話給當地警局，警察卻說失蹤至少二十四個小時才能接受報案。所以卡莉想到了我，因為她只認識我這個警察，她就打電話給瑞秋了。」

「總不能因為正值耶誕假期，我們就逢人做善事吧。」

「林肯，就算送這女孩一個耶誕禮物吧，問幾個問題，去她家走一走就好。」

萊姆還是臭著一張臉，實際上卻聽出了興致。他痛恨無事可做的感覺……對，逢年過節的時候他確實心情不佳，因為每逢放假期間大案子銳減，紐約市警局或ＦＢＩ不會請他這位蒐證科學家來協助辦案，他這一行的專業名稱是「刑事學家」。

「所以……卡莉很著急，你應該能體諒。」

萊姆聳聳肩。幾年前他在刑案現場碰上意外，撿回一條命卻落得四肢癱瘓，身體能動的部分不多，聳肩是他少數能做的動作。萊姆以還能活動的手指去按觸控板，讓輪椅轉過來面對塞利托。「媽媽現在大概回到家裡了，不過如果你堅持，我們可以打電話給卡莉，問她幾個問題，看能理出什麼結果，反正不會少塊肉。」

「太好了，林肯。你等一下。」壯碩的塞利托警探走過去開門。

結果走進一位少女，害羞地左顧右盼。

「萊姆先生，嗨，我是卡莉・湯姆森，謝謝你答應見我一面。」

「害妳一直在外面等。」萊姆刻薄地瞪塞利托一眼。「假如我朋友塞利托早點說，我會請妳進來喝杯茶。」

「喔，沒關係，我什麼也不想喝。」

塞利托挑起一邊眉毛，開始神情愉快地幫女孩找張椅子。

卡莉留著長長的金髮，有副運動員的身材，圓臉只塗了淡妝，打扮偏向MTV世代的流行風格——喇叭牛仔褲、黑夾克、大皮靴。對萊姆而言，他認為這女孩最特殊的一點是她的表情：卡莉見到殘障的他，臉上絲毫沒有異狀。有些人一見他就舌頭打結，有些人則緊張得言不及義；還有些人猛盯著他看，越來越慌張，彷彿看了他的身體一眼等於觸犯百年大忌。這些人的反應總讓他一肚子氣。

她微笑說：「我喜歡這裡的裝飾。」

「什麼？」萊姆問。

「你輪椅背後的花環。」
刑事學家萊姆轉了一圈，什麼也沒看見。
「後面有個花環？」他問塞利托。
「對，你不知道啊？還結了一條紅緞帶。」
「一定是助理的好意。」萊姆嘀咕說：「再搞這一套，保證被我開除。」
卡莉說：「我原本不想麻煩塞利托警探或是你……我本來誰也不想麻煩，不過事情實在太怪了，我媽從來沒有這樣人間蒸發過。」
萊姆說：「百分之九十九的時候只是誤會一場，完全跟犯罪扯不上關係……而且只過四個鐘頭？」他再瞄塞利托一眼。「安啦！」
「不過，我媽媽最大的特點就是她很可靠。」
「最後一次跟她通話是什麼時候？」
「大概是昨晚八點。她明天要辦慶祝會，我跟她討論計畫。我說今天早上會去她家，她要開份購物清單給我，給我一點錢，我男友傑克跟我準備去買東西殺時間。」
「說不定她打妳的手機打不通。」萊姆猜測。「妳朋友住哪裡？她有沒有可能留言在他家？」
「傑克家？沒有。我來這裡之前跟他通過電話。」卡莉露出遺憾的微笑。「她對傑克還算看得順眼。」她緊張地用手指纏著長髮繞。「可惜他們處不太來，他……」卡莉決定別把兩人不合的細節講出來。「反正她沒有打去傑克家就是了。他爸爸……很難纏。」
「她今天請假沒上班？」
「對。」
門打開來，萊姆聽見艾米莉亞・莎克斯和湯瑪斯走進來，購物紙袋的聲音窸窸窣窣。

長腿的艾米莉亞穿著牛仔褲和轟炸機夾克，走進門口，雪花散佈在紅髮和肩膀上。她對萊姆和塞利托微笑。「耶誕快樂。」

湯瑪斯捧著購物袋進走廊。

「艾米莉亞，來這裡，塞利托警探好像幫我們拉了一個免費的案子。艾米莉亞‧莎克斯，這位是卡莉‧湯姆森。」

兩個女性握握手。

塞利托問：「要不要吃餅乾？」

卡莉婉拒，艾米莉亞也搖頭。「塞利托，餅乾是我畫的，我知道，聖誕老公公被我畫成了科學怪人。如果這麼快就吃光了，最驚訝的人是我。」

湯瑪斯出現在門口，對卡莉自我介紹，然後走向廚房，萊姆知道點心即將登場。萊姆討厭假日，這位助理正好相反，最主要的原因是到了假期，湯瑪斯幾乎每一天都能扮演主人的角色。

艾米莉亞一面脫下夾克掛好，萊姆一面解釋案情，說明卡莉已經報告的部分。

艾米莉亞點頭吸收重點，重申才失蹤幾個小時，沒必要窮擔心。但是她也說，卡莉是塞利托和瑞秋的朋友，大家很樂意幫忙。

「的確樂意之至。」萊姆語帶嘲諷，只有艾米莉亞聽得出來。

**好心一定沒好報……**

卡莉繼續說：「今天早上我大概八點半到家，她不在，車子停在車庫裡。我去了所有鄰居家敲門問，不但找不到人，鄰居也沒看見她。」

「她會不會昨天晚上就走了？」塞利托問。

「不可能，她今天早上才煮過咖啡，咖啡壺還溫溫的。」

萊姆說：「說不定公司突然有事，她不想開車去車站，所以叫了計程車。」

卡莉聳聳肩。「可能吧，我沒想過這一點。她是公關，最近忙翻了。她忙的客戶是一家網路大公司，現在破產了，她忙到不行……不過，我也不太清楚，因為她不太常跟我聊工作上的事。」

塞利托吩咐下城區的年輕警探去問計程車行，範圍集中在長島的葛倫哈洛區附近。後來警探回報說，今天早上沒有計程車被派去她家。他們也打電話去蘇珊的公司，問她有沒有進辦公室，沒人看見她，她的辦公室也鎖著。

就在這個時候，正如萊姆所料，身材修長的助理穿著白襯衫，結著「死之華」主唱的耶誕領帶，推著一大盤東西進來，上面有咖啡、茶、一大碟甜點和餅乾。湯瑪斯幫所有人倒了飲料。

「怎麼沒有無花果布丁㉛？」萊姆刻薄地問。

艾米莉亞問卡莉：「妳媽最近心情會很差嗎？」

她思考片刻後說：「我外公今年二月過世了，他很疼我媽，所以我媽難過了好久。不過到了夏天，她買了一棟超正點的房子，搬進去住之後還需要修修補補的，不過心情也跟著好轉。」

「她的朋友或是男朋友呢？」

「她有幾個好朋友。」

「姓名和電話號碼呢？」

卡莉再次無語：「我知道其中幾個人的名字，但不太清楚他們住在哪裡，也沒他們的電話號碼。」

「她最近在談戀愛嗎？」

「她剛分手，差不多一個月之前。」

塞利托問：「妳覺得對方有惹過麻煩嗎？有沒有糾纏她？這人會不會因為分手而不甘心？」

卡莉回答：「不會吧，提議分手的人好像是男方。他住在洛杉磯或是西雅圖，在西岸太遠了，所以我媽媽不太認真。她最近開始跟另一個男人交往，大概兩個禮拜前吧。」卡莉的視線從艾米莉亞移向地板。「我是真的愛我媽媽，問題是，我跟她不是很親。我爸媽七、八年前離婚，很多情況也跟著改變……對不起，我對她的事不是很熟。」

啊，美好的家庭，萊姆刻薄地想著。正因家家有本難唸的經，在公園大道開業的精神科醫師才個個日進斗金，全球的警察局才會日夜忙著接聽電話。

「妳的情況還好。」艾米莉亞安慰她。「妳爸爸住在哪裡？」

「他住紐約市，下城區。」

「他和妳媽常不常見面？」

「已經沒有了。我爸想跟她復合，不過她態度冷淡，我想我爸死心了。」

「妳呢？跟他常見面嗎？」

「很常見。可惜他也常出差，他的公司專營進口，所以常去國外見供應商。」

「他現在人在紐約嗎？」

「在。我參加完媽媽辦的慶祝會之後，耶誕節那天會去找他。」

「我們應該打電話找他，看看他有沒有跟妳媽聯絡過。」艾米莉亞問。

萊姆點點頭，卡莉報出父親的電話號碼。萊姆說：「我來跟他聯絡……艾米莉亞，該上路了，去看一下蘇珊的房子。卡莉，妳帶她去，動作快。」

「好，萊姆，不過你在急什麼？」

㉛耶誕歌曲中常出現的一種點心。

他瞥向窗外，彷彿答案就在陽光下。

艾米莉亞搖頭不解。別人的腦筋轉得沒有他快，他經常因此生氣。「因為雪地能透露今早發生的事。」說完，他再附上誇張的口頭禪：「如果繼續下雪，線索全被埋掉了，想解讀也讀不出來了。」

半小時後，艾米莉亞駕駛著火紅色的老雪佛蘭卡瑪洛來到長島的葛倫哈洛區，在一條僻靜的林蔭街上靠邊停車，和蘇珊的家隔了三戶。

「不對，再過去才是她家。」卡莉指出。

「停這裡比較好。」艾米莉亞說。萊姆以前常對她嘮叨，進出刑案現場的路線往往也具備刑案現場的特質以及潛藏寶貴的線索。艾米莉亞隨時戒慎恐懼，不願破壞現場。

卡莉注意到母親的車子還停在車庫，不禁苦笑。

「我本來希望……」

艾米莉亞從她的臉看出不經修飾的憂慮，領悟到卡莉和母親很明顯相處得並不愉快，但母女連心，再大的心結也無法斷絕血緣，母親失蹤最能引發原始的恐懼。

「遲早找得到她的。」艾米莉亞低聲說。

卡莉淡淡一笑，把夾克拉得更緊。這件夾克式樣時髦，一看就知道很貴，卻完全抵擋不了寒風。艾米莉亞度過幾年模特兒生涯，不走秀也不必拍照的時候，她穿得像普通人，管他現在流行什麼。

艾米莉亞望向蘇珊的家。這棟兩層樓的獨棟新房屬於殖民時代風格，格局複雜，院子小卻整理得很雅致。她打電話給萊姆，真正辦案的時候，她會用摩托羅拉手機打電話，由人轉接給萊姆，但這次不算真正辦案，她用連接耳機的手機通話。手機扣在皮帶上，葛拉克手槍扣在幾公分外。
「我到蘇珊家了。」她告訴萊姆。「什麼音樂？」
過了一會兒，〈聽天使高歌〉的旋律靜了下來。
「對不起，湯瑪斯堅持慶祝耶誕節要有耶誕的氣息。艾米莉亞，妳看到什麼沒有？」
她解釋目前的方位及房子的分佈圖。「這邊的雪下得不算大，不過你剛才說對了，再過一個鐘頭，所有的痕跡一定會被蓋住。」
「別走人行道，去檢查有沒有人盯梢的跡象。」
「了解。」
艾米莉亞問卡莉留下了哪些痕跡，卡莉說她今早把車停在車庫前，下車從廚房房門進去。艾米莉亞仍分辨得出雪地上的胎痕。
艾米莉亞繞著房子外圍走，卡莉跟在後面。
「後院和房子兩旁什麼也沒有，只找得到卡莉的腳印。」
「妳是說，沒有明顯的腳印。」萊姆糾正她。「並不表示『什麼也沒有』。」
「對，萊姆，就是這意思。可惡，好冷。」
繞到了房子的正面之後，艾米莉亞在馬路通往屋子的步道上發現腳印。有一輛車在路邊停過，有一組腳印通往房子，走回來時多了另一人的腳印，顯示駕駛接走了蘇珊。艾米莉亞向萊姆報告這項心得。他問：「從鞋印看得出什麼嗎？尺寸、鞋底紋路、重量分布。」
「一時看不出來。」她彎腰下去時縮了一下眉頭。天氣濕冷，關節痛的老毛病又犯了。
「不過，有個現象很怪——這兩個人走得很近。」
「好像其中一個摟住另一個。」

「對。」

「有可能是關係親密，有可能是有人受到脅迫。我們暫時假設——希望——其中一人是蘇珊，也假設不管發生什麼事，她至少還活著。至少幾個鐘頭前還沒事。」

隨後，艾米莉亞注意到雪地上有個詭異的凹痕，留在正面窗戶之一的旁邊，很像有人從人行道走過來，然後跪在地上。從這裡，客廳與更遠的廚房內部一覽無遺。她叫卡莉去開正門，低聲對著麥克風說：「可能有問題，萊姆……看起來剛才有人跪在這裡，觀察窗戶裡面的情況。」

「艾米莉亞，有沒有證物？有沒有明顯的痕跡、煙蒂、凹陷的地方或微物證據？」

「沒有。」

「進屋檢查，艾米莉亞，而且為了增加趣味，假設歹徒還在房子裡。」

「怎麼可能？」

「就當作有吧。」

艾米莉亞走向正門，拉開皮夾克的拉鏈，以便出狀況時能迅速拔槍。她在正門的入口處看見卡莉，正在屋子裡東張西望。屋裡很安靜，只聽得見家用電器的運轉聲。電燈亮著，但艾米莉亞認為沒開燈反而讓人比較安心，因為電燈沒關表示蘇珊走得很急。被綁架的人哪有閒工夫關燈？

艾米莉亞叫卡莉別走太遠，同時開始檢查，內心祈禱著別發現屍體。幸好沒有。她們找遍了蘇珊可能去的地方，不見人影，也沒有打鬥的跡象。

「現場一切正常，萊姆。」

「這也算一件證據。」

「我想簡單走個方格子找證物，看能不能理解出她的去向，有結果再跟你回報。」

來到一樓，艾米莉亞停在壁爐架前面，看著幾幀加框的相片。蘇珊・湯姆森的體格高大健壯，金色的短髮向後燙鬈，臉上掛著親和的微笑。多數是她和卡莉的相片，也有她和一對老夫妻的合照，可能是她的雙親。許多照片的背景都在戶外，看來是健行或露營的時候拍攝的。

她和卡莉尋覓著能解釋蘇珊去向的線索。艾米莉亞看見廚房的電話旁邊有一份月曆，今天這格裡只寫了C來兩字。

卡莉（Carly）難過一笑。簡單一筆帶過，能顯示母親對她的重視程度嗎？艾米莉亞思索著母女到底有何過節。她自己從小對母親也是愛恨交織，現在常以「充滿挑戰性」來解釋自己的母女關係。

「她有記事本嗎？有Palm Pilot之類的掌上型電子助理機嗎？」

卡莉找了一下。「她的皮包不見了，記事本之類的東西全放皮包裡……我再試試看她的手機。」她撥了號碼，面露挫折與煩惱，艾米莉亞一看便知無人接聽。「直接進了語音信箱。」

房子裡共有三支電話，艾米莉亞一一按下「重撥」鍵，其中兩支重撥到查號台，另一支撥回北岸銀行的長島支局。艾米莉亞表明說警方想找蘇珊‧湯姆森的去向，請櫃台轉接銀行經理，女經理說蘇珊大約兩個小時前來過。

艾米莉亞轉告卡莉。卡莉閉上眼睛，如釋重負。「之後呢？她去了哪裡？」

艾米莉亞問經理，但經理也不知道。經理吞吞吐吐地問：「你們急著找她，是因為她身體不舒服嗎？」

「什麼意思？」艾米莉亞問。

「她來銀行的時候，氣色看起來不太對，陪她來的那個男人……從頭到尾他一直摟著蘇珊，我以為蘇珊病了。」

艾米莉亞問是否方便讓她現在趕去銀行跟經理見面。

「當然可以，如果我幫得上忙的話。」

艾米莉亞向卡莉轉告女經理的敘述。

「身體不舒服？跟著一個男人？」卡莉皺眉。「誰啊？」

「我們去查個清楚。」

走到家門口時，艾米莉亞卻站住了。「幫我一個忙。」她對女孩說。

「沒問題。要我幫什麼？」

「跟妳媽借件衣服，妳穿成這樣，連我都覺得冷。」

銀行支局的女經理向艾米莉亞和卡莉說明：「她去樓下的保險櫃，還兌現了一張支票。」

「她去保險櫃做什麼，妳該不會知道吧？」艾米莉亞問。

「不知道，顧客開關保險櫃的時候，本行的人員絕對不能靠近。」

「那個男人呢？妳知不知道他是誰？」

「不知道。」

「他長什麼樣子？」艾米莉亞問。

「他長得很高，一九〇左右，頭禿禿的，不太常笑。」

艾米莉亞看了卡莉一眼，卡莉搖搖頭。「我沒看過她跟這樣的人交往。」

艾米莉亞問了負責兌現支票的行員，可惜蘇珊也沒對這位行員多說什麼，只知道她想領現金。

「金額多大？」艾米莉亞問。

經理猶豫著——也許顧慮到保密規定——但卡莉說：「求求妳，我們好擔心她。」女經理對行員點點頭，行員說：「一千美元。」

艾米莉亞站到一旁，拿手機打給萊姆，說明蘇珊來銀行的目的。

「越來越棘手了，艾米莉亞。以搶劫或綁票來說，一千美元不算多，不過金錢的大小是相對的，說不定一千元對這男人是一大筆錢。」

「我比較好奇保險櫃裡的東西。」

萊姆說：「有道理，說不定她在保險櫃裡放了這男人想要的東西。什麼東西呢？她只是個上班族媽媽，不是調查採訪型的記者或警察。假如不幸被我猜中了，這男人拿到了他想要的東西，蘇珊對他而言就失去了利用的價值。我認為最好請納索郡警方介入。說不定……對了，妳正在銀行，對吧？」

「對。」

「錄影帶！調帶子出來看。」

「我知道行員背後有攝影機，可是——」

「不對，不對。」萊姆動怒。「調停車場的那一台。所有銀行都裝了對準停車場的閉路電視，如果那男人的車子停過那邊，一定會被拍到，也許連車牌也入鏡了。」

艾米莉亞回頭走向經理，由經理呼叫保全組長。組長走回內部的辦公室，幾分鐘後打手勢招她們進來，然後播放錄影帶。

「有了！」卡莉驚呼。「就是她。看見那個男的沒？他還摟著我媽，不肯放她走。」

「看起來相當可疑，萊姆。」

「看得見車子嗎？」刑事專家萊姆問。

艾米莉亞請保全按下暫停鍵。「什麼樣的——」

「雪福萊的馬里布。」保全說：「今年的車款。」

艾米莉亞一面向萊姆報告，繼續研究著畫面，一面補充：「酒紅色，車牌的最後兩個號碼是7和8。7前面的數字可能是3或8，也有可能是6，很難講。是紐約州的車牌。」

「很好，艾米莉亞。好了，接下來交給警察去處理，塞利托會請警察發出尋車通報，範圍包括納索、薩佛、威徹斯特郡和紐約市的五個區。紐澤西州也要。我們會先設定優先順序。喔，對了，先別掛掉……」艾米莉亞聽見他跟人交談了幾句，然後重回線上。「蘇珊的前夫正要過來，他很擔心女兒，想過來見她。」

艾米莉亞轉告卡莉。女孩的表情頓時開朗。艾米莉亞接著說：「這裡已經查不出結果了，我們先回紐約市了。」

艾米莉亞和卡莉才剛回萊姆的化驗室，安東尼．道頓就上門了。湯瑪斯請他進門。安東尼一見女兒便陡然站住。「哈囉，女兒。」

「爸！你來了真好！」

安東尼的眼中充滿溫情與憂慮，走向女兒緊緊抱住她。

安東尼年近五十，身體健康，灰白的頭髮在額前像小男生般垂了一綹。他穿著式樣複雜的滑雪夾克，附有方向互異的束帶和褶邊。萊姆在刑事學院教刑事鑑定學，有時候會和教授一同講課，安東尼的長相讓他想到那些教授。

「警方查出什麼了嗎？」他問。顯然他這才發現萊姆坐在輪椅上的事實，卻也不以為意。安東尼和他女兒一樣，萊姆在心中為父女倆打了高分。

萊姆解說案發過程及目前掌握的線索。

安東尼搖搖頭。「這不表示她被人綁架。」他趕緊說。

「完全正確。」塞利托說：「我們只是不想放棄任何假設。」

萊姆問：「你知道有誰想對她不利嗎？」

他搖頭說：「不知道，我已經一年沒見過蘇珊了。不過，我和她在一起的時候，她可說人見人愛，她在公關公司的有些顧客做了見不得人的事，即使如此，顧客對她個人也沒有意見。而且，公司一接到最難纏的顧客，好像全丟給她去接洽。」

萊姆開始煩惱——不僅因為擔心蘇珊的安危，他煩惱的是，這案子根本不算刑案。他們是被迫接案，為的是做人情，套句塞利托的話，算是耶誕禮物。萊姆需要認真踏實的刑案蒐證鑑定。他一向認為，要辦案子的話，就必須付出百分之一百一十的心血，否則乾脆別接。

湯瑪斯又端了咖啡出來，還在碟子裡添加了科學怪人餅乾。生意人安東尼向湯瑪斯點頭道謝，幫自己倒了一杯咖啡。「要不要喝？」他問卡莉。

「好吧。」

他倒了咖啡之後問：「還有沒有人想喝？」

大家都不要，但萊姆的視線飄向擺著麥卡倫酒瓶的架子上，善解人意的湯瑪斯絲毫沒有反對的意思，直接拿起酒瓶走向萊姆的輪椅，掀開帶蓋的杯子之後卻皺起眉頭。他嗅了嗅。「怪事，我昨晚不是洗過了？大概是忘了。」他故意糗萊姆。

「拜託，這世上不可能人人完美。」萊姆說。

湯瑪斯倒了幾指高的酒之後，把酒杯放在杯座上。

「謝謝你，巴薩澤㉜。不炒你魷魚了，你在我的輪椅背上種雜草，我暫時不計較了。」

㉜Balthazar，《聖經》裡的三位博士之一。

「你不喜歡？我說過，耶誕節快到了，我想布置一下。」

「布置房子，不是布置我。」

「接下來怎麼辦？」安東尼問。

「等消息吧。」塞利托說：「監理站正在過濾以『78』結尾的所有馬里布車輛。走運的話，巡邏的警察可能會在路上碰見那輛車。」他拿起椅子上的外套。「我要去市警局一趟，有事再通知我。」

安東尼向他道謝，看看自己的手錶，掏出手機打回辦公室說他沒辦法參加公司辦的耶誕宴會。他在電話上解釋警方正在調查前妻失蹤的案子，女兒孤零零的，他不想丟下她一個人。

卡莉抱抱他。「謝了，老爸。」她的視線向上移往窗外，凝視著隨風飄著的雪花，看了許久再轉回室內，轉向父親柔和地說：「我一直不懂，你跟媽媽為什麼要離婚？」

安東尼笑了，一手梳著女兒的頭髮，把頭髮弄得更亂。「我也不懂。」

艾米莉亞向萊姆望了一眼，兩人識相地離開，讓父女對話時多些隱私。

「跟媽媽約會的那些男人都還好，不過沒一個特別，每次交往的時間都很短。」

「要碰上合適的對象並不簡單。」安東尼說。

「我覺得……」

「什麼？」

「我大概一直希望你們兩個能和好。」

安東尼似乎一時啞然。「我試過了，妳也知道，可惜妳媽媽的心在別的地方。」

「你一、兩年前就不想再試了。」

「我看得出跡象，人不能一直戀棧。」

「可是我知道，她很想念你。」

安東尼笑說：「沒那回事吧。」

「不蓋你，我是說真的，每次我問她覺得你怎樣，她都說你以前真好，很風趣，她還說你常逗她笑。」

「我們有過美好的時光。」

卡莉說：「我問媽媽你們出了什麼事，她說沒有什麼離譜的大事。」

「對。」安東尼喝咖啡。「我們結婚的時候還年輕，不知道怎麼過夫妻生活吧。」

「這樣的話，你現在已經不年輕了……」卡莉臉紅起來。「我說錯話了。」

但安東尼說：「沒錯，妳講得對，我後來成長了不少。」

「媽媽也變了好多。你知道她以前很文靜，個性超悶，不過她現在有很多嗜好，像是露營、健行、泛舟，愛上了很多戶外活動。」

「真的嗎？」安東尼問。「我很難想像她那麼活躍。」

卡莉偏移視線一會兒。「我小的時候，你不是常出差嗎？不是去香港或日本嗎？」

「對，去成立海外的分公司。」

「我希望全家一起去，你和我和媽媽……」她把玩著咖啡杯。「可是她每次都說，『家裡的事情忙不過來。』或是『喝了那邊的水會拉肚子。』之類的話。我們從來沒全家度假過，沒有度過像樣的假。」

「我和妳的希望一樣。」安東尼難過地搖頭。「每次都是她不想帶妳一起來，我好生氣。但她畢竟是妳媽，照顧妳是她的天職，她只是想讓妳平安。」他微笑說：「記得有一次，我從東京打電話回家，結果——」

萊姆的電話鈴聲打斷了他的話。萊姆對著輪椅上的麥克風說：「指令，接電話。」

「萊姆警探嗎？」喇叭沙沙地傳出聲響。

這個頭銜已經不合實際了——現在正確的稱呼是「退休警探」，但他說：「請講。」

「我們發出緊急協尋通報，目標是酒紅色的馬里布車輛，也得知你正在辦這案子。」

「沒錯。」

「長官，我們已經找到車子了。」

萊姆聽見卡莉驚呼一聲。安東尼走到女兒身邊，一手摟住她的肩膀。父女會聽見什麼？蘇珊・湯姆森的死訊？

「請講。」

「車子正往西行進中，可能想上華盛頓大橋。」

「車上有什麼人？」

「一男一女，只看得出這麼多了。」

「感謝上帝，她還活著。」安東尼嘆息說。

萊姆推敲著，車子想去紐澤西州。在紐約大都會區，最熱門的棄屍地點就是紐澤西的低地。

「車主是理察・穆斯葛雷夫，設籍皇后區，沒有被通緝。」

萊姆望向卡莉，她搖頭表示對這人沒有概念。

艾米莉亞彎腰對麥克風表明身分。「你在那輛車附近嗎？」

「在車子的後面，車距大約兩百英尺。」

「你開的是警車嗎？」

「對。」

「離橋多遠？」
「往東兩、三公里。」
萊姆望向艾米莉亞。「妳想不想去湊熱鬧？可以開妳的卡瑪洛，緊跟在警車後面。」
「當然想。」她奪門而出。
「艾米莉亞。」萊姆呼喚。
她回頭看。
「妳的車輪有加鏈條嗎？」
艾米莉亞笑著說：「改裝車加什麼鏈條，萊姆。」
「好吧，那妳盡量別打滑掉進哈德遜河，今天河水八成很冷。」
「我盡力。」

萊姆說得有道理。艾米莉亞的後輪傳動跑車有四百匹強勁的馬力，不太適合在雪地上奔馳，但從小在布魯克林區違法飆車的艾米莉亞經驗老到，常在熱騰騰的柏油路上滑車。即使沒有人跟她賽車，她的時速照樣飆到一百八，只為追求刺激。下這一點小雪，她才不在乎。她把老雪佛蘭卡瑪洛車開上快速道路，猛踩油門，輪胎只空轉了五秒，抓住地面後飆上了一百三。

「我上橋了，萊姆。」她對著耳機的麥克風說：「他們在哪裡？」
「西邊大概兩公里。妳在——」
車子開始甩尾。「等一等，萊姆，我的車子打橫了。」
她控制住方向。「一輛福斯車在快車道只開到八十公里。天啊，你說氣不氣？」
繼續前進了兩公里，她趕上了剛才回報的州警，持續跟在後面，避免被馬里布車上的人發現。她看見警車前面的馬里布慢慢進入右車道，打方向燈準備下交流道。

「萊姆，能幫我轉接那位州警嗎？」她問。

「等一下……」停頓了許久，只聽見萊姆氣餒的嘆息聲。「我永遠也搞不清——」萊姆的聲音中斷，她聽見兩個喀嚓聲，接著傳來州警的聲音說：「莎克斯警探嗎？」

「我就是，請說。」

「妳開的是我後面那輛紅色的好車嗎？」

「對。」

「妳想怎麼處理？」

「開車的人是誰？男人或是女人？」

「男人。」

她思考一陣。「假裝是例行車輛抽檢，跟緊一點，等他停在路肩，我會抄到最前面包夾他。你負責乘客那邊，駕駛由我對付。我們不知道他有沒有武器，不過這案子很可能是擄人勒贖，所以假設他有帶槍。」

「了解，警探。」

「好，照計畫行動。」

馬里布車下了交流道，艾米莉亞看了後照鏡一眼，後車窗被雪蒙住而看不清楚。馬里布車下交流道後碰到紅燈，慢慢煞車停下了。路燈轉綠，車子輾過泥巴和雪前進。

州警的聲音從耳機沙沙傳來。「莎克斯警探，妳準備好了沒？」

「好了，一起拿下他吧！」

警車是維多利亞皇冠車，車款是警用攔截型，車頂的條狀警燈亮起，他按了一下警笛。馬里布的駕駛看著後照鏡，車子煞車時打滑了幾秒，最後靠邊停下。馬路的左邊是幾棟蒼涼的城市屋，右邊是蘆葦叢生的濕地。

艾米莉亞重踩油門，飆到馬里布車前時緊急煞車，擋住去向。她立刻跳下車，同時從槍套拔出葛拉克手槍，奔向馬里布車。

四十分鐘後，艾米莉亞沉著臉走進萊姆家。

「多難看？」萊姆問。

「很難看！」她幫自己倒了雙份的蘇格蘭威士忌，一口氣喝下半杯。艾米莉亞習慣慢飲，這種舉動很不尋常。

「很難看！」她再說一遍。

艾米莉亞指的並非是發生在紐澤西州的浴血槍戰，而是被自己搞的飛機整得難堪。

「說來聽聽。」

攔下車後，艾米莉亞從路邊以無線電通知萊姆和父女倆，蘇珊很平安。艾米莉亞當時不便明講細節，現在才解釋：「開車的人是她最近兩個禮拜交往的對象。」她向卡莉瞄一眼。「姓名跟車主相符，就是理察‧穆斯葛雷夫。他今天早上打電話給蘇珊，兩人約好去紐澤西的過季商場買東西，不料她今早出門拿報紙，踩到地上的冰雪滑了一跤。」

安東尼點頭，「前門的那條小路滑得像滑雪坡。」

卡莉縮著脖子說：「媽媽老是怪自己天生笨手笨腳。」

艾米莉亞接著說：「結果她摔傷了膝蓋，不想開車，打電話叫理察過來接她。我不是說窗外的雪地好像有人跪著看屋內嗎？是她摔倒時壓出來的痕跡。」

「難怪兩人走得那麼近。」萊姆沉思著說：「是理察扶著她走路上車。」

艾米莉亞點點頭。「至於銀行的事，一點也不離奇——她真的是去保險櫃拿東西。她兌現的一千塊是為了買耶誕禮物。」

卡莉皺眉問：「她明明知道我要來，怎麼連一通電話也不打給我？」

「喔，她留了字條給妳。」

「字條？」

「她寫說，她今天不在家，晚上六點之間回來。」

「怎麼會！……我沒看見字條。」

「因為，」艾米莉亞解釋，「她滑倒後心情大受影響，原本想把字條留在門口走廊的桌上卻忘記了。我跟她說，桌上沒有字條，她翻翻皮包就找到了。另外，她的手機沒開機。」

安東尼笑說：「全是誤會一場。」他摟摟女兒的肩膀。

卡莉再次臉紅了。「我慌成這樣，真的、真的很不好意思，我早該想出一套合理的解釋。」

「所以我們才過來幫忙嘛。」艾米莉亞說。

這話不盡真實，萊姆不太甘心地想著。好心一定沒好報……

卡莉一面穿上外套，一面邀請萊姆、艾米莉亞和湯瑪斯去母親家，參加明天下午的耶誕慶祝會。「算是謝謝各位。」

「我相信湯瑪斯和艾米莉亞樂意前往。」萊姆趕緊說：「可惜我好像有事。」他覺得雞尾酒會無趣。

「才沒有，」湯瑪斯說：「你明天沒事。」

艾米莉亞接口說：「對，沒事。」

萊姆擺出臭臉。「誰會比我更清楚自己的行程表？」

這話也不盡真實。

父女走後，萊姆對湯瑪斯說：「我空盪盪的社交行程表被你曝光了，你總該贖罪。」

「怎麼贖罪？」助理謹慎地問。

「椅子後面的爛裝飾品給我摘下來，這東西讓我覺得像耶誕老公公。」

「胡扯！」湯瑪斯遵命照做，打開收音機，耶誕歌曲的音符流入客廳。

萊姆朝音響的方向點頭說：「耶誕只有十二天，你說幸運不幸運？如果有二十天，這首歌唱得沒完沒了，你能想像嗎？」他高歌，「二十搶匪搶劫，十九盜匪盜竊……」

湯瑪斯嘆氣對艾米莉亞說：「耶誕節我別無所求，只盼現在發生轟動而複雜的珠寶竊案，好來安撫他的心。」

「十八助理碎碎唸。」萊姆繼續亂編著歌詞，然後說：「看吧，湯瑪斯，你嫌我不愛過節日，我這不是盡量製造節慶的氣氛嗎？」

蘇珊・湯姆森下了理察的馬里布車，魁梧英俊的理察為她開門。她扶著他伸出的手，慢慢走下來，今早摔傷的肩膀和膝蓋仍然劇痛。

「真精采的一天。」她嘆氣道。

「被警察攔檢我是無所謂。」理察笑著說：「不過，被槍指著的滋味很糟糕。」

理察一手提著她所有的購物袋，攙扶她走向前門。地上覆蓋著八公分厚的細雪，他們走得步步謹慎。

「要不要進來坐坐？卡莉在家裡，她的車停在那邊，你可以觀賞我被罵得抬不起頭，為自已搞出來的飛機跟女兒賠不是。我明明把紙條留在桌子上，真是怪事。」

「要挨罵的話，我就不作陪了。」理察也離過婚，有兩個兒子，耶誕夜要陪兒子在阿蒙克市的家中慶祝，他想快點去接兒子。蘇珊再次感謝他幫忙到底，也為了攔檢驚魂一事再度致歉。這件事他始終很有風度。但是，她從皮包撈出鑰匙之際，看著他走回車子，不禁想到兩人確實無緣交往下去了。問題出在哪裡？蘇珊納悶著。大概嫌他粗線條吧？她想要的對象是紳士，她想要一個個性親切又風趣的男人，一個能逗她笑的男人。

她揮手道別，走進家裡隨手關上正門。

卡莉已經開始布置房子了，真有一套。蘇珊聞到廚房飄出香味。女兒準備好了晚餐？史無前例喔。她望進書房，愣得直眨眼。卡莉以花環、緞帶、蠟燭把書房妝點得美輪美奐。咖啡桌上擺了一大盤起士和餅乾、一碗果仁、一些水果、一瓶加州氣泡酒，旁邊附了兩只酒杯。卡莉只有十九歲，未滿法定飲酒年齡，但母女兩人在家的時候，蘇珊允許她喝一些。

「卡莉，好漂亮喔！」

「媽。」卡莉走向門口高聲說：「怎麼沒聽見妳進門？」

她捧著烘焙盤，上面有幾個熱騰騰的一口開胃菜。她放在桌上，過去擁抱母親。

蘇珊張開雙手迎接，不顧今早摔傷的痛處。她為了字條的事道歉，責怪自己不該讓女兒擔心得半死，女兒當然一笑置之。

「聽說那個警察坐輪椅，是真的嗎？」蘇珊問。「他全身都不能動？」

「他已經不是警察了，比較像是顧問。對，他全身癱瘓。」

卡莉講解林肯・萊姆的辦案過程，說明怎麼追蹤到理察開的車子。說完，她在圍裙上擦擦手，脫掉圍裙。「媽，我有幾個耶誕禮物想送妳，今天晚上想送妳其中一個。」

「今天晚上？是想開新例嗎？」

「也行啊。」

「這樣的話……」蘇珊挽起女兒的手臂，「先讓我送妳。」她從桌上拿來皮包，從裡面挖出一個絨布面的小盒子。「我早上去銀行的保險櫃，就是想拿這東西出來。」

她遞給女兒。卡莉打開來，睜大了雙眼。「媽……」

是一枚古董翡翠鑽戒。

「這是——」

「妳外婆的，是她的訂婚戒指。」蘇珊點著頭說：「我想送妳一個特別點的東西。我知道妳最近不太順心，乖女兒，我最近工作太忙了，不應該擺臉色給妳男朋友傑克看。而我最近交的男朋友……我知道妳也不太順眼。」她壓低嗓門笑著說：「當然，我自己也看不上他們，我決心再也不要跟爛男人約會了。」

卡莉皺眉說：「媽，妳的對象沒有一個是爛男人……爛的程度大概只算一半。」

「那更不像話了！我連個血統純正、徹頭徹尾的爛人都交不到！」

卡莉再度擁抱母親，戴上戒指。「好美。」

「耶誕快樂，女兒。」

「好了，換我送禮物給妳。」

「我喜歡這種新慣例。」

女兒命令她：「坐下，閉上眼睛，我要去外面拿。」

「好。」

「過去坐那張沙發。」

她坐下，緊緊閉上眼皮。

「不准偷看喲。」

「我不會。」蘇珊聽見正門打開又關上，幾秒後聽見汽車引擎發動的聲音，不禁皺眉。是卡莉的車子嗎？怎麼溜掉了？

接著，她聽見背後傳來腳步聲。女兒一定是從廚房門走回來了。

「可以睜開眼睛了嗎？」

「當然。」一個男人說。

蘇珊嚇了一跳，轉身看見來人是前夫，捧了一個大盒子，上面紮了條緞帶。

「安東尼……」她講不下去了。

安東尼在她對面的椅子坐下。「好久不見了，對不對？」

「你來這裡做什麼？」

「卡莉以為妳失蹤的時候，我去那個警察的家陪她。我們好擔心妳。我們聊著聊著，她說她想送妳和我一個禮物，就是湊合我們兩個，讓我們一起過耶誕夜，看能不能來電。」

「她去哪裡了？」

「她去男朋友家過夜。」安東尼笑說：「整晚不會有人來打擾我們。兩人世界，跟以前一樣。」

蘇珊正要起身，安東尼卻迅速站起來，賞了她響亮的一巴掌。她向後跌回沙發。「沒叫妳起來，給我乖乖坐好。」他以愉悅的口吻說，低頭對她微笑。「耶誕快樂，蘇珊，能再見到妳真好。」

蘇珊望向正門。

「想也別想。」他打開氣泡酒，倒了兩杯，一杯遞給蘇珊。蘇珊搖頭。他說：「拿去。」

「拜託你，安東尼，別——」

「媽的，酒杯拿去。」他咬牙說。

蘇珊以顫抖的手接下酒杯。兩人互碰高腳杯時，結婚期間的往事一湧而上：他的冷言冷語、他的怒火。當然也忘不了他的毒打。

他頭腦可不簡單，從來不在別人面前揍老婆，卡莉在場的時候，他尤其小心。雖然安東尼・道頓喪心病狂，在女兒面前卻是模範父親，也是外人眼中的模範丈夫。

她身上的瘀傷、割傷、手指骨折等等，沒有人知道真正原因。

「媽咪太笨手笨腳了。」蘇珊常強忍淚水對小卡莉說：「又不小心從樓梯上摔下來。」

一開始，她還想理解安東尼為何動不動就打人。是童年太坎坷，還是大腦出了問題？她無法理解出合理的答案，結婚一年後她也不在乎答案是什麼，只想離婚了事。但是，她怕得不敢去報警。最後情急之下，她回家向父親求救。蘇珊的父親在紐約開了幾家建築公司，身材壯碩，結交了不少「朋友」。她向父親坦承真相，父親找了住在布魯克林區的兩個朋友，請他們帶一把槍，再各拿一支球棒去探訪安東尼。對安東尼威脅利誘之下，蘇珊贖回了自由。他不情願地同意離婚，交出卡莉的監護權，承諾再也不動蘇珊一根寒毛。

但是，她理解安東尼為何又來找麻煩，一陣恐懼頓時流遍全身。父親今年春天過世了。

她的靠山垮了。

「我喜歡耶誕節，妳呢？」安東尼沉思著說，再喝一點酒。

「你要什麼？」她以顫音問。

「這種音樂我聽再多次都不膩。」他走向音響打開開關，播放的是〈平安夜〉。「妳知道嗎？這首歌最早伴奏的樂器是吉他，因為當時教堂的風琴壞了。」

「拜託你快走。」

「音樂……我也喜歡耶誕的裝飾品。」

她想站起來，安東尼卻搶先一步摑她耳光。「坐下。」他低聲說，柔和的嗓音比他尖聲咒罵時還嚇人。

她淚水盈眶，舉手摸著刺痛的臉頰。

安東尼像小男生似的笑了。「還有禮物！大家都愛禮物……妳想不想看我送妳的東西？」

「安東尼，我們不可能復合了，我不希望再跟你一起生活。」

「我幹嘛要妳這種人？跩什麼跩……」他上下打量著蘇珊，笑容輕淺，藍色的眼珠平靜。

蘇珊也記得他這一點——鎮靜時冷靜得可怕，有時在打人時照樣冷靜自持。

「安東尼，現在還沒有造成傷害，還沒有人受傷。」

「噓。」

趁安東尼不注意的時候，蘇珊一手伸進放手機的夾克口袋。在被警察攔檢時，她已經開機了，她想無法用摸索的方式撥九一一，但手指摸得到「傳送」鍵，連續按兩下就能撥去她最後打的號碼。理察的手機。她希望理察的手機還開著，希望他聽見這裡的情形。他一聽到，一定會報警處理，甚至有可能回到她家。有證人在場，安東尼不敢傷害她——而且理察個頭高大，外表孔武有力，體重比安東尼重二十多公斤。

她按了兩下，幾秒鐘後才說：「安東尼，你嚇到我了，求求你快走。」

「嚇到妳了？」

「我要打電話報警。」

「敢站起來，我就打斷妳的手，聽懂了沒？」

她點頭，心裡雖然害怕，卻感激安東尼放狠話，假如理察聽見這段對話，也許現在正在報警。

安東尼‧道頓看著耶誕樹下。「有我的禮物嗎？」他找尋包裹，發現自己的名字沒有出現在任何一個上面，露出失望的神色。

她也想到安東尼的這種特性：一下正常，一下卻和現實完全脫節。兩人結婚期間，安東尼三度住院。蘇珊記得那時騙女兒，說父親要去亞洲出差幾個月。

「可憐的我什麼也沒有。」他說著從耶誕樹向後退。

蘇珊的下頜在發抖。「對不起，假如我知道你——」

「開玩笑的，蘇珊。」他說：「妳幹嘛送我禮物？我們結婚的時候妳不愛我，現在怎麼可能？重要的是，我買了禮物送妳。今天下午妳虛驚一場，我去逛街，想找一個最合適的禮物。」

安東尼再喝一點酒，又倒滿酒杯。他斜眼看緊蘇珊。「妳最好安安穩穩坐在那裡，我來幫妳拆開。」

她的視線移向禮物盒，包裝不夠用心——當然是安東尼自己包的。安東尼粗魯地拆掉包裝紙，從盒子取出一根圓柱形的金屬製品。

「是露營用的暖爐。卡莉說妳迷上露營了，喜歡戶外活動……真有意思，我們結婚的時候，妳一點也不喜歡做好玩的活動。」

「我不喜歡跟你做任何事。」她氣憤地說：「我講錯話或不聽話，你就打我。」

安東尼對她的話置若罔聞，把暖爐遞給她，再拿出一個紅罐子，罐身註明煤油。「當然了，」安東尼皺著眉頭說：「耶誕節美中不足的是……這段時間常常發生意外。妳看過《今日美國報》的那篇報導嗎？尤其是火災，很多人被火燒死。」

他瞥向罐子上的警語，從口袋掏出打火機。

「天啊，不行！……求求你，安東尼。」

蘇珊聽見外面傳來煞車聲。是警察嗎？還是理察？

或者是自己的想像？

安東尼忙著開煤油罐。

對，步道上絕對有腳步聲。蘇珊祈禱來人不是卡莉。

門鈴響了。安東尼一驚望向正門。

蘇珊把握住機會，端起香檳杯，使盡全力扔向他的臉，趕緊跳起來向門口衝刺。她回頭看，只見安東尼向後踉蹌，杯子破了，割傷他的下巴。「該死的賤貨！」他咆哮著，開始朝她衝過去。

但她搶先了幾步，已經伸手開門。

站在門口的是理察，震驚得兩眼圓睜。「怎麼了？」

「是我的前夫！」她喘著氣說：「他想殺我！」

「老天爺。」理察說著一手摟住她。「別擔心，蘇珊。」

「逃命要緊！快報警。」

她牽起理察的手，正想逃進前院，理察卻杵在原地不動。他怎麼搞的？難道他想硬幹？這種時候還想英雄救美？「拜託，理察，逃命要緊！」

她覺得手被理察緊握，力道強勁得讓她痛徹心肺。他的另一手攬住蘇珊的腰，讓她原地兜了半圈，然後把她推回屋子裡。「喂，安東尼，」理察高聲笑著說：「掉了東西嗎？」

蘇珊絕望地坐在沙發上啜泣。

理察和安東尼合力用耶誕緞帶把她的手腳纏住。火一燒起來，緞帶很容易起火，警方查不出她生前被綁過的跡象。理察說明的口吻像木匠對屋主傳授DIY的要訣。

安東尼自鳴得意地對前妻說，這事已經策劃幾個月了。他一得知蘇珊的父親去世，馬上開始計畫報復——教訓她在結婚期間「不聽話」，也教訓她下堂求去。於是他花錢找理察來，請理察設法混進她的生活圈，伺機殺她。

幾星期前，理察去購物中心跟她搭訕，兩人一拍即合。表面上看來，他們有許多共通點，然而蘇珊現在才恍然大悟，他從安東尼那裡獲得內線情報，刻意讓蘇珊誤以為兩人是天造地設的一對。策劃殺人的部分比較困難，因為蘇珊的生活非常忙碌，鮮少落單。理察發現她今天請假，提議去紐澤西碰頭，然後一起去購物中心。買完了東西，他會提議開車去旅館吃午餐。只不過，午餐也別吃了，她在半路就會成為理察的手下冤魂，隨即在低地被棄屍。

不料今天早上她打給理察，請他開車來接她，因為她跌了一跤，摔傷了膝蓋。他說他很樂意……他打電話向安東尼通報，兩人決定照原計畫進行。事實上，這種情況對他們更加有利，因為蘇珊在門口走廊的桌子留了紙條和購物清單給女兒。理察過去接她的時候，把紙條收進自己的口袋，偷偷塞進蘇珊的皮包——到時候跟她一起葬身地底——以免警方追查到他。理察也確保她的手機處於關機狀態，以免她看出蹊蹺時急忙報警。

接到蘇珊後，他們在紐約辦了幾件事，然後前往紐澤西州。

可惜事與願違。卡莉去報警，而且警察追蹤到理察的車子，讓安東尼的心情大受衝擊。安東尼去萊姆家假裝打電話給同事，說他去不成公司辦的耶誕晚會了，其實是向理察通風報信，讓理察知道警察盯上他了。蘇珊記得理察開車時接到一通電話，好像聽到壞消息，神態不安。「什麼？什麼屁話！」（她當時心想，真是粗線條。）十分鐘後，車子被紅髮警探莎克斯和州警攔截下來。

虛驚一場後，理察不願意照計畫殺人，但安東尼冷血地堅持走下去。安東尼對他說，把蘇珊的死弄成像意外就沒事，而且安東尼表示蘇珊死後，卡莉可以繼承兩、三百萬，到時安東尼能保證理察分到一些。理察聽了才答應。

「你這個畜生！放過她！」

安東尼不理會前妻，面露笑意問：「她剛剛打給你嗎？」

「對，」理察說：「大概是按『重撥』鍵吧，真他媽的聰明。」

「可惡。」安東尼搖頭說。

「幸好她最後撥的人是我，而不是必勝客披薩。」

安東尼對蘇珊說：「想得美，可惜理察本來就會回來。他把車子停在同一條街上，等卡莉離開。」

「求求你……別動手。」

安東尼把煤油澆在沙發上。

「不要，不要，不要……」

他向後站看著蘇珊，品嘗著她的恐懼。

雖然驚恐的淚水盈眶，蘇珊仍能看出理察在皺眉。他搖搖頭說：「辦不到，老兄。」他注視著蘇珊淚水縱橫的臉，對安東尼說。

安東尼抬頭看，也跟著蹙眉。理察心生罪惡感了嗎？

救救我，拜託。她默默乞求理察。

「什麼意思？」安東尼問。

「不能活活把她燒死，這樣太殘忍了……先讓她斷氣吧。」

蘇珊驚呼一聲。

「可是這樣警察就知道不是意外。」

「不對，不對，只要——」他舉起手摸自己的喉嚨。「這樣，放火後警方查不出她被勒死的跡象。」

安東尼聳聳肩。「好吧。」他對理察點頭，理察走向蘇珊背後，安東尼則繼續把剩下的煤油淋在蘇珊四周。

「不要，不要，安東尼，不行！求求你……天啊，不要……」

她感覺脖子漸漸被理察的大手掐緊，話哽在喉嚨裡。

她開始昏厥的時候，一陣呼嘯聲充斥耳際，隨後成了一片漆黑。最後，大顆大顆的燈光在視野裡忽明忽暗，越來越亮。

怎麼會有閃光？她納悶。肺葉斷絕了空氣，她的心漸漸平靜。

是腦細胞死亡的現象嗎？

是煤油引燃的火焰嗎？

或者是天堂的耀眼光芒？她狂亂地想著。她以前不太相信……也許……

燈光旋即暗淡下來，呼嘯聲也變小了。突然間，她恢復呼吸了，空氣流入肺臟。她覺得重物壓在肩膀和脖子上，有東西戳著她的臉，她覺得刺痛。

她猛喘氣，瞇著眼睛，逐漸恢復視線。來了十幾位男女警察，身穿電視節目裡的黑色裝束，拿著大槍衝進書房。警察的槍上裝了手電筒，她臨死前見到的就是手電筒的光線。警察剛才破門而入時抓住理察，理察來不及逃走，跌倒後壓在蘇珊身上。蘇珊覺得臉頰刺痛，就是被他的皮帶釦環割傷了。警察粗暴地銬住他，把他拖出門外。

黑衣警察之一和穿防彈背心的警探艾米莉亞，雙雙舉槍對準安東尼。「趴下去，快趴下去！」艾米莉亞怒吼。

安東尼的表情先是驚愕，隨後變成自以為是的憤慨，接著淡淡一笑。「你們先把槍放下。」他把打火機移到被煤油淋濕的沙發，蘇珊距離沙發只有幾公尺，只要他一按下打火機，沙發必定會轟然陷入火海。

一位警察想過去拉蘇珊。

「不許動！」安東尼怒罵。「別動她。」他讓打火機靠近煤油，拇指放在打火輪上。

警察僵住了。

「你們給我出去。你們全給我離開，除了……妳。」他對艾米莉亞說：「妳把槍交出來給我，跟我一起走出門，否則我放火同歸於盡。我說到做到，我真的說到做到！」

紅髮女警不理會他的說法。「快把打火機丟到地上，然後趴下去，不然別怪我開槍。」

「妳才不會開槍。槍爆出來的火星會引爆油氣，整棟房子會被炸掉。」

艾米莉亞放下黑色的槍，蹙眉考慮他的話，看著身邊的警察說：「他說得有道理。」

她四下看一看，從一張舊搖椅上面拿走軟墊，按住槍口。

安東尼皺起眉頭，向沙發彎腰，正要按打火機，但艾米莉亞的腦筋動得比他快。她隔著軟墊連開三槍，完全不見火星，射得蘇珊的前夫向後癱在壁爐邊。

羅克斯廂型車停在路邊，緞帶和雲杉已經從輪椅的椅背消失，升降機將輪椅降到地面，停在雪地上。湯瑪斯堅持林肯・萊姆得穿上厚雪衣，他原本推說沒必要穿，因為他想待在車上，但是車子開到蘇珊家，湯瑪斯覺得萊姆下車呼吸新鮮空氣也好，萊姆只好穿上。

起先他嘟囔著，後來以沉默表示同意下車。他鮮少在天寒地凍的日子出門，因為即使路面設了無障礙的設施，輪椅在遍地冰雪上仍然寸步難行。他本就不喜歡戶外活動，即使在全身癱瘓之前也一樣，但是現在一下車，清爽的冷空氣迎向他的臉，嘴裡吐出幽靈似的蒸氣，消失在充滿冰晶的大氣裡。他嗅到家家戶戶壁爐冒出的柴煙。

案子大致上落幕了。理察・穆斯葛雷夫進了花園城的拘留所。消防隊搬走了沙發，擦乾或中和了安東尼倒出來的煤油，解除了書房的危機。急救人員檢查蘇珊的身體，宣佈沒有大礙。納索郡的警方來現場蒐證完畢。艾米莉亞正與兩位郡級的警探討論案情，她射殺安東尼・道頓屬於正當行為，這一點毫無疑問，但她仍需接受正式的槍擊事件調查。兩位警探問完了話，祝她耶誕快樂，吱嘎地踩著雪地走向萊姆的廂型車，和萊姆閒聊了幾分鐘，口氣難掩敬畏之情。這兩位警探久仰了萊姆大名，難以相信他居然來到自己的轄區。

警探離開後，蘇珊・湯姆森和女兒走向廂型車。蘇珊腳步彆扭，眉頭不時緊縮。

「你是萊姆先生吧？」

「請叫我林肯就好。」

蘇珊自我介紹，再三感謝他，然後問：「你怎麼猜出安東尼的想法？」

「是他親口告訴我的。」他向通往屋子的步道瞥一眼。

「那條小路？」她問。

「如果能親自查證的話，我早該看出破綻了。」萊姆喃喃說：「可惜我們資源不足。資源充足，**效率比較高**。」萊姆講究科學辦案，基本上對言語和證人存疑。艾米莉亞具備他所謂的「看人辦案」技巧，能彌補他側重物證的偏頗。他朝艾米莉亞點一下頭，請她說明。「萊姆記得妳今年夏天才搬進這裡，卡莉今天早上提過。」

卡莉點頭。

「今天下午安東尼去萊姆家的時候，他說他去年耶誕節後就沒見過妳。」

蘇珊皺眉說：「對，他去年跟我說要出差六個月，帶了兩張支票到我的辦公室給卡莉繳學費。後來我就沒見過他了，呃，今晚之前沒見過。」

「但他也說過，從人行道通往妳家的斜坡很陡。」

萊姆接話：「他說陡得像滑雪坡，換言之他來過這裡。而且，他知道斜坡很滑，意味著他最近來過，大約是在下過第一場雪後。說不定前後矛盾並沒什麼，也許他來過這裡留下東西給妳，或者是妳不在家的時候，他來接過卡莉。不過，另一種可能性是他說謊，一直在跟蹤妳。」

「就我所知，他沒有來過這裡。他一定是來監視我。」

萊姆說：「我覺得值得追查，所以調出他的背景，發現他在精神病院待過幾次，坐過幾次牢，也對最近的兩個女朋友動粗。」

「醫院？」卡莉驚呼。「動粗？」

女兒不知道嗎？萊姆對艾米莉亞揚起一邊眉毛，艾米莉亞聳聳肩。刑事鑑定專家萊姆繼續說：「去年耶誕他不是說要出差嗎？說穿了，他是去紐澤西州的監獄服刑六個月，因為他的車跟人擦撞，氣得下車差點把對方當場打死。」

蘇珊皺眉說：「我沒聽說過這件事，也不知道他傷害過別人。」

「於是我、艾米莉亞、塞利托繼續推敲。我們死纏爛打，申請到許可，調閱了他的通聯紀錄，發現他最近兩、三個禮拜打給理察十幾通電話。塞利托去打聽理察的背景，從線民那裡問出理察是論件計酬的殺手。我猜介紹人是安東尼的牢友。」

「我爸還活著的時候，他不敢亂來。」蘇珊說明父親如何幫她擺脫虐待狂丈夫。眾人聚集在廂型車旁的雪地上，蘇珊對所有人解釋，但她的視線停在卡莉的雙眼上。蘇珊的這些話不啻為赤裸裸的告白，等於對女兒承認自己撒了十幾年的謊，只為了替安東尼遮羞。

「今天下午理察沒辦法按照計畫得逞，安東尼才決定親自出馬。」

「可是……不可能，我爸不是那種人！」卡莉低聲說。她步步離開母親身邊，直打哆嗦，淚水撲簌流下紅通通的臉頰。「他……不可能！他對我那麼好！他……」

蘇珊搖著頭說：「女兒，對不起，妳爸病得很重。他懂得做表面工夫，精通迷倒別人的手法。等到他認定無法信任對方，或者對方做了他不喜歡的事，他馬上翻臉。」她一手摟著女兒。「他不是常去亞洲出差嗎？其實不是住院就是坐牢。記得我不是常說自己撞到東西嗎？」

「妳說妳笨手笨腳。」卡莉憋著氣說：「妳的意思該不會是——」

蘇珊點頭。「是妳爸。他推我下樓，拿擀麵棍打我，或拿延長線跟網球拍。」

卡莉偏頭凝視著房子。「妳每次都說他有多好。我一直認為，既然他這麼好，為什麼不乾脆復合？」

「我不想讓妳知道事實，怕妳受到傷害。我希望妳能有一個慈愛的父親，可惜我辦不到——他對我深惡痛絕。」

但是卡莉不為所動。即使動機再純正，十幾年來的謊言也需要長時間才能消化，談原諒還太早。

如果卡莉能原諒母親的話。

門口傳來人聲，納索郡的驗屍官推著安東尼的屍體出門。

「女兒，」蘇珊說：「對不起，我——」

卡莉舉起手，不讓她說下去。大家看著屍體被送上驗屍官的廂型車。

蘇珊拭去臉上的淚水，「女兒，我知道妳一時難以接受……我知道妳在生氣。我沒有權利要求妳幫忙……不過妳能不能幫我一個忙？明天的慶祝會開不成了，不通知大家不行。假如我自己一個個通知，恐怕會來不及。」

女兒凝視著廂型車駛上積雪的馬路而去。

「卡莉。」母親低聲說。

「不行。」她對母親說。

她的臉充滿決心與痛苦，蘇珊認分地點頭。「沒關係，女兒，我了解。對不起，我不應該要求妳。妳去找傑克吧，沒必要——」

「妳誤會了，」女兒唐突地說：「我的意思是，慶祝會沒必要取消。」

「辦不成了，發生了這種——」

「怎麼辦不成？」女兒問，語帶絕情的意味。

「可是——」

「慶祝會照辦。」卡莉語調堅定。「找一間餐廳或是去旅館開房間就辦得成。時間不早了，我們不妨現在開始打電話問問看。」

「妳覺得辦得成？」蘇珊問。

「對，」女兒說：「我們辦得到。」

蘇珊也邀請他們三人參加。

「我可能有事。」萊姆趕緊說：「要先看行程表再決定。」

「再說吧。」艾米莉亞對蘇珊說，語帶保留。

卡莉眼眶濕了，嘴唇不帶笑意，向萊姆、艾米莉亞和湯瑪斯道謝。

女兒攙扶母親踏上陡坡，走回屋子裡，一路上兩人無語。萊姆看得出卡莉在生氣，而且心情麻木。但她無法丟下母親不管，換成別人，可能早就一走了之。

房子的正門砰然關上，響徹了冷而密實的空氣。

「有沒有人想開車在這附近繞圈，參觀人家怎麼布置房子？」湯瑪斯問。

艾米莉亞和萊姆互看，萊姆說：「不用了，還是回紐約市吧，看手錶時間不早了，離耶誕節只剩四十五分。行善的時候，時間過得飛快，不是嗎？」

湯瑪斯又說：「胡扯。」但他語氣愉悅。

艾米莉亞親吻萊姆。「回家見。」說著走向自己的老雪佛蘭卡瑪洛車，湯瑪斯關上廂型車的門，兩輛車同步駛上瑞雪皚皚的街頭。

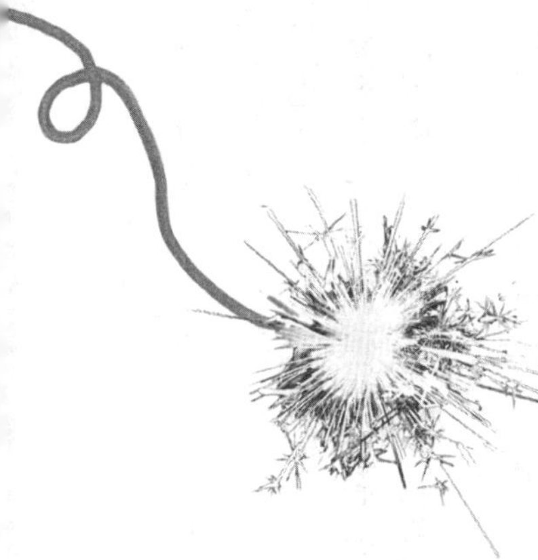

# 永遠在一起

「只有少數人，只有非常少數的人運氣夠好，能找到一種特別的愛。這種愛……比較深，能超越所有的愛情。」

「我想也是。」

「我體會過。艾莉森和我，我們的愛就屬於這一種。」曼科的語氣降至悄悄話的音量，看著我，露出軍中袍澤間的奸笑。「我有過數不清的女人。你應該了解，法蘭克老弟，你曉得我的歷練。」

曼科起了表演的興致，我只好順著他，扮演平常人和觀眾的角色。「你說過了，M先生。」

「回想起來，那些女孩有些算是我的女朋友，有些嘛，你知道，只算一夜情，辦完事拍拍屁股走人。不過，在我遇到艾莉森之前，我並不了解愛情的真諦。」

「一種超然的愛情。」

「超然……」他品味著這字眼，徐徐點頭。「什麼意思？」

我認識曼科不久，發現他雖然識字不多，見聞也不廣，卻毫不掩飾自己的無知。很多聰明人做不到這一點，這是我對曼科為人的第一印象。

「『超然』的意思就像你描述的，」我解說：「是一種凌駕平常人見到、體驗到的愛情。」

「了解。我喜歡這字眼，法蘭克老弟。超然。這字很貼切，我們之間的愛就是這種。你有沒有愛得這麼深的經驗？」

「大概有吧，很久以前的事了。」這句話不盡真實，但我不想多做解釋。雖然在某些方面，我把曼科當成朋友看待，彼此的世界卻有千山萬水之隔，我不準備對他推心置腹。這也沒關係，因為目前他比較有興趣談論艾莉森。艾莉森是他私人太陽系的中心。

「艾莉森・摩根。艾莉森・金柏莉・摩根。她爸幫她取了個暱稱，叫她金咪，真難聽，是小孩子的名字。她怎麼看都不像小孩子。」

「這名字有點南方人的土味。」我的原籍是北卡州，老同學當中不乏莎莉梅（Sally May）和雪莉安（Cheryl Anne）㉝。

「很土沒錯，不過她本人不土。她從小生長在俄亥俄州，不算南方人。」曼科看了一下手錶，伸伸懶腰。「時間不早了，差不多該去見她了。」

「見艾莉森？」

他點點頭，露牙展現他的招牌微笑。「我說法蘭克，你有你可愛的地方，但是假如讓我二選一的話……」

我笑了笑，憋住哈欠。時間確實很晚了，已經十一點二十分。這麼晚才吃完晚餐，對我來說很不尋常，但我經常深夜還和朋友喝咖啡聊天。我沒有艾莉森這樣的女朋友，不急著趕回家，家裡只有一隻貓等我，因此我經常陪朋友到半夜或凌晨一點。

曼科推開晚餐餐盤，再倒一些咖啡。

「再喝我會整晚失眠。」我輕聲推卻。

他一笑置之，問我想不想再來一塊派。

我婉拒他的好意，他舉杯說：「讓我們一起敬艾莉森吧。」

我們互碰咖啡杯，撞出清脆的聲響。

我說：「對了，M先生，你不是想跟我談談你跟她父親的過節？」

他哼了一聲。「那個狗雜碎？過程你應該知道了。」

㉝南方人常見兩音節搭配單音節的名字。

「只知道一部分。」

「是嗎？」他故作姿態地仰頭向上哀嚎，佯裝錯愕。「曼科沒盡到責任啊。」他傾身向前，收起笑容緊握著我的手臂。「法蘭克老弟，劇情並不精采，比不上《天才家庭》或《我愛蘿珊》影集，你聽得下去嗎？」

我也傾身向前，動作和他同樣誇張，對他低吼：「不試試怎麼知道？」

曼科哈哈大笑地恢復舒服的坐姿。他舉杯時桌子跟著晃動，晚餐過程中桌子一直動個不停，但他似乎現在才發現。他拿來一張報紙摺起來，塞進較短的桌腳下，避免桌子繼續搖晃，他的動作一絲不苟。我看著他專心不移，看著他強健的雙手。曼科視健身為樂趣，喜好舉重，練了滿身肌肉，我看了嘖嘖稱奇。他的身高只有一七〇，雖然男人很難——至少就我個人而言——稱讚男人的外表，我認為他長得算英俊。

他唯一讓我覺得突兀的特徵是髮型。他從陸戰隊退伍後仍保留著過時的平頭，由此推斷，他可能將服役視為人生的高峰——退伍後他只當過工人和普通的業務——平頭能令他遙想軍中時光。那段時期若非日子過得比較輕鬆，也至少比現在好。

當然，這只是我的淺見，膚淺如流行雜誌裡的心理分析。也許他只是喜歡留短髮。

桌子總算不晃了，曼科伸出強健的短腿，講故事的興致來了。這是曼科的另一項特徵：雖然他大概一生沒演過戲，卻是天生演員。

「好。你聽過希爾波恩鎮吧？」

我說沒聽過。

「在俄亥俄州的南邊，一個雞不拉屎、鳥不生蛋的靠河小鎮。冠軍公司以前在那邊設廠，現在還有兩、三間廠房，生產的大概是散熱器之類的東西。那個鎮上還有一間很大的印刷廠，服務克里夫蘭和芝加哥那間克魯格兄弟公司。我住西雅圖的時候學會了印刷，懂得操作密利平凹版印刷機，就是四色和五色的印刷。機器像房子一樣大。我從零學起，能單獨印出一整本騎馬釘的雜誌，裡面附上插頁，套得精準，不會正好釘到中央摺頁美眉的奶子……沒錯，曼科確實是印刷高手。我搭便車走遍全國，最後到了希爾波恩，在克魯格兄弟公司找到工作。我一開始從加料工做起，什麼鳥工作，不過時薪能領到十三美元，而且不愁沒有更上一層樓的機會。

「有一天我出了意外。法蘭克老弟，你有沒有看過光面紙張咻咻飛過印刷機？快得像剃刀一樣，切到了我的手臂，這裡。」他指向一道醜陋的刀疤。「傷得太深，工廠送我去醫院，醫生給我打了破傷風針，幫我縫好傷口。沒啥大不了的，曼科一聲也不吭。醫生走了以後，一個護理師的助理進來了，教我怎麼洗傷口，還幫我包紮。」他越講越小聲。

「這位助理就是艾莉森？」

「對。」他凝視窗外陰沉沉的夜空。「你相信緣分嗎？」

「就某種方面而言。」

「到底相不相信嘛？」他皺眉。曼科總是有話直說，也期望對方跟他直來直往。

「有條件相信。」

愛馴化了他暴躁的本性。他不懷惡意地咧嘴斥責，「你最好相信，因為這世上確實有緣分這檔子事。艾莉森和我，我們命中注定要在一起。我解釋給你聽，假如操作那批三十公斤紙的人不是我，假如操作的時候沒有滑一跤，假如她的朋友沒請病假，沒找她代班，假如、假如、假如……你懂我的意思嗎？我沒說錯吧？」

他向後坐，椅子被壓得嘎吱作響。「法蘭克，她太美妙了。我當時就坐在那裡，手臂上開了十公分長的傷口，縫了二十針，差點失血過多死掉，結果我滿腦子想的是，她是我見過最美的女人。」

「我看過她的相片。」這話並未阻止他繼續描述艾莉森。描述她帶給曼科快感。「她的頭髮是金色的，有金色光澤的那種，天然金髮，不是染的。而且她有自然捲，不是向上逆梳那種俗氣的蕩婦頭。她長了一張心形的臉蛋，她的身體……總之，她身材不錯，我點到為止。」他向我瞄一眼，帶有警告的意味。我正想說我對艾莉森沒有邪念，請他放心，他卻繼續說：「二十一歲。」他呼應了我的想法，又以做錯事的口吻說：「年齡差距有點大，對不對？」

曼科現在三十七歲，比我小三歲，我在見面後才知道他的真實年齡，原本猜他年近三十。現在要我向上修正他的年齡已經不可能了。

「我約她出去，當場就約，就在急診室裡，信不信由你。她大概在想，怎麼才能擺脫這個白癡？不過她露出興趣了，真的，男人分辨得出來。表情和言語是兩碼子事，我一眼就看得出她對我輸送結婚的暗號。她說她規定自己不能和病人約會，所以我說：『假如妳跟人結婚，老公不小心割傷手來到急診室，那妳怎麼辦？妳不是已經跟病人結婚了？』她笑說：『你把因果關係弄顛倒了。』後來有人來急診，好像出了車禍，她不得已只好去忙了。

「隔天我捧了一打玫瑰去找她，她假裝不記得我，把我當成送花的小弟。『這束花想送哪號房？』

「我說：『送妳的心房……如果妳的心房容得下我的話。』好啦，好啦，我知道很噁心。」不修邊幅的他彆扭地撥弄咖啡杯。「不過，有作用就好。」

這一點我難以爭辯。

「第一次約會的感覺太奇妙了。我請她去全鎮最豪華的餐廳吃晚餐，法國餐廳，花了我兩天的薪水。說來丟臉，因為我那天穿了皮夾克去，結果餐廳規定要穿西裝，那是平常人進不去的館子。餐廳裡的掛衣間有一件，他們拿來借我穿，可惜不太合身，不過艾莉森也不在乎。我們嘲笑那件西裝外套。她打扮得好正式，穿了白色洋裝，脖子圍了一條紅白藍色的圍巾，哇塞，好美。我們至少坐了三、四個鐘頭，她好害羞，話不多，多半時間只是呆呆地看著我，好像被催眠似的。我呢，講個不停，有時候她用奇怪的表情看著我，然後大笑。我知道自己講的東西沒頭沒腦，因為我只顧著看她，沒注意自己在講什麼。我們喝了一整瓶酒，花了五十美元。」

對於金錢，曼科總是保持著又愛又恨的態度。至於我自己，我向來連富裕兩字的邊都沾不上，看不透錢財奧妙之處。

「氣氛好棒。」他語帶嚮往，心思飄回當時。

「珍饈佳餚。」我說。

他有時笑容帶有嘲諷的意味，他聽到我講成語，笑一笑便繼續講故事。「我跟她說駐紮菲律賓的所有事情，也講了搭便車遊遍全美的事。她對我做過的每件事都有興趣，即使是，呃，應該說特別是我不太自豪的一些事——當遊民、偷車子。你知道吧，我小時候搞過這種事，大家都做過。」

我忍著笑。別把別人扯下水，曼科。

「外面突然亮了起來。煙火！果然是天意。你知道為什麼放煙火嗎？那天正好是七月四日國慶！我忘了，因為滿腦子都想著跟她約會的事。難怪她會穿紅白藍色。我們從窗口觀賞煙火秀。」

他的眼神發亮。「我送她回家時，陪她站在她爸媽家的門廊上——她還跟爸媽一起住。我們繼續聊了幾分鐘，她說她該上床了。你聽出來了嗎？她大可以說『我該走了』或是『晚安』，卻偏偏把『床』字放進去。我知道，被愛沖昏頭的人對這種暗示很敏感。不過，當時並不是曼科的想像力太豐富，才不是。」

外面飄起了細雨，風勢也加大，我站起來關窗。

「隔天我上班一直沒辦法集中精神，只想著她的臉、她的聲音，沒有女人能把我迷成那樣。休息時間到了，我打電話給她，約她下個週末出來。她說好，很高興接到我的電話。講完電話，我整天都沒辦法做正事，其實，我整個禮拜都沒辦法做正事。下班後，我去圖書館找資料，照她的姓去查身家背景。摩根。假如拼音稍微變動一下，就成了德文的『早晨』。我找到幾篇跟她家有關係的文章。她家是有錢人，鉅富，房子不只希爾波恩鎮上的那棟，在滑雪聖地亞斯本有一棟，在佛蒙州有一棟。對了，在紐約也有一間公寓。」

「紐約人稱為別館。」

他短促一笑，笑容淡去。「然後我查到她父親，湯姆斯‧摩根。」他注視著咖啡杯，彷彿是算命師，正在看茶葉解讀天機。「如果在一百年前，像他這種人可以說是大亨。」

「現在怎麼稱呼這種人？」

曼科陰陰地一笑，彷彿我說俏皮話來消遣他。他對我舉杯，大概想敬我吧，他接著說：「他繼承了一間公司，做的是密封墊還是管嘴之類的東西。他大約五十五歲，脾氣很硬，塊頭很高卻不算胖。他留了兩邊向下垂的黑色八字鬍，看人的時候好像不把人看在眼裡，其實是想看穿對方的心思，好像對方的缺點和邪念全被他看穿了。我送艾莉森回家的時候互看了一眼，冥冥之中我就知道，我們總有一天會硬碰硬。我當時沒有多想，不過這個念頭一直埋在內心深處。」

「她的母親呢？」

「艾莉森的媽媽？她是社交名媛。艾莉森跟我說，她像花蝴蝶，東飛西跑。形容得真妙，花蝴蝶。我能想像熟女打橋牌、參加茶會的樣子。艾莉森是獨生女。」他的臉色驟然轉暗。「我後來才知道，這是很大的一個因素。」

「什麼因素？」我問。

「所以她老爸才會看我那麼不順眼，這部分我待會兒再解釋。法蘭克老弟，別催曼科兄嘛。」

我微笑以示順從。

「第二次約會比第一次更棒。我請她看電影，片名是什麼忘了，後來我載她回家……」他的聲音漸漸降低，一會兒後才又說：「幾天後我約她出來，可惜她沒時間，隔天也一樣，後天還是一樣。我本來很生氣，變得疑神疑鬼。難道她想甩掉我？

「不過，後來她解釋給我聽，她一有機會就盡量上兩個班。我想那真奇怪，她老爸是富翁耶，但她有她的原因。她的個性跟我一樣獨立自主，她為了到醫院上班，唸大學時辦了休學，想存錢去旅行。她不想對老爸有任何虧欠。所以她才喜歡聽我講話，聽我說我十七歲離開堪薩斯州，搭便車走遍全國，然後出國，偶爾惹點小麻煩。艾莉森也有相同的夢想。太偉大了，我喜歡獨立思考的女人。」

「是嗎？」我問，但曼科對諷刺已經免疫。

「當時我在想，我好想帶她去很多地方。我會先從旅遊雜誌剪一些東西寄給她，例如《國家地理》雜誌。我們第一次約會的時候，她告訴我她喜歡詩，所以我寫旅遊詩給她看。說也奇怪，除了幾封信和中小學寫的爛作文，我這輩子從沒寫過東西，可是一寫起詩來，我就寫個沒完沒了，寫了一百首。

「轉眼間，我們開始談戀愛了。你剛說的……超然的愛情，就是這麼一回事，不來電的時候不來電，會來電的話馬上來電。兩個禮拜，我們愛得死心塌地。我準備求婚了……啊，法蘭克老弟，我看得出來你的表情是什麼意思，你以為曼科不是想結婚的那一型嗎？我又能怎麼說呢？

到頭來，我還是想結婚。

「我去信貸協會貸款五百元，買了鑽戒，約她禮拜五晚上吃飯。我本來想把戒指先交給女服務生，等我們叫點心的時候，請她用盤子端著鑽戒到我們這桌。很絕吧？

「禮拜五那天，我為了多掙一點加班費而上晚班，三點到十一點，不過下午五點就蹺班了。六點二十分我去她家，外面停了好多車，艾莉森來到外面，表情緊張兮兮。我覺得不對勁，胃腸不住翻攪。她告訴我，她媽正在辦宴會，臨時出了點問題，因為兩個女佣生病了，艾莉森不得不留在家裡幫媽媽。我想不對，**兩個**女佣怎麼會同時生病？她說她過一、兩天再見我。」

我看出他腦海浮現的念頭，他的眼珠變得和石頭一樣了無生氣。

「不過，事情不只這樣。」曼科低聲說：「沒那麼單純。」

「你指的是艾莉森的父親？」

但曼科沒有說明，繼續敘述求婚不成的故事。他喃喃說：「那天晚上是我一輩子最難過的一夜。為了她，我不但蹺了班，還借錢買戒指，結果跟她連五分鐘的獨處時間也換不到，太折騰人了。我整晚開車亂晃。天亮的時候，我醒了，睡在自己的車上，車子停在鐵軌旁邊。後來我回家，發現她沒有來電留言。天啊，我好悲哀。

「那天早上，我打電話去醫院找她。她為了宴會的事道歉，我約她當晚出來，她說她真的沒辦法，因為昨晚宴會拖到凌晨兩點，她現在很累。我問那明天可以吧？」

曼科恢復了晶瑩的眼神。我以為這表示他約會成功，留下美好的回憶。

我錯了。

他的嗓音帶有恨意。「我學到了一個教訓，千萬別低估敵人的能耐。法蘭克，你要聽曼科的話，千萬別低估敵人。我們在陸戰隊學過，**永遠忠誠**。可惜艾莉森和我，我們這一對被突襲了。

「隔天晚上我去接她，河堤那邊有一個像情人巷的地方，我打算帶她去那邊向她求婚。我整晚背稿，背得滾瓜爛熟。我開車停在她家門口，她卻站在門廊上，揮手叫我過去。喔，她還是一樣漂亮。我想抱她，摟著她，一生一世不放手。

「可是，她感覺好疏遠。她一直不肯讓我靠近，老是看著房子裡面。她臉色蒼白，頭髮向後紮成馬尾。我不喜歡她把頭髮綁起來，我跟她說過，我喜歡她把頭髮放下來。所以我一看到馬尾，馬上就知道是暗號，是求救訊號。」

「我問她怎麼了，她哭了出來，說她不能再跟我見面了。『什麼？』我低聲說。天啊，我不敢相信。你想像得到那種滋味嗎？我在派瑞斯島接受海陸新兵訓練的時候，碰到震撼教育，衝障礙區時有真子彈從頭上飛過去。有一次我被流彈打中，我當時穿了防彈背心，不過那種子彈有全金屬被覆彈頭，正中我的屁股。我那天晚上的感覺就像這樣。

「我問她為什麼，她說她認為最好別再見面，不肯多作解釋。不過那個時候，我開始看出原因了。她一直東張西望，我發現房子裡有人站在門邊偷聽。她怕得半死，難怪。她求我別再打電話給她或是來她家。我猜她這些話是講給偷聽的人聽，所以我跟著演戲，我說，好，如果她不想再見的話……然後我把她拉近，叫她放心，我會照應她。我講得很小聲，像是在打暗號。

「我回家了。我盡量等久一點才打給她，希望她旁邊別又有人偷聽。我非跟她講話不可，我非聽她的聲音不可，就像我需要空氣或水一樣。可惜沒人接電話。她家裝了答錄機，我沒留言。那個週末，我怎麼也睡不著，連一小時也沒辦法睡，我有很多事情要考慮。因為，我知道發生了什麼事，完全明白。

「禮拜一早上，我六點就去她上班的醫院，在門口外面堵人，趁她快進門的時候攔住她。她還是東張西望，很害怕，擔心被人跟蹤，跟她在門廊的時候一樣。

「我劈頭就問：『是妳爸，對不對？』她一個字也不肯說，久久才點頭說對，爸爸嚴禁她見我。聽起來很好笑，對不對？很文謅謅吧？『嚴禁。』我問她，『他要妳嫁有錢人家的大少爺，對不對？跟他同一個俱樂部的人，對不對？』她說她不曉得，只知道爸爸叫她別再跟我見面了。狗娘養的！」

曼科啜飲咖啡，對我舉起粗短的一根手指。「法蘭克，告訴你，愛情對湯姆斯・摩根這種人，一點意義也沒有。像他那種混帳，滿腦子只裝得下生意、社會、形象、金錢。我絕望得半死……我受不了了，我摟住她說：『我們私奔吧，現在就走。』

「她說，『拜託你，你不走不行。』」

「這個時候，我才發現她為什麼東張西望。她爸爸派了公司的保全人員來監視她。保全看見我們在一起，馬上跑過來。如果保全敢碰她，我發誓我會扭斷他的脖子，真的。不過艾莉森抓住我的手臂，求我快走。『他帶了槍。』她說。

「我告訴她：『我不管。』」曼科挑起一邊眉毛。「法蘭克老弟，我其實怕得發抖，但是艾莉森說她不希望我被打傷，而且假如我走，保鏢不會傷害她。她說得有道理，不過我還不想走。我回過頭來緊緊抱住她。『妳愛不愛我？告訴我！我不知道不行，快告訴我！』

「她說了。她悄悄說：『我愛你。』我幾乎聽不見，不過有這句話就夠了。我知道再苦也沒關係，不管發生什麼事，我們有彼此相依為命就夠了。

「我恢復了正常生活，每天上班，跟工廠同事組隊打壘球，不過我還是經常為她寫詩，寄給她文章和信。我在信封上寫假地址，讓她爸爸猜不到寄件人是我。我甚至把信藏進直銷雜誌抽獎的信封裡面，然後寄給她！高招吧？

「我偶爾會碰見她。有一次我在雜貨店發現她落單，偷偷走過去。我買了一杯咖啡請她。她說好高興見到我，卻也緊張得要命，我看得出為什麼，有幾個打手在外面。我們只聊了兩分鐘，就被一個打手看見，不得不快離開。我踹開後門逃走。之後，我開始注意深色的車子開過我的公寓，不然就是跟蹤我上街，車身漆了『ＭＣＰ』，意思是摩根化學產品公司。保鏢在監視我。

「有一天，我走在公寓的走廊上，有個男的過來說，摩根想給我五千美元，要我拿錢離開希爾波恩鎮。我笑了。他說假如我再不跟艾莉森保持距離，一定會惹麻煩上身。

「我突然火大，揪住他把他的手槍從槍套拔出來，丟到地上，推他的背去撞牆。我跟他說：『你回去叫摩根少管我們的閒事，不然惹麻煩上身的是他自己。聽懂了沒？』

「我把他踹下樓，把手槍丟還給他。不瞞你說，我抖得好厲害。我那時候才見識到摩根的權力有多大。」

「金錢就是力量。」我說。

「對，你說得對。金錢的力量。湯姆斯・摩根準備撒錢來阻止我們。你知道為什麼嗎？因為我對他構成威脅。做父親的人很容易吃醋，不信你看脫口秀節目，像是歐普拉、莎莉・傑西。做父親的人討厭女兒的男朋友，這和戀父情結的道理一樣。尤其像我剛才講過的，艾莉森是獨生女，交的男朋友卻是充滿叛逆心的人，一小時才賺十三塊錢。千金大小姐交我這種男朋友，等於賞她爸爸一個耳光。艾莉森衷心愛我，她排斥爸爸，排斥他所代表的一切。」曼科的臉色開朗起來，為艾莉森的勇氣感到光榮。

接著，他的笑容消失了。「不過摩根總是搶先我們一步。有一天我蹺班，偷偷進醫院找她。我等了半小時，一直沒等到艾莉森。我打聽她去了哪裡，同事說她已經不上班了。大家對我支吾其詞的，不過我後來問到了一個年輕護士，她說艾莉森的爸爸打電話來說，艾莉森請了長假。就這樣，一個解釋也沒有，她甚至連寄物櫃也沒清乾淨。天啊，她計畫去旅行，計畫跟我在一起，一下子全都泡湯了。我打電話去她家想留言，不過她爸爸改了號碼，讓我查不到號碼。那傢伙太不像話了。

「他阻止不了我。接下來，他開始對付我。有一天我去上班，工頭說我被開除了，說我無故曠職太多次。鬼扯嘛，大部分同事比我更常蹺班。摩根跟克魯格兄弟一定是好朋友。我的年資不夠久，所以工會不願意替我出氣。就這樣，我被炒魷魚了。

「好吧，既然我玩不過他，我決定照我自己的遊戲規則去玩。」曼科詭笑著向前移坐，膝蓋碰到了我的膝蓋，我覺得他全身的能量在我的皮膚表面脈動著。「對了，我不是在替自己擔心，只不過艾莉森，她太……」他思考著措詞，雙手做出怪動作，彷彿兩手之間牽了線，像在用手指翻著迷你型的花繩。

我提示，「脆弱。」

他彈了一下指頭，嚇了我一跳。他坐直身體。「答對了，脆弱。她對爸爸毫無招架的能力。我必須盡快行動，我去找警察，希望警察派人去她家看她安不安全，也順便向她爸爸示威，表示我才不吃他那一套。」曼科吹了聲口哨。「下錯棋了，法蘭克，錯得離譜，又被摩根搶先了一步。警察小隊長是個大塊頭，把我推進角落，叫我別靠近摩根的女兒，不然她家一申請到禁制令，我就會坐牢。警察上下看了我一眼，問我知不知道囚犯會碰上什麼意外，還說監獄是個很危險的地方。我太傻了，早該知道警察也被摩根收買了。

「到了那個階段，我已經連續幾個禮拜沒見到艾莉森，已經急瘋了。天啊，摩根該不會把女兒送進修女院了吧？」

他臉色恢復寧靜。「後來她對我打暗號。有一天我去她家對面的小公園，躲進樹叢裡，拿著雙眼望遠鏡監看她家。我不過想看她一眼，想知道她平安無事。她一定看見我了，因為她把窗簾整個拉上去。她就站在窗口！她背後有光，頭髮照得閃亮，感覺就像，你懂吧，像宗師之類的。」

「光環。」

「對，對。她穿著睡袍，我幾乎看得見她身體的輪廓，她看起來就像天使。我覺得難以想像，差點心臟病發作。她就站在窗口，跟我說她沒事，說她想念我。然後她放下窗簾，把燈關掉。

「接下來，我整個禮拜都在計畫。我的錢快花光了，這又是湯姆斯‧摩根的功勞。他通知全鎮的工廠，叫大家別僱用我。我湊了湊身上的錢，數目不多，差不多一千二而已。我猜這樣夠讓兩個人去佛羅里達州，到了那邊，我就有機會找印刷廠的工作，艾莉森也能去醫院上班。」

講到這裡，曼科笑了，他以批判的眼神注視我。「不妨老實告訴你吧，法蘭克，我覺得我跟你有緣。」

不叫我老弟了？我升級了。我的脈搏加速，內心感動。

「我的外表像硬漢吧？可是，我心裡很害怕，真的很害怕，我從來沒有碰過大場面。格瑞那達、巴拿馬、沙漠風暴，每一場戰爭都錯過了。你懂我的意思吧？我從來沒有接受過考驗。我一直在想，真正上了戰場，我會怎麼反應？結果呢，我的機會來了，我打算去救艾莉森，我打算跟她老爸硬碰硬。

「我打去他的公司，騙他的秘書說我是《俄亥俄商業》雜誌的記者，想專訪摩根先生。秘書開始跟我約時間。我不敢相信，她居然上當了。秘書跟我說，摩根在七月二十到二十二號會去墨西哥出差，所以我跟秘書約了八月一日，趕緊掛掉電話，免得被追蹤來電。

「七月二十日，我整天在她家外面盯梢。果然，摩根早上十點提著行李箱出門，晚上沒有回家。她家的車道上停了一輛保鏢的車子，我猜其中一個打手在家裡守著，不過我早就料到這一點。晚上十點，天開始下雨了，像現在一樣。」他朝窗外點頭。「我記得當時躲在樹叢裡，慶幸天上的雲層很厚，因為從樹叢到她家有一百公尺的院子找不到掩蔽物，如果月亮出來了，我一定見光死，絕對會被保全看見。我偷跑到房子旁邊，沒被人發現，躲在冬青樹下面喘氣。

「喘夠了氣，好戲要上場了，法蘭克。我靠在房子的側面，聽著雨聲，懷疑自己有沒有動手的膽量。」

「你動了手。」

曼科像小男孩似的咧嘴笑，表演艾爾・帕西諾的黑手黨戲碼，模仿得還不錯。「我偷偷從地下室進去，上樓到她的房間，帶著她衝出房子。我們連行李箱也沒拿，盡快跑出來，沒有被人聽見。保全在客廳看《今夜》節目，看到睡著了。艾莉森和我上了我的車，我們衝上公路，簡直是老電影《逍遙騎士》。我們自由了！上了路，只有她和我。我們逃脫了！我們開始進行艾莉森一直期待的冒險，我們兩個終於幸福了。

「我把車子開上州際公路，時速保持在一百公里，因為只超過速限十公里的話，不會被警察攔下來，這是州警的規定，我聽別人說過。我保持在右線道，開著Dodge舊車，往東南東前進，一刻也不停留。從俄亥俄、西維吉尼亞、維吉尼亞，最後到北卡羅萊納州。我們一越過州界，我的心情就舒服多了。她爸爸這時一定接到消息，盡快從墨西哥趕回家，而且通知了鎮警。至於他會不會通知公路警察，我認為不太可能。想也知道，他一定解釋不清楚，為什麼把女兒當囚犯關起來。」曼科搖搖頭。「可是，你知不知道我想錯了什麼事？」

從他悔恨交加的臉色，我猜得出來。「你低估了敵人。」

曼科甩甩頭，「湯姆斯・摩根。」他沉思著說：「我猜他一定是黑道老大之類的人物。」

「俄亥俄州也有這種人吧。」

「他的人脈很廣，維吉尼亞的州警、卡羅萊納，到處都有朋友！金錢就是力量，像你剛才講的。我們走二十二號公路南下，想去夏洛特㉞，卻碰到他們。我停車進去7—11超商買食物和啤酒，結果裡面來了幾個條子，戴了飛碟帽，跟店員打聽俄亥俄來的兩個通緝犯。不就是我們嗎？我想辦法偷溜出去，沒被他們發現，上了車趕緊猛踩油門翹頭。我們飆了一陣子，那時天色已經快亮了，我認為最好找個地方躲起來，不然白天容易被看見。

「我把車子開進一大片森林保留區。就這樣，我抱著她躺了整天，她的頭靠在我的胸膛，我們躺在車子旁邊的草地上。我跟她講我們要去的地方，菲律賓、泰國、加州。我也告訴她，去了佛羅里達以後的生活會怎麼樣。」

他以凝重的眼神看我，神色緊繃。「我本來可以佔有她的，法蘭克。你懂我在說什麼吧？當場，就在草地上。我們四周有昆蟲在鳴叫，也聽得見附近的河水和瀑布聲。」曼科的音量降低成喃喃細語。「可惜感覺不太對。我希望等到我們去佛羅里達，住進自己的公寓，結了婚，在我們的臥房裡面，一切圓滿。我知道，有人嫌這種思想太古板。你該不會覺得我太笨吧？」

「不會，曼科，一點也不笨。」我彆扭地找別的話來搪塞。「你那樣做很善良。」

他落寞了一會兒，也許在後悔自己太笨或太聰明，當初怎麼會堅持維持那份純純的愛。

「後來，」他面帶邪氣的微笑，「麻煩來了。半夜的時候，我們又往南上路，碰到反方向的一輛車。那輛車緊急煞車迴轉了一百八十度，對準我們追了過來。一定是摩根的手下。我下了公路鑽小路往東走。開得太爽了！一座座單向道的橋、一條又一條泥土路，衝過一個個小鎮。嘩，法蘭克老弟，我車子的四個輪胎飛了起來呢！感覺棒極了，可惜你沒眼福。後面至少跟來了二十輛車，我設法擺脫他們，不過我知道我們再跑也跑不了多遠。我認為最好採取分離戰術。

㉞Charlotte，北卡羅萊納南部大城。

「我對北卡州的那一帶相當熟，因為當兵時有兩個弟兄住在溫斯頓—賽倫市。我們一起去打獵，住在中國園鎮附近的一個荒廢舊別墅。花了不少工夫，最後總算找到地方。我把車子開過去停下來，確定裡面沒人。我們坐在車上，我一手摟著她，把她抱過來，跟她說我決定把她留在這裡，因為如果她被摩根抓走，一切就完蛋了。摩根絕對會把她送到很遠的地方去，搞不好會對她洗腦。別笑。摩根狠得下心，即使是他的親骨肉也一樣。她可以在這裡避風頭，等我把他們引到別的地方去，然後……」

「然後怎樣？」

「我會等他。」

「等摩根？你想怎麼辦？」

「跟他單挑，以免以後糾纏不清。一對一，他和我。你誤會了，我不是想殺他，只想讓他了解他不是全宇宙的王。艾莉森求我別跟他單挑，她知道自己的父親有多危險，可是我聽不進去，我知道他永遠不肯放過我們。他是惡魔，我不阻止他的話，他會跟蹤我們到天涯海角。艾莉森求我帶她一起走，我卻知道不能這樣做。她必須留下來，這一點我很明白。你知道嗎？法蘭克，我認為愛就是這麼一回事，不怕為別人做決定。」

曼科，不修邊幅的哲學家。

「我把她抱得緊緊的，叫她放心。我跟她說，我對她的愛太多，多到自己的心房容不下所有的愛，我們很快又能在一起。」

「你覺得那邊安全嗎？」

「那間小屋嗎？當然，摩根怎麼也找不到。」

「在中國園鎮嗎？」

「離中國園鎮半個鐘頭，在貝丁湖邊。」
我笑說：「騙我的吧？」
「你知道那地方？」
「當然知道，很久以前我常去那邊裸泳。」我點頭認同他選對了地方。「從湖的西岸看過去，很難看見那幾棟小屋。」
「而且風景也美到不行。你知道嗎？我開車離開的時候回頭一看，心想假如那棟是我們倆的家該有多好。我下班回家時，艾莉森會站在門口等我。」
曼科站起來走向窗口，面對自己的倒影凝視雨夜。
「我走了以後，把車開上州道，直衝到他們前面，假裝我正要回去接她，其實我是想調虎離山。不過，我還是被他們追上了……出現好多人，警察、保全……還有摩根本人。
「他氣呼呼地對我衝過來，臉脹得好紅。他恐嚇我，求我說出把他女兒藏在哪裡，我瞪著他看，一句話也不說。虧他有那麼多錢，請了那麼多打手……也沒用。金錢就是力量，沒錯，可惜愛情的力量更大，我連出手跟他單挑也免了。他只瞪著我的眼睛看，他就知道我贏了。他的女兒愛的是我，不是他。艾莉森安全了。我們一定能在一起，只有我們兩個。我們戰勝了湯姆斯・摩根——大亨、有錢的狗雜種、人間第一美女的老爸。他默默轉身，走回他自己的大汽車。劇終。」
一陣靜肅籠罩在我們之間。時間已近午夜，我已經在這裡坐了三個多小時。我伸伸懶腰，曼科緩緩踱步，臉上洋溢著期待的表情。「你知道嗎？法蘭克，我一生諸事不順，艾莉森的人生也一樣。不過我們總算能掌握一件事，就是我們心中有愛，再苦也無所謂。」
「一份超然的愛。」
叮的一聲，我才發現曼科又舉杯碰我的咖啡杯。我們乾杯後，他望著窗外的黑夜。雨停了，淡淡的月光從雲層後面露臉，遠處的鐘敲了十二下。他微笑了。「該去跟她會合了，法蘭克。」

門外響起扎實的敲打聲，門忽然打開來，我聽了一驚，趕緊站起來。

曼科鎮定地轉身，臉上還掛著微笑。

「晚安，提姆。」一個差不多六十歲的男人說。他穿著縐縐的褐色西裝，背後有幾雙眼睛瞪著曼科和我。

聽見這人喊「提姆」，我微微惱怒。曼科屢屢表態說他比較喜歡別人喊他的綽號，覺得喊「提姆」或「提姆西」的本名對他是種侮辱。但今晚他沒有注意到，面帶笑容。現場靜默片刻，這時又來了一個人，身穿淡藍色制服，端著淺盤走進房間，清走了桌上吃剩的餐盤。

「好吃嗎，曼科？」制服男朝淺盤點頭問。

「珍饈佳餚。」他說著對我揚起一邊眉毛，做出挖苦的神情。

老人點點頭，從西裝外套取出一份藍色封面的文件，打開後停頓許久，接著以莊嚴的南方口音沉著嗓子朗誦：「提姆西・艾伯特・曼科維姿，因綁架謀殺艾莉森・金柏莉・摩根之罪名判處死刑定讞，本人在此依照北卡州州長批准之死刑令，於今日午夜行刑。」

典獄長把死刑令交給曼科。法院已經將這份文件傳真給他和律師過目，今晚他以無聊的表情瞄了一眼。一般死刑犯見到今生最後這份令狀，幾乎個個難掩迷惑的神態，在曼科臉上我卻看不出這種表情。

「提姆，我們跟州長通了電話，」典獄長拖長母音說：「他還在辦公室。我剛跟他講過話，可是我認為……我是說，他大概不會干預。」

「我早說過了，」曼科輕聲說：「我連上訴的意願也沒有。」

行刑官身材細瘦，一副公事公辦的模樣，外形近似飼料公司的職員。他為曼科戴上手銬，脫掉曼科的鞋子。

典獄長示意要我出去。一般人總以為死囚區的氣氛陰森漆黑，這一條走廊燈火通明，近似點了太多燈的主日學。我進了走廊，典獄長把他的頭靠過來。「運氣怎樣，神父？」

我原本低頭看著光滑的油地氈，抬頭回答，「還好。他告訴我貝丁湖岸有間小屋，在西岸。你聽說過嗎？」

典獄長搖頭說：「我們可以請州警帶警犬過去搜索，希望找得到。」他接著低聲說：「主啊，但願找得到。」

陰森的這一夜，我總算完成了陰森的任務。

監獄牧師總是陪死囚走完最後一段路，但警方鮮少在情非得已的情況下請牧師套口風。我事先請教過主教，主教認為我的任務和誓言並無牴觸。儘管如此，我的舉動同樣構成欺瞞之罪，我大概會良心不安許久。但是，更令我不安的是艾莉森．摩根的遺體流落荒郊。因為曼科堅決不肯透露地點——他說，這是保護艾莉森的最後手段，絕不能讓她父親找到。

曼科與艾莉森．摩根約會兩次之後，被艾莉森甩了，從此連續數月糾纏不休，最後趁她在家中熟睡的時候強行架走她，亡命奔逃了四個州，躲避ＦＢＩ和一百名州警的追捕。最後……最後曼科明白了，去佛羅里達共創新生活的美夢落空，只好持刀奪走艾莉森的生命。依證詞研判，曼科行凶時緊抱著她，告訴她說，他對她的愛太多，多到自己的心房容不下所有的愛。

一直到今晚，艾莉森的雙親足以聊表慰藉的是，至少知道女兒死得很快，這一點由Dodge車前座的大片血跡可以佐證。如今女兒陳屍的地點被套出來了，父母至少能好好為她下葬，給她一點生前有過或沒有過的親情。

曼科來到走廊上，踩著死囚穿去行刑室的拋棄式紙拖鞋。典獄長看看手錶，請曼科上路。

「年輕人，你會安詳地走吧？」

曼科笑了。全場只有他的眼神祥和。

他有什麼好怕的？

他即將去和真愛的對象會合，兩人又能在一起了。

「法蘭克，你聽了我的故事喜歡嗎？」

我跟他說我喜歡。他對我微笑，表情弔詭，像含有雙重暗示，既原諒我，又隱約忍不住對我挑戰。我心想，今夜的欺瞞讓我良心不安的程度也許還不算太嚴重。我的底細到底有沒有被曼科看穿，我永遠無法得知，這一點可能更讓我難以安心。

然而，誰又能說得準？正如我所言，他是個天生演員。

典獄長望著我。「神父？」

我搖搖頭。「曼科大概不想求主赦免了。」我說道：「不過，他希望臨走前聽我朗誦幾段詩篇。」

「艾莉森，」曼科熱切地說：「她喜歡詩。」

我從西裝口袋取出《聖經》朗讀，並肩陪他踏上走廊。

# 松溪鎮的寡婦

「有時候，救兵會直接從天上掉下來。」

這是她母親的說法，並不表示天使或靈魂從天而降，也與靈修之類的東西無關，而是指救兵會在最出其不意的時刻現身。

好吧，媽媽，也只能這樣希望了，因為我現在求救無門。

珊卓梅・杜蒙坐在黑皮辦公椅上，邊想邊向後仰，把手上的文件丟在舊辦公桌上。這裡是先夫的辦公室。她望向窗外，懷疑眼前這人會不會是從天而降的救星。

不盡然是從天而降，而是由通往工廠的水泥路而來。男人目光敏銳，動不動就微笑。

她轉移視線，瞥見自己在古董鏡子裡的模樣。鏡子是她送丈夫的結婚五週年禮物，那是十年前的事了。今天，她僅短暫回憶那段幸福時光，心思專注在自己的模樣上。她體型偏壯，稱不上胖，有對靈活的綠眸。她穿無袖的米黃色洋裝，上面印有藍色的玉米花，畢竟這裡是正值五月中旬的喬治亞州。她上臂壯碩，深金色的長髮以毫不花稍的玳瑁花紋條形髮夾固定在後腦勺，脂粉微施，不灑香水。她今年三十八歲，奇怪的是，她逐漸發現體重使她看起來更顯年輕。

照理說，她應該覺得鎮靜而自信，但是她心慌意亂。她的視線又轉向桌面上的文件。

她一點也不鎮靜。

她需要救兵。

從天而降。

從哪裡來都無所謂。

對講機響了起來，雖然她早已料到，還是吃了一驚。這種對講機的款式老舊，塑膠殼是褐色的，上面有十幾個按鍵，剛來的時候她花了好久才搞懂操作方式。她按下一個按鍵。「什麼事？」

「杜蒙夫人，有一位拉爾斯頓先生想見妳。」

「好，請他進來，蘿瑞塔。」

辦公室的門打開了，一位男士走進來。他說：「嗨，妳好。」

「嘿。」珊卓梅自然而然站起來招呼。在南方鄉下，女人很少站起來迎接男人。她想到這裡，同時也想到：這半年來，我的人生變化真大。

上週末認識比爾・拉爾斯頓的時候，她就注意到這男人的長相不算英俊。他的臉形方正，黑髮亂糟糟的，身材纖瘦，不算特別健壯。

講話還有口音！上星期在松溪鎮稱得上是「鄉村俱樂部」的地方，拉爾斯頓站在露天平台上對她說：「妳好，我叫比爾・拉爾斯頓，紐約人。」

一聽他那麼重的鼻音就知道。而且說「妳好」，本鎮人很少用這種話來打招呼。珊卓梅私底下為鎮民取了個綽號：「松唧唧叫人」。

「請進。」她招呼拉爾斯頓進辦公室。她走向沙發，掌心向上請他坐在對面。珊卓梅邊走邊注意看鏡子，看他的眼神，觀察到他一眼也不偷瞄她的身體。很好，她心想，拉爾斯頓通過第一關了。他坐下來，看著辦公室的擺設，看著牆上的相片，多數相片是吉姆打獵釣魚時的留影。

她又想到，那天是萬聖節的前一天，州警來電報噩耗，語氣迴盪著感傷與空虛。

「**杜蒙夫人……有件事要通知妳，很遺憾，妳丈夫……**」

不行，現在別想那件事，要專心。妳的麻煩大了，全世界可能只剩這人幫得了妳。

珊卓梅直覺想為拉爾斯頓泡咖啡或茶，卻及時打住。她現在是公司的董事長，這種小事可以找員工代勞。老習慣難改——是珊卓梅的口頭禪，她母親則是這句口頭禪的化身。

「想喝點什麼嗎？甜茶？」

他笑說：「你們這裡的人很喜歡喝冰紅茶。」

「南方人嘛。」

「了解，麻煩來一杯。」

她請蘿瑞塔幫忙倒茶。蘿瑞塔是吉姆長年的秘書兼辦公室經理，外形搶眼，想必每天早上花兩個鐘頭化妝。她探頭進門來，「什麼事，杜蒙夫人？」

「麻煩幫我們倒兩杯冰紅茶，謝謝。」

「沒問題。」蘿瑞塔走後留下一股花香的香水味。拉爾斯頓朝她背後點頭說：「松溪鎮的人都很有禮貌，像我這種紐約人一時不習慣。」

「其實是這樣的，拉爾斯頓先生——」

「請叫我比爾就好。」

「比爾……禮貌是本地人後天養成的習性。我母親生前說過，人人每天早晨應當像穿衣服一樣，把禮貌穿在身上。」

拉爾斯頓聽了訓誡露出微笑。

提起衣服……珊卓梅不知道怎麼形容他的打扮……算北方人風格吧？只能這樣形容了。黑西裝內搭黑襯衫，沒打領帶。這身穿著和吉姆正好相反，吉姆常穿褐色長褲、粉藍色襯衫、黃褐色休閒西裝，把這套衣服當成硬性規定的制服來穿。

「那是妳先生？」他看著牆上的相片。

「對，他叫吉姆。」她柔聲說。

「相貌堂堂，不介意我問他出了什麼事吧？」

她遲疑幾秒，拉爾斯頓立刻會過意來。

「對不起，」他說：「怪我多嘴，我——」

珊卓梅卻插話說：「沒關係，告訴你也無所謂。去年秋天他在畢凌斯湖釣魚時發生意外，他跌進水裡，撞到頭之後溺了水。」

「太可怕了，妳那時也在場嗎？」

她乾笑了一下，「但願我跟去就好了，說不定能救他。可惜，我只跟他去過一、兩次。釣魚……好髒。勾上了可憐的魚，用棍子敲打魚頭，切開魚肚子……我猜你不了解南方的習俗。妻子是不釣魚的。」她抬頭望著相片邊回憶邊說：「吉姆只活到四十七歲。我對婚姻的想法是，另一半通常老了以後才會走，像是我母親八十歲才過世，我父親八十一歲才走。兩個人一起生活四十八年。」

「婚姻很美滿。」

「幸福、專情、忠實。」她悠悠然地說。

蘿瑞塔端茶進來，以端莊的身段退下，像個懂分寸的僕人。

「換個話題吧。」他說：「我油嘴滑舌搭訕了一個美女，她居然打電話邀我過來，讓我倍感榮幸。」

「你們北方男人講話不拐彎抹角的，對吧？」

「當然。」他說。

「那我明講，希望不會傷了你的自尊。我請你過來另有目的。」

「要看妳的目的是什麼。」

「做生意。」珊卓梅說。

「生意是個不錯的開始。」他說完，點頭示意請她繼續說。

「吉姆出事後，我繼承了公司所有的股份，當上了董事長。我一直盡力撐場面，可惜照目前的情況看來，」──她往桌上的財務報表點頭──「除非出現神速的起色，否則一年內肯定破產。吉姆過世後，我領了一些保險金，還不至於餓死，但我不肯讓丈夫白手起家的事業垮下去。」

「為什麼認為我幫得上忙？」他的笑容仍在，少了幾分鐘前的調情意味，更遠不及上禮拜天的輕佻。

「我母親以前常說：『南方女人必須比丈夫更強。』我就是這種女人，我跟你保證。」

「看得出來。」拉爾斯頓說。

「她也說過『南方女人必須比丈夫更足智多謀。』而足智多謀的條件之一是明瞭自己的斤兩。我嫁給吉姆之前雖然唸過三年半的大學，卻應付不了這一桌的數字。我需要一個幫手，需要物色一個懂得做生意的人。我上禮拜天在俱樂部聽了你的話，認為你非常適合。」

兩人自我介紹的時候，拉爾斯頓說他從事金融業和股票交易，他常買下週轉不靈的小公司，改善經營體質再高價轉售。他南下亞特蘭大出差，聽人建議他順便去喬治亞州的東北部看看房地產，因為這裡的山區還能撿便宜，可以買棟房子投資，充當度假別墅。

「跟我解釋一下公司的狀況。」拉爾斯頓對她說。

她說明杜蒙實業公司目前有十六名全職員工，暑假僱用一批打工的中學男生，做的生意是向附近的森林業者購入松脂的原料。本地的業者負責砍伐長葉松，切開樹幹萃取松脂給杜蒙公司提煉。

「松脂……難怪我開車上山時聞到那種味道。」

幾年前，吉姆創業做起松脂的生意，珊卓梅睡在他身邊時常常嗅到油膩的樹脂氣息──即使吉姆睡前洗過澡也洗不掉。他似乎永遠擺脫不了松脂的氣味。最後珊卓梅習慣了，她有時不禁回想，她是哪一年才開始忘掉松脂味的存在。

她繼續對拉爾斯頓說：「我們從松脂原料提煉出兩、三種產品，多數用在醫藥界。」

「醫藥界？」他訝然。他脫掉西裝，謹慎地掛在旁邊的椅子上，再喝一口冰紅茶。他似乎真的喝出興趣了，她以為紐約人只喝葡萄酒和瓶裝水。

「大家認為松脂只能提煉成松節油，不過醫生常用松脂提煉成的興奮劑和解痙劑。」

「妳不說我還真不知道。」他說。她注意到拉爾斯頓開始寫筆記，輕佻的微笑也消失殆盡。

「吉姆賣的是……」她改口說：「公司把提煉出來的產品批發給兩、三個公司，由他們去經銷，我們不管。我們的業績好像跟以往沒兩樣，成本也沒有上升，不過營收卻比預期少了一截。我不知道賺的錢哪裡去了，慘的是，下個月要繳薪資稅和失業保險的保費。」

她走向辦公桌，遞出財務報表。這些數字讓她看了一個頭兩個大，拉爾斯頓邊翻閱邊點頭，看出了端倪。有一、兩次，他揚起眉毛表示訝異。珊卓梅壓抑內心的憂愁，按捺著想問「怎麼了？」的衝動。

她發現自己不知不覺細看著拉爾斯頓。收起笑容之後——一臉辦公事的專注神情——他變得更有魅力了。她不由自主瞄向書櫃上面的結婚照，視線迅速飄回兩人之間的報表。

最後他向後坐，喝光了冰紅茶。「有點怪怪的，」他說：「我搞不太懂，好像有幾筆錢從主要帳戶轉出去，卻找不到流向。妳先生有跟妳提過轉帳的事嗎？」

「他不太常跟我討論公司的業務，吉姆不習慣把公事帶回家。」

「公司的會計呢？」

「吉姆大多自己記帳……轉出去的錢呢？你追查得出流向嗎？我會照標準行情酬謝你。」

「或許能查得出來。」

她聽出對方的口氣略帶猶豫。她抬頭看。

拉爾斯頓說：「我先問妳一個問題。」

「請問。」

「妳確定要我追查下去嗎？」

「什麼意思？」她問。

他以敏銳的目光掃視著財務報表，彷彿正在研究戰場的地圖。「不懂的話，妳可以請別人來經營公司，請專業的商場人士來幫忙，讓別人來拯救這間公司，可以省下很多麻煩。」

她定睛注視拉爾斯頓。「你真正想問的不是這個吧？」

遲疑一陣子之後，他說：「對。我想問，妳確定想進一步了解妳先生和他的公司嗎？」

「現在是我的公司了。」她語氣堅定。「我想了解所有的狀況。好了，公司所有帳冊都擺在那邊。」她指向一個胡桃木做的大書櫃，上面立著珊卓梅的結婚照。

**你發誓永生永世相愛、互敬、珍惜、遵守……**

拉爾斯頓轉身看她手指的方向時，膝蓋擦過她的膝蓋。一陣短暫的電流震撼了珊卓梅。拉爾斯頓似乎僵了一下才轉頭回來。

「我明天就開始。」他說。

三天之後的晚上，珊卓梅坐在他們家……不對，應該是她家的門廊上，聽著蟋蟀與蟬爭鳴。這樣來看待所有事物，讓她覺得不太習慣。不再是他們的車子、他們的家具、他們的碗盤，現在全是她的了。

她的辦公桌，她的公司。

她坐在鞦韆椅上前後搖擺。一年前，她獨自將大鉤子固定在門廊天花板的托樑上，掛起這張鞦韆椅。她望著數英畝的家園，院子是修剪過的草地，周圍種植火炬松與鐵杉。松溪鎮的人口是一千六百人，有貨櫃屋、獨棟木屋、俗稱獵槍屋的直排式公寓樓及兩、三個小社區，只有十幾棟房子像杜蒙家這麼現代、這麼多玻璃、這麼大。如果喬治亞太平洋鐵路經過本鎮，杜蒙夫婦定居的這片純樸房地產便能飆漲，成為全鎮地段最好的一區。

她啜飲著冰紅茶，撫平牛仔布連身裝，欣賞六、七隻提早亮相的螢火蟲散發黃光。

媽，她心想，我覺得他可以幫助我們。

從天而降……

自從兩人在公司會晤後，比爾・拉爾斯頓天天來公司報到，全心投入拯救杜蒙實業公司的任務。她晚上六點下班，大清早就開始忙碌的拉爾斯頓仍在閱讀公司紀錄、吉姆的書信與日記。半小時前，他撥電話到珊卓梅家，說他發現一些蹊蹺，應該告訴她。

「過來吧。」她對拉爾斯頓說。

「我馬上到。」他說。她報出住址。

這時，拉爾斯頓把車子停在房子前面，她注意到馬路對面的幾棟房子出現動靜，廣角窗裡映出幾個人影，想必是鄰居貝絲和莎莉正在觀察珊卓梅的活動。

喔，男人上門來找寡婦囉……

「嘿。」她說。

她聽見腳踩砂石的聲響，才看見拉爾斯頓從暮色裡走過來。

「你們（you all）南方人真的常用『嘿』打招呼。」他說：「嘿！」

「沒錯。可惜不是you all，應該連音，講成y' all才正確。」

「我虛心接受指教，夫人。」

「你們這些北方佬。」

拉爾斯頓在鞦韆椅坐下。他已經南方化了，今晚他穿的是牛仔褲和工作衫，也改穿，天啊，靴子。他這身打扮正像男人下班不回家陪老婆，反而逃去路邊酒吧跟好友喝啤酒，跟美女打情罵俏。酒吧裡不乏像蘿瑞塔一樣漂亮又發騷的女人。

「我帶了一瓶酒來。」他說。

「喔，多謝了。」

「我喜歡妳的口音。」他說。

「不對——你才有口音。」

拉爾斯頓裝出濃濃的黑手黨腔調：「少來，我才沒口音。」兩人笑了。他指向地平線。

「看那邊的月亮。」

「這附近沒有城市，沒有太多燈，星星清楚得像良心一樣㉟。」

他也帶來了紙杯和開瓶器，斟了一點酒。

「嘿，別那麼急。」珊卓梅舉起手。「我好久沒喝酒了……自從吉姆出事之後，我決定少喝為妙，以免把持不住狀況。」

「隨意就好。」他請她放心。「喝不完的，就倒給天竺葵喝。」

「那棵是九重葛。」

「看吧，我是不折不扣的城市人。」他舉杯和她的杯子互碰，喝了一些葡萄酒，以溫柔的嗓音說：「一定很難受吧，我指的是吉姆的事。」

她點頭不語。

「敬美好時光。」

「美好時光。」她說，兩人再碰杯喝幾口。

「好了，我最好跟妳報告我發現的東西。」

珊卓梅深吸一口氣，再喝一口酒。「請說。」

「妳先生……呃，恕我說實話，他藏了錢。」

「藏？」

「這字也許太刺耳了。這樣講好了，他把錢放在很難追查的地方，好像把公司這兩年的營收拿去買外國企業的股份……他沒跟妳提過這件事？」

「沒有，跟我講的話，我不會同意的。外國企業？我連美國的股市都看不上眼，我認為把錢存進銀行比較妥當，最好藏在床下。這是我母親的哲學，她說床下是美姿牌床墊的第一國家銀行。」

他笑了笑。珊卓梅喝完了酒，他再幫她倒一些。

「藏了多少錢？」她問。

「二十萬美元，還有些零頭。」

她傻眼。「天啊，我正好急著用。有沒有辦法弄回來？」

「應該有，不過妳丈夫真的很狡詐。」

「狡詐？」她把這兩字拖得很長。

「他把錢藏得很緊。假如我了解他藏錢的用意，比較容易追查流向。」

「我沒有概念。」她舉起手，任其落在結實的大腿上。「也許是他的退休金吧。」

㉟clear as conscience，意思就是「非常清晰」。

但拉爾斯頓面露微笑。

「我說錯話了嗎？」

「存進401K㊱帳戶的才是退休金，藏在開曼群島的錢才不是。」

「吉姆這種行為有沒有犯法？」

「不一定，不過有可能。」他喝完自己那杯。「妳要我追查下去嗎？」

「要，」珊卓梅語氣堅定，「不計一切代價，不管你查到什麼，我一定要拿到那筆錢。」

「那我就去查。不過事情會變得很複雜，非常複雜，到時候，我們有幾場官司要打，地點是德拉瓦州、紐約州和開曼群島。妳能離家幾個月嗎？」

她猶豫著。「可以吧，但我不想，我的家在這裡。」

「這樣的話，妳可以開一份委任書給我全權處理，不過妳跟我的交情還沒那麼深。」

「讓我考慮看看。」珊卓梅摘下髮夾讓金髮自然流瀉。她向後仰頭看星空，欣賞迷人的月色。月亮接近滿月了。她發現自己的背不是靠著鞦韆椅的椅背，而是拉爾斯頓的肩頭。她沒有移開。

隨後，月亮和星星不見了，取而代之的是拉爾斯頓的黑影。他親吻著她，一手捧著她的後腦勺，摟著她的頸子，輕輕繞向連身裝的正面，解開肩帶的釦子。她熱情回吻。他一手向上移至她的喉嚨，解開衣服最上面的鈕釦。她習慣扣上整排鈕釦，因為母親說，淑女應當隨時這麼做。

那天晚上，她獨自躺在床上——比爾・拉爾斯頓幾小時前離開。她凝視著天花板。焦慮感又來了。唯恐失去一切。

吉姆，接下來會發生什麼事？她心想。先夫長眠於松溪紀念墓園的紅土底下。

她回憶今生的種種，認為自己一路走來，步步人算不如天算。為了和吉姆長相廝守，她不惜在畢業前半年離開喬治亞州立大學，放棄了自己從事市場行銷工作的志願。結婚多年後，兩人各忙各的，作息一成不變：吉姆經營公司，她招待客戶，參加婦女社去醫院擔任志工，同時照料家事。她原本希望養一窩兒女，到頭來卻是一場空。

如今，珊卓梅・杜蒙只是一個無兒無女的寡婦……

松溪的鎮民把她視為本鎮的招牌寡婦。鎮民知道公司必倒，她最後會被迫搬進蘇利文街上的爛公寓，孤苦無依度過餘生，形同南方小鎮的壁紙。鎮民把她看得太扁了。

她可不願沉淪。她還年輕，還有機會交朋友，另組家庭。她能搬去別的地方，也許搬去大都市，例如亞特蘭大、查爾斯頓……乾脆搬去紐約市好了。

**南方女人必須比丈夫更強，也必須比丈夫更足智多謀……**

她鐵定能浴火重生。

拉爾斯頓能幫她脫困。她知道，選上他是選對了人。

隔天早上，珊卓梅醒來，發現手腕痠痛，原來她緊握著拳頭睡了整晚。

過了兩小時，她進了公司，秘書蘿瑞塔把她拉到一邊去，以慌張的神態看她，瞪著塗滿睫毛膏的眼睛低聲說：「我不知道該怎麼告訴妳，杜蒙夫人。我覺得他想拐妳的錢，我指的是拉爾斯頓先生。」

「快告訴我。」

珊卓梅蹙著眉頭，慢慢在高背皮椅坐下，再次望向窗外。

㊱401K是美國的退休金計畫。

「好，是這樣的……是這樣的……」
「鎮定一下，蘿瑞塔，快告訴我。」
「好。昨天晚上妳下班後，我拿了一些文件，正要進妳的辦公室，聽見他在講電話。」
「跟誰？」
「我不曉得，不過我探頭進辦公室，看見他在講手機，不用公司的電話。他平常都用辦公室的電話。我猜，他不希望我們查出他打給誰。」
「別那麼快下結論。他拿手機講什麼？」珊卓梅問。
「他說，他很快就能查明一切，不過想得手的話有點麻煩。」
「『得手』，他真的這麼說？」
「是的，夫人。然後他說，有些股份或是什麼東西，全登記在公司的名下，不屬於『她個人』，這也是個問題。這些話都是他講的。」
「然後呢？」
「喔，後來我不小心撞了一下門，他聽見就趕快掛電話。我覺得他掛得太快了。」
「他說『得手』，並不表示他想拐我們的錢。」珊卓梅說：「說不定他的意思只是把錢從國外的公司弄出來，或者跟公司的事完全無關。」
「也許吧，杜蒙夫人，不過我進辦公室的時候，他緊張得像被嚇到的松鼠。」蘿瑞塔以修長的紫色指甲劃過下巴。「妳對他的認識有多深？」
「不太熟……妳認為這是他設下的圈套？」珊卓梅搖搖頭。「不可能，主動打電話找他幫忙的人是我。」
「妳怎麼認識他的？」

珊卓梅一時語塞，幾秒鐘後才說：「他過來找我……算是他跟我搭訕，在松溪俱樂部。」

「他跟妳說他是生意人？」

珊卓梅點頭。

「可能是，」蘿瑞塔指出，「他聽說妳繼承了公司，特地去俱樂部認識妳。杜蒙先生有可能跟他做過生意，搞一些不太光明正大的東西。妳剛才怎麼說的？——什麼外國公司？」

「我不相信。」珊卓梅反駁。「我沒辦法相信。」

珊卓梅看著秘書的臉。蘿瑞塔的長相美麗而端莊，卻也有一份睿智。蘿瑞塔說：「說不定他在找經營不善的公司，瞄準目標之後，咻的一聲，把公司掏得精光。」

珊卓梅搖搖頭。

「我不是百分之百肯定，杜蒙夫人，只是為妳擔心。我不希望妳被別人佔便宜。而且，公司的同事……唔，我們也丟不起這個飯碗。」

「我才不想當個畏畏縮縮的寡婦。」

「這件事可能不只是自己嚇自己。」蘿瑞塔說。

「我已經跟他談過了，也清楚他的為人，蘿瑞塔。」珊卓梅說：「在判斷人品的方面，我自認眼光和我媽一樣準。」

「但願如此，夫人。為了大家好，但願如此。」

珊卓梅的視線再度掃視辦公室，看見丈夫與釣魚狩獵的戰利品合影，看見公司早年的相片、新工廠的破土典禮、吉姆參加扶輪社的活動、郡園遊會時吉姆和珊卓梅乘坐公司的花車。

兩人的結婚照……

小美人，妳什麼事也不必操心，有我就搞定了，別擔心別擔心別擔心……

丈夫對她說過一千遍的話言猶在耳。珊卓梅再次拉開辦公椅坐下。

隔天珊卓梅進公司，發現比爾・拉爾斯頓埋首研究會計簿。

她拿出一張文件放在他面前。

他舉起文件，皺起眉頭。

「什麼東西？」

「你提過的委任書，授權給你追查錢的流向、打官司、表決公司的股份——讓你全權處理……」她笑了笑。「我不得不說，我本來對你懷有一點戒心。」

「因為我是紐約人？」他微笑說。

「是啊，北方侵略戰爭，舊恨偶爾還會冒出來攪局……開玩笑的啦。為什麼授權給你，讓我解釋給你聽。因為寡婦做事不能怕東怕西的，否則被人看穿了，別人會像鯊魚嗅到血味，一轉眼全包圍過來，絕不能那樣。我看清楚你的為人，告訴自己，我信得過他。所以，現在我說到做到㊲。不對，應該說是我丈夫的錢，藏起來的那一筆。」她看著委任書。「吉姆出事之前，我碰到問題會向他求救。跟吉姆結婚之前，我一有問題就找我媽求救，沒辦法自己做決定。不過，現在我獨立了，必須自己做主。而我做的抉擇之一是聘請你，信任你。我要對我自己的事情負責。現在，請你接下委任書，幫我把錢找回來。」

拉爾斯頓再次詳讀委任書，看著珊卓梅的親筆簽名說：「這份是不可撤銷的委任書，簽了名就不能反悔。」

「律師說，如果你需要查錢打官司，簽了可撤銷的委任書也沒用。」

「很好。」他又對她微笑……但這次笑得和剛才不同，這個笑容帶有冷意，甚至有一絲洋洋自得的意味——彷彿松溪中學的鄉巴佬美式足球校隊的阻截手。「啊，珊，珊，珊，告訴妳好了，我還以為這一耗下去，至少要耗掉幾個月。」

她皺眉了。「幾個月？」

「是的，夫人。我指的是接管公司。」

「接管？」她瞪著拉爾斯頓，呼吸加速。「你……你在說什麼？」

「最後可能耗成惡夢一場。更慘的是，我不知道要在這種鳥地方待多久……松溪……」他以莊稼漢的腔調諷刺，「上帝啊，你們住在這裡，不神經病發作才怪！」

「你這話什麼意思？」她低聲說。

「珊，要妳準備這一份，目的就是把妳的公司搶過來。」他拍一拍委任書。「我可以票選自己當董事長，給自己高薪外帶獎金，然後把公司賣掉。放心，妳多少拿得到錢，妳仍然擁有股權。對了，別去管吉姆藏起來的錢了，他根本沒藏錢，只是拿公司的錢去國外投資，去年全美國有一百萬個生意人這樣做。股市行情不好，他損失了一點錢，沒什麼大不了，以後漲得回來的，妳沒有破產的危險。」

「怎麼……」她驚喘著。「你這個該死的混帳！這是詐欺！」她伸手想搶回委任書，手卻被拉爾斯頓推開。

拉爾斯頓傷心地搖頭，隨即暫停動作開始皺眉。他注意到，原本珊卓梅滿臉怒氣，這時已經轉成喜悅，竟然開始笑了起來。

「怎麼了？」他遲疑地問。

㊲原文是習語put my money where my mouth is，字面上的意思是「把我的錢押在我的嘴巴上」。

她走過去，拉爾斯頓握著委任書，緩步後退。

「別緊張，我不會打你的頭——雖然你真的該打。」珊卓梅從他身邊彎腰過去，按下對講機的按鍵。

「什麼事？」女聲從另一端傳來。

「蘿瑞塔，麻煩妳進來一下好嗎？」

「好，杜蒙夫人。」

蘿瑞塔來到門口，珊卓梅仍盯著拉爾斯頓的眼睛。她說：「那份委任書讓你有權處置我所有的股份，對吧？」

委任書已經收進了他的西裝口袋。他低頭瞄了一眼，點點頭。

珊卓梅繼續對著蘿瑞塔說：「我擁有公司多少股份？」

「一份也沒有，杜蒙夫人。」

「什麼？」拉爾斯頓問。

珊卓梅說：「我們猜到你可能想耍什麼詭計，所以不得不試探你。我跟律師討論過了，他說我可以把我的股份轉給我信得過的人，讓自己名下完全沒有股份。我簽了委任書給你，看看你能搞什麼鬼。想不到，這麼快就試探出結果了——你居然計畫洗劫我。」

「可惡，妳已經轉走了股份？」

她笑著對蘿瑞塔點頭。「對，轉給我信任的人，一股也不剩。那份委任書的效力等於零，蘿瑞塔擁有杜蒙實業的百分之百股權。」

不料，原本一臉錯愕的拉爾斯頓變了臉，開始微笑。

他不解釋心情轉好的原因，反而請蘿瑞塔代勞。蘿瑞塔說：「妳給我好好聽著。妳猜破頭也猜不到吧，公司的股份全歸比爾和我所有，對不起了。」她走向前去，摟住拉爾斯頓。「我們以前好像沒提過，比爾是我哥哥。」

「你們兩個串通來騙我！」珊卓梅低聲說：「你們兩個。」

「誰叫吉姆一分錢也不留給我！」蘿瑞塔生氣地說：「他欠我的錢要由妳還。」

「吉姆何必留錢給妳？」珊卓梅語帶疑慮。「為什麼要……」她的聲音越降越小，眼睛看著苗條的蘿瑞塔臉上露出知情的微笑。

「妳和我丈夫？」珊卓梅驚呼。「你們兩個是一對？」

「是啊，三年了。他每次離開松溪，日期正好跟我相同，妳沒注意到我們常常同天晚上加班嗎？吉姆藏錢，為的是給我！」蘿瑞塔說得口沫橫飛。「只可惜他死前沒機會給我。」

珊卓梅蹣跚向後退，跌坐在沙發上。「公司的股權……噢，虧我那麼信任妳。」她喃喃說：「律師問我信得過誰，我第一個想到的就是妳！」

「就跟我信任吉姆的下場一樣。」蘿瑞塔回嗆。「他口口聲聲說會撥錢給我，開一個帳戶給我，讓我能旅行，買一棟好房子讓我住……死了以後，卻一分錢也沒留給我。我等了幾個月，才打電話去紐約找比爾，跟他講了妳和公司的事。我知道妳禮拜天會去松溪俱樂部。我們計畫讓比爾來松溪鎮，自我介紹給可憐的寡婦認識。」

「可是，你的姓跟她怎麼不一樣？」她一面對拉爾斯頓說，一面拿起他的名片，望向蘿瑞塔。

「不難理解吧。」他舉起掌心說：「假的啦。」他笑著說，彷彿太明顯了，不值一提。

「等我們賣掉公司，妳不會一毛錢也分不到，」蘿瑞塔說：「放心，我們會答謝妳這六個月擔任董事長的辛勞。好了，妳乾脆回家算了。喔，對了，珊，我不想再喊杜蒙夫人了，妳不介意吧？我真的很討厭——」

辦公室的門開了。

「珊卓梅……妳還好吧？」站在門口的是一位魁梧的男子，波・歐格登郡警長，他一手放在手槍上。

「我還好。」她說。

他斜眼瞄著拉爾斯頓和蘿瑞塔，兄妹倆神態不安地看著他。「就這兩個？」

「對。」

「我一接到妳的電話就馬上出動。」

拉爾斯頓皺眉問：「什麼電話？」

警長警告：「把雙手放在我看得見的地方。」

「你這話什麼意思？」拉爾斯頓問。

「先生，你的口氣最好放尊重一點。你的狀況已經夠麻煩了，最好別再惹事。」

「警官，」蘿瑞塔的語氣全然平和，「我們只是在這裡談生意而已，一切光明正大。我們備齊了合約、文件和所有東西。因為公司負債太多，杜蒙夫人以十美元的代價把公司賣給我，認為我和哥哥可以拯救公司。我替她先生效勞了那麼多年，對公司的運作很熟。是她自己的律師做的交易，我們正準備付資遣費給她。」

「好，隨便妳說。」歐格登警長心不在焉地說，注意力移向走進辦公室的一位員警。「比對結果符合。」理平頭的年輕員警說。

警長朝蘿瑞塔與拉爾斯頓點頭。「銬住他們兩個。」

「沒問題。」

「銬我們？我們又沒做錯事！」

警長在珊卓梅旁邊的椅子坐下，以嚴肅的口吻說：「被我們找到了。不是在樹林裡，而是在蘿瑞塔的後門廊下面。」

「找到什麼？」拉爾斯頓發脾氣說。

「你們兩個從實招來吧，我們查清了整套詭計。」

「什麼詭計？」蘿瑞塔對珊卓梅咆哮。

珊卓梅深呼吸一下，最後才勉強答話：「我早就覺得不太對勁，發現你們兩個想騙我——」

「騙一個可憐的寡婦，」警長喃喃說：「太可恥了。」

「所以我今天上班之前打電話給警長，跟他報告我懷疑的事。」

「警長，」蘿瑞塔繼續耐著性子，「你搞錯了，是她自願把股份轉讓給我的，沒有詐欺，也沒有——」

警長不耐煩地舉起手。「蘿瑞塔，妳的罪名不是詐欺，而是妳對吉姆做的事。」

「對吉姆做的事？」拉爾斯頓望向妹妹。他搖頭問：「什麼事？」

「你被捕的罪名是謀殺吉姆・杜蒙。」

「我沒有殺人！」拉爾斯頓口沫橫飛說。

「你沒有，不過她有。」警長以下巴指向蘿瑞塔。「這樣一來，你成了共犯，可能也涉嫌串謀。」

「沒有！」蘿瑞塔尖叫。「我沒有。」

「兩個禮拜前，在畢凌斯湖旁邊有棟小屋的民眾報案，表示他在萬聖節前後看見杜蒙先生去畢凌斯湖釣魚，當時有個女人跟了過去。他說他看不太清楚，只覺得那女人好像握了一根樹枝還是棍子。這位民眾原本以為沒什麼，去了外地一陣子，沒想到上個月他一回來，聽說吉姆釣魚時淹死了，趕緊打電話給我。我問過驗屍官，驗屍官說杜蒙先生跌倒的時候可能沒有撞到頭，也許是被人先打昏了頭，然後按進湖裡去。所以我重開本案，朝他殺的方向偵辦。過去這個月來，我們訪查了不少證人和刑事鑑定專家，認定確實是謀殺，只可惜找不到凶器。杜蒙夫人今天早上來電，說你們設計了圈套想詐財。金錢是他殺的一大誘因。我去找治安官，申請了搜索令，才從妳家門廊下面搜出凶器，蘿瑞塔，那是杜蒙先生用來敲打魚頭的棍子，上面沾了他的血和頭髮。對了，我也找到妳襲擊他時戴的手套。淑女手套，時髦得很呢。」

「不對！不是我！我發誓。」

「麥克，宣讀嫌犯權利給他們聽。宣讀得仔細一點，別讓他們抓到漏洞，然後押他們走。」

拉爾斯頓高呼：「我沒有做錯事！」

員警照長官的指示宣讀完畢，分兩次將兄妹帶出去，歐格登警長對珊卓梅說：「真好笑，大家都講同樣的話，像唱片跳針似的，『我沒有做錯事，我沒有做錯事。』珊卓梅，我真的為妳感到遺憾。先生剛走，妳已經夠難過，現在又得忍受這種風波。」

「沒關係，警長。」珊卓梅拿面紙擦拭眼睛，舉止端莊。

「我們需要做筆錄，不過不急。」

「警長，我隨傳隨到。」她語氣堅定。「我希望這兩個人被關得越久越好。」

「包在我們身上，祝妳今天順心。」

警長離開後，珊卓梅獨自站了半晌，看著一張幾年前丈夫拍的照片——吉姆拎起他釣上的一隻大鱸魚，也許是在畢凌斯湖。接著，她走到外面的秘書室，打開小冰箱幫自己倒一杯甜紅茶。

回到吉姆的——不對，她的辦公室，她拉開皮椅坐下，緩緩轉動，聆聽著現在已經耳熟的轉軸吱嘎聲。

心裡想著：警長，你的推理幾乎全對。

只錯了一小部分。

珊卓梅早就發現吉姆和蘿瑞塔有染。她雖然習慣了丈夫身上的松脂味，卻永遠聞不慣那股女人的香水味，只有賤女人才會噴的那種香水，像殺蟲劑一樣籠罩他的身體。吉姆上床時她嗅得到。吉姆累得連接吻也省了。（「男人假如一個禮拜不要妳三次，珊卓，妳最好動腦筋推測原因。」謝了，媽。）

去年十月，吉姆‧杜蒙驅車前往畢凌斯湖，珊卓梅跟了去，拿蘿瑞塔的事跟他攤牌。他承認以後，珊卓梅對他說：「謝謝你講實話。」然後舉起棍子，一棒敲破他的顱骨，把他踹進冰冷的湖水。

警方判定是意外，大家逐漸淡忘這事，她以為沒事了，沒想到畢凌斯湖邊的民眾竟然出面，說他在吉姆死前看過一個女人跟過去。珊卓梅知道，警方遲早會推敲出她涉嫌謀殺親夫。

終身監禁的危機才是她急欲擺脫的困境，所以她才祈求救兵「從天而降」。她才不關心公司的體質。所謂「一點保險金」，總額其實高達將近一百萬美元。能領到這麼高的保險金，她願意欣然看著杜蒙實業倒閉，放棄吉姆藏給瘦皮猴蕩婦的財產。她只關心自己如何躲過牢獄之災。後來，拉爾斯頓出現在俱樂部，釣上了她，她才靈機一動。拉爾斯頓太油滑了，她察覺其中一定有詐，暗中調查拉爾斯頓的來歷，一查就發現他和蘿瑞塔是兄妹。她推測兄妹倆串通想奪走公司。

因此，她自己想出一套妙計。

珊卓梅拉開辦公桌最下面的抽屜，取出一瓶限量出品的肯塔基波本酒，在冰紅茶裡倒了足足三指高，坐回丈夫以前的辦公椅，現在改由她專用。她凝視窗外一簇深色而高聳的松樹。春季風暴將至，松樹被吹得彎腰。

她在心中對拉爾斯頓和蘿瑞塔說：我媽的口頭禪，我只講了一半。

「女兒，」母親生前對她說：「南方女人必須比丈夫更強，也必須比丈夫更足智多謀。而且，妳可別告訴別人，女人要比丈夫更懂得耍心機。不管妳碰到什麼狀況，千萬別忘了最後這句話。」

珊卓梅・杜蒙喝了一大口冰紅茶加波本酒，拿起話筒撥給旅行社。

# 高跪姿的士兵

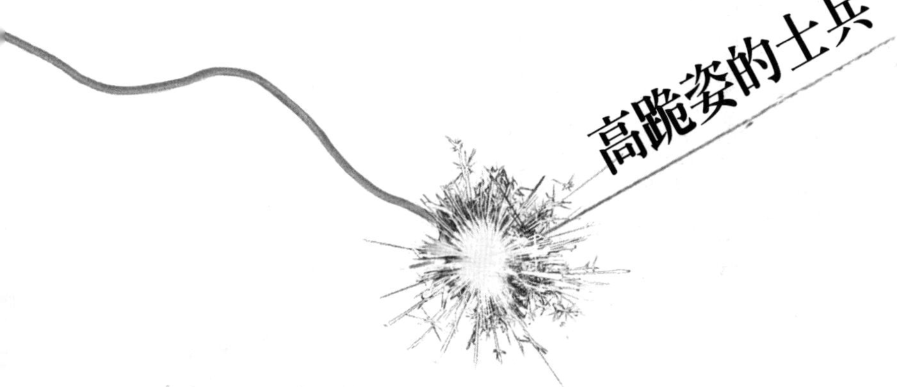

「他又來了？」

一個盤子掉在廚房的瓷磚地板上，摔碎了。

「葛妮絲，下去休閒室，快。」

「可是，爹地，」她低聲說：「怎麼可能呢？他們不是說六個月？他們保證至少六個月啊！」

隆恩從窗簾的縫隙向外窺視，瞇起眼睛，心往下直墜。「是他。」他嘆了一口氣。「是他。葛妮絲，還不聽話？快去休閒室，快！」他對餐廳大吼，「朵樂絲！」

妻子匆匆進廚房。「什麼事？」

「他又來了，去報警。」

「他又回來了？」朵樂絲鬱悶地說。

「快報警就是了。對了，葛妮絲，我不想讓他看見妳，去樓下，別讓我再講第四遍。」

朵樂絲拿起話筒，撥去警長的辦公室。她只按了一個鍵，很久以前就設定了快速撥號功能。

隆恩走進後院的門廊向外望。

在槐園鎮，像這樣的春夜天氣涼爽，晚餐後是一年當中最祥和的時光。槐園屬於長島北岸的郊區，離紐約市五十公里，遠離塵囂。本鎮居民不乏重量級的鉅富，有些人的財產是靠自己打拚而來，有些則繼承了洛克斐勒和摩根家族的遺產。除此之外，有些居民屬於渴望致富型，也有幾個當紅藝人，以及廣告公司的執行長。但槐園鎮主要的居民是像艾許貝瑞這家人這樣，住在要價六十萬美元的房子裡，生活舒適，有人靠長島鐵路通勤，有人開車去長島的電腦公司或出版社擔任主管。

四月的這天晚上山茱萸盛開，入春以來第一次割的草混合了覆土的氣息，香味洋溢在霧濛濛的空氣裡。但夜色裡另有他人，年輕人哈爾•埃布斯潛伏在艾許貝瑞家對面的樹叢裡，凝視著十六歲少女葛妮絲的臥房窗戶。

上帝啊，隆恩絕望地想著。怎麼又來了？又開始了……

朵樂絲把無線手機遞給丈夫隆恩，讓他跟漢倫警長說話。他等著總機轉接，頭靠在門廊的紗窗上，嗅到金屬的臭味。他望向院子另一邊，望向三十五公尺外的樹叢，裡面躲了一個固定出現在他日夜思緒裡的主角。懨

他看著一叢圓柏，大約一點八公尺長，一公尺高，種在小公園裡，病懨懨的。潛伏在這叢圓柏旁邊的就是二十歲的哈爾。最近八個月，他成天躲在這裡不走，以詭異的跪姿騷擾葛妮絲。

「他怎麼被放出來了？」朵樂絲問。

「報警沒用。」葛妮絲從廚房驚恐地說：「警察還沒來他就溜走了，每次都一樣。」

「去樓下！」隆恩高喊。「別讓他看見妳。」

金髮嬌小的葛妮絲，臉蛋美如西班牙的「雅緻」（Lladro）瓷偶。她向後退。「我好害怕。」

朵樂絲二十幾歲時參加過體育競賽，肌肉結實，身材高瘦，散發出運動員的自信。她攬著女兒，「別擔心，妳爸和我在這裡，他不會傷害妳的，聽見了沒？」

葛妮絲遲疑地點頭，然後下樓去。

隆恩・艾許貝瑞繼續冷眼凝視樹叢旁邊的人影。

造化未免太捉弄了人吧，這種悲劇居然被葛妮絲碰上。

隆恩生性保守。他每天通勤上班進紐約市，看見不少破碎的家庭，父親缺席，母親吸毒成癮，槍械和幫派橫行，小女孩淪為雛妓。

他屢屢心驚，責怪家庭功能淪喪，他發誓絕對不讓女兒淪落到那種地步。他的計畫很簡單：他會盡力保護葛妮絲，以正確的方式撫養她，灌輸她良好的道德觀，教育家庭倫理的態度。

謝天謝地的是，最近總算又有人重視家庭倫理了。他不會讓女兒亂跑，堅持要女兒的學業維持高水準，也要她學習體育、音樂以及社交技巧。

等到她十八歲的時候，他會讓女兒自由。女兒年紀夠大了，可以做正確的決定，不至於看錯男人、入錯行或亂花錢。

她會上常春藤的大學，畢業後回北岸結婚或就業。養育子女的工程浩大而艱辛，但隆恩見到了心血的成果。

葛妮絲的準學測成績高居前百分之一。她從來不跟大人頂嘴；教練都誇她是最棒的學生；她從來不偷藏香煙或酒。爸爸說十八歲才准她考駕照，她完全沒有怨言。她了解父親愛之深。如果沒有大人陪伴，父親不准她跟姊妹淘去曼哈頓玩，也不准她去火島度週末。她能體諒父親的用心。

因此，哈爾偏偏挑上他女兒來騷擾，更讓他覺得不公平。

騷擾從去年秋天開始。有一天晚餐時葛妮絲特別安靜，飯後隆恩叫她去他的圖書室挑一本書讓他朗讀，葛妮絲呆呆地站在廚房的窗口，盯著窗外看。

「葛妮絲，妳聾了嗎？我叫妳去拿書。」

她轉身，隆恩才發現她在哭，瞬間心驚。

「女兒，對不起。」隆恩自然而然說，向前摟住她。他知道問題出在哪裡。幾天前，她說社會課要去華盛頓參觀，由兩位老師帶隊，班上有六個男生女生要參加。隆恩考慮讓她去，後來他調查一下這群學生，發現兩個女生犯過校規——去年暑假在學校附近的公園喝酒被逮到。他不准葛妮絲去華盛頓，女兒聽了似乎很失望。隆恩認為，女兒是因為去不成才情緒低落。「葛妮絲，我是很想讓妳參加——」他說。

「喔，不是，爹地，去華盛頓沒什麼了不起的，我才不想去，只不過……」她倒在父親懷裡啜泣。隆恩的心漲滿了父愛，也為了她的苦惱而劇痛難忍。「什麼事，女兒？告訴我。想說什麼盡量說，沒關係。」

她望向窗外。

隆恩順著她的視線，看見有人蹲在馬路對面公園裡的樹叢裡。

「爹地，他在跟蹤我。」

隆恩一聽大驚失色，帶她進客廳並大喊：「朵樂絲，開家庭會議！趕快過來！快！」他指著妻子叫她進客廳，在葛妮絲身邊坐下。「怎麼了，寶貝？告訴我們。」

隆恩希望朵樂絲天天去學校接葛妮絲回家，但太太偶爾抽不出空來，只好讓葛妮絲走路回家。槐園鎮沒有治安不好的地段，從家裡到葛妮絲就讀的中學沿途是修剪整齊的住宅區，更不可能出事。這裡最大的警報通常跟市容有關：冒出一棟低級的小木屋、某戶的院子插了一群塑膠火鶴或石膏小鹿。

隆恩料錯了。

去年秋天的那一夜，葛妮絲雙手放在大腿上坐著，盯著地板，以乖順的語氣說明：「我今天走路回家，發現有個男生跟在後面。」

隆恩的心涼了半截，雙手顫抖，心中的怒火漸漸高漲。

「告訴我們，」朵樂絲說：「發生了什麼事？」

「什麼也沒發生，沒什麼大不了的。他只是跟我講話，說『妳好漂亮，我敢打賭妳一定很聰明。妳家住哪裡？』」

「他認識妳？」

「好像不認識。他的舉動好奇怪，好像有點智障，講的話不太有道理。我跟他說，我爸不准我跟陌生人交談，就趕快跑回家。」

「可憐的女兒。」母親抱抱她。

「他好像沒有跟過來，不過……」她咬著嘴唇。「外面那個人就是他。」

隆恩隨即跑步衝向年輕人躲的樹叢。哈爾的姿勢詭異，讓隆恩聯想到小時候常買的一種綠色玩具兵，阿兵哥舉著步槍瞄準，以單腿跪著，以另一腿支撐舉槍的手肘。

年輕人看見隆恩跑來，拔腿逃命。

警長對哈爾很熟。哈爾一家人原本住在康州的瑞吉福，幾個月前幾乎是被當地人逼得搬家來槐園，原因是哈爾糾纏一個金髮女孩，那女孩的年齡和葛妮絲差不多。哈爾智商平平，幼年曾經爆發幾次精神官能症。警方無法逮捕他，因為他雖然連續騷擾女孩幾個月，卻只傷害過一個人——女孩的哥哥。先出手的人是對方，哈爾反擊時下手太重，差點把她哥哥打死。後來他以自我防衛為理由，逼對方撤銷告訴。

哈爾的父母最後只好帶他離開康州，希望重新來過。

換了新環境，哈爾也換了糾纏的目標，這次倒楣的是葛妮絲。

哈爾養成了迷戀的習慣：去葛妮絲的教室外面直盯；或跪在圓柏叢旁邊，目不轉睛看著葛妮絲的閨房。

隆恩申請禁制令，治安官以哈爾的言行並未觸犯法律為由，沒有批准。

哈爾在樹叢旁邊連續跪了六晚，隆恩忍無可忍，衝進州立精神醫療部門，要求政府拿出魄力。該部門懇求哈爾的父母送他進私立醫院住院半年，郡政府願意負擔九成的費用，他的雙親才同意接收強迫治療的命令，讓兒子被送去花園城住院。

救護車上禮拜才送走他，現在他又回來了，像士兵一樣跪在原地偷窺。

漢倫警長終於接聽了。

「隆恩，我正要打給你。」

「你知道他出院了？」隆恩吼叫。「你幹嘛不通知我們？他又來我家了。」

「我剛剛才知道。哈爾接受醫院的精神分析，顯然是該答對的地方全答對了，院方決定讓他出院。不放人的話，郡政府怕吃上官司。」

「我女兒就活該受罪嗎？」隆恩口沫橫飛地說。

「過幾個禮拜會舉行聽證會，不過院方沒辦法扣留他那麼久。即使開了聽證會，照情形來看，他也不可能回籠。」

春夜的薄霧籠罩槐園鎮，夜色宜人，蟋蟀像缺乏潤滑油的齒輪嘎吱作響，哈爾‧埃布斯以熟悉的姿勢跪著不動，深色的眼珠搜索著稚嫩的女孩。女孩的父親看不下去，當下決定做個了斷。

「隆恩，」警長語帶同情，「我了解你的苦衷，不過——」

隆恩把話筒摔回電話座，電話差點從牆上脫落。

「老公！」朵樂絲只說了兩個字。隆恩不理她，逕自往門口走去，朵樂絲拉住他的手臂。她的力氣大，但隆恩的力氣更大，粗暴地甩掉妻子的手。他推開紗門，踏上沾了露水的草坪，往小公園走去。

讓他驚喜的是，哈爾沒有逃走，從高跪姿站起來，雙臂交叉胸前，迎接隆恩。

隆恩有運動的習慣，常打網球和高爾夫，游泳時身手矯健如海豚。鄉村俱樂部的泳池開放期間，他每天來回游一百趟。

他凝視著這小子的濃眉和深邃得令人不安的眼珠，身材雖然比他略矮一截，不過有自信能宰了他，必要的時候徒手也行。他只需要稍微鼓動這小子的心情。

「爹地，不要！」葛妮絲站在門廊上驚叫，聲音尖如小提琴拉出的高音，迴盪在霧色中。「別受傷，不值得！」

隆恩回頭，咬牙切齒對女兒說：「給我進屋子裡去！」

哈爾朝房子揮手，「小妮，小妮，小妮……」臉上是一抹令人卻步的笑容。

鄰居的燈光紛紛亮起，一張張臉孔出現在窗口和門口。

棒極了，隆恩心想，只要他敢對我稍微動手，我就宰了他，現場有十幾個目擊證人能替我作證。

來到哈爾前方半公尺，他站住了，哈爾也收起笑容。

「他們放了我，他們制不了我，對不對？制不了我，制不了我，制不了我，所、以、我、被、放、了。」

「你給我聽著。」隆恩喃喃說，自然下垂的雙手握成拳頭。「你只差一點點，懂我的意思吧？假如我被警察逮捕了，被槍斃了，我也不在乎。你再騷擾我女兒的話，我鐵定宰了你，懂嗎？」

「我愛我的小妮，我愛她，我愛她，愛她愛她愛她愛她愛她。她愛我，我愛她她愛我我愛她她愛我愛她愛我愛她愛我愛她愛我愛愛愛……」

「來啊，對我揮一拳吧，來啊，膽小鬼!沒膽子像大人一樣打架，沒錯吧?我看到你就想吐。」

哈爾放下雙手。

好戲上場了……

隆恩的心臟舒張，一片海洋在耳朵裡翻騰。冷冷的腎上腺素如電流竄至全身，他感覺得到。

哈爾轉身跑掉。

狗娘養的……

「給我回來！」

雙腿瘦長的哈爾狂奔上街，遁入夜霧，隆恩緊追過去。

跑過了幾條街。

隆恩儘管經常運動，四十三歲的身體畢竟缺乏二十歲的耐力。隆恩追趕了半公里，哈爾拉開距離，隆恩也追丟了人。

他喘不過氣，跑得腰部劇痛，最後只得小跑回家開凌志車。他喘氣高喊：「朵樂絲！妳跟葛妮絲待在家裡，把所有的門鎖好，我要去找他。」

他不顧朵樂絲抗議，踩著油門衝出車道。

他巡遍了附近，絲毫不見哈爾的蹤跡，半小時後才死心回家。

葛妮絲哭成了淚人兒。

朵樂絲和女兒坐在客廳，窗簾全拉了起來，朵樂絲以強勁的手指握著長長的廚刀。

「怎麼了？」隆恩質問。「發生了什麼事？」

朵樂絲說：「跟妳爸講。」

「唉，爹地，是我不好，我本來以為那樣做最有效。」

「什麼？」隆恩大步向前，在沙發上坐下，握住女兒的胳膊。「快告訴我！」他叫嚷。

「他剛才回來了。」葛妮絲說：「他躲在樹叢旁邊，我出去外面跟他溝通。」

「什麼？妳瘋了不成？」隆恩叫罵著，又氣又怕，一直發抖，擔心發生了什麼壞事。

朵樂絲說：「我阻止不了她，想攔也攔——」

「我替你擔心，我好怕他傷害你。我以為如果我說會對他好一點，說不定可以勸他走開。」

隆恩飽受驚嚇，卻對女兒的勇氣感到與有榮焉。

「然後呢？」他問。

「爹地，好可怕喔。」

剛才的心情消失了，他向後坐，直盯著女兒蒼白的臉。隆恩低聲說：「妳有沒有被他摸到？」

「沒有……還沒有。」

「什麼意思，還沒有？」隆恩咆哮。

「他說……」葛妮絲的淚眼從父親盛怒的眼睛轉向母親堅決的眼神。「他說下次月圓的時候，女人會因為，呃，因為每個月來的東西，下一次滿月的時候，我怎麼躲也沒用，他會找到我……」她的臉羞得通紅。她嚥下口水，「我講不出來，爹地，他說他想對我做的事，我說不出口。」

「我的天啊。」

「我怕死了，趕快跑回家裡。」

下頷線條剛毅的朵樂絲轉頭面對窗戶，「他就站在那邊，一直盯著我們，用變態的聲音像在唱歌一樣。我們馬上鎖門。」她把廚刀放在桌面。「我從廚房帶過來，以防萬一。」

**她愛我，我愛她愛我愛她愛我愛她愛我愛她愛……**

朵樂絲繼續說：「你的車子一回來，他看見車燈立刻跑掉，好像往他爸媽家跑去。」

隆恩抓起話筒，按下快速撥號鍵。

「我是隆恩‧艾許貝瑞。」他對警察局的總機小姐說。

「是的，先生，哈爾又出現了嗎？」她問。

「轉接漢倫，別囉唆。」

總機小姐愣了一下。「請稍候。」

警長接聽了，「隆恩，今天晚上又怎麼了？你家鄰居來了四通電話，說聽見叫囂聲，看見有人追來追去。」

隆恩說明女兒聽見的威脅。

「只是說說而已吧，隆恩。」

「可惡，我管不著法律規定了！他說滿月的時候要強姦我女兒。你們警察閒著沒事幹嗎？」

「滿月是哪一天？」

「我不曉得，我怎麼會知道？」

「等一下，我這裡有一份陰曆……有了，是下禮拜。到時候，我們會派人全天候看守你家。如果他敢輕舉妄動，我們就逮捕他。」

「依什麼罪名？擅闖民宅嗎？他多久能出獄？一個禮拜嗎？」

「抱歉，隆恩，法律就是法律。」

「你跟你的法律下地獄去吧。」

「隆恩，我以前就講過了，如果你自力救濟，麻煩可就大了。再見。」

隆恩把話筒摔進電話座，這一次電話從牆上唰地脫落了。

他對朵樂絲大喊：「待在家裡，把門鎖好。」

「隆恩，你想做什麼？」

「爹地，不要……」

門關得很用力，震得一塊玻璃裂開，裂痕形成了完美的蜘蛛網狀。

隆恩把車停在草坪上，差點撞上一輛生鏽的卡瑪洛和一輛旅行車。這輛旅行車是萊姆綠色，只有前擋泥板漆成平淡的乾血褐色。

他敲著斑駁的門大喊：「我要見他，開門！」門打開了，隆恩走進去。這間木屋很小，裡面亂七八糟，食物、髒塑膠盤、啤酒罐、幾堆衣服、雜誌、報紙，到處都是。也有一股強烈的動物尿騷味。

男女主人長得矮胖，都穿著牛仔褲和T恤，年齡將近四十。隆恩推開他們往裡面走。

「艾許貝瑞先生。」男主人看著妻子，不安地說。

「你兒子在不在家？」

「我們不知道。先生，真的，不是我們把他弄出那間醫院的。你應該曉得，我們舉雙手贊成他住院。」

「你們不知道他在不在家，什麼意思？」

「他來來去去，」妻子說：「從臥房窗戶出入，有時候好幾天都看不見人。」

「管教一下好嗎？沒抽過皮帶嗎？怎麼能讓兒女騎到頭上？」

丈夫悵然一笑。

妻子說：「他是不是又闖了禍？」

彷彿她兒子闖的禍還不夠多。「沒什麼大不了，他只是威脅要強姦我女兒。」

「哎，」她緊握雙手，骯髒的手指戴著廉價的戒指。「他只是說說而已，」她急忙回答：「他每次都只是說說而已。」

隆恩急轉身面對她。她的黑色短髮污穢，身體散發出酸洋蔥的臭味。隆恩喃喃地說：「已經過了耍嘴皮的階段了，我不打算再忍耐下去。我想見他。」

夫妻倆互看一眼，丈夫帶他走進一條通往兩間臥房之一的陰暗走廊。隆恩踩到脆脆的東西，可能是過期食品。丈夫回頭看見妻子站在客廳，對隆恩說：「先生，鬧出這麼大的風波，我很抱歉，真的。我真心希望讓他走。」

「試過了，沒用。」隆恩刻薄地說。

「我指的不是讓他住院或坐牢，」他壓低嗓門悄悄說：「是讓他再也回不來，你懂我的意思吧。我考慮很久了，我老婆也考慮過，只是不敢說，因為兒子是她的親骨肉。有一天晚上我趁他睡覺的時候，差點就成功了。」他停頓一下，撫摸石膏板牆壁上的一個凹痕，可能是用拳頭捶出來的。「我的力氣大一點就好了，可惜我一個人做不來。」

妻子走過來，他不願再多說。他怯懦地敲兒子的房門，聽不出裡面有人回應，他聳肩說：「我們拿他沒辦法，他把門鎖得緊緊的，也不給我們鑰匙。」

「別婆婆媽媽了。」隆恩向後推一步，一腳把門踹開。

「不行！」妻子哀嚎：「他會生氣的，不要——」

隆恩走進去，打開電燈，驚訝得停止動作。

哈爾的房間打掃得一塵不染，和客廳形成強烈的對比。他的被單整齊，床單繃得像三等兵的內務。他的桌面井然有序，也擦得晶亮。地毯用吸塵器吸過，書架上的書也依照字母順序排列整齊。

「他自己整理的。」哈爾的母親語帶一絲驕傲。「很會打掃。看吧，他的本性沒那麼壞——」

「沒那麼壞？妳瘋了嗎？看看那邊！妳看啊！」

牆壁上貼了二次世界大戰的電影海報、納粹符號、納粹飾品跟骨頭。一支軍刀掛在一面牆上。小型的武士刀放在床尾櫃子上。有張漫畫海報畫了雙腳長出刀子的男人，以腳刀把對手劈開，鮮血飛濺在半空中。

三雙擦得啵亮的戰鬥靴放在床邊。一捲「死神真面目」㊳錄影帶放在放影機上面，放影機連接到一台擦得可以當鏡子的電視。

隆恩走向衣櫃，伸手想開門。

「不行，」妻子的口氣堅定，「這裡不行。他不准我們進他房間，我們什麼東西也不准碰！」衣櫃的雙扉門也上了鎖，但隆恩使勁一扯就打開了，門的鉸鏈差點鬆脫。

醜陋的玩具、怪獸、吸血鬼、恐怖電影裡的角色掉了出來。橡膠製成的斷手斷腳、動物標本、一條蛇的骨架、電影殺人魔佛萊迪的海報。

最引人注目的是衣櫃地板的中央：一座崇拜葛妮絲‧艾許貝瑞的祭壇。

隆恩嚇得哀嚎跪下，凝視著可怕的景象。衣櫃的內壁釘了幾張葛妮絲的相片，想必是哈爾趁她放學走路回家時偷拍的。

其中兩張，她走在人行道上，渾然不知遭人偷拍。第三張，她轉身對著遠處微笑。第四張，讓隆恩感覺像挨了一拳——葛妮絲彎腰綁鞋帶，短裙向上縮，露出她苗條的雙腿。這一張擺在祭壇中央。

**她愛我，我愛她她愛我我愛她愛我愛她愛我愛她愛我愛她愛她愛她愛愛愛……**

衣櫃的最下面插了兩支蠟燭，中間有個廉價商品店買來的咖啡杯，裡面冒出看似白花的東西，上面印了葛妮絲的名字。

隆恩摸了一下。花是布做的……到底是什麼東西？

他抽出來，發現是女兒的內褲，低沉呻吟一聲，把柔軟的內褲緊握在胸前。他記得朵樂絲幾個月前說，洗衣間的門被人打開了。可見哈爾進過他們家！

盛怒之下，隆恩扯下葛妮絲彎腰的相片，也把其他相片扯下來，用強勁的手指撕成碎片。

「求求你，不要！不要，不要！」哈爾的母親哀求。

「拜託你，先生！」

「哈爾會生氣的。他對我們發脾氣，我會受不了的。」

隆恩站起來，把咖啡杯扔向納粹旗，咖啡杯碎了。他推開畏首畏尾的夫妻，扯開前門，大步走到街上。

「你在哪裡？」他大叫。「在哪裡？你這個畜生！」

槐園鎮靜謐的黃昏逐漸轉為靜謐的夜晚，隆恩只見民房散發微微的燈光，只聽見自己的叫嚷。他的聲音從十幾個遠方傳回來，被霧氣壓得沉悶。

隆恩跳進自己的車子，在路面畫出幾道又黑又長的胎痕，撞倒了幾個垃圾桶，然後飆上馬路。

三個小時後，他回家了。

屋外的安全燈亮著，其中一盞對準圓柏叢。

「你去哪裡了？」朵樂絲質問。「我打給我想得出來的所有人，到處都找不到你。」

「在附近開車找他。家裡沒事吧？」他問。

「差不多一個鐘頭前，我好像聽見工作室裡有人在翻東西。」

「結果呢？」

「我報警，警察派人過來卻沒查出結果。可能是浣熊，因為窗戶開著，不過門鎖得好好的。」

「葛妮絲呢？」

「她上樓睡覺了。你找到哈爾了嗎？」

「沒有，不見人影。希望他被我一罵心裡害怕，我們至少能安心幾天。」他環視家中。「我們去確定一下門窗是不是全鎖緊了。」

隆恩走向正門打開來，震驚得向後退一步，因為他看見門口站了一個巨大的黑影。他驚呼一聲，基於本能舉起拳頭。

「別衝動，朋友。」漢倫警長站進走廊燈下。

隆恩閉上眼睛，如釋重負。「被你嚇到了。」

「我也是，可以請我進門嗎？」

「好，當然，」隆恩口氣急促。警長進門，對朵樂絲點頭，朵樂絲帶他進客廳。他婉謝了咖啡。

艾許貝瑞夫妻看著警長，身形魁梧的他穿著黃褐色的制服，坐在沙發上開門見山便說：「大概半個鐘頭前，哈爾·埃布斯被長島鐵路的火車撞死了。」

朵樂絲倒抽一口氣，警長點著頭，臉色凝重。隆恩忍不住微笑，懶得遮掩。「讚美造福普天下的上帝。」

警長依舊面無表情，低頭看著筆記簿，「隆恩，最近這三個鐘頭，你去哪裡了？你三個鐘頭前去過埃布斯家。」

「你去他家了？」朵樂絲問。

隆恩交纏著十指，認為這種舉動像做錯事，因此鬆開雙手。「開車到處看看，」他回答，「找哈爾。警察不管，總該有人關心吧。」

「結果被你找到了。」警長說。

「我沒有找到他。」

「有吧，艾許貝瑞先生。應該說，有人找到他了。隆恩，局裡接到幾通電話，聽說你今晚對哈爾撂下狠話。你們鄰居克拉克家和菲利普家聽見叫罵聲，看見你在外面說，就算你被警察逮捕，被槍斃了，你也不在乎，你還說你想宰了他。後來你跑上楓樹街去追他。」

「呃，我——」

「然後，局裡接到報告，你去埃布斯家鬧事後逃逸。」警長照著筆記簿朗讀。「『情緒極為激動。』」

「『情緒極為激動。』我當然激動，他在衣櫃裡搞了像祭壇的東西，拜的是我女兒的內褲。」朵樂絲一手捂住嘴巴。

「我還發現他趁我女兒放學回家時偷拍照片。」

「後來呢？」

「我開車到處找他，沒找到人只好回家。沒錯，警長，我承認揚言要宰了他。如果他擔心被我追到，結果跑到鐵軌上被火車撞死，那算是我不對。如果真的是這樣，大概可以算過失殺人之類的，你可以逮捕我歸案。」

警長福態的臉綻放淡淡的微笑。「『過失殺人』，容我問你一句，這個名詞你是從哪裡讀到的吧？還是看法庭頻道看到的？」

「你想問什麼？」

「我總覺得有點像事先準備過，好像你打過草稿了。你剛才說『過失殺人』的時候，幾乎連想也沒想。」

「他被火車撞死的話，別把罪賴到我身上。你笑什麼笑？」

「我笑的是，你的演技真棒。火車還沒開來的時候，你大概就知道哈爾已經斷氣了吧。」

朵樂絲皺眉，頭慢慢轉向丈夫。

警長繼續說：「有人拿鈍器砸破他的頭骨致死，把屍體拖到幾公尺以外的路基，把他留在鐵軌上。兇手希望他被火車壓爛，好湮滅死前被人砸破腦袋的證據，可惜火車輪子只輾過他的脖子，頭顱還算完整，驗屍官還能判斷死因。」

「喔。」隆恩說。

「你有花雨傘牌的四十七型高爾夫球桿嗎？有發球木桿嗎？」

隆恩遲疑了半晌才回答，「我不知道。」

「你打高爾夫球嗎？」

「打。」

「你有沒有自己的球桿？」

「我這輩子不知道買過多少套球桿了。」

「我問這個，是因為凶器就是高爾夫球桿。我猜你拿球桿打死他，把屍體放上鐵軌，把球桿丟進漢蒙德湖。可惜的是，你甩偏了，球桿插在湖邊的沼澤裡，郡警只花五分鐘就找到。」

朵樂絲轉向警長。「不，不是他！今天晚上有小偷進了我們家的工作室，一定是偷走了我們的球桿。隆恩在工作室裡擺了很多舊球桿，小偷一定偷走了其中一支。我能證明——我有報過警。」

「我知道，艾許貝瑞夫人，不過妳當時說沒有東西被偷。」

「我沒有檢查到球桿，當時沒想到。」

隆恩嚥了一下口水。「我報了警，還在鄰居面前威脅他，我會笨到真的殺他嗎？你該不會認為我這麼傻吧？」

警長說：「情緒惡劣的時候，人常常會做傻事，而且，假裝情緒惡劣的人往往會耍高招。」

「不會吧，警長，拿我自己的球桿行兇？」

「你本來想湮滅凶器的，可惜球桿沒沉進十五公尺深的湖水和一點五公尺深的泥巴。順帶一提，不管那球桿是不是你的，上面印滿了你的指紋。」

「你從哪裡弄到我的指紋去比對？」隆恩指紋。

「從哈爾他家，從他的衣櫃門和你砸破的咖啡杯。好了，隆恩，我想再請教你幾個問題。」

隆恩望向廚房窗外，碰巧看得見那叢圓柏。他說：「我不太想回答了。」

「你有權利不答。」

「我想找律師。」

「你也有找律師的權利，先生。現在麻煩你伸出雙手，你戴上手銬以後，我們一起上車。」

隆恩・艾許貝瑞進了長島的蒙塔克男子監獄，立刻被捧為英雄，因為他為了救女兒而犧牲小我。

後來有一天，葛妮絲接受第九頻道專訪，全區的牢友聚集在電視室裡收看。隆恩坐最後一排，神色鬱悶，聽著她接受女主播的訪問。

「那個死變態偷走我的內褲，在我放學回家的路上偷拍我的照片，還拍了我的泳裝照。他是個無聊癡漢……而且警察都不管。救我的人是我爸爸，我真的以他為榮。」

隆恩聽了心想：妳以我為榮，我很欣慰。四月的那一夜他被逮捕後，同樣的感想湧現了不知幾千遍。不過……兇手真的不是我。我沒有殺死哈爾・埃布斯。

隆恩被捕後，辯護律師認為朵樂絲可能涉嫌，但隆恩認為妻子不可能推罪給他。何況，朋友和鄰居也證實案發當時她忙著打電話，拚命探聽隆恩的去向，通聯紀錄也能佐證這一點。

另外，涉嫌人也包括哈爾的父親。隆恩記得案發之前他說過的話。但那天晚上隆恩一氣之下飆車離開，驚動了幾個愛管閒事的鄰居，他們整晚監視著埃布斯家的動靜，願意出面證明夫妻倆整夜沒有離開家門一步。

隆恩甚至提出一套理論，想說服法官相信哈爾死於自戕：哈爾知道逃不過隆恩的魔掌，精神失常的他想報復，惡整一下艾許貝瑞家，所以去他們家偷走高爾夫球桿，走去鐵軌拿球桿把自己亂打一通，把球桿扔向湖邊，最後臥軌自盡。辯護律師提出這理論姑且一試，卻招來檢察官和警方的訕笑。

後來靈光一現，隆恩理解出關鍵了。

康州那女孩的哥哥！

那女孩也被哈爾騷擾過。隆恩在腦海裡重建現場：女孩的胞兄前來槐園鎮，跟蹤哈爾，想為胞妹討個公道，也想為自己挨打而報仇。女孩的胞兄唯恐哈爾即將被送回醫院，到時候更難下手，因此決定盡早行動，闖進隆恩家的工作室取得凶器。

檢察官也不喜歡這套理論，逕行起訴他。

大家建議隆恩認罪以求減刑，他雖然不斷堅持清白，最後拗不過眾人的建議，黯然認罪。法官接受了，他不必出庭受審，只被判二十年有期徒刑，滿七年後有獲得假釋的機會。

他暗中希望康州少女的胞兄能良心發現，坦承犯案。既然沒人承認，隆恩只好繼續接受紐約州納稅人的招待。

他坐在電視室裡，盯著螢幕上的葛妮絲，心不在焉地拉著橙色囚衣的拉鏈玩。隆恩隱隱約約覺得有件小事縈繞不去。到底是哪裡不對勁？

葛妮絲對女主播說的話。

有了……

哪來的泳裝照？

他坐直上身。

隆恩扯開哈爾的衣櫃時，並沒有發現泳裝照，而且因為沒有出庭受審，也沒有相片呈堂佐證而曝光。他從未聽過泳裝照，如果真的有，葛妮絲怎麼曉得自己穿泳裝被偷拍了？

他產生了一個可怕的念頭，可怕到了可笑的地步。可惜他笑不出來，他忍不住思忖。

這個念頭同時滋生出其他想法，像醜陋的馬唐草般叢生：哈爾揚言在滿月強暴葛妮絲，這個說法只有葛妮絲一個人聽過，而且除了精神科醫師，沒人聽過哈爾的說法。花園城的精神科醫師診斷過他，認為他心智正常才放他走。

隆恩回想哈爾講過的話，頂多只是男生愛女生。就算他的言行讓人心底發毛，暗戀女生的年輕人講這種話不足為奇吧。

隆恩的大腦加速運轉：葛妮絲自稱哈爾在八個月前跟她搭訕，大家聽了照單全收，而且一直假設哈爾想追葛妮絲，而葛妮絲並沒有慫恿他。

至於葛妮絲的內褲？……

可不可能是她主動送給哈爾？

隆恩突然爆發怒火，從椅子上跳起來，椅子向後轟然倒下。一名獄卒從容走來，示意隆恩把椅子扶起來。

他一面遵命，一面猛動著腦筋。實情果真像他所想的一樣嗎？有可能嗎？

她該不會……從頭到尾一直跟神經病打情罵俏？

她該不會擺姿勢讓哈爾拍個過癮，還奉送內褲？

可惡，小騷貨一個！

該叫她過來趴在爸爸大腿上，好好打她一陣屁股！馬上禁足……女兒每次一挨揍，立刻變得乖巧，打得越兇，她變得越乖。他想打電話給朵樂絲，叫老婆拿乒乓球拍修理女兒一頓。他想——

「喂，艾許貝瑞。」獄卒嘟囔著說。隆恩怒視著螢幕，整張臉脹成紫色。「再不冷靜下來，別怪我趕你走。」

隆恩慢慢平復情緒。

他終於鎮定了。他連續做了幾次深呼吸，認為自己多心了。

葛妮絲那麼清純，本性天真無邪。

他叫自己理性一點，女兒何必跟哈爾那種人打情罵俏？還慫恿他？

隆恩好好教養女兒，灌輸她正確的價值觀和家庭價值。

女兒符合他心目中的理想少女。

然而，一想到女兒，他不禁內心空虛，無心繼續收看女兒接受專訪。隆恩轉身離開電視室，拖著腳步走向康樂室，想自己一個人靜一靜。

因此，他沒有聽見專訪的結尾。

專訪到最後，女主播問葛妮絲接下來有何打算。她像小女生一樣滋滋地笑了一下，回答她想跟老師和同學去華盛頓，因為她盼望了好幾個月。

妳會跟男朋友一起去嗎？主播問。

她嬌羞地回答，沒有男朋友，還沒有，募集中。

主播問她高中畢業後的人生規劃，要唸大學嗎？

葛妮絲說覺得大學不適合她。她想做一點好玩的事，最好跟旅遊有關。她也想學打球，八成是高爾夫球。這幾年來，父親逼她苦練揮桿動作。

「他老是說，我應該好好學一項運動。」她說明。「我爸是嚴師。雖然辛苦，我卻不得不說，揮桿的動作我練得很棒。」

「我知道妳這幾個月來吃了不少苦。妳一定鬆了一大口氣，現在總算除掉妳生命中的大患。」主播問。

葛妮絲突然露出令人匪夷所思的笑容，面對鏡頭說：「答對了。」

國家圖書館出版品預行編目資料

傑佛瑞迪佛的黑色禮物 / 傑佛瑞・迪佛著；
　宋瑛堂譯. -- 初版. -- 臺北市：皇冠, 2009.12
　面；公分. --（皇冠叢書；第3922種 JOY；
　111）
　譯自：Twisted
ISBN 978-957-33-2607-6（平裝）

874.57　　　　　　　　　　　98021433

皇冠叢書第3922種
**JOY 111**

# 傑佛瑞迪佛的黑色禮物

Twisted





作　　者—傑佛瑞・迪佛
譯　　者—宋瑛堂
發 行 人—平雲
出版發行—皇冠文化出版有限公司
　　　　　台北市敦化北路120巷50號
　　　　　電話◎02-27168888
　　　　　郵撥帳號◎15261516號
　　　　　皇冠出版社(香港)有限公司
　　　　　香港灣仔駱克道93-107號利臨大廈1樓
　　　　　電話◎2529-1778　傳真◎2527-0904
出版統籌—盧春旭
版權負責—莊靜君
編務統籌—孟繁珍
外文編輯—洪芷郁
美術設計—黃惠蘋
行銷企劃—賴玉嵐
印　　務—林佳燕
校　　對—熊啟萍・鮑秀珍・孟繁珍
著作完成日期—2003年
初版一刷日期—2009年12月

法律顧問—王惠光律師
有著作權・翻印必究
如有破損或裝訂錯誤，請寄回本社更換
讀者服務傳真專線◎02-27150507
電腦編號◎406111
ISBN◎978-957-33-2607-6
Printed in Taiwan
本書定價◎新台幣350元/港幣117元